존재의 푸른빛

고요아침
叢　書

0　3　1

존재의 푸른빛

김수형

평론집

고요아침

/

존재와 부재의 거울 앞에서

이 세상의 눈물의 양은 정해져 있지.
누군가 울기 시작하면 다른 누군가는 울음을 멈추겠지.
웃음도 마찬가지야.
—사무엘 베게트, 『고도를 기다리며』

'존재의 푸른빛'이란 표제가 언뜻 선언적으로 보일 수도 있을 것이다. 이는 무언가를 규정하고 함의하는 말이 아니다. 유의미한 연구나 심도 있는 문학적 탐사는 더더욱 아니다. 이 저작물은 나에게 의문을 던진 텍스트에 대하여 나름대로 답을 찾고자 애쓴 대화의 흔적이다. 말 그대로 존재와 비존재를 응시하다 맞닥뜨린 환영(幻影)이나 거울에 비친 잔상에 불과하다.

주지하다시피 문학은 가시적인 세계의 균열을 포착하여 비가시적인 세계의 이면과 존재의 모순을 이해하는 데 가장 유효한 방식이다. 존재의 본질은 전면에 직접적으로 드러나지 않고, 다른 질문과 결합하여 숨은 진실과 함께 제시된다. 하이데거에게 인간은 홀로 사유하는 존재였지만 그것은 '내 안의 사유'로 끝나고 말았다. 이에 비하여 레비나스는 존재와 타자와의 관계성을 지적한 바 있다. 인간이라는 모순적인 존재에 대한 현상학적 사유도 중요하겠지만 그 사유의 칼끝은 늘 맞닥뜨리는, 존재와 부재의 충돌을 바라보아야 한다. 그 지점에 문학의 자리가 놓여 있기 때문이다. 삶과 죽음, 내 안에 있는 타자, 자아와 세계의 길항, 그 충돌에 대하여 깊이 사유하는 과정에서 예술의 미학성에 대한 이해는 더 심오해질 것이다.

책은 총 2부로 구성되었다. 1부 '거울과 꿈'은 2000년대 한국 현대시의 흐름을 견인해 온 시인들의 작품에 대한 분석이다. 창작의 순간에 밀착해서 시란 과연 무엇인가에 대한 질문을 새롭게 개진해 나가는 작품들을 다루고 있다. 2부 '욕망의 변주'는 소설에 관한 글을 묶었다. 존재의 부재가 클수록 미세하게 감지되는 균열을 포착하여 그 이면을 적나라하게 보여주는 작품들을 묶었다.

잘 알다시피 이 세계의 거울은 표면에 비친 현상만을 보여준다. 어찌 보면 그 현상이란 자체가 한낱 허상에 불과할 수 있겠으나, 여기에는 잘 보이지 않는 추상적인 관념을 잘 볼 수 있게 해 주는 것이 시란 생각이 들어있다. 텍스트에 내재된 의미를 분석하는 데 있어 표면뿐만 아니라 숨은 이면과 심층적 의미를 주시하고자 하는 것도 이런 필자의 생각과 무관하지 않다.

역설적이게도 인간은 세계를 바라볼 수 있는 눈이 있기 때문에 실체를 제대로 볼 수 없다는 것을 드러내는 것이 시의 언어다. 시는 시인들의 몽상과 신음에 관여한다. 질 들뢰즈의 말마따나 사람들은 자아를 운송하는 데 만족하지만, 시인은 그렇지 않다. 그들이 가리키는 손가락은 지시가 아니라 은유이자 암시이기 때문이다. 거울이 깨졌을 때 두 자아의 소통은 단절되고, 그 간극은 벽이 된다. 주체의 의식을 투사하는 빛마저 차단된 이 거울은, 자아는 물론 독자까지 찌르는 칼날이 되고 만다. 신음으로 흘러넘치는 거울은 시적 진실을 끌어들이는 빛이 된다.

아르헨티나의 저명한 작가, 보르헤스는 「원반」에서 늙은 왕의 입을 통해 자신의 견해를 피력한다. "나는 오두막에서 태어났고 또 여기서 곧 죽을 것이다. 추방당해 방랑하고 있지만 나는 여전히 왕이다. 왜냐면 원반을 가지고 있기 때문이지." 자신이 가진 오딘의 원반 때문에 화자에 의해 곧 살해당할 운명임을 모르는 늙은 왕은 말을 이어간다. "그것을 보고 싶으냐. 오직 한쪽 면밖에 가지고 있지 않지. 지구에서 단 하나밖에 없는 물체는 이것 하나뿐. 이것이 내 손안에 있는 한, 나는 왕이다."

상징성이 짙은 이 소설에 나오는 원반은 애초에 한 면밖에 존재하지 않는다. 따라서 그 내면도 이면도 없다. 보르헤스는 의도적으로 원반의 형체를 보여주지 않는다. 다만 허공에서 잠깐 반짝이다 사라져 버린 원반을 본 화자가 노인을 죽이고, 그 원반을 찾아 지금껏 헤매고 있다 말할 뿐이다. 이처럼 표면을 부유하며 끝없이 떠돌다가 돌연 그것을 겨냥하게 만드는, 모순적 양상을 보이는 것이 시의 자리가 아닌가싶다.

2부 '욕망의 변주- 상처와 치유의 에티카'는 소설에 관한 글들을 묶었다. 이는 작가가 인간과 세계를 어떻게 읽고 있으며, 그것을 왜 써야만 했는지에 대한 답변이다. 소설은 다양한 삶의 양태를 분석하는 데 가장 유효한 수단 중 하나이다. 총체성에 의

하여 인간과 이 세계가 맺는 관계의 양상, 이로 인한 갈등과 화해, 상처와 치유의 과정을 펼쳐 보이면서 근원적 존재의 비의를 파헤치는 것이 소설의 자리다. 인간이 죽음을 향해 달려가는 존재만은 아니지만, 우리의 삶은 항상 죽음을 껴안고 있기에 삶과 죽음, 그것이 충돌하는 자리에서 존재의 비극적 서사가 시작된다. 실체가 없지만 있는 것, 존재하지만 부재하는 것. 이렇게 실제와 상상, 가능한 것과 불가능한 것이 모순되게 느껴지지 않는 상태, 과거이면서 현재이며 동시에 미래인 문학의 숲에서 실존의 맑은 물은 솟아난다.

여기에는 특별한 청탁 때문에 쓴 글과 마음 내키는 대로 쓰고 발표하지 않은 원고가 뒤섞여 있다. 내용이 범박하기도 하고 성글지 못한 대목도 있으리라고 본다. 이 책의 부족함은 훗날의 저작과 대화적 관계 속에서 그 여백을 채워나갈 것이다. 수고스러운 출판의 책임을 맡아주신 〈고요아침〉과 편집자에게 깊은 감사를 드린다.

2021년 9월
저자 김수형 씀

차례

/

제1부

거울과 꿈

물화된 삶에서 죽음으로 가는 방법론 찾기
― 고광식, 『외계행성 사과밭』

들어가며

고광식 시인은 1990년 ≪민족과문학≫ 신인상을 받고, 2014년 서울신문 신춘문예를 통해 문학평론가로 등단하였다. 『외계행성 사과밭』(2020년)은 공식적으로는 등단 후 30년 만에 발간된 첫 시집이다. 대체로 제 1시집은 습작시절의 시가 다수 실리게 된다. 따라서 첫 시집을 통해 시인의 다양한 시 세계를 살펴볼 수 있는데, 고광식의 경우에는 이미 고정된 시적 경향이 형성되어 있다. 이는 근작들을 중심으로 첫 시집을 발간하였다는 것을 방증하는 것이다.

죽음과 관련된 이미지들을 곳곳에 내장함으로써 "삶을 완성하는" 역설적인 힘을 보여주는 그의 시는 자본주의적 삶 속에서 희망을 찾는 하나의 방법론을 제시한다. 외계 행성과 '달'을 꿈꾸는 그의 시는 관습화된 삶을 해체하고 죽음을 되돌아보게 한다.

1. 삶의 해체와 죽음에 대한 사유

인간이 산다는 것은 나날이 늙어가는 과정이며, 늙는다는 것은 인간 존재의 소멸, 즉 죽음에 다가서는 여정이다. 고광식의 시는 인간의 현존을 "죽음을 향한 존재"라고 규정했던 하이데거나 "나의 죽음은 나보다 나중에 죽을 사람들에게 의미가 있을 뿐, 따라서 나의 죽음은 나의 것이 아니라 타자들의 것"이라 정의한 샤르트르의 사유를 떠올리게 한다. 생생한 삶의 현장에서 죽음에 대한 인식을 보여주는 그의 시는 삶과 죽음이 결국 한통속이란 사유를 보여주고 있다.

인용 시에서 화자는 활어의 몸에 섬뜩하게 파고드는 '칼날'을 통해 죽음과 직면한 생명체의 치열한 현장을 직시한다.

자세를 바꿀 때마다
잘린 대가리가 도마 밑으로 굴러가 섞인다
차례가 가까워질수록 칼날은 더욱 섬뜩해진다
여자는 꿈틀대며 파고드는
칼날의 통증을 서로 다른 주머니에 넣는다

생선 토막에서 흘러나온 노을이 미끄럽다
일몰이면서 일출인 좌판 위로
햇볕에 말라비틀어진 파도 조각이 얹힌다
도마는 칼자국이 선명하여 오히려 편안하다
시퍼런 칼날에 맺힌 파도가
우럭 광어 도미의 지느러미를 잡는다

갯골은 산도를 열어 칼날 위에 선다
섞이지 않기 위하여 이름을 부른다
여자는 자꾸만 펄떡이는 파도를 하나씩 토막 낸다

너희는 서로 낯을 익히며

칼

다르더라도 죽음을 함께 맞이하며

칼 칼

벌어지고 있는 바다의 가랑이를 외면하며

칼 칼 칼

노을 묻은 칼날은 언제나 예리하고

먼바다는 붉은 이비야(耳鼻爺)처럼 출렁인다

도마 위 꼬리지느러미를 따라 아가미가 썰려 나간다

바닷물이 빠져나간

갯골이 뱀처럼 뜨겁게 구부러진다

시퍼런 칼날을 좌판 너머로 본다

바다를 기억하는 눈알들이 뒤섞여 뒹군다

칼을 행주로 닦는

소래 5호 여자가 웃는다

낯선 지느러미들로 어시장은 질퍽거리고

잘리며 하나가 된 대가리들이

차례대로 5호 여자의 자궁 속으로 숨어든다

밀물이 들어오는 포구가 피범벅이다

갯골이 구부러진 파도를 화투장처럼 섞기 시작한다

—「믹소포비아의 시간」 전문

믹소포비아(Mixophobia)는 자신과 성향이 다른 낯선 것과 섞이는 것에 대한 공포증이다. 난민 유입에 반대하고, 다문화 사회에 대해 거부감을 느끼고 사람들, 심지어는 조선족을 색안경 낀 눈으로 바라보며 거부감을 느끼는 사람들이 이에 해당된다. 인간은 잘 모르는 대상이나 낯선 것을 경계한다. 쥐가 들끓는 상자에 손을 넣는 행위보다 더 두려운 일은 검게 칠해져서 무엇이 들어있는지 모르는 상자에 손을 넣어야 하는 것이다.

이 시에서는 뒤섞임의 두렵고 불안한 심리를 "꿈틀대며 파고 드는/ 칼날의 통증"으로 표현하고 있다. "우럭 광어 도미"가 자신의 내부로 뭔가를 받아들이기 위해서는 첫 행에서처럼 자신의 자세를 바꾸고 "잘린 대가리가 도마 밑으로 굴러가 섞"일 각오를 해야 한다. 이 대목은 샤먼이 지배하던 신라가 불교라는 낯선 종교를 받아들이기 위해 피를 흘려야 했던 역사를 떠올리게 한다. 물고기가 토막 나면서 생선으로 변하면서 비린내 나는 피가 흘러나오는데, 화자는 이를 "생선 토막에서 흘러나온 노을이 미끄 럽다"라고 형상화한다.

소래 5호 여자는 "갯골은 산도를 열어 칼날 위에" 서게 함으로써 "펄떡이는 파도를 하나씩 토막" 내어 서로 다른 파도와 지 느러미지만, "서로 낯을 익히며" 함께 죽어가라고 칼질을 한다. "먼바다는 붉은 이비야(耳鼻爺)처럼" 몸의 부위를 떼어가고 낯선 대상과 뒤섞임으로 인한 충격과 공포는 "바다를 기억하는 눈 알들"만 "뒤섞여 딩"구는 광경으로 형상화된다.

다른 대상과 섞여서 "잘리며 하나가 된 대가리들이/ 차례대로 5호 여자의 자궁 속으로 숨어"드는 장면은, 믹스포비아적인 삶이 끝남으로써 생명 탄생의 성소인 '자궁'에서 새로운 삶이 시작된다는 것을 암시한다. 이는 2연의 "일몰이면서 일출인 좌판" 과 의미론적으로 연결된다. 이렇게 새로운 요소의 유입은 "밀물이 들어오는 포구가 피범벅"인 장면으로 구체화된다.

다음 작품은 살아 있는 물고기가 아닌 피자집이 철거되면서 해체되는 정경을 세밀하게 묘사하고 있다.

폭설을 맞으며 폐업을 하는 피자집
상처를 긁어내기 위해 트럭이 2.5톤 짐칸을
가게 안으로 깊숙이 들이민다
피자 굽는 냄새에 행복하게 웃음 짓던
아이들의 표정을 짐칸에 신고 나면
슬픔은 손으로 두드려 만든 피자처럼 쫄깃해진다
시린 눈송이는 환하게 불 켜진
철거 현장으로 문득 멈춰 서서 내린다
피자의 맛마저 떠올릴 수 없이 구겨진 차림표가
아무렇게나 부서진 벽돌과 함께 짐칸에 실리면
개업식 때 이벤트로 쏘아 올린 음악 소리만
쾅쾅 짐칸을 홀로 울린다
뜯어낼수록 더 허기가 지는 가게 안
실내장식 소품들이 부러진 갈비뼈 드러낸다
하나씩 비워 감으로써
상처 난 살에 새살이 돋는 걸까
논고개로 택지 개발 지역 버스 정류장 앞
인도로 머리만 내놓은 트럭에 실리는
탁자와 의자가 쭉정이처럼 가볍다
푸른 꿈을 석 달 만에 접은 젊은 부부가
생살 돋는 날들을 헤아리는 듯 폭설을 맞고 있다
피자 가게를 잘게 부숴 짐칸에 실은
트럭이 부르르 몸을 떤다

―「트럭의 우울」 전문

택지 개발이라는 미명하에 "폭설을 맞으며 폐업을 하는 피자집"이 그려지고 있다. 철거 현장에는 피자 가게를 열면서 피워 올렸을 "푸른 꿈을 석 달 만에 접은 젊은 부부"가 "개업식 때 이벤트로 쏘아 올린 음악 소리" 대신 쾅쾅거리는 소음들만 들려온다. "환하게 불 켜진/ 철거 현장으로 문득 멈춰 서서 내"리는 시린 눈송이들은 피자집 부부의 심정을 드러냄과 동시에 철거 현장을 더욱 스산한 느낌으로 다가오게 한다. 철거의 대상인 피자집이나 주체인 트럭에 생명이 부여되어("뜯어낼수록 더 허기가 지는 가게 안", "트럭이 부르르 몸을 떤다") 철거 현장 자체가 물활론적으로 형상화된다.

재개발을 위한 철거는 자본주의의 속성을 여실히 드러낸다. "잡히면 부위별로 나뉘고 뼈까지 사나흘씩 추려"(「자본주의」)지는 것이 바로 비정한 자본주의의 민낯이기 때문이다. 앞의 시에서처럼 이 시 속의 죽음은 삶과 만나며 절망 역시, 희망과 만나게 된다. "젊은 부부가/ 생살 돋는 날들을 헤아리는 듯 폭설을 맞고 있"는 풍경이 이를 유비한다.

2. 자본주의 삶 속에서 희망 찾기

자본주의는 인간의 욕망을 드러내기에 좋은 제도다. 인간의 본능적 욕구가 물질문명과 마주치면서, 광범위하고 다양한 욕망의 층위가 만들어졌기 때문이다. "인간은 요구의 창조물이 아니라 욕망의 창조물이다"라고 했던 가스통 바슐라르의 말처럼, 욕망은 인간의 삶을 이어가는 근원적인 힘이 된다. 자본주의의 논

리에 의해서 상품화되는 인간의 욕망은 시인의 예리한 눈빛에
걸려 그 실체를 드러낸다.

오늘은 녹아내린 얼굴에 새털구름을 이식하는 날

이식편을 양쪽 뺨에 그물처럼 늘려 놓으면
구름 보조개가 혓바닥을 끊임없이 빨아들일 거야

흙탕물은 피부를 자극하며 어디로든 흘러갈 거야

구름 입자 하나씩 이식하는
손가락마다 묻어나는 물방울들

실내 온도와 조명 각도 때문에
사람들의 욕설도 녹아내릴 거라 생각해

(중략)

이제 혓바닥이 수직으로 발달하여
성층권을 넘는다 해도 두렵지 않아

구름은 진피조직을 자극하며 차오르고
구름 보조개가
거리의 혓바닥을 재배열할 테니까
　　　　　　　　　—「구름 이식 수술-감정노동자 J에게」 전문

감정노동이라는 추상적인 내용을 구름으로 전개해 나간 상

상력이 돋보이는 시다. '감정노동'은 실제로 느끼는 감정과 상관 없이 업무상 필요한 특정 감정을 생산해야 하는 일이다. 콜센터 직원, 텔레마케터, 항공기 승무원, 백화점 판매원 등과 같은 감정노동자들은 고객이 원하는 대로 "표정은/ 봉합술로 하얗게 빛 나고"에서처럼 상냥한 얼굴과 말투를 유지해야 한다. 고객 만족 이란 마케팅을 위해 직원이 고객에게 무릎을 꿇는 일까지 발생 하고 있다. 감정노동자가 받는 스트레스는 타인에 대한 적대감 으로 나타나고, 심한 경우엔 정신질환과 자살로 이어진다.

친절한 태도를 견지하고 있어도 "사람들의 욕설"을 들어야 하는 감정노동자들의 안쓰러운 삶에 화자는 "오늘은 녹아내린 얼굴에 새털구름을 이식하는 날"이라는 위로의 언사를 보낸다. 구름은 유형과 무형을 오가는 중간 세계의 존재다. "각종 구름이 날아다니는 저녁"은 "맨홀처럼 둥글게 열상 입은 붉은 노을"의 상처를 벗겨 내고 치유하는 시간이다. 하루의 일과를 마감하는 저녁에 화자는 감정노동자들을 위해 "구름 보조개"가 무례한 "거 리의 혓바닥을 재배열"하기를 상상해보는 것이다. 다음 작품에 서도 '구름'과 '바다'의 상상력이 두드러지게 나타난다.

파도는 가끔씩 구름과 구름 틈으로 솟구쳐요 우리도 수천억 마리 부 레에 공기를 넣으면 구름을 넘을 수 있나요 크릴새우는 흰긴수염고래 입 속으로 들어가 흰긴수염고래가 돼요 약한 것들은 늘 함께 헤엄을 쳐요 어 부처럼 저인망 그물로 높이뛰기를 시도해도 되나요 불안한 구름은 몸을 낮춰 바다에 가라앉았어요

진동을 느끼며 파도는 구름을 바라봐요 흔들리다가 만들어지는 부레

기둥, 운동회날 떠우는 풍선보다 더 크고 아슬아슬하게 공기주머니가 부풀어요

　당신은 소금을 뿌리려고 구름을 난도질하나요 날개 없는 것들은 모두 수장돼요 구름이 척추동물의 몸짓을 흉내내요 침몰선은 오래된 집인가요 구석진 방에서 물고기떼가 체외수정을 시작했어요 이윽고 수천억 개의 부레가 터져 물방울만 수면으로 솟구쳐 올라요

—「침몰선」 전문

　파도가 구름까지 솟구치듯이 부레에 공기를 넣으면 구름을 넘을지도 모른다는 꿈, 그리고 "불안한 구름은 몸을 낮춰 바다에 가라앉"는 현실이 늘 공존하는 것이 우리가 살아가는 세계다. 구름은 여러 모양을 만들었다가 지우고 흩어져서 다시 모이는 몽상적 이미지다. 화자는 이 구름을 통해 세계를 경험하고 새로운 세계에 눈떠 간다. 이 눈뜸은 희망이 되어 "운동회날 떠우는 풍선보다 더 크고 아슬아슬하게 공기주머니가 부풀어" 오른다. 그러나 "소금을 뿌리려고 구름을 난도질"하는 당신에 의해 무정형의 구름은 척추동물처럼 잘려나가 바닷속 깊이 침몰선이 되어 가라앉아 버린다.

　이렇게 볼 때 이 시는 희망의 생성과 함께 절망의 인식이라는 비극적인 세계에 대한 눈뜸을 그리고 있다. 그러나 고광식의 시 대부분이 그렇듯이 이 작품도 절망적인 결말로 치닫지는 않는다. 침몰선의 폐쇄되고 구석진 방에서나마 "물고기떼가 체외수정을 시작"하고 "수천억 개의 부레가 터져 물방울만 수면으로 솟구"치기 때문이다.

3. 달의 분화구에서 바라보는 지구

빈 옷소매가 바람에 펄럭였다
팔월의 좁은 골목길로 흘러드는 별똥별처럼
벌어진 문틈으로 들어오는 눈보라
한쪽 팔이 없는 사내가 털모자를 깊숙이 눌러쓰고
뜨겁게 달구어진 팬에 반죽을 넣는다

신호등이 사내의 삶 앞에서 항상 붉은색이어도
아이들의 기호가 돌고래자리인지 독수리자리인지를 생각한다
고객이 원하는 상품을 만든다는 것은
마케팅의 제1원칙이라고 발걸음 소리에 귀 기울인다

밤하늘의 검은 여백을 조절한 팬 앞에서
반죽이 금강석이 되도록 달을 구우려 했지만
뚜껑을 여니 이번에도 실패다
검게 타서 반은 숯덩이가 된 분화구
달을 굽다가 실패하면 어떤가

사내는 예열된 팬에 또다시 반죽을 떠 넣으며
과자처럼 바삭하지는 않지만
자꾸 손이 가는 토끼를 품은 달을 굽는다

테이크아웃 커피를 들고 스쳐 지나간 얼굴들
환상통을 앓으며 그들을 굽고 나자
불꽃이 분출하는 분화구가 만들어졌다
갈색의 달이 생크림 모자를 쓰고 있다

— 「달을 굽는 사내」 전문

유년시절의 추억을 소환하게 하는 시다. 학교 문방구 앞에서 연탄불 위에 국자를 달궈가면서 달이나 별 모양을 만들어내는 달고나 아저씨는 어린이들에게 뭐든지 척척 만들어내는 존재로 인식되곤 했다. 하지만 이 시에서 달고나 굽는 사내는 소외된 존재로 형상화되었다. 털모자를 깊숙이 눌러쓰고 한쪽 팔이 없어서 "빈 옷소매가 바람에 펄럭"이며 "벌어진 문틈으로 들어오는 눈보라"를 다 맞는 그의 삶은 "항상 붉은색" 신호등이 켜져 있다. 그럼에도 사내는 아이들의 꿈을 위해 달을 굽고 또 굽는다.

"검게 타서 반은 숯덩이가 된 분화구"를 보면서도 유일한 희망인 "토끼를 품은 달"을 굽기 위해 그는 "예열된 팬에 또다시 반죽을 떠 넣"는다. 그런데 사내는 왜 자꾸 달을 굽는 것일까? 조세희의 「난쟁이가 쏘아올린 작은 공」에서 아버지가 그토록 가고 싶었던 이상세계는 '달나라'였다. 지배와 억압이 없고 가난과 멸시도 없는 공간이 바로 '달나라'이기 때문이다. 난쟁이는 굴뚝에 떨어져 생을 놓음으로써 결국 달나라로 가게 된다.

달을 굽던 사내(화자) 역시 지구를 떠나 달에 도착한다. 그러나 다음 시에서 묘사되는 '달'은 여전히 배고픔과 소유와 부재가 존재하는 곳이다.

지구가 우주에 피어난 사과꽃처럼 보이는 시간엔
배고픔도 사과 껍질처럼 길어진다
우주 버스는 안드로메다를 떠도는 꽃잎으로 반짝이다가
외계 행성의 분화구에 쏟아 놓는다

사과나무를 심다 보면 UFO가 떼 지어 날아다닌다
그것은 일종의 보너스 같은 거지
이때 나는 외계인들이 던져준 물고기를 모아 놓는다
무중력 속의 사과밭에서 물고기로 허기를 달랜다

우리 가족은 천체망원경을 들고 수시로 나를 관찰한다
그들의 눈엔 끊어지지 않고 늘어진 사과 껍질이 보일까

내가 새로운 외계 행성 사과밭을 개척할 때면
돌아오라 아들아, 아버지는 메시지를 보낸다
아버지는 나에 대한 소유권을 주장하지만
끝까지 버티며 반쯤 핀 사과꽃만 전송한다

분화구 사과밭에서 바라보는 지구는 아름다워
기억은 선명한 미장센으로 펼쳐진다
그런데 붉은 사과에서 휘파람 소리가 들리다니
적응 안 되는 환경이 두렵다

변함없이 지구의 자전과 공전은 계속되었고
나는 외계 행성의 DNA를 코로 힘껏 흡입했다
벌거벗은 몸이 떠오르며 우주 전체가 따뜻해졌다
이곳에서 보면 지구는 사과를 떨어뜨리기에 너무 멀다

—「외계 행성 사과밭」 전문

    화자는 '달'이라는 "새로운 외계 행성 사과밭을 개척"한다. 하지만 이곳은 "적응 안 되는 환경"이 두려워지는, 낯선 공간이다. '우주 버스'에서 내려 무중력의 사과밭이라는 달에 도착했지만, "외계인들이 던져준 물고기"로 허기를 달랠 정도로 살아가고 있기 때문이다. 그렇다면 '달'은 화자가 꿈꾸던 세계가 아니며, 이상세계로 가기 위한 여정에서 불시착한 곳이나 다름없다. 결국 화자는 자신이 살았던 지구를 다시 떠올리는데, 지구에 대한 "기억은 선명한 미장센으로 펼쳐"진다. 이때 물신화된 자본주의가 횡행하는 지구는 그 기억이 은폐되고 왜곡되면서 아름다운 공간으로 재탄생한다.

이는 프로이드가 말한 '은폐기억[screen memory, 隱蔽記憶]'과도 같다. 인간은 불안을 해소하려고 현실에서 어떤 상징적 질서와 동일화를 꾀한다. 그런데 이 노력이 실패했을 때 '행복했던 과거'를 먼저 떠올린다. 이 은폐기억은 인간이 실패에 따른 고통과 대면하는 것을 회피하게 한다. 또 현재에서는 찾을 수 없는 동일화의 기억을 과거에서 찾게 하여 자신을 둘러싼 사회구조를 온전하게 유지할 수 있게 만든다. 이런 맥락에서 화자가 아름다운 지구를 떠올리는 이유는 달에서의 삶 역시 실패했기 때문이며, 그 실패를 잊으려는 무의식적 전위 행위임을 알 수 있다. 이는 달의 분화구 사과밭에서 바라보는 지구가 아름다워 "우주에 피어난 사과꽃"으로 보인다는 언술에서 유추할 수 있다.

나가며

물질이 정신보다 높게 평가되는 시대에 자본주의의 모순과 비윤리적 구조를 고발하는 그의 시 쓰기는 자아 성찰과 더불어 우리 사회의 윤리를 회복하려는 의도가 담겨있다. 비정한 현실에 대한 고광식의 시선은 아이러니하게도 물신화된 욕망에 의해 끊임없이 도전과 감시를 받기도 한다. 그럼에도 그는 이 세계를 탐색하려는 열망을 버리지 않는다. 물화된 세계를 바라보며 불안정한 인간의 욕망을 끊임없이 반성하고 그것을 새롭게 표현한다.

요컨대 고광식의 『외계 행성 사과밭』은 물화된 삶 속에서의 죽음을 형상화하고 있지만, 결국 삶과 죽음, 이상과 현실, 희망과 절망이 근본적으로 하나라는 인식을 보여준다. 양면적 존재의 근원을 드러내는 변증법으로써 지구에서 바라본 달도, 달의 분화구에서 바라본 지구도, 이번 생을 견디며 살아가야 하는 시인의 삶도, 꿈과 좌절도 결국 그 뿌리가 하나라는 사유를 내비치는 것이다. 시인은 고통과 좌절이라는 자양분을 먹고 사는 존재이며, 시는 그 고통을 통해 황홀하게 피어난다. 그래도 외계 어딘가에 사과밭이 있으리라는 믿음. 그 불온한 희망을 우리에게 전달하고 있는 고광식의 시는 치렁치렁한 가지를 뻗어 꽃 피우고, 열매 맺는 고통의 축제에 한층 더 치열하게 다가서고 있다.

'꿈의 꿈'을 위한 이상한 그림 속으로
— 김유림, 『세 개 이상의 이상한 모형』

범람하는 문예지 속에서 아직 당도하지 않은 시를 탐색하는 일은 즐겁다. 한국시단의 지형도를 살펴보며, 전체적인 경향성과 함께 변화하는 시대의 문화적 코드도 읽어낼 수 있기 때문이다. 이를 위해서는 현대시의 병폐라 지적되어 온 자의식의 과잉을 걷어내고, 큰 그림을 그리면서 약진하고 있는 일련의 젊은 시인들을 주목해야 한다.

바람이 세게 분다. 방울 울리는 소리가 들린다. 무섭다. 방울은 보이지도 않는데 운다.
새는 아까부터 울고 있었다. 바람 없이도, 그런 걸 애정이라 할 수 있다. 방울은 이제 따르르
울기도 하고 파르르 울기도 한다

나는 물론 울지 않는다.
—『세 개 이상의 모형』(문학과지성사)

이상한 기호가 잔뜩 그려진 기이한 시를 내세우며, 한국문학사에 등장한 이상과 혈연관계임을 내비치는 일군의 시인들은 늘

존재했다. 그리고 그들이 그려놓은 지도를 따라가다 보면 모호한 이미지와 언어의 부림을 통해서 존재의 서사를 꿈꾸고, 문학사의 한 장면을 장악하고자 하는 이름이 보인다. 거기에 김유림이 있다. 부유하는 이미지의 에디터이자 이상한 시·공간의 기획자로 비교적 최근에(2016) 등장한 그는 자신의 몫으로 어떤 거대서사의 장면을 펼쳐놓았을까. 재기발랄한 김유림을 통해 2020년 이후 미래시단의 전망에 대해 탐색해보자.

1. 좀 더 큰 모형의 그림이 필요하다면

엘레네 일어나, 누군가 내 머리를 두드렸다. 책임질 수 없는 바람이 불고 있었다. 바로 이거라고, 생각하는데 엘레네 일어나, 누군가 다시 내 머리를 두드렸다. 여기서 멈출 수 없는 서사가 시작되었으면 좋았을 텐데. 남자가 개에게 끌려가고 있다. 목줄 없이도. 그들이 나를 한번 쳐다봐주길 바랐다. 나무에 뎅강 걸린 연의 꼬리가 흔들리는데 엘레네 일어나, 누군가 내 어깨를 두드린다. 나는 일어나지 않고 고개도 돌리지 않아왔다. 오래되었다. 오래되어 닳은 게 있다면 그게 내 이름이다. 그는 언제나 내게 거기까지 하라고 말했었지. 자 일어나, 누군가 머리를 두드렸다. 흰 배드민턴공이 지나가고

여기가 끝인가
일어날 수 없는 대상들: 머리는 몸통에 대해 궁금해졌을 것이다.

김유림의 시는 정형화된 세계의 필연적인 질서를 거부하고 우연히 만들어진 공간의 질서를 수용하는 것에서부터 출발한다. 가령 이런 식. 가상과 현실이 뒤섞인 듯한 공간을 보여주면서,

누군가의 호명에도 일어설 수 없는 무력한 주체의 이름을 나열한다.

『세 개 이상의 모형』에 흐르는 전반적인 정서를 반영하며, 김유림의 시 세계를 관통하는「엘레네」속으로 들어가 보자. 시집의 序詩 역할을 하는「엘레네」는 고유명사로 시작되고 있다, "엘레네, 일어나"라고. 근자에 이르러 젊은 시인들의 시에 이름이나 고유명사가 자주 등장한다. 김유림의 시는 이런 특성이 더욱 도드라져 보인다.

먼저 서시의 도입부를 살펴보자.

누군가 화자의 이름을 부르며 머리를 두드린다. '나'는 마치 (책상에 엎드려서) 깜빡 잠이 든 것 같다. 엘레나, 라는 호명에 이어 화자로서 불려나오긴 했지만, 나는 '내'가 왜 그렇게 불리는 것인지 설명할 수 없고, 이는 그저 우연한 현상일 뿐이며, 이름과 나의 상관관계 역시, 측량할 길이 없다. 이 시의 화자는 실존하는 주체로서 육화되지 못하고, 관습적인 이름에 불려 나오기는 했지만 그저 불려 나왔을 뿐이다. '내'가 오래되어 낡은 것이 있다면, 그건 이름뿐이라 자조하듯 고백하는 이유가 여기에 있다.

실제로 '내'가 잠에 빠져있었던 것인지도 명확하지 않다. 시적 상황이 꿈속인지 상상인지와, 장면이 펼쳐지는 구체적인 공간역시, 한국인지 외국인지조차 알 수 없다. 시간과 장소성을 짐작할 수 없게 만드는, 몽환적인 시·공간에서 화자는 무언가를 계속 감각한다. "생각하는(데)~ 흔들리는(데): 좋았을 텐(데)"라 되뇌며 과거를 회상한다. 그 과정에서 무언가를 갈구하고, 끝내 당도하지 못한 어떤 세계의 징후를 포착하는 것이다.

하지만 타자의 목소리가 반복되는 데도, 화자는 회상과 상상, 독백으로 일관하면서, 누군가 어깨까지 두드려도 일어나지 않고 고개도 "돌리지도 않아왔다." 그럼에도 화자의 무의식을 깨우는 듯한 '책임질 수 없는 바람'이 불고, 그 바람에 나는 "바로 이거라고" 자각을 하게 된다.

그렇다면 엘레네의 이름을 부르는 이는 누구인가. '나'를 반복해서 부르는 타자의 목소리는 대체 어디에서 들려오는가. 목소리의 실체를 명확히 알 수는 없으나, 화자의 시선과 위치를 감안하자면, 저 위 높은 곳에서 들려오는 절대자의 것으로 읽힌다.

텍스트 자체만을 순전하게 접근해 보면, 비교적 짧은 시에서 "엘레네 일어나(자 일어나)"와 "누군가 내 머리(어깨)를 (다시) 두드렸다"가 4번이나 반복되고 있다. 이 지점에 주목해보자. 반복은 의미를 강화하거나 역설적으로 의미를 지우는 데 사용되는 것이 통상적인데, 이러한 반복이 주는 효과는 무엇인가. '누군가'는 '나'를 왜 계속 호명하며 왜 머리와 어깨를 두드리는가. '나'는 왜 타자의 시선을 욕망하면서도 여전히 "일어나지" 못하는가?

이렇게 적잖이 의심스러운 발화의 층위에서 주목해야 할 것은 이 세계를 지배하고 있는 인간관계의 내적 질서와 시선의 차이다. 즉, 내가 타인을 어떻게 인식하고 타인에게 나는 어떻게 인식되는가이다. 시선의 문제는 A와 B가 서로 마주 보거나 A와 B가 등을 돌리고 있거나, 아니면 A만 B를 바라보거나 B만 A를 바라보는 경우를 가정할 수 있다. 이 시에서는 '누군가'만 '나'를 바라보기에 '나'는 그 '누군가'의 정체를 끝까지 알 수 없으며 끝까지 실존하는 주체가 아닌, 누군가로만 남는다.

이때의 타자는 '나'를 바라보며 내가 어떤 존재인지를 파악하는 사람(사르트르)'이다. '나'라는 존재는 타자의 인식 속에서 '엘레네'라는 이름으로 규정된 후 반복되고 누적된다. 그러나 타인의 시선이 변화함에 따라 나는 나와 전혀 상관없는 존재로 변질될 수도 있다. '내' 이름이 엘레네이든 아니든 그 무엇이든 상관이 없다. 그래서 나는 "그들이 한 번 나를 (제대로) 쳐다봐주길", 주체로서의 '내' 본질을 인식해주기를 욕망한다. 그렇기에 '나'는 엎드려 있지만, 결코 잠들어 있었던 것은 아니다. 엘레네로 지칭되는 화자는 깨어있으면서, 타자(누군가)의 말과 행동을 끊임없이 인식하면서 "일어나지 않고 고개를 돌리지도 않고" 주춤거리고 있다. 그렇다면 "어서 일어나"라며, 나를 깨우고자 하는 절대자와 나를 가로막는 그는 동일인물인가. 정황상 그렇지는 않을 것이다.

이렇게 모호한 인식의 층위에서 계속 엎드린 채로 주변을 파악할 때, 나는 파편적인 시선으로 대상을 인식할 수밖에 없다. 이것이 '내'가 과거에 "책임질 수 없는 바람이 불고 있"던 것을 기억하며, "바로 이거(다)"라고 "생각하"는 현재의 시점에서도, 누군가 '나'를 불러도 일어서지 못하는 이유다. 이런 화자의 상황은 목줄 없이도 개에게 끌려가는 남자와, 하늘로 상승하지 못한 나무에 뎅강 걸려 흔들리는 연의 이미지로 자연스레 이어진다. 즉, 목줄도 없이 개에게 끌려가는 남자 같은 전도된 이미지와 "흔들"리면서도 자유롭게 날아가지 못하고, 나무에 걸려있는 연의 모습과 '나'는 동일한 선상에 위치하는 것이다.

인간이 개에게 '끌려가는' 것을 화자가 자연스럽게 바라보는 이유는 무엇인가? 대상을 바라보는 시선의 차이 때문일 것이다. 사실, 현실세계의 상황을 뒤집어서 바라보자면, 개의 목줄에 의해 끌려가고 있는 것은 개가 아닌, 바로 인간 자신이다. 이러한 혼돈된 정황과 의식세계를 뒤섞으면서 자연스럽게 세계의 본질과 징후를 포착하는 것이 김유림 시의 특성이다. '두드렸다→두드렸다→두드린다→두드렸다'와 같이 과거와 현재, 현재와 과거가 뒤섞이며 시간을 무화시키고, 누군가의 계속되는 호명에도 일어나지 않던 화자는 마침내 "오래되어 닳은 게 있다면 그게 내 이름"이라 고백하기에 이른다. 그런 좌절된 인식을 자각하는 지점에서 이를 가로막는 듯이 "거기까지만 해",라고 말하는 "그"가 불쑥, 끼어든다,

한편, 모든 것이 무기력하며 느릿하게 흘러가는 이 시에서 이질적인 사물 하나가 등장한다. 느닷없이 빠른 속도로 진입하는 공이다. "흰 배드민턴 공"이 마치 침입자처럼 획, 지나간다. 이 어긋나는 장면을 매개체로 하여, 다음 연에서 화자는 환상에서 깨어나고 있다. 가상의 세계에서 화자에게만 던져지는 의문들이 현실세계의 다른 대상들에게 확장되는 형국이다. 말하자면, 여전히 당도하지 못한 세계에 대한 질문들이 "여기가 끝인가"라며 허무하게 끝날 수 있는 지점에서, 다시 시작되는 것이다. 이렇게 타자의 시선과 '나'의 위치는 대상과 세계의 관계맺기란 강력한 화두를 보여준다. 일어서지 못하는 존재가 비단 '나'뿐만 아니라 복수의 대상들로 확대되는 것이다.

그렇다면 대상과의 연계를 위한 심층묘사와 화자의 내면이 확연하게는 잡히지 않는 이 시에서 "일어날 수 없는 대상들:"은 과연 무엇일까? 이는 중의적인 의미로 읽힌다. '(엎드린 나처럼 멈춰버린) 일어날 수 없는 묶인 대상들'이라는 의미와 '(꿈이 아닌 현실에서는) 결코 발생할 수 없는 일들'이라는 의미가 그것이

다. 어떤 의미로 해석하든 "머리는 몸통에 대해 궁금해졌을 것이다"라는 언술은 환상이나 상상만으로 채울 수 없는 현실세계의 무력한 존재들에 대한 자각을 단순한 방식으로 환기시키고 만다.

거칠게 말하자면 이 시에서 화자가 욕망하고 바라보는 타자의 시선은 권력이다. 타자는 나를 판단하고 규정하고 평가하는 힘이다. "거기까지" 하고 그만 일어나라고 누군가가 다시 머리를 두드리자 멈춤은 지속되고 이때 '공'이 도입된다. 이 공은 시에서 가장 빠르게 공간을 이동하는 사물이다. '나'는 언뜻 내비친 희미한 희망 같은 것을 감지하면서도 "여기가 끝인가"라고 반문하고 "머리는 몸통에 대해 궁금해졌을 것이다"라며 묶여있는 대상들에 대한 존재적인 의문으로 회귀한다.

실존은 존재의 본질에 앞선다. 과거의 기억은 피투적인 존재의 정체성을 자극하는 통로이다. 이 출구에 의해서 자의적으로 배치된 특정한 결과물인, 화자의 이름은 날짜와 시공간을 재배치다면 누군가에 의해 대체될 수도 있는 무의미한 것이다. 그렇기에 타자와 나를 구분하는 시선의 차이는 별 의미가 없다 하겠다. 있었던 일과 있을지도 모를 일은 회상하는 의문만으로는 실존하는 존재의 기투는 이루어질 수 없다. 그러나 이러한 비선형적인 세계관 속에서 과거와 현재, 환상과 현실, 대화와 독백을 연속적인 장면으로 하나가 되게끔 뒤섞고 공간을 재배치하며 의미를 증폭시키는 김유림의 집요한 기법이 매력적으로 느껴진다.

소통과 불통, 그 '사이'에서 외치다

— 송찬호, 『고양이가 돌아오는 저녁』

1. 존재론적 사유의 역설

하이데거의 말을 빌리자면 시인은 시대의 모험을 감행하는 자다. 그들은 "언어는 존재의 집"이란 말을 무한재생하며 세계의 진실을 바라본다. 시인은 황막한 어둠속에서도 밝은 언어의 신전을 바라보는 투시자다. 흩어져 숨어있는 뭇 존재들을 불러들여 세계의 전면에 배치시킴으로써 근원을 끝없이 묻고 묘파한다. 물론 이와 같은 언어의 신전에서 답이 하나일 수 없다.

대부분의 투시가 근원적 존재의 물음을 좇아 헤매었다면 송찬호의 시는 그 응답을 와해시키는 데 주저함이 없다. 그의 시가 흥미로운 것은 굳어있는 관념이 없기 때문이다.

인간의 실존과 시대의 궁핍을 감지하는 송찬호의 제 1시집은 사물의 심원한 존재성을 생생하게 현시함과 동시에 재편된 세계를 해체한다. 흙은 사각형의 기억이 있는 살아 숨 쉬는 존재로 치환되지만 이내 죽음의 틀로 변환된다. 이 광물은 모든 것들이 어떻게 순환하는지 보여준다. 흙에서 나온 것들은 어떻게 흙으로 다시 돌아가는가. 가난과 죽음, 그 치열한 존재론적 고통의 미학이 담겨 있는 『흙은 사각형의 기억을 갖고 있다』에서 유한

한 모든 것들은 '사각형'의 관 속에 들어가고 마지막으로 그 관을 '흙'이 덮는다. 앞으로는 소식 주지 마십시오/ 병이 깊을 대로 깊어 이제 약 없이도 살 수 있을 것 같습니다/ 이렇게 병든 세계를 헤매다 보면/어느덧 사람들 속에 가 있게 될 것이니까요/ 그의 말처럼 세계는 이미 폐허다. 시인은 그곳에서서 아래 위를 절단당한 통나무와 일그러진 존재의 말과 얼굴을 상상한다. 이미 천년 전에 유실된 목판본을 찾아 헤매는 시인의 말은 『10년 동안의 빈 의자』에서도 말의 존재와 실존과 불화하며 충돌한다. 예컨대 「구두」라는 시에서 구두=새장(구속)과 발=새(자유)의 부딪히며 충돌한다. 『붉은 눈, 동백』에서 실체와 이미지 사이의 아름다움에 초점을 두고 형상화한 시편들을 선보이지만, 그 미적 세계는 끝내 전복된다. 만개한 동백은 송찬호의 시에서 이미 꽃이 아니다. 그것은 피가 뚝뚝 떨어지는 사자의 아가리로 변환된다. 포효하는 맹수의 세계에서 다시 돌아오는 붉은 꽃잎, 둘사이에 존재하는 간극을 접맥하는 이 놀라운 상상력은 『고양이가 돌아오는 저녁』에서 좀 더 확장된다.

고양이가 돌아오는 저녁,

입 안의 비린내를 헹궈내고
달이 솟아오르는 창가
그의 옆에 앉는다

이미 궁기는 감춰두었건만
손을 핥고

연신 등을 부벼대는
이 마음의 비린내를 어쩐다?

나는 처마 끝 달의 찬장을 열고
맑게 씻은
접시 하나 꺼낸다

오늘 저녁엔 내어줄 게
아무 것도 없구나
여기 이 회고 둥근 것이나 핥아보렴

—「고양이가 돌아오는 저녁」 전문

감각적인 이미지로 화자의 정서를 형상화한 시편이다. '고양이'와 '달'이라는 두 개의 축을 기반으로 시상이 전개되는데 시인은 왜 고양이를 달과 중첩시키는가? 저녁은 집 나간 존재(고양이)들이 다시 집으로 돌아오는 시간이며, 달이 돋아나는 시간이다. 달은 형태를 고정하지 않는다. 초승달에서 보름달, 그믐달로 변하는 모양새가 변덕 심한 고양이를 연상시킨다. 달이 구름에 가려졌다 나타나는 것도 숨어 있기 좋아하는 고양이의 속성과 유사하다.

그러나 '고양이'와 '달'의 관계가 그렇게 단순한 것이겠는가. 밤을 상징하는 이 모성적이며 무의식적인 세계는 고양이가 표상하는 상상력과 결합한다. 고양이가 자연적인 '순수'를 의미한다고 볼 때, 순수한 존재가 감내해야 하는 삶은 녹록치 않다. 어쩌겠는가. 순수를 꿈꾸던 삶은 이제 '청빈(淸貧)=가난=궁기(窮氣)'로 변환된다. 궁기의 삶은 '(입 안의/마음의) 비린내'를 느끼게 하는, 누추한 삶이다.

그런데 고양이가 왜 "달이 솟아오르는 창가"에 앉아 있는 것일까? 하늘에 떠 있는 '달'은 지상의 삶, 그 한계를 벗어나려는 욕망이다. '달'은 누추한 삶을 벗어나고자 하는 고양이가 지향하는 세계다. '보름달'='맑게 씻은 접시 하나'='희고 둥근 것'으로 연결되는 둥긂의 이미지, 그 이미저리의 흐름이나, "희고 둥근 것이나 핥아보"라고 권유하는 화자의 언사(言辭)가 이를 시사한다. 이런 점에서 화자인 '나'가 "그(고양이)의 옆에 앉는" 행위는 순수를 추구하는 삶의 연민을 드러낸다. 『고양이가 돌아오는 저녁』은 동화적 상상력을 통해 자연과 문명 사이의 화해, 그리고 순수한 자연의 세계를 회복시키려는 식물적 상상력의 세계로 나아간다.

2. 순수와 잔혹동화의 '사이'

송찬호의 시는 익숙한 사물들을 이질적인 것들을 결합함으로써 통념을 깬다. 동물이나 식물이 자연물과 상호 교류하는 동화에서 인간과 동물은 각자의 정체성을 잃지 않는다. 서로 대등하게 화합하고 공동체를 이루는 양상이다. 이런 동화적 상상력은 자연친화적인 동심의 언어로 표현되지만 그게 다는 아니다. 이 동화는 신화와 주술의 공간을 무한하게 확장시킨다.

이것으로 무엇을 이룰 수 있을 것인가 만년필 끝 이렇게 작고 짧은 삽
날을 나는 여지껏 본 적이 없다
한때 이것으로 허공에 광두정을 박고 술 취한 넥타이나 구름을 걸어

두었다 이것으로 경매에 나오는 죽은 말 대가리 눈 화장을 해주는 미용사 일도 하였다

또 한때, 이것으로 근엄한 장군의 수염을 그리거나 부유한 앵무새의 혓바닥 노릇을 한 적도 있다 그리고 지금은 이것으로 공원묘지의 일을 얻어 비명을 읽어주거나 가끔씩 때늦은 후회의 글을 쓰기도 한다

그리하여 볕 좋은 어느 가을날 오후 나는 눈썹 까만 해바라기 씨를 까먹으면서, 해바라기 그 황금 원반에 새겨진 파카니 크리스탈이니 하는 빛나는 만년필 시대의 이름들을 추억해 보는 것이다

그리고 나는 오래된 만년필을 만지작거리며 지난날 습작의 삶을 돌이켜본다―만년필은 백지의 벽에 머리를 짓찧는다 만년필은 캄캄한 백지 속으로 들어가 오랜 불면의 밤을 밝힌다―이런 수사는 모두 고통스런 지난 일들이다!

하지만 나는 책상 서랍을 여닫을 때마다 혼자 뒹굴어 다니는 이 잊혀진 필기구를 보면서 가끔은 이런 상념에 젖기도 하는 것이다. 거품 부글거리는 이 잉크의 늪에 한 마리 푸른 악어가 산다

—「만년필」전문

시인은 작고 짧은 펜촉을 보며 삽날을 떠올리고, 부글부글 끓는 잉크를 보며 늪에서 꿈틀거리는 '푸른 악어'를 상상한다. 그런데 이 상상력은 동화적 상상력만으로 끝나지 않는다. 이어지는 "한때 이것으로 허공에 광두정을 박고 술 취한 넥타이나 구름을 걸어두었다"는 언술(言述)이 이를 방증한다. 여기에서부터 '만년필'은 '글'이라는 환유로 전환되어 과거의 역사적인 시간으

로 거슬러 올라간다. 광두정(廣頭釘)은 장식을 겸한, 머리가 큰 못이다. 한때는 글(만년필)을 통해 이상을 꿈꾸기(술 취한 넥타이나 구름을 걸어둠)도 했었다.

그러나 글은 한낱 "경매에 나오는 죽은 말 대가리 눈 화장을 해주"거나 "근엄한 장군의 수염을 그리거나 부유한 앵무새의 헛바닥 노릇을" 하는 등 부자나 권력에 빌붙어서 그들의 행적을 찬양하거나 대변하는 역할로 전락해 버렸다. 화자는 지식인들이 학문을 팔아서 권력자나 부자들에게 아부하는 행태를 비판한다. "공원묘지의 일을 얻어 비명을 읽어주거나 가끔씩 때늦은 후회의 글을 쓰기도"하는 몰락한 지식인, 진실을 왜곡하거나 호도(糊塗)하며 살아온 자신을 후회하면서. 다시 자신의 삶으로 돌아온 화자는 만년필을 보며 "파카니 크리스탈이니 하는 빛나는 만년필 시대의 이름들을 추억해 보"거나 "지난날 습작의 삶을 돌이켜" 보지만, 이는 "모두 고통스런 지난 일들"이었음을 고백한다. 그러나 화자가 만년필로 이루려던 꿈을 완전히 버린 것은 아니다. 시가 세상을 바꿀 수 없다는 걸 잘 알지만 그럼에도 시인은 시를 써야 하는 슬픈 존재임을 인식하고 있기 때문이다. "책상 서랍을 여닫을 때마다" 시인은 만년필을 보고 만년필에 잉크를 채우거나 뽑아낼 때 부글거리는 거품을 상상한다. 그러자 놀랍게도 만년필은 한순간에 악어가 꿈틀대는 늪으로 변한다.

그렇다면, 송찬호 시에 나타나는 동화적 상상력과 아이들의 동화의 세계는 동일한 것인가? 다르다면 차이는 무엇일까? 동화책은 해피앤딩만을 보여주지만, 송찬호의 동화는 비극적인 결말도 서슴지 않는다. 예컨대 "여전히 사내는 눈의 여왕을 기다리고 있다"로 시작되는 동화적 상상력(「동사자(凍死者)」)은 얼어 죽은 사내라는 현실을 더 비극적으로 만들기 위한 하나의 장치이며 불행한 결말이다. 비극적 결말은 다른 시편에도 나타난다. 「손거울」(내가 태어난 건 기적이었어요 지금은 젖이 마르고 불모가 되어버린 달의 옆구리에서 태어났으니까요), 「겨울의 여왕」(투룬바 호수의 푸른 눈동자와 오로라 공주도 보겠군요 그런데 어쩌나, 우리는 백설의 구두가 녹을까봐 따뜻한 난로 곁으로 당신을 부르지 못하겠군요)

이렇게 보면 송찬호의 동화적 상상력은 결국 존재의 본질을 깨트림으로써 대상을 넘어선다. 여기에는 심층적 세계가 웅크리고 있다. 그 깊이는 "별을 헤는 밤, 한때 우리는 저 기린의 긴 목을 별을 따는 장대로 사용하였다"(「기린」)에서처럼 기린의 긴 목을 별을 따는 장대로 사용할 줄 아는 아이들에게 기린의 머리에 긁힌 별들이 노래하는 소리까지 듣게 한다.

3. 식물적 상상력의 유형

송찬호 시에 나타난 식물적 상상력은 자연의 생명력이 핵심을 이룬다. 그것의 속성을 강조함으로써 자연과 사람의 관계를 환기시킨다. 의인화된 식물로써 자연과 사람 간의 조화로운 관계를 회복하고자 하는 것이다. 송찬호의 시집에서 두드러지게 나타나는 대상은 '꽃'인데, 꽃의 속성이 물씬 배어있는 「찔레꽃」을 살펴보자.

그해 봄 결혼식 날 아침 네가 집을 떠나면서 나보고 찔레나무 숲에 가 보라 하였다

나는 거울 앞에 앉아 한쪽 눈썹을 밀면서 그 눈썹 자리에 초승달이 돋을 때쯤이면 너를 잊을 수 있겠다 장담하였던 것인데,

읍내 예식장은 떠들썩했겠다 신부도 기쁜 눈물 흘렸겠다 나는 기어이 찔레나무 숲으로 달려가 덤불 아래 엎어놓은 하얀 사기 사발 속 너의 편지를 읽긴 읽었던 것인데 차마 다 읽지는 못하였다

세월은 흘렀다 타관을 떠돌기 어언 이십수 년, 삶이 그렇데 징 소리 한 번에 화들짝 놀라 엉겁결에 무대에 뛰어오르는 거, 어쩌다 고향 뒷산 그 옛 찔레나무 앞에 섰을 때 덤불 아래 그 흰빛 사기 희미한데

예나 지금이나 찔레꽃은 하얬어라 벙어리처럼 하얬어라 눈썹도 없는 것이 꼭 눈썹도 없는 것이 찔레나무 덤불 아래에서 오월의 뱀이 울고 있다

─「찔레꽃」 전문

첫사랑 여자아이가 다른 남자에게 시집가면서 화자에게 마지막 편지를 남기고 나중에 열어보라고 한다. 그 편지는 찔레나무 숲 덤불 아래 엎어놓은 하얀 사기사발 속에 들어 있다. 찔레나무 숲으로 달려가 그녀가 남긴 편지를 읽긴 읽었지만 다 읽지는 못했다는 화자의 마음이 애틋하다. 화자는 "거울 앞에 앉아 한쪽 눈썹을 밀면서 그 눈썹 자리에 초승달이 돋을 때쯤이면 너를 잊을 수 있겠다"고 생각한다. 이쯤 되면 죽어도 지워지지 않을 지독한 사랑이다. 눈썹을초승달에 비유한 것은 일찍이 서정주 시인의 시[1]에 나타난 바 있어서 새로울 것이 없지만, 이 시인

의「찔레꽃」은 눈썹과 초승달의 결합에서 한층 고양된 서정과 언어의 결이 느껴진다.

　세월이 흘러 다 잊힌 줄 알았던 첫사랑의 아픔은 "고향 뒷산 그 옛 찔레나무 앞에" 설 때마다 다시 살아난다. 그녀의 편지를 읽던 옛날이나 지금이나 "찔레꽃은 하얐어라 벙어리처럼 하얐어라"라고 언술하는 화자에게 찔레꽃은 영원한 시·공간 속의 첫사랑으로 남게 된다. "찔레나무 덤불 아래에서 오월의 뱀이 울고 있다"에서 울고 있는 '뱀'은 관능이 아니라 화자의 고통을 드러낸다. 첫사랑의 아픈 기억 속에서 아직도 살아가고 있는 화자의 객관적 상관물이다.

　그의 시에서 나타나는 식물적 상상력은「황사」에서 목련과 산수유도 종일/ 눈이 따갑고 목이 아프다),「봄」(산등성이 헛개나무들도 금연구역을 슬금슬금 내려와 담배 한 대씩 태우고 돌아가는 무료한 한낮)「염소」(저렇게 나비와 벌을 들이받고/공중을 치받고/ 제자리에서 한 발짝도/ 움쩍 않고 버티기만 하는/ 저 꽃을 어떻게 불러야 하나),「오월」(염소와 물푸레나무와의 질긴 연애도 끝났다/ 염소는 고삐로 수없이 물푸레나무를 친친 감았고 뿔은 또 그걸 들이받았다),「가을」(딱! 콩꼬투리에서 튀어 나간 콩알이 가슴을 스치자, 깜짝 놀란 장끼가 건너편 숲으로 날아가 껑, 껑, 우는 서러운 가을)로 나타난다. 제3시집『붉은 눈, 동백』에도『붉은 눈, 동백』도 식물적 상상력의 시가 21편이나 된다. 식물적 상상력을 이만큼 끈질기고 집요하게 파헤친 이는 드

---

1) 내 마음 속 우리 님의 고운 눈썹을/ 즈믄 밤의 꿈으로 맑게 씻어서/ 하늘에다 옮기어 심어놨더니/ 동지섣달 날으는 매서운 새가/ 그걸 알고 시늉하며 비끼어가네.(서정주,「동천(冬天)」)

물다. 여기에서도 식물과 동물들은 존재와 존재의 경계를 허물고 공존하며, 인간과 식물 역시 수직적 관계를 허물고 수평적인 관계로 회복된다. 이 세계는 서로 넘나들고 마침내 『걸리버의 나라』에서 통합된다.

이 책은 소인국 이야기다

이 책을 읽을 땐 쪼그려 앉아야 한다

책 속 소인국으로 건너가는 배는 오로지 버려진 구두 한 짝

깨진 조각 거울이 그곳의 가장 큰 호수

고양이는 고양이 수염으로 알록달록 포도씨만 한 주석을 달고

비둘기는 비둘기 똥으로 헌사를 남겼다

물뿌리개 하나로 뜨락과 울타리

모두 적실 수 있는 작은 영토

나의 책에 채송화가 피어 있다

―「채송화」 전문

화자는 '채송화'라는 작은 꽃을 보려면 쪼그려 앉을 것을 권한다. 채송화라는 동화책을 읽으려면 어른의 눈높이가 아닌 어

린이의 눈높이가 되어야 한다. 소인국을 여행하기 위해서 필요한 것은 인간의 거대한 물질문명이 아니다. 그의 동화는 광대한 것조차 작고 귀여운 것으로 치환하는 특징이 있다. 그리하여 "버려진 구두 한 짝"이 소인국으로 건너가는 배가 되고, "깨진 거울 조각"도 소인국에서는 "가장 큰 호수"와 같은 자연물로 되살아난다. 소인국을 장식하고 기리기 위해서 고양이 수염이 주석을 달고 비둘기 똥이 헌사를 남겼다. '채송화'라는 작은 존재 안에 하나의 세계를 담아내고 있다. 결국 소인국은 '채송화'가 피어 있는 꽃밭이며, 그 위에서 많은 동물들이 뛰어다닐 수 있는 물활론적 공간으로 묘사된다. 송찬호 시인이 바라보려하는 세계는 작고 보잘 것 없는 존재가 아름답게 "피어 있는" 동화적 상상 공간이다.

"채송화 까만 발톱 깎아주고 맨드라미 부스럼 살펴보다"(「꽃밭에서」), "민들레 여러분, 병아리 양말 무릎까지/ 모두 끌어올렸어요? 이름표 달았어요?/ 네 네 네네네, 자 그럼 출발!"(「민들레역」) 등에서도 두 상상력 사이의 결속을 읽을 수 있다.

『고양이가 돌아오는 저녁』이후에 발간된 제5시집 『분홍 나막신』에서도 꽃, 나무와 관련된 식물적 상상력의 시편이 여전히 15편이 넘지만, 이 시집에서는 기존의 시집과는 달리 잔혹동화와 같은 느낌의 동화적 상상력이 나타난다. 진행형인 동화적 상상력의 변화는 시간을 두고 그 성패를 살펴봐야 하겠지만, 독자와의 소통이라는 측면에서는 4시집보다 좀 더 거리를 두고 있다.

님께서 새 나막신을 사오셨다
나는 아이 좋아라

발톱을 깎고
발뒤꿈치와 복숭아뼈를 깎고
새 신에 발을 꼬옥 맞추었다

그리고 나는 짓찧어진
맨드라미 즙을
나막신 코에 문질렀다
발이 부르트고 피가 배어 나와도
이 춤을 멈출 수 없음을 예감하면서
님께서는 오직 사랑만 발명하셨으니

―「분홍 나막신」 전문

안데르센 동화 「빨간 구두[The Red Shoes]」가 떠오르는 대목이다. 가난하지만 아름다운 처녀 카렌. 부잣집 미망인의 양녀가 되어 아름다운 빨간 구두를 신게 된다. 그 신을 신으면 춤을 추지 않고는 배길 수가 없다. 욕망의 욕망은 더욱 자란다. 그것은 자기 힘으로는 도저히 멈출 수 없다. 타자들이 구두를 벗겨야만 카렌의 발(욕망)은 얌전해진다. 카렌의 욕망은 양모의 장례식 날에도 무도회에 나가 춤을 추게 하는데, 빨간 구두가 벗겨지지 않아 결국 구두를 신은 채 발목을 자른다. 원하는 곳으로 이끌어주는 '구두'가 인간의 욕망을 상징한다고 볼 때, 빨간 구두는 여성의 사회적 신분 상승 욕망과 결부된다.

이 작품에서도 님이 사오신 분홍 나막신을 신기 위해서 '나'는 발톱은 물론 발뒤꿈치와 복숭아뼈까지 깎는 잔혹성을 보여준다. '나'는 "짓찧어진/ 맨드라미 즙을/ 나막신 코에 문"지르면서 님의 사랑에 대한 '내' 사랑의 깊이를 보여준다. 그러나 안데르센 동화에서처럼 '나'는 "발이 부르트고 피가 배어 나와도" 춤을 멈출 수 없음을 예감한다. 님이 사랑의 정표로 사 오신 분홍 나막신 때문에 사랑에 대해 욕망하게 된 것이고 그 욕망 때문에 자신이 괴로운 상황에 빠질 것을 예감하면서도 중단할 수 없는 사랑에 빠져든다. "님께서는 오직 사랑만 발명하셨으니" 사랑이라는 멋진 춤을 추기 위해 신어야 하는 분홍신발, 그것에 감춰진 고통, 치명적인 사랑의 욕망과 제어 불능이란 아이러니를 보여준다.

5시집, 『분홍 나막신』에서 잔혹동화 느낌의 동화적 상상력2)은 적지 않게 나타난다. 이 잔혹동화는 4시집인 『고양이가 돌아오는 저녁』의 몇 편에서 보았던 '불행한 결말'과는 차원이 다르며 시인의 의도도 다르다. 동화적 상상력에서 '불행한 결말'이 독자의 고정관념이나 통념을 깨뜨림으로써 시적 상상력의 공간을 확장하려는 데 의도가 있다면, '잔혹동화'는 결코 순수하지만은 않는 현대인들의 굴절된 욕망 같은 것을 형상화하려는 측면이 강하다.

송찬호 시인은 이미 『흙은 사각형의 기억을 갖고 있다』와 『10년 동안의 빈 의자』에서 비극적 현실과 관습적 언어 사용의

---

2) 그런데 애야, 그게 장엄한 사원의 종소리라면/ 의젓하게 가마에 태워오지 그랬느냐/ 혹, 어느 잔혹한 전쟁처럼/ 그것의 코만 베어온 것 아니냐/ 머리만 떼어온 것 아니냐,(「모란이 피네」)

촛불 세 자매는 밤을 맞을 채비를 했다/(중략)아득하여라,/ 앞날을 보지 않기 위하여/ 우린 밤의 눈을 찔렀네(「백한 번째의 밤」)

삶은 아름다워라!/ 높은 담벼락의 성에서/ 살짝 빠져나온 공주는/ 환호작약 나비 떼를 따라가는데/(중략)마대자루 속 꿈틀거리는 것도/ 이제 최후의 발악만 남은 것 같았다/ 구덩이가 푸하하하 웃었다(「구덩이」)

풍차가 돌면 노래가 되고/ 풍차가 멈추면 괴물이 되는 거라고/(중략)돌지 않는 풍차/ 그의 노래도 끝났네/ 바람은 벌써 그의 심장을 꺼내가고/ 그의 지갑에는 이제 피 한 방울 남아 있지 않네(「돌지 않는 풍차」)

한계를 인식하고, 낡은 사고방식으로부터 탈출하려는 시도를 동화적 상상력으로 구체화했다. 또한 세 번째 시집『붉은 눈, 동백』에서도 부정적 현실과 언어의 불완전성에서 벗어나기 위한 노력을 초월적 상상력으로 보여주었다.

그러나 기존의 시집은 어른 화자의 세계관이라는 막대사탕에 어린이 화자의 말을 꿀로 발라놓은 것이었다. 온전한 동화적 상상력이라기보다는 기성 언어의 틀을 깨기 위해 동원한, 낯설고 독특한 언어 실험이었다. 네 번째 시집에서는 더욱 순수한 동심의 시선으로 돌아가 자연물과 공생을 위한 동화적 상상력을 보여준다. 이 동심의 시선은 동물적 상상력, 식물적 상상력들과 결합하여 어린이의 상상답게 천진하다.

송찬호의 시에서 식물은 동물로, 동물은 식물로 서로의 경계를 넘나든다. 식물과 동물은 자신의 세계를 무너뜨린다. 그럼으로써 서로 다른 욕망을 간직한 존재로 거듭난다.

본질적으로 송찬호의 시는 두 가지 성향을 드러낸다. 어떤 시편은 독자와의 소통을 염두에 둔 듯 창문을 활짝 열어놓은 방처럼 그 세계가 쉽게 읽힌다. 반면에 이질적인 오브제들의 결합된, 중층적인 구조와 상징으로 덮인 시편은 무척 난해하다. 커튼으로 전부 가려진 방 안을 바라보는 것처럼 어둡다. 어떤 시들은 활짝 열린 대문 속에 몇 개의 중문들이 겹쳐 있는 구조이다. 송찬호 시인은 소통과 불통, 전통서정과 실험의 경계선에서 늘 아슬아슬한 외줄타기를 한다. 줄광대처럼 경계를 넘나들며 세계와 융합하는 그의 시 앞에서 독자는 무한한 짜릿함을 느끼는 것이다.

남도적 서정과 곡선의 시학

― 송수권, 『툭』

1. 느림의 미학, 거꾸로 가는 시계

어느 시대에나 문학을 바라보는 관점은 주류와 비주류, 이 두 가지 형태로 나뉘어 왔다. 그런 점에서 시인의 시세계는 사회적 변화나 문단의 흐름과 무관할 수 없는데, 송수권이 등단한 1975년은 산업화가 급속하게 진행되던 시기였다.[3] 과격한 실험에 경도되거나, 치열한 시대 상황을 반영한 리얼리즘이 득세하였지만, 전통서정을 노래한 송수권의 시세계는 문단의 이목을 끌기에 충분하였다.

현대시의 언어는 서정적 자연언어에서 금속성의 도시언어로 변화한 지 오래이다. 그렇다면 구불구불한 시골길을 걷는 듯, 판소리 가락처럼 휘몰아치는 송수권의 시가 오늘날에도 어떠한 의미를 지닐까? 작금의 주류에 비하면 송수권의 시는 소박해 보일지도 모른다. 그 소박한 리듬과 반복 속에는 주술사와 같은 해한解恨의 바람이 깔려 있다. 따라서 송수권의 시는 속도와 편리성만을 좇는 현대사회와 한국 시단에 대한 신랄한 통찰이자 해법

---

3) 송수권은 「산문에 기대어」로 등단하여, 작고할 때까지 박목월과 백석, 미당의 계보를 잇는 전통서정시인으로 평가받고 있다. (1940~2016)

일 수 있다. 그의 전통서정은 한국 시단에서 시를 진단하는 감각과 거꾸로 가는 듯하나, 송수권의 시세계는 여전히 건재하다. 역설적이게도 송수권의 거꾸로 가는 시계, 그 느림의 미학은 각박한 현대인들의 영혼을 밝히는 등대 구실을 한다. 특히, 여기에서 다룰 『통』은 송수권의 시론이 그대로 집약되어 있다고 해도 과언이 아니다. 그가 시 창작에서 가장 중요하게 생각하는 언어, 정신, 리듬, 3습의 정신이 곡선과 소리의 상법으로 재현되기 때문이다. 우리말과 이 세계에 대한 애정을 신명나게 노래하는 명창의 소리, 그 역설의 시학을 따라가 보자.

2. 토속성과 교감하다

송수권의 시에 흐르는 토속적인 서정을 압축하면 전통과 자연의 세계에 대한 교감이라 말할 수 있다. 또 다른 한 축은 죽음과 생을 하나로 보는 역설적인 사유이자, 뼈아픈 역사에 대한 화합과 공동체의식이다.

시의 공간을 먼저 살펴보면 남도라는 지리적 공간이 자리하고 있다. 그에게 남도는 원형의 삶, 절대 신앙에 가깝다. 이는 남도의 보편적인 정서와 원형이 황폐한 현대인의 정신을 구원해 줄 것이란 시인의 믿음 때문일 것이다. 하여, 송수권은 이렇게 말한다. "남도의 가락, 남도의 원형문화만이 민족의 원형적 감각을 되살릴 수 있다. 이는 표준어에는 없는 감각이다. 그래서 남도의 언어만이 가능하다."4) 하지만 그의 시세계는 그 폭이 광범

---

4) 그는 남도에 태어나지 않았다면 결단코 시를 쓰지 않았을 것이라고 말한 바 있다. (박해림, 「지리산 뻐국새 울음 울던 에움길에 새로 쓰는 아리랑」, 『시와소금』2012년 가을

위해서 남도에 국한되지 않는다.[5] 송수권의 시세계에서 형상화되는 남도는 일개 지역을 뛰어넘어 하나의 성소聖所로 기능하기 때문이다.

송수권은 현대문명의 속도전에서 잃어버린 소중한 것들을 '느림의 시학'으로 그려낸다. 판소리에서나 들을 법한 가락과 운율, 감각적인 소리 이미지를 형상화하여 역사의식을 발현한다. 이러한 시작詩作의 밑바탕에는 토박이말과 전통문화에 대한 사랑과 생명존중사상, 풍류정신[6]이 내재되어 있다. 이러한 송수권의 시론과 연계하여 『틍』을 분석하고, 그 의미를 찾아보도록 하자.

(1) 토속적 세계관과 봉인된 언어: 전통은 쥐뿔이라도 좋다

송수권은 남도 특유의 풍광과 풍습을 형상화할 뿐만 아니라 고집스러울 정도로 사전 깊이 봉인된 토박이말을 찾아내어 당당하게 사용한다.

―――――――――――――――――

호, 시와소금, 참조)

5) 송수권의 시작 활동을 편의상 제5기로 나누어 보면, 먼저 제1기(1시집~2시집)는 자연에 대한 신화적 상상력이 두드러진다. 제2기(3시집~6시집)는 자연 속의 인간을 역사적 시각에서 보고 있다. 제3기(7시집~9시집)는 생태시의 성격을 띤 작품들이 많다. 제4기(9시집~11시집)는 음식을 소재로 한 시를 통해 남도의 정신과 자연을 품고 있다. 제5기(12시집~18시집)는 송수권 시의 완결관으로 볼 수 있다. 빨치산과 제주 4.3의 역사를 다루거나(『달궁아리랑』, 『빨치산』, 『흑룡만리』) 고향에 대한 노래(『사구시의 노래』), 남도의 소리와 가락(『허공에 거적을 펴다』), 남도의 음식과 사라져가는 것들에 대한 애정(『남도의 밤식탁』, 『틍』) 등 폭넓은 스펙트럼의 시세계가 형성되었다.

6) 전통적으로 풍류는 현묘지도玄妙之道라는 이상적인 도道를 말한다. 고려시대의 풍류는 화합정신, 조선시대의 풍류는 한풍류間風流와 긴풍류緊風流 및 음악과 관련된 용어로 쓰였다. 송수권의 시에 나타난 풍류의식은 황토정신, 대나무 정신, 개뻘 정신으로 요약된다. (송수권, 최한선, 「(대담) 맛과 멋의 시인, 풍류 시인 송수권을 찾아서」, 『열린시학』 2015년 여름호, 고요아침. 참조)

먼 데서 날아와 과녁의 중심을 물고 흔드는 화살이여
주변의 감각들은
나의 중심을 허물지 못하고
길들여진 습관적인 말로는
소리와 냄새 맛의 원초적인 감각을 흔들지 못한다

(중략)

드팀전, 싸전, 잡살전, 다림방, 시계전, 어리전, 진전
마른전, 군치리, 물집, 마전, 말감고……
저 수표교가 있었던 자리, 정월 보름달은
당나귀 울음소릴 사랑하고

소망교회의 한 장로가 꿈꾸었던 무식쟁이의 청계천을
사랑하고
시의 언어가 시장詩場이 되고 공약公約이 될 수만 있다면
나는 종로바닥을 싹 쓸어버리고
쥐뿔도 고양이뿔도 전통이라면 찾아내어
운종가의 봄을 새로 불러오겠다

(중략)

말춤 속에 현대와 근대가 엇박자로 어수룩하게 맞물리는
강남스타일로
종달새와 뻐꾹새의 울음소리를 키우겠다
시 한 줄이 우울증을 치유할 수 있는 프로작 한 알이라도

될 수 있다면

　　　　　　　　　　ー「봉인封印된 말을 찾아서」1연, 4~7연

　이 시집에서 서시의 역할을 하는 시이다. '봉인된 말'은 사라져가는 전통의 경계 너머에서 울려오는 우리 민족의 숨결이다. 전통에 대한 그리움은 "쥐뿔도 고양이뿔도 전통이라면 찾아내어/운종가의 봄을 새로 불러오겠다"는 진술을 통해 극명하게 드러난다. 화자가 옛 풍경을 그리워하는 이유는 우리의 감각을 흔들어주고 정겨움을 주었던 많은 대상과 그 장소를 지칭하던 말들이 사라져 버렸기 때문이다. 이러한 안타까움은 사라진 장소를 상상하게 한다. 옷감을 팔던 드팀전, 채소 씨앗을 팔던 잡살전, 육류를 공급하던 백정 가게인 다리방 등은 지금은 볼 수 없는 곳이다.

　MB정권이 들어서면서 한글·영어 혼용정책에 의해 국적 불명의 언어들이 난무하기 시작했다. 그러한 정책을 펼친 "소망교회의 한 장로"를 무식쟁이라고 시인은 성토하고 있다. 더 나아가 현대사회의 습관적인 유통언어로는 진짜배기 "소리와 냄새 맛의 원초적인 감각을 흔들지 못"하기에 봉인된 말들을 찾아 나서는 것이다. "비린내가 흥건한 포구의 불빛 속에서/황토흙을 태우는 그 모닥불의 연기 속에서/창호 문발을 치는 소슬한 대숲 바람 속에서"에서처럼 화자는 봉인된 낱말들을 찾아 개봉하고자 한다. 그리하여 "시 한 줄이 우울증을 치료할 수 있는 프로작 한 알이라도/될 수 있"기를 갈망하는 것이다. 송수권의 시론이 명료하게 담겨있는 이 시는 두 번째 시로 실렸지만 사실상『통』의 서시와 같은 역할을 하는 이유가 여기에 있다. 이런 정서는 「소반다듬이」에서도 드러난다.

> 왜 이리 좋으냐/ 소반다듬이, 우리 뗏말/ 개다리 모자 하나를 덧씌우니/ 개다리 소반상이라는 눈물 나는 말/ 쥐눈콩을 넣어놓고 썩은 콩 무른 콩을 골라내던 어머니 손/ 그 쥐눈콩 콩나물국이 되면 술이 깬 아침은/ 어, 참 시원타는 말/ 아리고 쓰린 가슴 속창까지 뒤집어 흔드는 말// 시인이 된 지금도 쥐눈콩처럼 쥐눈을 뜨고/ 소반상 위에서 밤새워 쓴 시를 다듬이질하면/참새처럼 쨍쨍거리는 우리말/ 오리, 망아지, 토끼 하니까 되똥거리고 깡충거리며/ 잘도 뛰는 우리말/ 강아지하고 부르니까 목에 방울을 차고 달랑거리는/우리말
>
> — 「소반다듬이」 1, 2연

소반(小盤)다듬이란 작은 상 위에 쌀을 펴놓고 모래나 잡곡을 낱낱이 고르는 일이다. 네모반듯하고 다리가 민틋한 소반, 지금은 잘 볼 수도 없는 이 소반이라는 말이 눈물겨운 이유는 어린 시절, 어머니에 대한 추억 때문이다. 2연에서 "밤새워 쓴 시를 다듬이질"하면서 부르면 "참새처럼 쨍쨍"거리기도 하고 강아지처럼 "목에 방울을 차고 달랑거리는/ 우리말"이라고 진술하며 토박이말의 정다움을 느끼게 한다.

> 쓸쓸한 종갓집에 첫눈이 내린다/마당귀 놓인 드므에도 눈이 쌓인다/ 기왓골 용마루 끝 도깨비탈을 쓴 두 치미가/물 젖은 드므 속을 놀란 듯 내려다보고 앉았다// (중략) 노종부가 차려준 아침 밥상엔 은수저 한 벌이 올라와 있다/우주의 중심을 떠받치는 정갈한 장중지와 비아통도 하나/아직도 변함없는 그 손맛에 한 숟갈 시레기 국물을 뜨기도 권 없다.

경북 안동시 임하면 금소리에 있는 예천 임씨 동성 마을을 묘사한 시이다. 우리말과 전통적인 서정을 되살리고자 의지가 드러난다.[7] 사전 속에서조차 사어가 된 토속어의 녹을 벗겨내고 빛나는 시어로 만들어서 우리 앞에 선보이기 때문이다. 무쇠 솥이 사용되지 않게 되면서 지금은 잘 쓰지 않게 된 '드므', 사라져가는 전통적인 기와집의 도깨비 얼굴상을 한 '치미' 같은 우리말에 일일이 각주를 붙여가며 설명한다. '장중지'와 '비아통'처럼 봉인된 말들을 꺼내어 "우주의 중심을 떠받치는 정갈"함에 빗대고, "아직도 변함없는 그 손맛"이 남아 있는 종갓집의 정서를 보여주고 있다. 이 시는 단순히 전통사회로의 귀환을 노래하는 것이 아니다. 쫓기는 자의 뒷모습처럼 조급하게 살지 말라, 보내는 조언일 것이다. 여유 있는 종부의 모습을 클로즈업하면서 복구가 불가능한 고향일지라도 그 세계로의 귀환을 꿈꾸고 살자는 것 아니겠는가. 이제 시인이 복원하는 고향 풍경을 따라가 보자.

(2) '뻘'의 정신과 남도 식탁: 그늘의 미학을 찾아서

송수권이 태어난 고흥 일대는 뻘밭으로 유명한데, '뻘'은 전라도 방언이다. 펄이 펼쳐진 바다 즉, '갯벌'은 바다 생명들을 먹여 살리는 개흙이다. '뻘'은 해양 먹이사슬의 근원이자, 태풍과 홍수를 막고, 오염된 바다를 정화하는 것으로 알려져 있다. 송수

---

7) 「마당새가 흰 꼬리로 또 마당을 치다」, 「살구꽃이 돌아왔다」, 「소금산」, 「열대야, 그 밤에 듣는 쇠도르래 소리」, 「때죽꽃」, 「처서기處暑記」, 「상여새」, 「강물과 종소리」, 「능화판」, 「들독」 등에서 확인할 수 있다.

권에게 남도의 '뻘'은 시의 근원이자 성소이다. 모든 생명을 감싸는 모성적 상징으로써 남도의 질펀한 '뻘의 정신'이 하나의 시론으로 기능하기 때문이다.[8] 「퉁」은 그 '뻘'이 유명한 벌교 참꼬막 집에서 직접 체험한 일인 듯하다.

> 벌교 참꼬막 집에 갔어요
> 꼬막 정식을 시켰지요
> 꼬막회, 꼬막탕, 꼬막구이, 꼬막전
> 그리고 삶은 꼬막 한 접시가 올라왔어요
> 남도 시인, 손톱으로 잘도 까먹는데
> 저는 젓가락으로 공깃돌 놀이하듯 굴리고만 있었지요
> 제삿날 밤 괴
> 꼬막 보듯 하는군! 퉁을 맞았지요.
> 손톱이 없으면 밥 퍼먹는 숟가락 몽댕이를
> 참고막 똥구멍으로 밀어 넣어 확 비틀래요
> 그래서 저도-확, 비틀었지요.
> 온 얼굴에 뻘물이 튀더라고요
>
> (중략)
>
> 그래서 그늘 있는 맛, 그늘 있는 소리, 그늘
> 있는 삶, 그늘이 있는 사람
> 그게 진짜 곰삭은 삶이래요
> 현대시란 책상물림으로 퍼즐게임하는 거 아니래요
> 그건 고양이가 제삿날 밤 참꼬막을 깔 줄 모르니

---

8) 「봄날, 영산포구에서」 연작시 4편과 「노랑부리저어새」, 「저녁 어스름」은 모두 갯마을, 혹은 '뻘' 이미지와 연관된다.

앞발로 어르며 공깃돌놀이 하는 거래요

시詩도 그늘이 있는 시詩를 쓰라고 또 퉁을 맞았지요.

―「퉁」 부분

서툰 솜씨로 꼬막을 굴리고만 있는 외지 시인에게 '제삿날 괴(고양이) 꼬막 보기'라는 속담을 빗대어 남도 시인이 퉁을 준다. 사전적 의미에서 '퉁'은 품질이 낮은 놋쇠를 뜻하지만, 이 시에서 '퉁'은 꾸지람을 듣는 것으로 이해해야 한다. 이처럼 남도의 언어는 사전적 의미에 머무르지 않는 경우가 있다. 퉁을 맞은 화자가 남도 시인의 말처럼 '숟가락 몽댕이'를 확 비틀었지만 그만 얼굴에 '뻘물'이 튀고 만다. 외지 시인이 처음 맛본 참꼬막은 숭악하고 비열하게만 느껴진다.

그 맛을 모르는 외지 시인에게 남도 시인은 다시 퉁을 준다. 그늘 있는 시를 쓰라는 것이다. 여기에서 이야기하는 '그늘의 맛'은 발효와 숙성, 즉 '곰삭다'[9]에서 온 말이다. 5번이나 반복되는 '그늘'과 개미의 세계, 곰삭은 삶, 이 시어들이 송수권 시 세계를 다 함축한다고 해도 무방하다. 체험이 육화되지 못한 채 퍼즐 맞추듯 공허한 상징과 난삽한 비유를 일삼는 현대의 시인들에게 일침을 가하고 있기 때문이다. 「퉁」은 송수권의 시론으로써 반성과 비판적 인식뿐만 아니라 자기 반영성이 내재되어 있다. 시인이 추구하는 시론을 시에서 직접 밝히고 있다는 점에서 메타

---

9) 이 곰삭은 맛을 두고 '개미가 쏠쏠하다' 또는 '그늘 있는 맛'이라고 표현한다. 이 그늘이라는 말이 판소리로 가면 '그늘 있는 소리' 즉 쨰진목이 아니라 '옹근목(수리성)'이라고 한다 (중략) 그늘 있는 맛과 시는 우리의 영혼을 흔든다. 아니 이 그늘에서 한국인의 기질과 성품, 인성 그리고 영혼이 유전자 소인으로 각인된다고 함이 옳다. 봉인된 이 언어에 시의 혼 즉 대활령이 숨쉬고 있다. 향토색이 없는 표준말은 시의 폭력적 언어에 가깝다. (송수권, 「시인의 산문」, 『퉁』, 서정시학, 2013. 109쪽.)

시10)의 속성 또한 강하게 드러난다. 다음과 같은 시인의 진술이 이를 방증한다.

> 좋은 시인은 소리를 가지고 있다. 아니 소리에 그늘을 가지고 있다.(...) 뜻만 있고 가락이 없는 시, 이것이 현대시의 병통이다. 그늘을 치는 소리는 커녕 이제는 뜻마저 무엇인지 알 수 없다. 평론가들이 토막치기와 지적 욕구에 놀아나는 '깨끗한 목'은 공동체를 지향하는 겨레말결에 하등의 보탬이 될 게 없다. 요즘 내가 생각하는 것은 이 이상의 시도 이 이하의 시도 아니다. (...)개미가 쏠쏠한 삶, 그늘이 두터운 삶, 떡목이 아닌 수리성으로서의 소리와 가락(남성적), 그것이 눙치는 시김새(발효)의 가락이 남도풍이 아니던가? 그래서 요즘 더 정확히 말하면 '남도의 멋과 맛'을 내고 변산 시대의 뻘을 파는 작품들로부터 시작해서 내 시엔 비로소 대와 황토와 뻘맛이 밴 음식들이 끼어듦도 이 때문이다.11)

=「퉁」에서 송수권은 '괴', '퉁', '숭악한'처럼 사전적인 의미를 뛰어넘는 토박이말의 묘미를 보여주고 있다. 이것이 바로 수리성의 소리, '그늘' 있는 소리 아닌가 싶다. 이처럼 우리말의 정서가 독특한 맛과 소리 이미지로써 형상화된 시편들을 살펴보자.

> 아버지 주꾸미 한 뭇을 사오셨다 어머니 고추장/된장을 버무려 또 부뚜막의 왱병을 기울이신다/주꾸미 대가리를 씹을 때마다 톡톡 알이 터지면서/아삭아삭 씹히는 맛, 아버지 하신 말씀,/니 할매는 이 맛을 두고 어

---

10) 메타시(meta-poetry)는 시 쓰기 과정을 서술하거나 시인의 존재에 대한 시인론 시, 시와 비평을 겸한 시론시 등이 있다. 「퉁」뿐만 아니라 「봉인된 말을 찾아서」, 「하늘을 나는 자전서」, 「스침에 대하여」, 「소금산」, 「무등의 봄」, 「화사」, 「야생의 식탁」 연작시편 등이 메타시에 해당된다.

11) 송수권, 「나는 왜 채석강을 사랑하는가」, 『수저통에 비치는 노을』 (시와 시학사, 1998). 119쪽.

찌 갔을 거나

— 「봄날 영산포구에서 1」 3연

'뭇'은 생선 열 마리를 묶어서 이르는 우리말이다. '앵(甖)'은
목이 긴 병을 지칭하는 탯말이다. 병과 항아리의 중간 형태의 전
통 옹기그릇인 앵병은 부뚜막에 두고 사용한다. 남도에서는 '앵
병'이 봄바람(쭈꾸미철), 가을바람(전어철)이 불면 "왱왱" 운다
고 해서 '왱병'이라는 말로 부른다. "빙초산 맛이 입에 들척지근
하고 새콤한 것이 달기가 햇뻐꾸기 소리 같다"는 묘사와 비유가
찰지다. 심지어 주꾸미 씹는 맛이 얼마나 좋던지 돌아가신 어머
니를 떠올리게 한다. "니 할매는 이 맛을 두고 어찌 갔을 거나"
이처럼 산 자와 죽은 자까지도 한통속이 되게끔 감싸 안는다. 이
는 음식이 곧 사람[食性知人性]이라는 시인의 시론과 일맥상통
한다.

3. 대활령大活靈을 꿈꾸다

(1) 삶과 죽음을 통합하는 감각적인 이미지

앞에서 언급한 바와 같이 송수권은 '대활령'의 생명을 남도
의 맛과 멋이 담긴 식탁으로 빚어낸다. 그의 세계에서 삶과 죽음
은 별개의 것이 아니다. 그러한 재생과 부활의 정서는 「혼자 먹
는 밥」[12]에서도 나타난다. 가족들과 떨어져 시인이 혼자 살던

---

12) 혼자 먹는 밥은 쓸쓸하다//숟가락 하나/놋젓가락 둘/그 불빛 속/딸그락거리는 소리//
그릇 씻어 엎다 보니/무덤과 밥그릇이 닮아있다//우리 生에서 몇 번이나 이 빈 그릇/엎
었다/되집을 수 있을까//창문으로 얼비쳐 드는 저 그믐달/방금 깨진 접시 하나

때의 경험이 드러나 있다. 생명을 유지하기 위해 먹는 밥, 그 밥
그릇과 무덤의 모양이 닮아있음을 발견하고, 이를 역설적 인식
으로 형상화한다. 어두운 밤 불빛 속에서 '딸그락'거리며 혼자
먹는 밥은 실존적 고독을 불러일으키는 행위이다. 그 존재의 소
멸이 죽음으로 끝나는 것은 아니다. 삶과 죽음이 서로 공존한다
는 인식은 등단작 「산문에 기대어」에 나오는 불교적인 사유와
도 관련 깊다. 창문에 비치는 그믐달을 방금 깨진 접시로 인식하
고 묘사하는 것도 같은 맥락이다.

　　그래서 남도 사람은 왱병 모가지 비트는 소리로 통성이 되고, 수리성
　이 됩니다. 또 이것을 시김새 소리라고 합지요. 시김새 붙은 소리는 왱병
　속에서 왔기에 소리 중에서도 땅을 밟는 뱃소리, 하다못해 한바탕 바가지
　로 설움을 떠내는 큰소리꾼도 되고 명창도 되는 것입지요
　　　　　　　　　　　　　　　　　　　　　　　　　　—「왱병」 마지막 연

　　왱병이 나오는 시가 한 편 더 있는데, 아예 시 제목이 왱병이
다. 왱병은 부뚜막에서 발효시키는 식초를 담는 병이다. 노래를
못 하면 "왱병 모가지 비트는"소리라고 퉁을 맞는데, 남도에서는
지체 있는 집 며느리가 이 왱병의 식초눈을 죽이거나, 아궁이의
불씨를 죽였을 때는 쫓겨나곤 했다. 식초의 눈이 미생물이라서
식초병을 관리하는 주인의 정성에 따라 그 맛이 달라진다. 하여,
남도 사람들은 그 집 식초 맛을 보면 안주인의 인품을 알 수 있
다고 말한다. 이런 깊은 맛을 지닌 식초로 쭈꾸미나 전어, 서대
등을 회무침해 놓으면 맛이 일품이다. 그래서 남도 사람들은 죽
을 때도 그 맛을 못 잊어 "왱병 모가지 잡는 시늉하며" 죽어간다

고 한다.

송수권에게 시각은 교육에 의해 길들여진 감각이고 미각, 후
각, 청각은 시각 이전인 원형 감각이다. 13) 시의 언어를 '침묵의
감각'이라고 하는 것은 시각에 선행되는 것이 본능적인 미각과
후각이며, 이런 감각의 원초적 촉발을 통해 원형적인 삶을 갈망
하기 때문이다. 그는 시각과 청각에 의존해 왔던 이미지들이 나
이 들수록 미각과 후각, 즉 맛과 냄새에 민감해진 것 같다고 말
한 바 있다. 언뜻 보면 백석의 시가 연상되는 「내빌눈」14)과 「장
구섬꽃게장집」에서도 남도의 멋과 맛에 대한 재미있는 감각적
인 표현이 나타난다.

> 광주 사람이면 누구다 다 아는 꽃게장 집이 있다/ 백운동에서 충장로
> 입구로 가는 까치고개 넘어 있다//장구섬꽃게장집 /내리 묵은 간장으로
> 꽃게장을 담근다는/ 그 집 앞을 지나면 장구 소리에 귀 먹먹하다/ 그 집
> 앞을 지나면 혓바닥이 장구채처럼 논다
>
> —「장구섬꽃게장집」 전반부

장구섬꽃게장집'이라는 이름에서 장구가 연상된다. "그 집
앞을 지나면 장구 소리에 귀 먹먹하다"라고 감각적인 이미지를
보여주고 있는데, 꽃게장이 얼마나 맛이 있으면 "그 집 앞을 지
나면 혓바닥이 장구채처럼 논다"라고 했을까? 남도음식의 맛과

---

13) 송수권, 『남도의 밤 식탁』, 작가, 2012, 151쪽. 이에 대한 사물의 감각화는 동물생태학
   자들의 설명과도 일치한다. 강아지는 막 태어나서는 일주일 동안 눈을 뜰 수 없으므로
   어미의 소리, 냄새를 입력하고 어미를 인식한다고 한다. (송수권, 「자전적 시론·백석과
   송수권, 겹침의 시학」, 『열린시학』 2015년 여름호, 고요아침, (68쪽.)
14) 동지팥죽을 쑤어먹고 나면 상床머리에서 아버지 늘 말씀했다 내일 모래 글피가 내빌눈
   이 오는 날이구나, 씨룽씨룽 싸락눈이 재게 휘뿌릴 때도 있었지만 그날은 새벽부터 정
   말 내빌눈이 왔다 —「내빌눈」

예술뿐만 아니라 해학의 진수를 보여주는 감각적인 시편이다.

(2) 화합과 상생의 공동체 의식

송수권의 시에는 역사적 소재에서 화합과 상생의 정신을 탐색한 작품이 많다.[15] 그 중 하나가 「노을치마」다. 다산 정약용이 유배되었을 때 부인이 보낸 치마를 잘라 적은 하피첩에 대한 시이다. 천 리 밖의 애절한 사랑을 형상화한 이 작품은[16] 이 시대 젊은이들의 인스턴트식 사랑에 경종을 울린다. 그런 점에서 이 시는 부부의 사랑을 넘어, 인간 존재에 대한 사랑, 그 풍경 너머에 있는 공동체 의식의 발현으로 읽힌다. 다음 작품에도 이런 의식이 잘 나타난다.

붉은 쇠고기 저민 것, 푸른 미나리, 검은 황포묵.......
비빔밥집 탕평면에 들러 탕평채를 든다
어쩌면 전주비빔밥의 원조인지도 모른다고 생각하며
고추장 한 숟갈에 참기름 한 방울
나는 여기에다 계란 탁, 파 송송,
고명으로 비벼낸 비빔밥을 좋아한다.

— 「탕평채蕩平菜」 제1연

이 시의 제목에서 연상되는 것은 '탕평책'이다. 탕평채가 처

---

15) 관련된 작품으로는 「구름 위의 장구 소리」, 「무등의 봄」, 「명창名唱」, 「처서기處暑記」, 「미황사」, 「낮에 나온 반달」, 「숙주나물과 청령포」, 「감은사지에서」 등이 있다.
16) 저기 저 노을이 수상쩍다/다산의 하피첩 세 권을 펼쳐보았거든/사랑이여, 더는 사랑이 어떻다고는 쓰지 말자/홍씨 부인 열여섯 시집와서 장롱 깊숙이 묻어둔/저 노을치마에 적힌 세세한 사연을 읽었거든//(중략) 젊은이여, 사랑이 더 어떻다고는 말하지 말자

음 등장할 당시가 서인이 집권하던 시기였기 때문에 주재료로 서인을 상징하는 흰색 청포묵을 썼다는 재밌는 일화가 전해진다. 조선 영조는 인물 위주로 인재를 등용하겠다는 의지를 담아 '탕평책'을 정책으로 삼고 '탕평채'라는 음식을 만들어 그 뜻을 전했다. 탕평채는 어느 한쪽으로 치우침 없는 화합의 음식이라 할 수 있다. 녹두묵의 푸르스름한 흰색, 볶은 고기의 붉은색, 미나리의 푸른색, 김의 검은색은 조선시대 권력을 잡았던 서인, 남인, 동인, 북인을 대표하는 색이라고 한다. 송수권은 탕평채를 맛깔나게 비벼 먹으면서, 지역감정과 남북의 대립이 사라지기를 염원했을 것이다. 민족의 화합을 꿈꾸는 이 상생의 의식은 송수권 시에서 자연의 이미지로 형상화[17]되기도 한다.

> 산 속이 답답했던지 능선을 기어나온 종소리가 하나 강물을 휘고 간다
>
> 강물은 몸을 굽혀서 휠 때 휘어들고 꺾을 때 꺾는 춤사위 한 가락을 빚는다 이른바 선조주의線造主義 공법이다
>
> ─「강물과 종소리」 제1, 2연

강물이 흐르는 정경을 묘사할 때는 대개 시각적 이미지를 동원하게 된다. 그러나 송수권 시인은 자연경관이나 사물에서까지 소리를 듣는 귀를 지닌 귀명창이다. 청각적인 소리 이미지는 시의 음악성에 기여한다. 이러한 청각적 이미지는 「종소리」[18]에

---

17) 「늙은 아가야」(회나무), 「정지비행」(솔개), 「백련사 동백꽃」, 「살구꽃이 돌아왔다」, 『때죽꽃』, 「노랑부리저어새」, 「꼬마댕기머리물떼새」 등이 있다.
18) 어쩌랴 내친걸음/또 한산의 능선을 휘감아 돌아가서/강물도 저만큼 흐르고 한눈파는

도 잘 나타난다. 강물은 종소리로 퍼지고, 휘었다가 꺾는 부드러운 곡선의 춤사위 한 가락으로 빚어져 흐르면서 울림의 진폭을 확대하는 데 크게 기여하고 있다. 그리고 정태적인 정경에 역동적인 소리를 부여함으로써 돌연 강물 자체가 살아서 움직이게 한다. 춤사위로 형상화되고 있는 인간의 삶에도 강물이나 종소리처럼 화합이 필요하다는 것이리라.

4. 나가며

고도로 정보화된 현대사회에서 전통서정이란 시대의 흐름에 뒤떨어진 낡은 가치관인지도 모른다. 그런데도 송수권은 전통을 이야기한다. 더 느리게 더 잘 살기 위하여, 원형적 삶을 갈망하며, 느림의 미학을 고집한다. 영속성을 지닌 전통의 덕목과 여유가 물질문명의 병폐를 치유할 수 있다고 믿는 것이다. 그래서인가. 리듬의 언어와 감각적인 이미지, 곡선의 가락19)이 가득한 송수권의 시를 읽다보면 까마득한 추억들이 떠오른다. 토속적인 고향의 정다운 정서가 눈앞의 현실로 되살아나는 기분마저 든다. 바로 그것이 송수권의 시가 남도의 멋과 맛에 천착하는 이유일 것이다.

송수권이 그려내는 원환의 세계는 현대문명이 양산한 직선의 비정함을 무화시킨다. 그런 점에서 송수권의 시는 전통서정뿐만 아니라 생명존중과 상생이라는 폭넓은 세계로 나아간다.

사이//가웅-가웅-//천 년 후에도 어리버리 기어서/하품하고/종소리 너 혼자 울어라.
19) 직선으로 가는 삶은 박치기지만/곡선으로 가는 삶은 스침이다/스침은 인연, 인연은 곡선에서 온다 ―「스침에 대하여」

역설적이게도 그의 시에 나타난 전통성은 각종 실험을 통해 시의 문법을 파괴한 김수영을 상기하게 한다. 시어와 일상어의 차이를 없애버림으로써 현대시의 시작이라 추앙받는 김수영이 오히려 "전통이라면 시궁창에 처박힌 전통이라도 좋다"고 말한 것을 되새겨볼 필요가 있다. 물질문명의 속도에 피로감을 느끼는 사람들에게 송수권의 시는 하나의 구원이 될 것이다.

"조급하게 살지 말라, 하늘과 들과 바람처럼 살아라." 시인의 말이 아련하게 들리는 듯하다. "아나, 내 소리 받아라, 외장을 놓는"명창이 끊이지 않고, 솟아났으면 좋겠다. 시란 결국 지금, 여기의 삶을 되돌아보게 하고 고달픈 현실을 견딜 수 있게 하는 신명나는 노래가 아니겠는가.

투시적 상상력을 통한 현대문명 비판

— 김기택, 『소』

1. 들어가며

김기택 시인은 1957년 경기도 안양에서 태어나 1989년 한국
일보 신춘문예 시 부문에 「꼽추」가 당선되어 작품 활동을 시작
했다. 시집으로 『태아의 잠』(문학과지성사, 1991), 『바늘구멍 속
의 폭풍』(문학과지성사, 1994), 『사무원』(창작과비평사, 1999),
『소』(문학과지성사, 2005), 『껌』(창작과비평사, 2009), 『갈라진
다 갈라진다』(문학과지성사, 2012), 『울음소리만 놔두고 개는
어디로 갔나』(현대문학, 2018) 등이 있다.

특히 그의 시에 자주 등장하는 소재인 '소' 치밀하고 반복적
인 묘사는 다른 시인들과 확연하게 구별되는 그만의 시적 특성
이라 할 수 있을 것이다. 따라서 그의 시에서 자주 사용되는 모
티프는 시인의 지향점이라 유추할 수 있는 바 이를 확인하고, 그
에 따른 시적 효과와 그 의미 층위를 분석해 보겠다. 김기택 시
인의 시집 『소』에 나타난 주제 구현 양상은 현대문명의 폭력성
비판, 자연적 가치에 대한 동경과 낙관, 섬세한 관찰과 이미지의
세부 묘사, 현대인의 삶에 대한 성찰과 같이 크게 세 가지로 나
눌 수 있다. 물론 이러한 분류는 엄밀한 것이 아니고, 서로 넘나

들거나 두세 가지 양상을 공유하는 시도 있어서 가장 두드러진 특성으로 나눈 것임을 알려둔다.

　여기에서는 이런 점을 감안하여 김기택의 시집, 『소』를 살펴보고, 개괄적으로나마 초기 시와 연계하여 김기택의 시가 지향하는 시의식이 어떻게 수용되어 있는지를 논의하기로 한다.

　김기택의 시적 특성으로 두드러지는 것은 대상에 대한 예리한 관찰과 묘사다. 그의 시는 시 세계 전반에 걸쳐서 감정을 절제하고 이미지의 환기에 집중한다. 마치 현미경을 들이대는 듯이 정밀하고 집요한 관찰을 통해서 대상의 본질을 파헤치는 것이다.

　요컨대 김기택의 시에서 자주 등장하는 '소'는 매번 다른 모습으로 변환된다. 이는 김기택의 시세계나 관심사가 새로운 방향으로 나아가고 있음을 알게 하는 대목이다. 가령 이런 식. 첫 시집 『태아의 잠』에서의 '소'는 무기력하다. 이 시집에서 '소'는 꼬리를 잃어버려 파리들이 몰려들어도 쫓아내지 못하고 있다. 두 번째 시집 『바늘구멍 속의 폭풍』에서는 '소'에 대한 시가 두 편 있다. (「소2」, 「소3」) 김기택은 이 시편에서 '소'의 육체를 고깃덩어리에 불과하다고 냉정하게 묘사하였다. 세 번째 시집 『사무원』에서는 '소'가 등장하지 않고 '사무원'이 나온다. 이는 고통스럽게 반복되는 노동을 '소'처럼 견뎌야만 하는 인간에 대한 비유이다. 분석하는 네 번째 시집 『소』에서는 「소」를 표제로 삼을 만큼 김기택 시인은 '소'라는 대상에 천착한다. 이전 시집들에서 관찰자의 일방적 시각으로 '소'를 바라보았다면, 「소」에서는 화자와 소의 소통과 교감을 중시한다는 데에서 그 변별력을 찾을 수 있다.

2. 주제 의식과 이미지

(1) 현대문명의 폭력성 비판

김기택은 예리한 시선으로 현대사회의 문제를 진단한다. 그의 시선은 『소』에서도 문명 비판적 경향을 보인다. 이런 양상이 두드러지는 대표적 구체적으로 논의해보자.

[가]
텔레비전을 끄자
풀벌레 소리
어둠과 함께 방 안 가득 들어온다
어둠 속에서 들으니 벌레소리들 환하다

[나]
별빛이 묻어 더 낭랑하다
귀뚜라미나 여치 같은 큰 울음 사이에는
너무 작아 들리지 않는 소리도 있다
그 풀벌레들의 작은 귀를 생각한다

[다]
내 귀에는 들리지 않는 소리들이 드나드는
까맣고 좁은 통로를 생각한다
그 통로의 끝에 두근거리며 매달린
여린 마음들을 생각한다
발뒤꿈치처럼 두꺼운 내 귀에 부딪쳤다가
되돌아간 소리들을 생각한다

[라]

브라운관이 뿜어낸 현란한 빛이

내 눈과 귀를 두껍게 채우는 동안

그 울음소리들은 수없이 나에게 왔다가

너무 단단한 벽에 놀라 되돌아갔을 것이다

하루살이들처럼 전등에 부딪쳤다가

바닥에 새까맣게 떨어졌을 것이다

[마]

크게 밤공기 들이쉬니

허파 속으로 그 소리들이 들어온다

허파도 별빛이 묻어 조금은 환해진다

— 「풀벌레들의 작은 귀를 생각함」 전문

(가,나,다,라,마는 분석을 위한 필자의 원문 변용이다.)

시끄럽고 요란한 소리를 뿜어내는 텔레비전 앞에서 저녁을 보내던 화자가 텔레비전을 끄고 풀벌레 소리를 듣게 된 경험을 환기하고 있다. 그렇게 함으로써 잊고 사는 것에 대한 소중함을 이끌어낸다. [가]에서 화자는 텔레비전을 끈 후 평소에 관심을 두지 못했던 풀벌레 소리를 지각하게 된다. [나]에서는 귀뚜라미나 여치 같은 '큰 울음' 뿐만 아니라 너무 작아 들리지 않는 풀벌레들 소리도 존재한다는 것을 자각하면서 시적사유가 확장되고 있다. [다]에서 "내 귀에는 들리지 않는 소리들이 드나드는 까맣고 좁은 통로"는 풀벌레들의 목청을 의미한다. "그 통로의 끝에 두근거리며 매달린/여린 마음들"처럼 추상적 대상(마음)을 구체화함(두근거리며 매달린)으로써 감각적으로 형상화하고 있다. [라]에서는 자신이 의식하지 못했던 그 '울음소리들'을 떠올리며, 그 소리를 간과했던 삶을 성찰하고 있다. [마]에서 화자는 그 소리들을 귀로만 듣지 않고 내면 깊숙이(허파 속으로) 받아들이는 모습을 보여 준다.

또한 "~을 생각한다", "~것이다"와 같은 통사구조의 반복적인 표현을 통해서 주제의식을 한층 강화하고, 공감각적 심상("풀벌레 소리/어둠과 함께 방 안 가득 들어온다", "벌레소리들 환하다", "허파도 별빛이 묻어")으로 이미지를 생생하게 표현하였다.

이렇듯 그의 시는 현대문명(텔레비전의 빛과 소리)과 자연(별빛, 풀벌레 소리)을 대조함으로써 화자는 자기 내면을 돌아볼 시간도 없이 문명의 편안함에 몸을 맡겨 버린 삶에 대해 성찰한다. 텔레비전이 인간의 감각을 마비시킨다면 풀벌레는 인간의 감각을 깨워 자연과 교감하도록 한다는 점에서 이 작품은 문명 비판적이다.

이와 같은 유형을 보이는 일련의 시편은 다음과 같다. 눈도 떠보지 못하고 죽는 병아리(「계란 프라이」), 개를 구속하는 개줄과 개의 저항, 그리고 굴종(「직선과 원」), 현대문명이 인간의 몸에 불러일으키는 변화에 대한 세밀한 묘사(「타이어」), 도시문명의 폭력성을 몸으로 껴안고 살아가는 생명의 모습들(「상계동 비둘기」), 아파트 10층 창문까지 기어 올라온 송충이(「유리창의 송충이」), 불 밝힌 빌딩 창에 부딪쳐 죽은 나방들(「그들의 춘투」), 쓰레기와 뒤섞여 붉은 녹이 슨 낙엽(「양철 낙엽」)은 문명의 폭력성을 비판하는 시편들이다.

그런데 그의 시 세계에서 현대문명의 폭력성은 단지 동물들만 고통스럽게 하는 것은 아니다. 벽으로 변한 승객들에 갇혀 만원 전차에서 내리지 못하는 할머니(「벽」), 차들이 질주하는 도로 한가운데를 위태롭게 건너는 할머니(「무단 횡단」), 경직된 사고방식으로 벙어리처럼 말 못하는 현대인(「명태」)과 같은 시편은 인간이 현대문명의 폭력성 때문에 소외당하고 있음을 시사하고 있다.

이렇듯 문명을 고발하는 일련의 시편들을 통해 김기택의 시세계가 겨냥하고자 한 것은 무엇일까. 그 칼끝을 따라가 보자.

(2) 자연적 가치에 대한 동경

도시문명에 대한 비판은 그 문명이 억누르거나 소멸시킨 자연적 가치에 대한 동경으로 이어진다. 초기 시집들에서 주로 동물의 형태와 동작을 꼼꼼히 묘사했던 시인은 시집 『소』에서 풍성한 식물적 이미지를 선보인다.

방금 딴 사과들이 가득한 상자를 들고
사과들이 데굴데굴 굴러나오는 커다란 웃음을 웃으며

그녀는 서류뭉치를 나르고 있었다
어떻게 기억해냈을까 고층사무실 안에서
저 푸르면서도 발그레한 웃음의 빛깔을

어떻게 기억해냈을까 그 많은 사과들을
사과 속에 핏줄처럼 뻗어 있는 하늘과 물과 바람을
스스로 넘치고 무거워져서 떨어지는 웃음을

어떻게 기억해 냈을까 사과를 나르던 발걸음을
발걸음에서 튀어오르는 공기를
공기에서 터져나오는 햇빛을
햇빛 과즙, 햇빛 향기를

어떻게 기억해냈을까 지금 디딘 고층이 땅이라는 것을
뿌리처럼 발바닥이 숨쉬어온 흙이란 것을
흙을 공기처럼 밀어올린 풀이란 것을

나 몰래 엿보았네 외로운 추수꾼의 웃음을
그녀의 내부에서 오랜 세월 홀로 자라다가
노래처럼 저절로 익어 흘러나온 웃음을

책상들 사이에서 잠깐 보았네
외로운 추수꾼의 걸음을
출렁거리며 하늘거리며 홀로 가는 걸음을
걷지 않아도 저절로 나아가는 걸음을

— 「어떻게 기억해 냈을까」 전문

미당문학상 수상작인 이 작품은 일반적인 김기택 시인의 시
풍과는 다른, 낯선 문법을 보인다. 매우 구체적인 시적 상황을
제시하면서 시적 대상에 대해 세밀하게 관찰하고 집요하게 묘사
하는 그만의 스타일과는 달리 시작되기 때문이다.

그렇다면 "그녀는 서류뭉치를 나르고 있었다"는 시행을 1연
이 아닌 2연으로 배치해서 얻는 효과는 무엇인가. 시의 서두부
터 주체의 혼란(1연과 2연)이 나타나며, 6연의 "나 몰래 엿보았

네"도 내가 엿보았는지 그녀가 나 몰래 엿보았는지 모호하고 중의적이다. 그리고 제목 자체도 '어떻게'와 '기억해 냈을까' 사이에는 주어와 목적어가 생략되어 있다. "그녀가 어떻게 기억해 냈을까"라는 문장을 완성한다고 해도 목적어가 생략되었음을 알 수 있다. 이 모호함은 시인의 의도된 전략으로 읽힌다. 시 전체를 읽으면서 생략된 목적어를 유추해가는 과정이 이 작품을 읽는 방법론이라고 생각해도 될 것이다. 즉, 시 전체에 16번이나 나타나는 '을(를)'의 반복을 통해서 환기되는 효과는, '자연의 생명력'으로 형상화된 심상을 독자가 주목하게 만드는 것이다.

예를 들면 삭막한 "빌딩"과 발바닥이 숨쉬어온 부드러운 "흙"의 상반된 이미지는 식물의 힘에 주목하게한다. 자연의 역동적 에너지는 "데굴데굴 구르며", "튀어오르며", "터져나오며" 한껏 상승한다. 이때 콘크리트로 만들어진 고층 빌딩의 사무실(삭막한 현대문명)과 사과(자연의 생명력)라는 두 개의 상반된 속성들은 그녀(여직원)의 웃음 속에서 하나로 통합된다. 그리고 "사과를 나르던 발걸음"을 통해 공기, 햇빛이 스며든 "햇빛 과즙", "햇빛 향기"라는 삭막한 현대문명 속에서 싱싱한 자연적 생명력으로 발아한다.

솔잎을 보며 잎을 여러 갈래로 가늘게 찢은 추위가 지나갔던 자국을 읽거나(「소나무」), 배 위에서 편안하게 아가미로 숨 쉬는 환상(「물 위에서 자다 깨어보니」), 땅에 붙박혀 있는 줄만 알았던 나무가 우글우글한 생명력이 넘치는 동물적 이미지로 그려지거나(「우글우글하구나 나무여」), 베어진 나무의 아픔(「어린 나무들」), 황토색에서 읽는 남도의 자연(「황토색」), 사라져 버린 대상의 과거 모습(「그루터기」), 비 온 뒤 빗방울 무늬가 무수히 찍힌 산길(「빗방울 길 산책」), 겨울 아침에 창문을 열면서 느끼는 감각적 체험(「맑은 공기는 조금씩 비린내가 난다」), 자투리땅을 다 덮는 풀들(「초록이 세상을 덮는다」)같은 시들도 자연적 가치에 대한 동경을 다룬 시편이다.

(3) 섬세한 관찰과 치밀한 묘사-투시적 상상력

시의 진정성은 추상적인 관념에서 출발하지 않고 구체적인 심상에서 출발한다. 그럼으로 시적 진실의 계기를 포착하는 방법으로서의 인식과 관찰은 매우 중요하다 하겠다. 김기택의 시적 특성으로 두드러지는 것은 집요한 관찰과 묘사는 그것의 역동성을 포착하게 하는 데 기여하고 있다. 이러한 직관과 역동적 상상력이 빚어내는 김기택 시인의 시선은 경계, 그 너머를 바라본다. 그는 대상의 외부를 정밀하게 묘사함으로써 그 대상의 감추어진 진실을 드러내고자 한다. 실제로 대상에 대한 김기택 시인의 투시적 상상은 일상적 지각의 경계를 넘어서고 있다. 다음 시를 살펴보자.

이발사는 희고 넓은 천 위에
내 머리를 꽃병처럼 올려놓는다.
스프레이로 촉촉하게 물을 뿌린다.
이 무성한 가지를 어떻게 전지(剪枝)하는 게 좋을까
빗과 가위를 들고 잠시 고민하는 눈치다.
이발소는 시계 초침 소리보다 조용하다.
시계만 가고 시간은 멈춘 곳에서

째깍째깍 초침 같은 가위가 귓가에 맑은 소리를 낸다.

그 맑은 소리를 따라간다. 가위 소리에서

찰랑찰랑 물소리가 나도록 귀 기울여 듣는다.

싹둑, 머리카락이 가윗날에 잘릴 때

온몸으로 퍼지는 차가운 진동.

후드득, 흰 천 위에 떨어지는 머리카락 덩어리들.

싹둑싹둑 재깍재깍 후드득후드득……

가위 소리는 점점 많아지고 가늘어지더니

창밖에 가득 빗방울이 떨어진다.

흙에, 풀잎에, 도랑에, 돌에, 유리창에, 양철통에

저마다 다른 빗소리들이 서로 겹쳐지는 소리.

수많은 다른 소리들이 하나로 모이는 소리.

처마에서 새끼줄처럼 굵게 꼬이며 떨어지는 소리.

물뿌리개로 찬물을 흠뻑 부으며

이발사는 어느새 내 머리를 감기고 있다.

수건으로 물기를 닦아내고 만져보니

머리가 더 동글동글하고 파릇파릇하다.

비 온 뒤의 풀잎처럼 빳빳하다.

—「머리 깎는 시간」 전문

이 작품은 김기택 시인 특유의 투시적 상상력과 치밀한 묘사, 그 전형을 보여준다. 이 시에서 머리카락 깎는 모습은 여러 가지 이미지로 형상화된다. 꽃병의 무성한 가지를 전지(剪枝)하는 모습(빗과 가위를 든 이발사)→시계 초침 소리(가위질 소리)→찰랑찰랑 물소리→창밖의 빗방울 소리→빗소리들이 서로 겹치는 소리(가위질 소리들이 겹치고 머리카락 위에 다른 머리카락들이 떨어져 겹치는 모습)→비온 뒤 빳빳해진 풀잎(이발 후 화자의 머리)처럼 경쾌한 이미저리가 연속적으로 전개된다. '가위질 소리→시계 초침 소리→물소리→빗방울 소리→빗방울 물기를 머금어 더 파릇파릇하고 빳빳해진 풀잎'은 자유연상기법에 의해 시상을 전개하고 있다. "싹둑"이나 "찰랑찰랑", "후드득", "싹둑싹둑 째깍째깍 후드득후드득……" 같은 음성상징어들은 이런 모습들을 마치 눈앞에서 보는 것처럼 감각적으로 형상화하는 데 기여하고 있다.

그런데 감각적이고도 사실적인 묘사만으로 시적 대상에 생명을 불어넣었던 정지용 시인의 「비」[20]에서처럼 이미지만으로 구성된 이 시는 어떤 의미가 있을까? 옥타비오 파스가 『활과 리라』에서 말했듯이 "이미지는 수단이 아니라 목적이며, 이미지 자체가 의미"이다. 말하자면 시인이 드러내고자 하는 이미지 자체가 시인이 말하고자 하는 의미의 정수이며 핵심이 된다. 김기택 시인의 「머리 깎는 시간」은 시적 상황이 확대되고 화자는 소멸됨으로써 이발소라는 시적 공간에 앉아 있는 것처럼 생생한 감각적 체험을 독자에게 부여한다.

운동 에너지의 변화에 따른 몸과 근육의 세밀한 변화를 집요하게 묘사하거나(「자전거 타는 사람」, 「눈길에 미끄러지다」, 「다리가 저리다」, 「티셔츠 입은 여자」) 어물전 좌판에 고인 물과 물고기들에 대한 묘사(「물은 좌판 위에 누워 있다」), 교통사고 현장 묘사(「흰 스프레이」)에서도 섬세한 관찰과 치밀한 묘사를 살펴 볼 수 있다.

---

20) 돌에/그늘이 차고,//따로 몰리는/소소리바람.//앞서거니 하여/꼬리 치날리어 세우고,//종종다리 까칠한/산새 걸음걸이.//여울지어/수척한 흰 물살,//갈갈이/손가락 펴고.//멎은 듯/새삼 돋는 빗낯//붉은 잎잎/소란히 밟고 간다.

(4) 현대인의 일상적 삶에 대한 성찰

김기택 시인의 시선은 도시적 삶의 생태 속에서 현대인이 어떻게 살아가고 있는지를 냉철하게 보여 주는 카메라의 눈과 같다. 문명에 대한 비판적 시선을 기조로 한 그의 시편은 현재 우리의 삶이 어디로 향하고 있는지를 성찰하게 한다.

소의 커다란 눈은 무언가 말하고 있는 듯한데
나에겐 알아들을 수 있는 귀가 없다.
소가 가진 말은 다 눈에 들어 있는 것 같다.

말은 눈물처럼 떨어질 듯 그렁그렁 달려 있는데
몸 밖으로 나오는 길은 어디에도 없다.
마음이 한 움큼씩 뽑혀 나오도록 울어보지만
말은 눈 속에서 꿈쩍도 하지 않는다.

수천만 년 말을 가두어 두고
그저 끔벅거리고만 있는
오, 저렇게도 순하고 동그란 감옥이여.

어찌해 볼 도리가 없어서
소는 여러 번 씹었던 풀줄기를 배에서 꺼내어
다시 씹어 짓이기고 삼켰다간 또 꺼내어 짓이긴다.

— 「소」 전문

야생에서 살던 소는 사육된 이후 인간에게 노동을 제공하고,

죽어서는 고기와 가죽을 제공하는 가축이다. 심지어 소의 뼈는 사골로 우려먹으니 말 못하고 묶여 있는 이 짐승은 연민을 자아낸다. 1연에서 "소의 커다란 눈은 무언가 말하고 있는 듯한데", "소가 가진 말은 다 눈에 들어 있는 것 같다."라고 표현함으로써 독자로 하여금 소의 눈에 주목하여 상상하게끔 유도한다. '음메' 하고 길게 우는 소의 영각이나 어찌해 볼 도리 없이 씹었던 풀을 반추하는 행위는 몸 밖으로 나오지 못하는 소의 말 때문이다. 안타깝게도 화자에게는 소의 말을 들을 수 있는 귀가 없다. 그래서 화자는 소의 눈을 "수천만 년 말을 가두어 두고/ 그저 끔벅거리고만 있는/오, 저렇게도 순하고 동그란 감옥"과 같이 감옥으로 묘사한다. 화자는 눈물 같은 말을 삼켰다가 다시 꺼내어 짓이기는 소를 응시한다. 이때, 시적 대상(소)과 화자의 소통과 교감이 드러나면서 소의 슬픔이 표출되는 것이다. 시적화자가 '소'와 자신을 동일시(identify)하면서 짙은 페이소스를 보이는 것을 볼 때, 이 작품은 현대인의 존재론적 슬픔을 형상화한 것으로 읽히기도 한다.

현대문명의 규격화된 삶(「소가죽 구두」), 인간의 욕망과 회한(「얼룩」), 끝없는 식욕(「혀」), 가까운 듯 먼 인간관계(「복잡한 거리의 소음에서」), 꿈을 잃어버린 삶(「아줌마가 된 소녀를 위하여」), 무가치한 논쟁(「수화」), 무의식적 행위와 다름없이 무가치한 삶(「재치기 세 번」), 꿈을 잃은 존재의 우스꽝스러워 보이는 슬픔(「타조」), 말한다는 것의 즐거움(「수다 예찬」), 소외된 독거노인(「귤」), 어제와 다를 바 없는 오늘(「분수」)과 같은 시편은 현대인의 타성적인 삶에 대한 성찰이다.

3. 자리바꿈의 시학

김기택 시인의 네 번째 시집인 『소』 이후 다섯 번째 시집 『껌』은 이전 시집과 연장선에 있는 것으로 읽힌다. 치밀한 관찰과 묘사가 한층 더 세밀해졌으며 심상은 더 심오해졌다. 그런데 여섯 번째 시집인 『갈라진다 갈라진다』에서는 변화된 시인의 관심사와 시 세계가 드러난다. 이 시집에서는 인간의 자연적 죽음이 아닌 살인이나 자살과 같은 비인간적 폭력으로 인한 죽음의 주제들로 이루어진 시편[21]을 많이 접할 수 있기 때문이다. 삶과 죽음의 경계가 사라진 우리의 현실에서 진정한 삶의 희망과 가능성은 어떠해야 하는 것인지를 타진하는 방향으로 나아가고 있다고 하겠다.

이상에서 살펴본 바와 같이 김기택 시의 가장 큰 특징은 집요한 관찰로 시적 대상을 오래, 그리고 자세하게 봄으로써 대상에 대한 객관적 묘사가 이루어진다는 점을 꼽을 수 있다. 물론 대상에 대한 관찰은 대부분의 시인들에게 시 창작을 위한 기본 단계에 해당하지만, 김기택 시인의 경우는 이 관찰과 묘사의 정도가 훨씬 집요하고 묘사에 있어서도 과정을 세분화(slow motion)시킨다는 점에서 타 시인들과의 변별점을 찾을 수 있다. 묘사에 집착함으로써 일견 과도한 형식(반복[22], 꼬리 물기[23])이

---

21) 「여친 어머니 살해사건」, 「목을 조르는 스타킹에게 애원함」, 「긴 터널 안으로 들어간다」, 「갈라진 몸 꿰매기」, 「우주인2」, 「대패 삼겹살」, 「그녀가 죽었을 때」 등

22) 꿈틀거린다 뜨거운 식용유를 튀기며/꿈틀거린다 불투명한 방울을 들썩거리며/꿈틀거린다 고소한 비린내를 풍기며/꿈틀거린다 굳어버린 눈 굳어버린 날개로/꿈틀거린다 보이지 않는 등뼈와 핏줄을 오그라뜨리며(「계란 프라이」)

23) 어떻게 기억해 냈을까 사과를 나르던 발걸음을/발걸음에서 튀어오르는 공기를/공기에서 터져나오는 햇빛을/햇빛 과즙, 햇빛 향기를(「어떻게 기억해 냈을까」)

라고 평가되는 시들도 있지만 그렇게 함으로써 사람과 사물의 자리바꿈이나 존재와 육체를 분리[24]하는 시들은 김기택의 근간을 이루는 특징이라고 하겠다.

---

24) 바닥에 스며들 수 있는 것은 모두/검붉은 얼룩을 남기며 아스팔트 속에 스며들어 있다/흰 스프레이로 그려진 허물만 아스팔트 한복판에 남기고(「흰 스프레이」)

전통 식탁의 미학과 음식 이미지
— 송수권의 음식시를 중심으로

근대시에서 음식 이미지는 시적 대상으로 지위를 갖지 못하고 음식 이상의 것을 비유하거나 의미하기 위해 보조적으로 동원되었다. 가령, 최남선에게 음식은 식민지 시대의 자유와 대칭적 위치에 있는 소품이었고, 김소월과 이상화에게 음식은 자유를 위한 핵심 제재로 등장하기 시작했다. 경향시는 '밥'의 문제에 대해 문학적 대응을 보여주었지만, 시적 성취를 이뤘다고 보기는 어려웠다.

이러한 경향과 달리 음식 이미지를 소재 차원이 아니라 주요한 모티프로써 시 세계에서 본격적으로 형상화한 시인은 백석이었다. 그리고 그의 영향을 받은 송수권은 음식 이미지를 다양한 감각을 통해 형상화함으로써 사라져가는 한국의 전통식탁의 미학을 복원하려 했다. 그러므로 한국 음식시의 흐름을 파악하고, 음식을 비로소 시의 주제 차원으로 끌어올렸다고 평가받는 송수권의 음식시가 지니는 의미를 탐사하는 것은 우리 문화의 원형과 가치를 탐색하는 것에 다름 아니다.

이런 점에서 송수권 시에 나타난 다채로운 감각적 이미지를 확인하고, 그의 시에서 발현되는 원형적인 감각과 원초적 음식 이미지가 시적 주체에게 현실을 인식하게 하는 중요한 매개체가 되고 있음을 살피고자 한다.

요컨대 송수권은 원초적 감각을 통해 우리 민족의 전통 음식 문화를 보여줌으로써 이질적 서구문화에 대응하고, 이상적인 삶의 의미를 탐색하고자 했다는 측면에서 그의 시는 음식시의 새로운 지평을 열었다고 할 수 있다.

1. 들어가며

송수권의 시사적 위상과 그가 후기에 천착했던 것이 음식서사임에도 불구하고, 그의 음식이미지에 대한 탐사는 아직 많이 부족하다. 송수권 시에 대한 기존의 논의가 일정한 성과를 보여주고는 있지만, 그가 여러 지면을 통해 강조했던 음식시와 관련된 연구가 부족하다는 한계도 역시 보여주고 있기 때문이다.[25] 그동안 거의 논의되지 않았던 음식시의 구현 양상을 면밀하게 분석함으로써 송수권이 음식을 통해서 전달하려는 바를 찾으려는 이유가 여기에 있다.

송수권을 대상으로 삼은 또 하나의 이유는 한국의 현대시인 중에서 송수권만큼 음식시에 대해 집요하게 탐구하고 형상화한 시인이 없다는 점에 연유한다. 송수권의 음식시[26]에 관한 관심은 제9시집 『수저통에 비치는 저녁노을』(1998년)에서부터 시작되었다. 이 시집에 「수저통에 비치는 저녁노을」, 「황포묵」, 「남

---

25) 송수권의 음식시에 대해 분석한 소논문이나 학위논문은 없으며 최근에 다음의 박사학위 논문에서 다루었을 뿐이다. (김수형, 『송수권 시 연구-문학적 지향성과 구현 양상을 중심으로』, 목포대학교 박사학위 논문, 2021.)
26) 음식시라는 장르는 학계에서 이론으로 정립된 것은 아니나 선행연구 등에서 통용되고 있는 용어다. 이에 따라 이 연구는 음식소재의 소재를 음식시라 칭하였음을 밝힌다.

도의 밤 식탁」, 「곰소항」, 「깡통 식혜를 들며」, 「그늘」, 「황태나 굴비 사려」 등 음식 관련 시가 실려 있다. 이 시기를 전후로 하여 음식 에세이집인 『남도의 맛과 멋』(1996), 『풍류 맛 기행』(2003)을 통해 남도의 음식문화와 팔도 음식을 총정리하였다. 그 후 남도 음식에 관한 시 80여 편을 따로 모아서 본격적인 음식시집 『남도의 밤 식탁』(2012년)을 발간했다. 그 연장 선상에서 『퉁』(2013년)을 발간하였고 「남도의 맛과 멋-남도의 밤 식탁」을 연재[27]할 만큼 남도 사람들의 삶과 음식문화에 천착했다. 따라서 본고의 연구 대상은 음식에 대한 관심이 촉발한 제9시집 『수저통에 비치는 저녁노을』(1998년)부터 작고하기까지의 후기시로 하되 본격적인 음식시집 『남도의 밤 식탁』(2012년)과 『퉁』(2013년)을 주요 분석 대상으로 한다. 음식 에세이집인 『남도의 맛과 멋』, 『풍류 맛 기행』도 참고하였다.

논의에 앞서 이 글에서 다룰 '음식시'는 음식이 단순 소재를 넘어 주제에 관여하는 제재(subject matter)로 등장하는 작품, 음식 문제가 시의 주요 관심사로 초점화된 작품 등으로 규정하고자 한다. 인간을 비롯한 모든 생명체에게 먹는 행위는 원초적인 생존 욕구와 직결된다. 동서고금을 막론하고 인간이 아닌 동물들에게도 음식을 함께 먹는 행위는 친밀함과 관련이 있다. '식구(食口)'라는 단어는 '함께 살면서 음식을 나눠 먹는 입'이라는 사회적 의미망이 함축되어 있다.

한국의 현대시사에서 음식을 처음으로 시적 비유의 대상으로 삼은 시인은 김소월과 최남선이지만 이에 대한 감각적인 형

---

27) 송수권, 「남도의 맛과 멋」, 『오늘의 가사문학』, 고요아침, 2015년 봄호~2015년 겨울호.

상화는 이루어지지 않았다. 이들 이후에 등장한 백석은 음식을
단순한 먹거리의 대상으로 형상화하지 않고, 음식 이상의 것을
의미하기 위해 음식을 동원하였다.[28] 그의 시에 나오는 음식의
종류만 150여 개가 되는데, 다양한 음식 소재를 통해 백석은 자
신의 집단적 정체성을 민족의 테두리를 넘어 보편적 인류애와
생명주의로 확장하였다. 이런 성향은 송수권의 음식시에서도 확
인할 수 있다. 이런 유사성과 관련해서 송수권은 자신의 시가 백
석의 영향을 받았음을 고백한 바 있다.[29]

따라서 송수권의 음식시를 논의하기에 앞서 한국 음식시의
흐름과 함께 송수권 이전에 음식시의 새 지평을 열었다고 평가
받는 백석의 음식시를 살펴보는 것이 중요하다. 한국 음식시의
전개 과정에 대한 이해가 전제될 때, 송수권의 음식시를 정확히
인식할 수 있으며, 한국 음식시에서 송수권의 음식시가 차지하
는 위상을 가늠해 볼 수 있기 때문이다. 또한, 백석과의 직접적
비교를 통해서 두 시인의 음식시가 어떤 공통점과 차이점이 있
는지를 살펴보는 일도 흥미진진한 여정이될 것이다.

2. 한국 음식시의 흐름과 백석의 음식시

---

28) 일제강점기에 최남선, 김소월, 이상화에게 음식('밥')은 바로 자유를 위한 제재였고, 경
향 문학도 문학적 대응을 보여주지만, 뚜렷한 시적 성취를 이뤘다고 하기는 어렵다. 이
상(李箱), 주요한, 정지용에게서 음식시의 일면을 엿볼 수 있다. (김주언, 「한국 음식시
의 맥락과 가능성」, 『우리어문연구』 58집, 우리어문학회, 2017, 37~38쪽 참조).

29) 『오늘의 가사문학』에 2014년 겨울호~2015년 겨울호까지 발표한 「남도의 맛과 멋」 연
재 산문(자전적 시론과 대담), 시집 『남도의 밤 식탁』에 실린 자전적 시론, 시집 『틈』에
실린 시인의 산문, 배한봉과의 대담(「거침없는 가락의 힘, 그 곡즉전(曲卽全)의 삶」, 최
한선과의 대담(「맛과 멋의 시인, 풍류 시인 송수권을 찾아서」) 등 많은 자료에서 이를
확인할 수 있다.

롤랑 바르트는 음식의 다의화(多義化)가 근대성을 특징짓는 다고 말한다.[30] 음식을 먹는 태도와 그가 먹는 음식을 통해 그의 개별적 성격 그리고 심리와 더불어 그가 살아가는 세계의 사회학과 문화적 가치에 대해서도 알 수 있다고까지 한다.[31]

그러나 인간에게 원초적 욕구의 대상인 음식은 정신 활동의 극점에 있는 시의 주된 관심사가 아니었다. 한국 근대시사에서 음식이 출현하는 시는 최남선이 1908년 2월에 간행된 대한학회월보(大韓學會月報) 제1호에 쓴 「모르네 나는」이라는 작품으로 보고 있다.[32] 그러나 최남선의 시에서 음식은 자유를 위한 소품적 지위를 벗어나지 못하고 있다. 김소월의 「옷과 밥과 자유」(1925)는 음식시로 분류할 수 없는 최남선의 작품과는 다른 차원이다. 김소월에게 음식은 '자유'를 위한 핵심 제재이기 때문이다. 그러나 김소월에게는 술, 담배 등을 제외한다면 유의미한 음식시가 거의 존재하지 않는다.

이상화의 음식시[33]에서 '엿'은 중심 제재이지만 이는 음식 그 이상의 것을 암시하기 위해 동원되는 비유적 수단에 불과했다. 김억, 김소월, 주요한, 정지용, 임학수 등의 음식시편들도 이러한 경향을 보여주는데, 이 시편들에서 음식은 그들의 시 세계에서 전경화되지 못하고 주변화되었다.[34]

근대시에서 '밥'에 대한 욕구는 경향시에서 현저하게 나타났

---

30) 밥 에슬리 외, 음식의 문화학, 박형신·이혜경 옮김, 한울, 2014, 21쪽.
31) 로널드 르블랑, 음식과 성:도스토옙스키와 톨스토이, 조주관 옮김, 그린비, 2015, 25쪽.
32) 김주언, 「한국 음식시의 맥락과 가능성」, 『우리어문연구』 58집. 우리어문학회, 2017, 40쪽.
33) "네가 주는 것이 무엇인가? / 어린애게도 늙은이게도 즘생보담은 신령하단 사람에게 / 단맛뵈는 엿만이 아니라/ 단맛 넘어 그 맛을 아는맘/ 아모라도가 짓느니 잊지 말라고/ 큰 가새로 목닥치는 네가/ 주는 것이란 엇재 엿뿐이랴!"
34) 김주언, 앞의 글, 46쪽.

다. 김석송의 「러시아 빵과 고무신」(1925), 박아지의 「농군(農軍)행진곡 2」(1928), 양우정의 「농부의 노래」(1930), 정상규의 「보리타작한 날」(1930), 박영준의 「소작인의 딸」(1931), 방인희의 「추수」(1932) 등이 경향시 계열에서 쓴 음식시편(주요 소재가 '밥', '쌀')이다. 그러나 '곡식', '쌀' 혹은 '밥'은 궁핍을 드러내는 기표일 뿐, 그 이상의 어떤 의미를 갖지 못했다. 정지용의 「조찬」(1941)은 일제강점기에 쓴 '밥'에 관한 음식시 중에서 찾아보기 힘든 품격을 보여준다.[35]

백석은 음식시에서 단연 독보적인 존재다. 고형진의 연구에 의하면 백석 시편에 나타나는 음식의 종류는 무려 150종에 이르며 그의 작품 총 95편 중에서 음식물이 나타나지 않는 작품은 불과 28편에 지나지 않는다[36]고 한다.

음식시로 분류될 수 있는 백석의 작품 가운데서 「여우난골」, 「여우난골족(族)」, 「초동일(初冬日)」, 「고야(古夜)」, 「고방」, 「하답(夏畓)」, 「개」, 「가즈랑집」 등의 작품에는 유년 화자나 유년 주체가 등장한다.[37] 백석의 시에서의 음식은 대부분 유년기에 고향 정주에서 먹었던 관서지방의 토속 음식이었다.[38] 물론

---

35) "해ㅅ살 피여 이윽한 후, 머흘 머흘 골을 옮기는 구름. 桔梗 꽃봉오리 흔들려 씻기우고. 차돌부터 촉 촉 竹筍 돋듯. 물소리에 이가 시리다. 앉은새 갈히여 양지 쪽에 쪼그리고, 서러운 새 되어 흰 밥알을 쫏다." (정지용, 「조찬(朝餐)」 전문)

36) 고형진, 「백석시 연구」, 고형진 편, 백석, 새미, 1996, 23쪽.

37) 백석의 음식 모티프가 등장하는 시 가운데서 「국수」·「선우사(膳友辭)-함주시초(咸州詩抄)」, 「수박씨, 호박씨」, 「꼴두기-물닭의 소리」, 「북관(北關)-함주시초(咸州詩抄)」, 「구장로(球場路)-서행시초(西行詩抄)1」, 「북신(北新)-서행시초(西行詩抄)2」, 「월림(月林)장-서행시초(西行詩抄)4」, 「노루-함주시초(咸州詩抄)」, 「자류(柘榴)」, 「청시(靑柿)」, 「탕약(湯藥)」, 「멧새소리」, 「적경(寂境)」, 「추야일경(秋夜一景)」, 「흰 바람벽이 있어」 등을 음식시로 특정할 수 있다.

38) 오성호, 「백석 시에 나타난 음식과 그 의미」, 『배달말』 제66호, 배달말학회, 2020, 290쪽.

성인이 된 후 남도 기행을 통해 접한 음식도 있지만, 유년기의 음식에 대한 향수가 가장 강렬하게 형상화되었다. 이는 백석에게 음식이 유년의 행복했던 기억을 떠올리게 만드는 매개체가 되었음을 알 수 있게 해준다. 가령 「여우난 곬족」에서 아름답게 형상화된 유년기의 친족 공동체, 그들이 함께 모여 정답게 음식을 나누어 먹는 행위가 이를 방증한다.

백석에게 '음식'은 "고립과 단절을 벗어나 더 큰 공동체에 접속되고자 하는 것"으로 음식을 먹는 행위 자체가 "일종의 축제, 혹은 제의적 성격39)을 띠고 나타난다. 이를 종합해 보면 백석에게 음식은 단순한 식욕의 해결이나 미각을 충족하기 위한 차원이 아니라 자기 정체성과 관련된 것으로 자신의 존재, 그 근원에 대한 자각과 향수를 충족시켜주는 것이라고 이해할 수 있다. 이러한 점은 송수권의 음식시에서도 발견되는 공통된 요소이다.

3. 송수권 음식시의 구현 양상

인간의 감각기관에 들어온 정보는 뇌 속에 축적되어 기억과 연결됨으로써 인간의 행동을 결정한다.40) 이런 맥락에서 감각적 체험이 타자와의 동화 및 합일의 과정에서 어떤 영향을 미치는지 고찰하려 한다. 즉, 미각, 후각 등에 관한 감각적 비유가 형

---

39) "백석에게 음식 먹는 행위는 '지금 여기'서 그 음식을 나누는 공동체와 수평적으로 접속하는 행위인 동시에, 오랜 시간에 걸쳐 그것이 공동체 성원 모두의 음식이 되도록 만들어온 더 큰 역사적 공동체에 접속되는 행위이기도 했다. 그에게 음식을 먹는 행위가 일종의 축제, 혹은 제의적 성격을 띠고 나타나는 것은 이 때문이다."(오성호, 위의 글, 288쪽).

40) 의식의 경계를 규정하는 다섯 가지 감각을 이야기한다. (다이앤 애커먼, 백영미 역, 『감각의 박물학』. 작가정신, 2004.)

상화되는 방식을 살펴보고, 백석의 음식시와 대비를 통해서 송수권 시와의 영향 관계와 특징을 파악할 것이다. 또한, 남도의 풍류정신이 깃들어 있는 음식 서사가 원초적 이미지로 표출되는 양상과 그 이유를 살펴보려 한다. 그의 음식시를 유형별로 나누면 다음과 같다.[41]

(1) 공동체 의식

우리가 타인에게 음식을 함께 먹자고 요청하는 것은 상대에게 친밀감을 표현하는 행위이며 자신의 생존과 직결되는 음식을 함께 나눠 먹는 것은 타자에 대한 사회적 차원의 행위다. 이런 점에서 음식을 통해 공동체적 삶을 추구하는 방식은 백석과 송수권의 음식시에서 공통적으로 발견된다.

> 이게, 얼마 만이냐
> 다리와 다리가 만나는 슬픈 가족사(家族史)의 밤
> 암으로 죽어가면서 암인 줄도 모르면서
> 마른 복국이 먹고 싶다는 아버지 부름 따라
> 옛집에 오니 밤 개는 컹컹 짖어
> 약속이나 한 듯이 흰 눈은 또 퍼부어
> 우리 부자 복국 끓여 먹고
> 통시 길에 나와보니
> 옛날의 국자 같은 북두칠성이 또렷했다
> 구주탄광, 아오모리 형무소, 휴전선이 떠오르고

---

41) 다음의 유형화는 지배적 이미지를 위주로 분류하였음을 미리 밝혀둔다. 한 편의 시는 두세 가지 복합적 내용을 담고 있는 경우가 많으므로 이 유형은 서로 넘나들기도 한다.

도란도란 밤 깊어 무심히 아버지 다리에

내 다리 얹었다

70년 황야를 걸어온 다리

마른 삭정이 다된 다리

어금니 악물고 등 돌려 흐느꼈다.

—「별밤지기·1-복국」 전문

"암으로 죽어가면서 암인 줄도 모르"는 아버지에게 '옛집'은
아들과 함께했던 젊은 시절을 떠올리게 하는 장소의 기능을 한
다. 옛집에 돌아온 밤에 개는 또 컹컹 짖고 "약속이나 한 듯이 흰
눈은 또 퍼부어" 행복했던 그 시절처럼 복국을 맛있게 끓여 먹는
다. 아버지와 함께 누워 "구주탄광, 아오모리 형무소, 휴전선" 이
야기를 들으며 도란도란 대화를 나누는 아들, 마른 삭정이 같은
아버지의 다리에 화자의 다리를 얹는 행위는 아버지와의 완전한
동질화를 보여준다. 아버지와 아들이라는 가족 공동체로서의 유
대감은 '마른 복국'이라는 음식을 함께 나눠 먹는 행위를 통해서
회복되고 강화되는 것이다.

이처럼 음식을 나눠 먹는 행위는 타자와 내가 연대하며 동화
되는 사회적이고 공동체적인 의미를 함축한다. 미각의 사회성에
대해 논의한 다이앤 애커먼[42]도 이와 맥락을 함께한다.

백석의 음식이 대부분 유년기의 행복한 기억과 관련되어 있
다[43]는 측면을 생각할 때 송수권의 음식시에서도 공동체 의식

---

42) 다른 감각들은 혼자서도 그 아름다움을 온전히 즐길 수 있지만, 미각은 대단히 사회적
이다. 우리는 대개 가족들과 함께 식사하므로 '빵'을 함께 나누는 것'은 외부인을 가족과
연결해주는 상징적 행위가 된다. (다이앤 애커먼, 백영미 역, 『감각의 박물학』. 작가정
신, 2004, 450쪽.)

43) 오성호, 앞의 글, 287쪽.

에 대한 추구는 많은 작품에서 확인할 수 있다.[44]

(2) 원초적 감각

남도 음식의 특징 중 하나는 발효와 삭힘이다. 음식의 기본 재료인 장류는 미생물의 화학적 변화에 필요한 시간을 거친 후에야 숙성된 맛으로 변환된다. 이런 의미에서 남도 음식은 "기다림의 성찬이 주는 강렬한 감각"[45]"이다. 가령 오래 삭혀둔 홍어 맛은 강렬한 미각이라는 원초적 감각을 지니고 있다.

한겨울에는 나도 전어 밤젓이 먹고 싶다

선비골 안동에 가면 얼간재비가
밥도둑이라지만
남도에 오면 전어 밤젓이 밥도둑이다

햇반을 내어 고슬고슬 고봉밥 지어
전어 밤젓 한 숟갈 듬뿍 떠 얹으면
그것이 밥도둑인 거라
고솜하고 쌉쓰름한 그 맛

---

44) 「황태나 굴비 사려」, 「그늘」, 「돌머리 물빛·안동 백비탕」, 「삼대 숯불구이」, 「남도의 밤 식탁」, 「봉평 장날·올챙이 묵」, 「어초장·2·밤때 알리는 꽃」, 「보리누름」, 「대구」, 「김치」, 「무젓」, 「궁발거사」, 「덧젓」, 「떡살」, 「열무밭을 지나다가」, 「풍수자연(風水自然)」, 「멀미」, 「통박」, 「뽕」, 「흙에 뿌린 이 슬픔 이 기쁨」, 「고홍표 토종 갓물김치」, 「김치와 서정시」, 「묵밥」, 「고홍 서대」, 「진굴젓」, 「물김치」, 「유자청」, 「살구꽃이 돌아왔다」, 「안동 유과」, 「월포 매생이」, 「뎅이굴」, 「굴 파전」, 「내빌눈」, 「봄날, 영산포구에서·2」, 「봄날, 영산포구에서·3」, 「봄날, 영산포구에서·4」, 「서백당 대추란」, 「금소리 예천임씨 종택을 지나며」 등

45) 류지현, 「시인의 성찬, 꽃과 고요가 놓인」, 『송수권 詩 깊이 읽기』, 나남, 2005, 224~225쪽.

알싸하니 목이 잠겨 감질나는 거라

영혼이나 기질은 냄새로 오는 게 아니라
맛으로 길러지는 것

(레몬 향이 맡고 싶다고?)

한겨울에는 나도 전어 밤젓이 먹고 싶다

— 「밤젓」 전문

'밤젓'은 전어 창자에서 돌기만 떼어 따로 담근 젓갈이다. "고솜하고 쌉쓰름한 그 맛/ 알싸하니 목이 잠겨 감질나는" 맛이라고 독자에게 그 맛을 생생하게 감각적으로 형상화한다. 이 작품은 인간의 영혼이나 기질조차도 맛을 통해 길러진다는 인식을 보여주고 있다.

밤젓 이야기로 전개되는 이 시의 흐름에서 가장 이질적인 진술로 한눈에 띄는 행은 "(레몬 향이 맡고 싶다고?)"이다.[46] 시인 이상이 임종할 때 레몬 향을 맡고 싶어 했다는 일화가 전해지는데[47] 이국 취향의 모던보이였던 이상에 어울리는 유언이라고 생각된다. 그러나 이 시의 화자는 전통 음식문화의 정체성을 상실하고 서구의 레몬향에 경도된 현대인을 비판하고자 하는 발화 의도를 보여준다. '밤젓'이 한국 음식을 대표하는 자연 발효 음식이라면, '레몬향'은 주로 서양 음식에 뿌려 먹는 인공적 과일이

---

46) 송수권의 시에서 괄호로 시행을 처리하는 사례는 거의 없다. 이 작품에서는 시각화하여 독자의 시선을 끌기 위한 시인의 의도적 장치라고 생각된다.
47) 김주언, 앞의 글, 52쪽.

기 때문이다.

「장구섬 꽃게장집」[48], 「시골길 또는 술통」, 「장 달이는 날」, 「황포묵」, 「황복」, 「소반다듬이」, 「홍탁」, 「겨울 강구항 -대게를 먹으며」, 「깅이죽」, 「밤젓」, 「묵」, 「퉁」, 「전어회」, 「왱병」 등에서도 원초적 감각을 확인할 수 있다. 송수권이 천착하는 남도 음식은 젓갈이나 홍어와 같은 자연의 맛이다. 서구 음식 문화가 일상화되고 있는 현대사회에서 송수권은 음식시를 통해 원초적 감각에 가까운 자연의 맛을 복원하고자 했음을 알 수 있다.

(3) 현대문명 비판

전통문화에 대한 애정은 자연스럽게 현대문명에 대한 비판적 인식으로 귀결된다. 다음 작품에서는 서구적 입맛을 대변하는 윌슨과 전통적 입맛을 대변하는 화자의 대조를 통해서 현대인이 잃어가는 음식문화의 정체성에 대한 비판적 시선을 보여준다.

아세요, 젓가락 장단으로 오는 거시기 맛, 소 혓바닥 이보구니 살을 긁어나가듯 포정(疱丁)이 갈빗대 살을 쳐나가듯 야금야금 쥐 소금 먹듯 맛으로만 쳐가는 맛, 에라, 모르겠다, 종당에는 숟가락째 퍼다가 썩썩 밥 비벼묵고 밥도둑이라 부르는 젓갈 맛, 내변산 외변산을 한바꾸 삥 돌아나오다 출출한 배 거머쥐고 들르는 곰소항 나들머리, 뽀로 염전 위에 있는 삼거리 젓갈 백반집, 이 세상 모든 맛을 거시기 밥상에 모아두고 파는 갈무리 집, 그 집 아세요

---

48) "내리 묵은 간장으로만 꽃게장을 담근다는/ 그 집 앞을 지나면 장구 소리에 귀 먹먹하다/ 그 집 앞을 지나면 혓바닥이 장구채처럼 논다"(「장구섬 꽃게장집」 부분)

(중략)

　맛에도 초발심이 있고 향수와 U턴이 있다나 어쩐다나, 내외변산을 뺑 돌아 나오듯 박하지젓, 무젓, 멸젓, 고노리젓, 딘팽이젓, 곤쟁이젓, 엽삭젓, 모치젓, 새뱅이젓, 강다리젓, 홍애위젓, (거북이 뒷다리만 없군요) 그 쫄굿거리고 아삭거리며 느믈느믈 고리고리한 맛을 한바꾸 돌아 나오는데 윌슨은 노, 탱큐로 에그 프라이만 연발했고, 나는 젓가락 장단에 혀 말고 코를 처박았지요, 또 윌슨은 젓가락 끝에 겨우 물엿으로 과낸 콩자반 한 알을 지구처럼 들어 올리더니 망둥이처럼 좋아서 풀쩍거렸지요, 아서, 음석 가지고 장난치면 천벌 받지, 또 머퉁이 줬지요, 그때 갓동지 국물 한 방울이 창에 튀어 소금산 한 채가 발그족족, 까나리 액젓처럼 흘러내리고 있었어요

―「소금산」 1, 4연

　'아세요'라고 질문을 제기하면서 먼저 그 젓갈 맛을 구체적으로 형상화한 후에 곰소항 뽀로 염전 위에 있는 삼거리 젓갈 백반집을 제시한다. "숟가락째 퍼다가 썩썩 밥 비벼묵"는 "밥도둑이라 부르는 젓갈 맛"이라는 비유는 알기 쉽지만, "소 헛바닥 이 보구니 살을 긁어나가듯"이나 "포정(疱丁)이 갈빗대 살을 쳐나가듯", "야금야금 쥐 소금 먹듯"처럼 실감 나는 비유는 현대인에게 다소 낯선 비유다. 전통적 농경사회의 경험이 축적된 비유를 사용함으로써 우리의 전통음식에 대한 애정을 드러내고 있다.

　4연에서 "맛에도 초발심이 있고 향수와 U턴이 있다"는 진술로 우리의 옛 음식 맛에 대한 향수를 보여주면서 "쫄굿거리고 아삭거리며 느믈느믈 고리고리한" 맛의 젓갈 이름들을 하나하나

다정하게 부른다. 하지만 그 맛을 알 리 없는 윌슨은 "노, 탱큐로 에그 프라이만 연발"하고, 화자는 "젓가락 장단에 혀 말고 코를 처박"는 대조적 장면을 통해 우리 전통음식에 대한 애정을 보여주고 있다. "갓동지 국물 한 방울이 창에 튀어 소금산 한 채가 발 그족족, 까나리 액젓처럼 흘러내리"는 결말 부분은 자연물에 화자의 감정이 투사된 표현으로 우리 전통음식이 화자에게 영혼의 허기까지 달래주는 요소가 되고 있음을 시사해준다.

「곰소의 갈매기」[49], 「감귤과 오렌지」[50], 「뻐꾹새 운다」 등에서도 현대문명에 대한 비판적 시선을 확인할 수 있다. 이처럼 송수권의 음식시는 우리의 정신적 뿌리와 삶의 원형을 보여준다. 그러나 현대 도시의 삶과 동떨어진 정경이라고 해서 그의 음식시를 과거지향이나 복고적인 것으로만 볼 수는 없다.[51] 그의 음식시는 서구적인 문화에 경도되어 문화 정체성을 찾지 못하는 사람들에 대한 비판으로 이어지기 때문이다. 이처럼 송수권은 음식시를 통해 오늘날 현대문명이 직면한 문제점들에 대한 성찰의 시간을 부여하고 있다.

(4) 재생과 원형적 이미지

전통적인 맛에 대한 애착은 자연스럽게 행복했던 과거를 호

---

49) "등대 끝을 선회하며 원을 긋던 갈매기들은/ 눈이 충혈된 채/ 이따금 벌판 깊숙이 쳐들어와 새우장을 습격한다/ 그때마다 녹음된 여러 개의 스피커에서 지축을 흔드는 砲소리가 터져 나와/ 내소사 관음봉 일대의 산들이 주저앉을 듯이 흔들리고/ 갈매기들은 다시 먼 바다로 쫓겨난다"(「곰소의 갈매기」 초반부)

50) 벨기에산 돼지고기와 포도주, 코카콜라가/ 다이옥신 파동으로 전세계가 끓던 날/ 밤 두 시 식탁에 앉아 감귤을 까면서/ 그 노란색에 경악한다/ 그것이 살포용이 아닌 제주산 감귤인데도/ 왜 오렌지 폭탄으로 보이는 걸까 (「감귤과 오렌지」 초반부)

51) 김준오, 앞의 글, 31쪽.

명하면서 현재와 과거를 아우르는 기억의 시·공간을 보여준다.
이는 때로 이승과 저승이라는 경계를 무너뜨리는 재생의 이미지
로 나타나기도 한다.

앵두꽃이 피었다 일러라 살구꽃이 피었다 일러라
또 복사꽃도 피었다 일러라
할머니 마루 끝에 나앉아 무연히 앞산을 보신다
등이 간지러운지 자꾸만 등을 긁으신다
올해는 철이 일들었나 보다라고 말하는 사이
그 앞산에도 진달래꽃 분홍 불이 붙었다

앞대 개포가에선 또 나즉한 뱃고동이 운다
집집마다 부뚜막에선 왱병이 울고 야야, 주꾸미
배가 들었구나, 할머니 쩝쩝 입맛을 다신다
빙초산 맛이 입에 들척지근하고 새콤한 것이
달기가 햇뻐꾸기 소리 같다

아버지 주꾸미 한 뭇을 사오셨다 어머니 고추장
된장을 버무려 또 부뚜막의 왱병을 기울이신다
주꾸미 대가리를 씹을 때마다 톡톡 알이 터지면서
아삭아삭 씹히는 맛, 아버지 하신 말씀,
니 할매는 이 맛을 두고 어찌 갔을거나

환장한 환장한 봄날이었다
집집마다 부뚜막에선 왱병이 오도방정을 떨고
앞대 개포가에선
또 나즉한 뱃고동이 울었다.

— 송수권, 「봄날, 영산포구에서-주꾸미회」52) 전문.

　1연에서 뱃고동이 울고 "집집마다 부뚜막에선 왱병이 울" 때 주꾸미 배가 들었다며 할머니는 입맛을 쩝쩝 다신다. 2연에서 아버지는 "니 할매는 이 맛을 두고 어찌 갔을거나"하는 안타까운 독백으로 할머니를 그리워한다. '주꾸미'라는 음식은 아버지에게 행복했던 과거와 어머니를 회상하게 하는 매개체이며, '왱병 소리'와 함께 차안과 피안의 경계를 무너뜨리는 기능을 한다.

　이런 측면에서 이 시는 자연의 섭리에 따른 재생과 소멸이라는 원형성이 잘 드러나 있다. 이 시의 공간인 영산포구는 이승과 저승을 연결하면서 삶→ 죽음→ 재생이라는 원형구조(原型構造)를 보여준다. 돌아가신 모친을 그리워하는 아버지에게 주꾸미를 먹는 행위는 일종의 제의(祭儀)로까지 인식될 수 있다. 이렇게 송수권의 음식시에 나타난 원형성은 산 자와 죽은 자의 소통을 보여준다.

　재생과 원형적 이미지는 「당신의 즐거운 디저트」53), 「방아실 앞」54), 「봄날, 영산포구에서.1」, 「젯날」, 「안성장터」, 「깡통

---

52) 『남도의 밤 식탁』에서는 「봄날, 영산포구에서」라는 제목에 '주꾸미 회'라는 부제가 붙어 발표되었으나, 『통』에서는 제목만 바뀌어 「봄날, 영산포구에서. 1」로 게재됨. 『남도의 밤 식탁』에 실린 원본을 기준으로 한다.

53) "서귀포 오구대왕님/ 저의 육신은 너무 때 묻고/ 저의 혼은 너무 질겨서/ 대왕님 석쇠 위에서 이 질긴 고기/ 잘 익을 수 있을까요/ 어젯밤 잠 속에서도/ 검은 상복차림 저승차사 두 놈이/ 벌컥 문을 열고 들어와 육환장을 내리찍으면서/ 에쿠야 이 살덤버지 에쿠야 이 살덤버지/ 쿵쿵 코를 말더니/ 에취야 이 비린내 에취야 이 비린내/ 육환장은 고사하고 토악질까지 해대면서/문밖을 뛰쳐나가는 것을 보았습니다." (「당신의 즐거운 디저트」1연)

54) "삼룡이는 디딜방아 딛고, 횐순이는 떡살을 우기고/ 그런 날은 흰 눈을 맞으며/ 나는 팽이를 쳤다// 방아실 앞을 지나면/ 지금도 한 악사(樂師)가 울리는 거문고 소리에 이빠진 박달나무 절구가 마음 속에 비쳐오고/ 어디선가 흰 가래떡이 넘어진다" (「방아실 앞」 후반부)

식혜를 들며」, 「저녁 연기」, 「하얀 목련」, 「자목련이 지는 날은
」, 「도시락 뚜껑을 열다가」, 「얼간재비-간고등어」, 「봄날-주꾸
미 회」, 「곰취」, 「어초장 詩 2」, 「새벽은 부엌에서 온다」, 「묵호
항-오징어」, 「탕평채」, 「노랑부리저어새」 등에서도 나타난다.

(5) 야성의 힘과 그로테스크한 이미지

송수권의 음식시가 다른 시인들의 그것과 극명한 차이를 보
이는 부분은 야생의 식탁 연작시에서 확인할 수 있는 야성의 힘
과 그로테스크한 이미지다.

차이 쮜셴의 팔순잔치가 있는 날
지난 여름은 칭따오를 거쳐 광저우까지 내려갔었다
수박 한 통을 쪼갠 오랜 경험으로
한 녀석의 골통을 까부수기 위해서였다
회전무대의 주인은 북치는 원숭이 레서스가 적격이었다
조명이 켜지자 은은한 불빛 원형탁자 구멍 속으로 불쑥
머리를 내밀고 빨간 두 눈알을 번뜩이는 그놈
발목에는 차꼬를 차고 있었다
뜨겁게 불을 달군 쇠북을 깔고 앉은 그가 엉덩이를 놀려
북을 치기 시작했다
북소리는 둥 둥 둥, 밀림의 숲속을 가로질러 간다
또 몇 차례의 스콜이 퍼붓고 꼬리를 물고 뒤따라왔다

(중략)

원숭이 꼴통을 한 숟갈씩 떠먹는 이 맛,

골통이 텅 빈 채로 마지막까지 북을 치는 레서스

그 북소리 따라 광저우의 일급 숙수(熟手)가 결정되는 시각

한여름 밤의 꿈은 무르익고 턴테이블은 빙빙 돌고

차이 쮜셴의 안내를 받아 밀림 속 우리에 갔을 때

습관적으로 구석(口席)으로만 물리던 원숭이 떼들

골통이 잘 익은 친구를 먼저 등 떠밀던 원숭이들,

나는 지난 여름 그 밀림 속 골 때리는 시(詩)

북치는 원숭이 레서스를 찾아

광저우에 갔었다.

　　　　　　　　　　　　　　　　　ㅡ「북 치는 원숭이-야생의 식탁 · 3」55)

　　중국 광저우에서 살아 있는 "원숭이 꼴통을 한 숟갈씩 떠먹"
던 체험을 형상화한 인용시는 우리 시에서 사라져가고 있는 야
성의 힘을 보여준다. 발목에 차꼬를 차고 "뜨겁게 불을 달군 쇠
북을 깔고 앉은" 원숭이가 "엉덩이를 놀려 북을 치'고 있고, 인간
들은 살아 있는 원숭이의 머리를 쪼개서 골을 떠먹는 풍경은 잔
인하지만, 야생의 날것 그대로를 보여준다. 이 시는 점잖게 죽이
고 예의 바르게 먹는 현대인들에게 전해주는 송수권의 메시지이
다. 살아 있는 생명체를 죽이면서도 "수박 한 통을 쪼갠 오랜 경
험"이라고 대수롭지 않게 이야기하는 것은 이러한 연유 때문이
다. 결국 현대시는, 아니 시인이라는 존재는 골통이 비어가면서
도 죽는 순간까지 북을 치는 레서스원숭이와 같은 존재가 아니

---

55)『남도의 밤 식탁』에서는 「북 치는 원숭이」라는 제목에 '-야생의 식탁 · 3'이라는 부제
　가 붙어 발표되었으나,『통』에서는 부제가 '-야생의 식탁 · 1'로 발표되었다. 전작을 기
　준으로 삼아야 하겠지만, 「야생의 식탁」 전편이 게재되었다는 측면에서『통』에 실린
　작품의 부제를 인용한다.

던가.

　이러한 면모는 야생의 식탁 연작시 「불도장-야생의 식탁·4」, 「비파 열매-야생의 식탁·3」 「숲속의 악기-야생의 식탁·4」와 「조장(鳥葬)·1」[56], 「조장(鳥葬)·2」 등에서도 발견된다.

(6) 자아성찰과 자의식의 발현

　송수권의 시에서 먹는 행위는 고립과 단절에서 벗어나 음식을 함께 나눠 먹는 타인과 수평적으로 접속하면서 대화하는 양상으로 전개된다. 이런 대화를 통해 화자는 타인과 소통하면서 자신을 성찰하는 과정으로 나아간다.

> 벌교 참꼬막 집에 갔어요
> 꼬막 정식을 시켰지요
> 꼬막회, 꼬막탕, 꼬막구이, 꼬막전
> 그리고 삶은 꼬막 한 접시가 올라왔어요
> 남도 시인 손톱으로 잘도 까먹는데
> 저는 젓가락으로 공깃돌 놀이하듯 굴리고만 있었지요
> 제삿날 밤 괴
> 꼬막 보듯 하는군! 퉁을 맞았지요
> 손톱이 없으면 밥 퍼먹는 숟가락 몽뎅이를
> 참꼬막 똥구멍으로 밀어 넣어 확 비틀래요.
> 그래서 저도 확 비틀었지요.

---

56) "늑골이 갈라지고 두개골이 빠개지고/ 콩비지 같이 흘러나온 뇌수와 체액들이/ 아크 가죽 담요 위에서 밥통처럼 엎질러진다/산산이 조각난 뼈와 살점들과 내장들을/ 타르초 깃발이 나부끼는 언덕 위에 내어다 놓고/ 뼈피리를 불며 트웬펜은/ 다시 독수리떼들을 불러모은다" (「조장(鳥葬)·1」 후반부)

온 얼굴에 뻘물이 튀더라고요

그쪽 말로 그맛 한번 숭악하더라고요

그런데도 남도 시인-이 맛을 두고 그늘이

있다나 어쩐다나

그래서 그늘 있는 맛, 그늘 있는 소리, 그늘

있는 삶, 그늘이 있는 사람

그게 진짜 곰삭은 삶이래요

현대시란 책상물림으로 퍼즐게임하는 거 아니래요

그건 고양이가 제삿날 밤 참꼬막을 깔 줄 모르니

앞발로 어르며 공깃돌놀이 하는 거래요

시도 그늘 있는 시를 쓰라고 또 퉁을 맞았지요.

─「퉁」 전문

생생한 이미지의 교차를 통한 감각적 표현이 잘 어우러진 인용시는 친근한 대화체로 고향 마을 음식인 꼬막을 통해 남도의 삶과 정서를 형상화하고 있다. 그러면서도 삶에 대한 반성적 성찰이 돋보인다. 음식 맛에 '그늘'이 있어야 한다는 '남도 시인'의 말은 현대인의 삶을 돌아보게 하는 총체적 은유이기 때문이다. 또한 이 작품은 메타시적 자기 반영성이 내재되어 있다. '그늘'의 맛은 '곰삭다57)'에서 온 말인데, '그늘', '개미', '곰삭은 삶'은 송수권의 시 세계를 함축하고 있기 때문이다. 자신의 체험을 육화되지 못하고 퍼즐 맞추듯 시를 쓰는 현대의 시인들에게 일침을 가하면서 '뻘물'을 통해 화자에게도 반성적 성찰을 요구한다. 생명이 잉태되고 소멸, 재생하는 근원적 공간인 '뻘'에서 생산된 꼬

---

57) "이 곰삭은 맛을 두고 '개미가 쏠쏠하다' 또는 '그늘 있는 맛'이라고 표현한다. 이 그늘이라는 말이 판소리로 가면 '그늘 있는 소리' 즉 쩌진목이 아니라 '옹근목(수리성)'이라고 한다." (송수권, 「시인의 산문」, 『퉁』, 서정시학, 2013. 109쪽.)

막을 통해 삶의 이면을 파악하라는 남도시인의 전언이다.

　이런 자아성찰이나 자의식의 발현은 혼자만의 공간에서 더욱 두드러진다. 「혼자 먹는 밥」[58]은 가족들과 떨어져 시인이 혼자 살던 때의 경험이 드러나 있다. 생명을 유지하기 위해 먹는 밥, 그 밥그릇과 무덤의 모양이 닮아있음을 발견하고, 이를 역설적 인식으로 형상화한다. 어두운 밤 불빛 속에서 혼자 밥을 먹으며 '딸그락'거리는 소리는 실존적 고독을 환기한다. 창문에 비치는 그믐달을 방금 깨진 접시로 인식하고 묘사하는 것도 같은 맥락이다. "우리 생(生)에서 몇 번이나 이 빈 그릇/ 엎었다/ 되집을 수 있을까"라고 자신을 돌아보는 화자의 반문은 현대인의 삶의 방식에 대한 반성적 사유이다.

　「소금」[59], 「맥주병」[60], 「곰소항」[61], 「물염정 詩」, 「혀 밑에 감춘 사과씨」, 「말고기」, 「바지락을 캐며」, 「도가니탕」, 「숙주나물과 청령포」 등에서도 자아성찰이나 자의식의 발현을 확인할 수 있다.

4. 나가며

---

58) 혼자 먹는 밥은 쓸쓸하다//순가락 하나/놋젓가락 둘/그 불빛 속/딸그락거리는 소리// 그릇 씻어 엎다 보니/무덤과 밥그릇이 닮아있다//우리 생(生)에서 몇 번이나 이 빈 그릇 /엎었다/되집을 수 있을까//창문으로 얼비쳐 드는 저 그믐달/방금 깨진 접시 하나

59) "나는 소금이고 싶다/ 저 바닷물을 다 퍼올려서/ 오뉴월 땡볕에/ 땡땡 여물은 소금이고 싶다// 싱거운 것을 짜게 하고/ 싱거운 삶을 짜게 하고/ 우리들의 독 속에 갇힌 자유/ 우리들의 독 속에 갇힌 일분의 평화/ 썩히지 않기 위해서라도/ 나는 소금이고 싶다."(「소금」 1, 2연)

60) "그대 한때는 멋으로 까버린/ 나는 빈 맥주병이야/ 어쩌다 저 여름날의 바다에 떠도는/ 나는 빈 맥주병이야/ 보는 친구들마다 욕을 하더군"(「맥주병」 전반부)

61) 이 세상 뻘물이 배지 않은 삶은/ 또 얼마나 싱거운 것이랴/ 큰 소리가 큰 그늘을 이루듯 / 곰소항의 젓갈맛 속에는 내소사의 범종소리가 스며 있다(「곰소항」 부분)

이상으로 한국 음식시의 흐름과 함께 송수권의 음식시 구현 양상을 살펴보았다. 전통서정을 근간으로 한 송수권은 음식서사를 통해 자신이 지향하는 세계를 그려내고자 하였다. 그는 음식의 맛을 재현하는 데에 다양한 감각적 이미지를 동원했지만, 그것을 단순한 먹거리나 욕구의 대상으로 표현하지는 않았다. 송수권의 시에서 음식은 소재의 차원을 벗어나 주체의 내면을 드러내고 주제의식을 강화하는 기제의 기능을 하였다. 남도의 음식문화가 형상화된 그의 음식시들은 다음과 같은 특성을 보여주고 있다.

첫째, 음식을 형상화할 때 송수권이 가장 주안점을 둔 것은 음식 서사가 함의하는 정신적 가치였다. 그의 시는 삶의 원형을 바탕으로 음식 이미지를 형상화하고 타자와의 연대를 통해 보편성을 획득하고 있다. 그의 음식서사에서 유년의 따스한 기억을 통해 가족 공동체를 꿈꾸거나 삶과 죽음까지도 초월하는 재생의 이미지는 이러한 정신적 가치를 통해 구현되기 때문이다.

둘째, 송수권의 음식시는 우리 민족의 정신적 뿌리와 삶의 원형을 보여준다. 서구 음식 문화가 일상화되면서 전통음식은 도시인들에게 기피의 대상이 되고 있다. 송수권이 음식서사를 통해 전통음식의 맛과 풍미를 복원하고자 한 이유가 여기에 있다. 그의 음식서사는 서구문화에 경도되어 정체성을 찾지 못하는 현대인에게 경종을 울리면서 현대문명이 직면한 위기를 어떻게 극복해야 하는지 그 열쇠를 제시해주고 있다. 이러한 인식은 자신에게도 반성적 성찰을 요구하면서 자아성찰로 나아가기도 한다.

셋째, 송수권 음식시의 소재나 주제는 다른 시인의 그것보다 훨씬 다양하다. 원시적인 자연소재와 문화화된 소재, 전통적인 것과 현대적인 소재를 동시에 아우르고 있기 때문이다. 공간적인 측면에서도 남도의 식탁에 함몰되지 않고 전국 음식을 포괄하고 있으며 중국 광저우에서의 원숭이 골 요리 체험까지 보여주고 있다. 이는 백석의 음식시에 없는 야생의 식탁, 그 그로테스크한 이미지가 송수권의 시에서는 강렬하게 표출된다는 점에서 확연한 차이를 보인다. 야생의 식탁 연작시처럼 원초적이고 그로테스크한 에너지는 송수권만의 특성이기 때문이다.

넷째, 송수권의 음식서사는 음식의 맛을 매우 구체적이고 현장감 넘치게 재현하고 있다. 예컨대 백석의 시에서는 그 음식의 맛이 어떤지에 대한 구체적인 묘사가 없다.[62] 그러나 송수권의 음식시는 앞에서 살펴본 사례에서 알 수 있듯이 "빙초산 맛이 입에 들척지근하고 새콤한 것이/ 달기가 햇뻐꾸기 소리 같다"든지, "주꾸미 대가리를 씹을 때마다 톡톡 알이 터지면서/ 아삭아삭 씹히는 맛"과 같이 다양한 비유와 감각을 활용하여 음식의 맛을 재현해 냄으로써 독자의 원초적 감각을 직접 일깨우고 있다. 이러한 과정에서 음식과 관련된 토속어의 사용으로 모국어의 범위를 한층 확장했다.

마지막으로, 송수권의 음식 서사를 따라가다 보면, 시 정신의 바탕이 되는 남도정신[63]과 풍류의식[64]을 만나게 된다. 그는

---

62) 백석의 음식 시에 나타나는 다음과 같은 묘사는 송수권의 그것에 비해 덜 감각적이다. "인절미 송구떡 콩가루차떡의 내음새", "무이징게국을 끓이는 맛있는 내음새"(「여우난 골族」), 구수한 내음새 곰국(「고야」), "김냄새 나는 비"(「통영」), "미역냄새 나는 덧문" (「시기의 바다」), "시큼한 배척한 쿠쿠한 이 내음새"(「북관」), "콩기름 쪼리는 내음새"(「안동」), "얼근한 비릿한 구릿한 이 맛"(「북관」) "송이버섯의 내음새"(「머루밤」)
63) 송수권은 스스로 남도의 3대 정신을 표방하며 시를 썼다. 그의 시에서 남도를 상징하는 3가지 상징은 바로 '황토의 정신', '대나무의 정신', '뻘의 정신'이다. 이는 학문적으로 정립된 용어는 아니지만, 송수권의 시 정신이자 시론으로 해석되고 있다. (김선태, 「송수

남도 음식을 통해 민족 고유의 전통 식탁을 그려냈다. 그럼으로써 그의 시는 자취를 감춰가고 있는 전통음식을 '남도의 식탁'이란 상징 코드로 제시하여 우리 음식시의 전통미학을 시적 차원으로 승화하고자 노력하였다.

이상에서 살펴본 바와 같이 송수권의 음식시는 미각, 후각, 촉각 등 다양한 감각을 적극적으로 동원함으로써 음식의 맛, 그 냄새와 감촉 등을 직접 보여주었다. 원초적 감각을 통해 우리의 전통적 음식문화를 재현함으로써 이질적 서구 음식문화에 대응하고, 현대인에게 삶의 의미를 되묻고자 한 송수권의 시는 우리 한국시단에서 음식시의 새로운 지평을 열었다고 할 수 있다.

권의 시론 정립을 위한 시론」, 『현대문학이론연구』 제67집, 2016, 37~42쪽.)

64) 이런 음식시와 관련해서 송수권은 풍류에서 풍(風)은 하늘을 흐르는 바람이요, 류(流)는 땅을 흐르는 맑은 물이라 명명한다. (송수권, 「남도의 맛과 멋·풍류도 밥상에서 나온다」, 『오늘의가사문학』, 2014년 1월호, 86쪽 참조.)

2020년 신춘문예 당선시를 진단한다

1. 들어가며

정초가 되면 여러 신문사에서 신춘문예 당선작을 발표한다. 걸출한 작가들을 배출한 신춘문예가 한국문단에 기여한 바는 누구도 부인할 수 없을 것이다. 그 명성이 예전 같지는 못하지만 문학 지망생에게 신춘문예는 여전히 최우선 순위에 놓인다. 신춘문예 철만 되면 밤새며 글을 쓰고, 신춘열병을 앓는 이들이 있다.

문학 갈래에 따라서 다르겠으나 수백 대 1에서 수천 대 1까지 치열한 경쟁이 펼쳐지는 것을 보면, 신춘문예를 특정 집단만의 축제라 일축할 수 없다. 문학, 특히 시의 죽음을 언급하는 사람들이 있지만, 새해 인사처럼 신춘문예 당선작부터 살펴보는 독자들도 꽤 많다. 문학도들에게만 국한된 현상은 아니다. 평소에는 문학에 별 관심도 없던 사람일지라도 신년에 스포트라이트를 받는 당선자를 보면, 응모하고 싶다는 충동이 생길 듯하다. 이를 증명하듯 신춘당선작 모음집은 서점에 깔리자마자 베스트셀러가 된다. 그런데 기성시인들의 시집은 왜 안 팔리는가? 갓 등단한 신인의 작품이 그들보다 우수하다고 말할 수는 없는데 말이다.

각설하고 신춘문예는 일반 독자에게 문학에 대한 관심을 환기할 수 있는 좋은 제도임에는 분명하나, 몇 가지 문제점을 드러내고 있다. 『포에지』로 등단한 김이듬65)의 사례는 신춘문예의 명암을 여실히 보여준다. 신춘문예를 바라보는 시각은 크게 세 가지다. 신춘문예 제도를 폐지하자는 측과 존속, 혹은 개선해서 유지하자는 견해이다. 특정한 제도가 근 1세기 동안 유지된 데에는 그만한 이유가 있을 것이다. 그러므로 이 글에서는 신춘문예의 이모저모를 살펴보고, 2020년 신춘문예 당선작을 분석하려 한다. 신춘문예 응모작들이 '어떤' 세계를 다루었고 '어떻게' 표현하였는지에 초점을 맞출 것이다. 이를 위해서 각 신문사별 28편의 신춘문예 당선작을 본심에 오른 작품으로 가정하고, 다시 최종 심의를 진행할 것이다. 당선작 한편을 선정하는 과정을 통해서 우수한 작품의 시적 특성을 살펴보고, 개선 방향도 함께 모색하려 한다.

2. 신춘문예 제도의 현주소

(1) 신춘문예의 현황

등단제도의 원조라 할 수 있는 현상문예는 1910년대 잡지 『청춘』에서 시작되었지만, 신춘문예의 직접적 모델은 아니었다.

---

65) 김이듬은 신춘문예에서 8번 탈락한 후에 『포에지』로 등단했다. 신춘문예 최종심에 오른 시들을 앞쪽에 배치했는데, 당시 심사위원이었던 황현산 교수가 왜 좋지 않은 작품 순서대로 응모했냐고 반문했다고 한다. ('문학 콘서트', 목포문학관, 2019, 12,14)

최초의 신춘문예는 1920년『매일신보』의 '신년 문예 모집'이다. 그 뒤를 이어『동아일보』와『조선일보』가 각각 1924년과 1927년 신년 문예 공모를 도입하였고, 1930년대부터는 신춘문예가 신문사의 대표적 행사로써 자리매김한다. 이 등단제도는 다음과 같은 문제가 제기되고 있다.

첫째, 특정 문인의 반복적인 심사
둘째, 작품의 수준
셋째, 심사 제도의 절차
넷째, 표절 시비

원론적으로 문학작품을 객관적으로 평가하기란 쉽지 않다. 숙련된 문인이라면 함량 미달의 작품을 가려내는 게 가능할 수는 있다. 그러나 우수한 작품들 사이에서 단 하나의 작품만을 선정해야 한다면 이야기가 달라진다. 심사자의 개인적 취향이나 의도가 개입될 수밖에 없기 때문이다. 어느 신문사에서는 최종심에 못 오른 작품이 다른 곳에선 당선작으로 선정되기도 한다. 가장 문제가 되는 경우는 동일한 심사위원이 한 신문사에서 수년 동안 심사를 맡고, 여러 신문사에서 겹치기 출연을 하는 경우다. 사정이 이렇다 보니 당선의 기회를 얻으려고, 창작 교실 같은 데에서 함량 미달의 당선작을 전범으로 삼는 황당한 일이 생긴다. 충분한 습작 기간 없이, 또 좋은 작품들을 비축하지 못한 상태에서 운 좋게 한두 번 투고만으로 신춘문예에 당선되는 경우도 있다고 하니, 질적 수준이 문제가 되는 것이다. 습작 시간을 얼마나 치열하게 보냈는지가 등단 이후의 성패를 좌우한다는 점은 신춘문예 등단자들이 공통적으로 느끼는 것일 게다. 이 같은 점을 감안해서 2020년 당선작을 살펴보자.

(2) 2020년 신춘문예 당선작의 시적 특성

올해는 특히 언어유희가 두드러졌다. 유행처럼 번진 문법 파괴나 난해성도 여전했는데 그러한 작품에 손을 들어주는 심사위원도 있었다. 실험성이 필요하나 새로움에 대한 강박관념으로 산문성과 서술의 범람, 난해성, 언어유희가 좋은 시의 전형인 것처럼 포장되어서는 안 될 것이다.

1) 현실 인식의 부재와 새로움의 추구

시는 시인이 '어떤' 세계를 '어떻게' 인식하고 있느냐의 산물이다. 시인이 어떤 오브제를 취하느냐, 그리고 그 오브제를 어떻게 인식하느냐에 의해서 자신만의 개성이 형성된다. 시인마다 세계와 사물을 보는 눈과 시대정신, 시적 태도, 상상력에 의한 표현방식이 다를 수밖에 없는 이유가 바로 이것이다.

올해 당선된 28편의 작품은 나름대로 시적 영역을 구축하고 있었다. 그러나 가능성 못지않게 한계도 보인다. 당선작에서 발견되는 공통분모는 세계에 대한 인식이 폭넓지 못하다는 점이다. 지구촌 곳곳에서 기아와 환경 파괴, 생명 경시, 가족 해체 등이 주요 사회문제로 떠올랐다. 그런 만큼 빈부의 격차, 문명비판이나 생태학적 상상력, 물신주의 비판, 환상적 리얼리티 등에 관심을 가질 법도 한데, 소재의 다양성이나 인식 측면에서 아쉬운 점이 많다.

그럼에도 차도하의 「침착하게 사랑하기」, 김지오의 「오른쪽 주머니에 사탕 있는 남자 찾기」, 박지일의 「세잔과 용석」, 고명재의 「바이킹」 등을 읽을 수 있는 것은 행운이었다.

2) 심의 작품의 구조

본심은 좋은 시의 요건으로 볼 수 있는 함축성과 입체성, 새로운 관점과 표현, 현실 인식과 진정성, 내용과 형식의 조화, 명징한 이미지와 행간의 미학 등으로 어떤 충격이나 감동을 주는지에 초점을 맞춰 진행하였다. 다소 서툴러도 확장된 세계를 보여주고 자기 목소리가 분명한 작품에 좋은 점수를 주었다. 소통의 측면도 염두에 두었다.

「문자와 사랑」(박성민/강원일보)은 "오늘날의 생활양식을 서정적으로 반영한 점"을 높이 산다. 핸드폰의 기능인 '문자(文字)'와 사람 이름인 '문자(文子)'로 언어유희를 확장하여 전개했다. 문자를 주고받으며 소통하는 현대인들의 생활양식을 내세워 이 시대의 사랑에 대해 생각하려는 것으로 읽힌다. 그러나 2연에서 돌발적인 '미군부대 헬기'나 '미군부대 녹슨 철조망'의 배열은 자연스럽지 못하고, 주제를 형상화하는 데 어떤 기여를 하는지 의문이다.

「빗방울은 몇 겹의 하늘을 깨고 달아나는지」(선혜경/광주일보)는 "문장과 문장 사이에 그냥 지나칠 수 없는 꼼꼼함, 명랑한 머뭇거림이 있다."는 평가를 받았지만, 시어의 이미지가 선명하게 다가오지 않는다. "궁금해/그런 날의 당신은/그림자 대신 검은 석유를 품고 다녔는지"와 같이 부자연스러운 비틀기와 발화를 이어간다. 새로움이 없고, 무엇을 말하려는지 주제의식도 희박하다.

「나머지 인간」(김범남/전남매일신문)은 "행간이 넓고 의미가 깊게 압축된 시, 언뜻 보면 불친절하지만, 촘촘한 의미의 집을 열고 들어가면 시를 읽는 사유의 맛을 한층 느낄 수 있는 시, 각 연과 행이 직조한 복층 구조"로 평가받았다. 소외된 채 일상을 영위하는 잉여 인간의 역설적인 의미를 짧은 문장으로 툭, 툭 치고 나가면서도 희망을 말하는 경쾌함이 눈에 띄었다. 중간 중간에 긴 문장들로 변화를 주고, 사유의 폭을 넓혀주었으면 더 좋았을 것이다. 여러 곳에서 발견되는 산문적 진술이 시적으로 녹아들지 못한 것도 문제다.

「거름」(이정희/경상일보)은 "이기심과 자기주장이 팽배한 사회상을 표출하여 자신을 포기(버림)함으로써 소통하고 상생하는 이치를 사물에서 깨닫게 한다. 특히 가족의 유대가 무너져 가고 있는 시대에 가족의 거름이 되는 숭고한 아버지상을 잘 부각하였다."는 평가를 받았다. 시적 화자는 아버지에게서 나는 거름 냄새를 맡으며, '거름'이 되기를 마다하지 않는 아버지의 희생을 떠올린다. 이 시대 아버지들의 힘겨운 삶과 사랑을 읽어내는 시선이 안정되었다. 유행에 휩쓸리지 않은 시풍도 믿음이 간다. 그런데 산문적 진술로 일관하는 2연, 조사 운용의 미숙함, 운율 형성과 상관없는 시어의 불필요한 반복, 시어의 폭이 넓지 못한 점이 아쉽다.

「봄날」(문나은/대전일보)은 "여성들이 현재 갖고 있을 여러 각별한 현실의 양상들"을 그렸다. 판에 박힌 주부의 일상에서 자신을 위로하며, 희망의 '봄날'을 찾아가는 것으로 읽힌다. 다만 너무 일상적인 삶의 풍경을 그리고 있다. 더군다나 "남편의 사업은 말린 고사리처럼 불어나고 아이들은 옥수수처럼 자란다"와 같은 어색하고 거추장스러운 직유가 7번이나 나온다.

「나의 나침반」(하미정/무등일보)은 "언어가 수사에 끌려다니지 않으면서도 자신의 말을 과감하게 펼치"는 점이 상찬되었다. 이 시는 나침반이 항상 방향을 가리킨다는 점에서 생의 방향성이란 문제를 이끌어내고 있다. "잠시 방위를 빌려보기로 하자 방향에 굴하지 않고"라든지 "유연하게 나아가는 선택의 길에서 나는 늘 진로를 망설였고/우리의 목표는 정말 높고 분명하다고 생각했다" 같은 대목에서 신진으로서 패기를 엿볼 수 있지만, 시행으로 녹아들지 못하는 산문적인 진술이 문제다.

「남쪽의 집수리」(최선/매일신문)는 "꽃 핀 산수유나무를 매개로, 자연과 계절의 변화과 순환에 따른 삶의 이치를 시로 넌지시 일깨우고 있다."는 평가를 받았다. 봄이 오면 산수유가 저절로 꽃망울을 터뜨리는 게 아니라, '집수리'라는 부단한 자기 삶의 갱신으로 꽃을 피운다는 것이다. "전화로 통화하는 내내/꽃 핀 산수유 가지가 지직거렸다"는 감각적 묘사로 시작하는 이 시는 산수유나무를 통해 남쪽에서부터 북상하는 봄의 움직임을 세밀하게 그려낸다. 비유나 전개가 단순하다는 단점이 보인다.

「고래 해체사」(박위훈/경남신문)는 "사고의 전개와 대상을 응시하는 태도가 자연스러웠고 타자와의 접촉에 있어 대범한 기질"이 장점으로 꼽혔다. 죽은 고래를 보며 "동해를 통째로 발라 놓을 것 같았다"는 표현은 쉽게 얻어질 수 있는 게 아니다. 고래를 해체하는 작업을 관찰하며 고래의 상처와 아픔을 확장된 상상력으로 차분하게 그려내고 있다. "주검의 공범인 폐그물"은 생태시로 연결될 수 있는 가능성을 열어두고 있다. 그러나 바다나 고래에 대한 시들은 신춘문예에서 이미 해묵은 소재다. 낯익은 소재와 인식에서 한계를 벗어나지 못한 점이 아쉽다.

「당신의 뼈를 생각하며」(이유운/경인일보)는 "이 세상에 바람으로 존재하는 당신에게 보내는 헌사. '바람을 담고 있던 당신의 손톱과/바람의 모양대로 부푼 당신의 무릎'은 이유운 씨의 독창적인 문장이어서 울림이 크다."는 평가를 받았다. "정말로 당신의 손톱에는 바람이 담겨있는 것 같았다/당신은 바람으로 나를 만지며…/내 등뼈는 당신 덕에 조약돌처럼 둥글어졌다"도 쉽게 쓸 수 있는 표현이 아니다. '바람으로 존재하는 당신과 내가 만져보지 못한 당신의 뼈'에 대한 시인의 상상력도 무척 활달하다. 그러나 이 작품 역시 유행하는 신춘문예 스타일이란 혐의에서 자유롭지 못하다. 주제의식이 미약하다는 한계도 있다.

다음에 언급할 「키,키,키」와 「십자드라이버가 필요한 오후」의 시인들은 위트와 언어유희로 시적 상상력을 좌충우돌 전개해 나가는 공통점을 보여준다.

먼저 「키,키,키」(한병인/광남일보)는 "철이 덜 든 언어의 맛, 그리고 사유와 다양한 시적 구사를 적용해 보려는 궁리가 투고된 전체 시 가운데 가장 돋보였다"는 평가를 받았다. 키(열쇠)를 보며 "구멍을 물고 있는 저 키의 속성이 새의 부리에서 왔다"고 상상하거나 "키와 새의 부리가 키, 키, 키, 웃음을 만들어낸다"는 표현에서 번뜩이는 감각을 느낄 수 있다. '열쇠'를 통해 너와 나, 안과 밖이라는 두 세계를 잇는 소통 문제를 다루려는 시도가 돋보였다. 그러나 키득거리는 웃음과 울음을 불필요하게 많이 반복하면서 이끌어가는 작위성이 문제다.

「십자드라이버가 필요한 오후」(정희안/국제신문)는 "가벼

운 언어와 무거운 현실 사이에서 절묘한 균형감으로 말의 재미와 사유의 깊이를 함께 성취한 수작"으로 평가를 받았다. 그러나 발음만 유사할 뿐 의미가 전혀 다른 시어들을 굴비 엮듯이 연결해서 무슨 효과를 노리고 있는지 묻고 싶다. "네모난 메모, 사랑은 사탕, 길이와 깊이, 달리자는 남자와 달라지는 남자, 사진을 정리하다가 시간을 정리… 진절머리와 전갈머리, 거울 속에 겨울" 등 유사발음을 언어유희로 끌고 간 의도나 그것이 노리는 효과를 명확하게 보여주지 못한다. 서로 결합하지 못하고 어긋나면서 헐거워진 이미지를 조이기 위해서 '십자드라이버'가 필요했을 것이다. 그래서 제목을 이렇게 지었다는 의도성이 보인다.

「풀씨창고 쉭쉭」(이주송/농민신문)은 "강인한 생명력과 역동적인 힘이 느껴지는 시, 말의 호흡을 나름의 방식으로 터득하고 있는 듯했다."는 칭찬을 받았다. 멧돼지 등에 붙어 산과 들판을 달리면서 멧돼지가 온몸을 부르르 떨 때 파종될 씨앗들의 종족 번식, 그 끈질긴 생명력을 그려냈다. "멧돼지 한 마리/그 꺼칠한 털 속에는 웬만한 풀밭이나/산기슭이 들어있다"는 서두에서 작은 생명체가 탄생하고 보존되는 모습을 보여준다. 이런 점에서 환경시로 읽을 수 있다. 제목이 신선하고 내용도 자연스럽게 읽히지만 "북극의 스피츠베르겐섬에는 국제종자보관창고가 있다/먼 훗날의 구호(救護)를 위해"와 같은 산문적인 진술은 다소 돌발적이고 부자연스럽다.

「도서관의 도서관」(임효빈/부산일보)은 "소통이 단절된 당대 문제를 내밀한 정서 의식으로 예각화하면서, 정형화된 틀에서 벗어나 참신하고 자유로운 형식을 보여주고 있는 점"을 높이 샀다. 도서관은 사회와 개인의 서사가 연결된 공간이다. "한 노인의 죽음은 한 개의 도서관이 사라지는 거라 했다"는 언술 역시 공감을 자아낸다. 그러나 "대여 목록 신청서에는 첨언이 많아 열람의 눈이 쏟아지고 도서관은 이동하기 위해 흔들렸다"는 표현은 새로움에 대한 강박으로 비틀어낸 것이라 화자의 정서를 온전하게 이해하는 데 걸림돌이 되고 말았다.

「폐사지에서」(이봉주/불교신문)는 "허공에서 독경 소리를 살려내고, 떨어진 낙엽에서 풍경의 소리를 복원하면서 절이 사라진 공간에 다시 절을 짓는, 멋진 정신의 노동을 보여준 작품"으로 상찬되었다. "천 년을 피고 진 풀꽃들이/ 다 경전"이라는 진술이나 "부처가 떠난 자리는 석탑만 물음표처럼 남아 있다"는 화두는 불성이 모든 자연물에 스며있음을 통해 부재 속의 존재를 이야기한다. 사유의 깊이가 느껴지긴 하나, 불교시라는 태생적 한계를 보인다.

「포노 사피엔스」(금희숙/영남일보)는 "간결한 언어의 배치와 행간의 여백을 통해 시적 함축성은 높고 다양한 해석의 가능성"을 평가받았다. 현대인의 단절된 인간관계와 불안감을 경쾌하고 속도감 있게 보여주었다. 스마트폰 없이 생활하는 것을 힘들어하는 세대라는 의미로 사용되는 '포노 사피엔스'는 스마트폰 속에 갇혀 자신만의 우울을 생성하고 독백을 늘어놓는 현대인의 모습이지만, "반짝거리는 액정을 젖병처럼 빨면/손바닥만큼 엄마가 웃고 있어요" 같은 구절에서 시적 비약이 지나치고 파편적인 진술로 이미지가 분산된다는 것이 단점이다.

「순환선」(이도훈/한라일보)은 "숨 멎은 한 도시인의 삶이 열차의 순환선에 비유되고, 그것은 마침내 읽는 이로 하여금 일상의 반복적 삶을 각성하게 하는 계기로 작용한다."는 점을 평가받았다. "몇 개의 청약통장과/돌려막기에 사용된 듯한 카드와/청첩장과 부의 봉투가 구깃구깃 들어있"는 평범한 소시민의 주검을 해부해서 보여준다. 현대인의 반복적 일상을 '순환선'으로 치환하고, 우리 삶을 돌아보게 만드는 힘이 있지만 구조가 단순하다는 점, 안이한 결말부는 짚고 넘어가야 할 것이다.

「릴케의 전집」(김건홍/한경신문)은 "문학적 상투성을 답습하지 않은 시적 압축미"로 선정되었다. 목수로 형상화된 릴케보다 정신적으로 키가 컸던 연상의 연인 루 살로메와 시인의 사랑을 떠올리게 하는 시다. 릴케의 전집을 넣을 책장을 짜려고 했는데, 관을 짜버려서 무덤이 되었다는 부분은 문학의 죽음을 이야기하는 것으로 읽힌다. "목수의 입에서 고무나무 냄새가 났다"는 결말은 정신보다 물질을 중요시하는 현대문명을 비판하려는 의도인가 싶다. 시어를 비틀어서 문장을 연결하고 있으나 "마을의 무덤들이 흐물흐물 무너져 내"리는 그로테스크한 대목과 모호한 상징이 독자와의 소통을 어렵게 한다. 감동을 주거나 번뜩이는 대목도 없다.

「침투」(차유오/문화일보)는 "잠수하고 있는 것으로 보이는 화자의 내면과 물속이라는 공간에 대한 미시적이고도 섬세한 묘사가 돋보였다."는 평가를 받았다. '물속'은 화자의 내면을 보여주는 공간으로 저항할 수 없을 만큼 숨쉬기 고통스러운 곳이지만 동시에 "울어도 들키지 않는" 매력적 공간이기도 하다. 엄마 뱃속 양수에서 먹고 자는 태아가 떠오르는 상황이다. 엄마 뱃속(양수)에서 나오는 순간 아기는 세상에 '내던져진 존재'가 되기 때문이다.

"숨을 버리고 나면/가빠지는 호흡이 생겨난다"든지 "버린 숨이 입안으로 들어오려 한다"는 대목이 눈에 띄지만, 심사위원의 친절한 설명을 듣지 못한다면, 해석의 단초를 찾기가 어렵다.

「그림자 숲과 검은 호수」(이원석/서울신문)는 "'접촉경계혼란'이라는 심리적 현상을 숲과 호수의 데칼코마니를 통해 역동적으로 전개하면서 '달리는 덤불' 하나를 눈앞에 보여준다."는 평가를 받았다. 화자인 '나'는 "덤불 속에 감춰져 있"는 것들을 찾아 길을 떠나 "현실과 꿈과 무의식을 유연하게 넘나들며 어떤 새로운 모험"을 시도한다. "뒤집힌 호수 바닥 위에 검은 숲"과 그 안에서 마주한 "검은 물", "부러진 뿔과 나뭇가지", "끝없이 떨어지는 마른 잎사귀" 등은 모험하면서 겪는 불안, 좌절, 혼란스러운 자아를 상징하는 것으로 읽힌다.

그러나 "접촉경계혼란"이라는 시어가 나오기 전에는 무엇을 이야기하는지 알 수가 없다는 점, 도입부에서 "거기까지 가는 길이 어둡고 어렵고 어리고", "날들이 따라붙었지 매달리고 매만지고 메말라/찬 공기는 조금씩 뒤섞였어"와 같은 진술은 읽는 데 인내심을 요구한다.

「골목의 번식」(전북일보)은 낯익은 '골목'이라는 소재로 시상을 전개한다. 이 작품은 표절로 밝혀져서 당선이 취소되었다. 표절은 신춘문예뿐만 아니라 다수의 문학상에서도 문제가 되고 있다. 시인이 아직 발굴되지 않은 세계를 탐사해가는 존재라면 "내 몸의 수고로움으로 세상과 인간을 읽어내"[66]는 견자로서의 윤리를 달게 감내해야 하지 않을까?

3) 최종 심의 작품들

---

66)이승하, 「창조와 표절의 경계」, 『욕망의 이데아』에서 참조, KM, 2018, 2.

본심을 거쳐 최종심에 오른 작품은 「오른쪽 주머니에 사탕 있는 남자 찾기」, 「바이킹」, 「우유를 따르는 사람」, 「세잔과 용석」, 「침착하게 사랑하기」이다.

「오른쪽 주머니에 사탕 있는 남자 찾기」(세계일보)는 "자칫하면 외설스럽게 읽힐 수도 있는 한 남자의 호주머니 속 심벌을 화두로 내세워 사탕·사랑·꽃의 의미로 발전적으로 승화시키는 시적 능력이 예사롭지 않게 느껴졌다."(심사위원; 최동호·김영남)

무엇보다 이 작품은 올해 당선작 중에서 가장 쉽게 읽힌다. 독자와 소통을 염두에 두지 않는 세태에서 시가 잘 읽힌다는 것은 장점이다. 구어체이기에 췌언(贅言)이나 반복이 있을 수 있는데도, 지루하게 않고, 살짝 비트는 재미와 말맛도 있다. 대화체의 화법과 재기발랄한 표현도 신선하다.

그러나 구조적 관점에서 2연과 3연은 변형된 반복으로 의미가 진전되지 못한다. 결말 처리에 재치가 엿보이지만 안이한 결말이 마음에 걸린다. 심사평에서처럼 "사탕·사랑·꽃의 의미를 발전적으로 승화"시켰는지도 생각해봐야 할 문제다.

「바이킹」(조선일보)은 "남녀가 놀이기구 바이킹을 타면서 한순간 겪게 되는 고통과 공포를 통해 우리 삶의 절망과 희망이 교직되는 순간순간을 절실하게 잘 드러내었다. 오늘을 사는 우리의 현재적 삶이 바이킹을 타는 행위로도 재해석되었다."(심사위원; 문정희. 정호승)

이 작품은 세계일보 당선작처럼 잘 읽힌다는 장점이 있다. 바이킹을 타는 행위에서 야기되는 다양한 표정과 심리가 생생하게 그려진다. 환호와 공포, 그리고 저울의 추, 혹은 시소처럼 서로에게 다가갈 수 없는 절망과 희망을 치밀한 묘사로 형상화함으로써 현대인의 불안을 드러내고 있다. 상상력의 확장이 긴박감 있게 펼쳐지지만, 예측 가능한 전개와 풀어진 결말이 아쉬움으로 남는다.

「우유를 따르는 사람」(동아일보)은 "일상을 이야기로 벼리고 여기에 재기를 담아 삶에 대한 일반적 인식을 흔드는 힘을 지니고 있는 작품"(심사위원; 조강석. 김혜순)이라는 평가를 받았다. 한 사람이 성실하게 우유를 따르고 있다. "우유를 따르는" 행위를 반복함으로써 '당신'의 행위를 확장하고, 현재-과거-미래의 시간과 가상 혹은 가정의 세계를 교차시킨다. 우유 따르는 동작이 실제 이루어지는 것이 아닌 가상의 상황이지만, 어떤 시·공간 속에서도 변함없이 같은 행위를 반복하는 것은 인간의 확고한 주체성으로 해석할 수 있다. 후반부에서 발화방식을 자연스럽게 말 건네는 방식으로 전환하면서 "문밖에서 발목이 젖고 우유가 넘치고//우유가 흐르는 골목이 차갑고"와 같은 능숙함도 보여준다.

그러나 소통의 측면에서 일반 독자가 보기에 이해하기 힘들 수도 있다. 반복적으로 진술되는 '우유를 따르는' 행동은 무슨 의미인지 철학적인 사유로 접근하지 않는다면 난해시가 될 여지가 있다.

「세잔과 용석」(경향신문)은 "지금 한국 시에 부족한, 비어 있는 감각을 채워줄 만한 작품, 무엇보다 읽고 난 뒤에도 계속해서 머물렀다. 자신만의 고유한 호흡을 유지한 채 여간해선 서두르지 않았다. 따뜻하고 유려하다가도 일순간 차가워질 줄 알았다. 사유가 과장 없이 녹아들어 있기 때문이었다. 전혀 어울릴 것 같지 않은 두 사람을 호명하며 이룩하고 있는 당선작의 기체적인 시 세계는 정물적으로 보이면서도 또한 움직였다."(심사위원; 김행숙·신용목·김현)

'세잔과 용석'은 누구인가? 이미지나 느낌이 이질적인 존재가 두 사람이었다가 다시 한 사람이라고 진술된다. 세잔과 용석이 상징하는 인물은 전쟁 같은 삶을 힘겹게 살아가는 존재다. "세잔과 용석은 호명하는 방법의 차이만 있을 뿐/ 하나의 인물이었다"는 진술에서 알 수 있듯이 화자에게 이들 존재의 자세한 이력은 관심 밖이다. 왜냐하면 그들의 내면적 풍경이나 힘겹게 살아가는 생활 양태는 동일하기 때문이다. 말하자면 그들의 몸에 기록된 것은 전쟁 같은 생존, 먹고 사는 일로 생긴 삶의 흉터들이다.

"세잔과 용석은 새들의 일회성 날갯짓"이기에 인력시장에 쪼그려 앉아 호명되면 "새총에 장전된 돌멩이처럼" 튀어나가야 하는 존재다. "숲의 모든 나무를 끌어안아 본 재"로서 세잔과 용석은 그 누구라도 상관없을 보편적인 하층민들의 이름이다. 그래서 "도시의 모든 굴뚝에서//세잔과 용석이 솟아난다 수증기처럼"라는 결말은 일회성 소모품처럼 함부로 취급되는 우리 시대 일용노동자들의 아픔을 형상화했다는 점에서 현실 비판으로 읽힌다.

이 시는 긴장감을 유지할 수 있도록 시어를 배치한 전체적인 구조도 돋보인다. 과감하게 한 연으로 처리한 '다시'를 기점으로 데칼코마니처럼 상반되는 진술을 반복·변형하고, 자칫 단조롭게 보일 수 있는 구조에 변화를 주기 위해 "(세잔과 용석은 사실 둘이다)"처럼 괄호를 사용한다. 은유법으로 처리한 시행들의 중간에 "용석아"라고 시적 대상을 호명하면서 긴장감을 주고, 후반부의 은유에서는 의도적인 도치로 문장을 슬쩍 비튼다.

이 작품은 자신만의 화법이 있다. 심사위원들의 눈치를 보며 고정된 스타일을 따르는 신춘문예풍 시와는 다르다. 최근의 시류에서 벗어난 점이 호감이 간다. 메타적인 접근법과 고유한 목소리, 그리고 '세잔'에서 풍길 수 있는 낭만적이고 이국적인 분위기를 '용석'으로 중화시킴으로써 독자적인 스타일을 보여주기 때문이다. 「세잔과 용석」은 진술을 이끌어가는 화법이 당차고, 자신의 스타일로 밀고 나갔다는 점, 전체적인 구조에서 다른 작품보다 우위에 서 있다.

「침착하게 사랑하기」(한국일보)는 "다소 작은 세계를 말하려는 듯한 제목과는 달리 쉬이 접근하기 어려운 주제를 다루는 용기가 돋보였다"(심사위원; 서효인)고 평가받았다. 이 작품은 최근의 신춘문예 경향에서 벗어나 있다. 데이트 폭력, 젠더 폭력을 넘어서서 크게 보면 이 시는 세계의 폭력성과 허위를 이야기한다. '나'에게 폭력을 행사하는 대상은 '신'이다. '신'은 시적 주체인 '나'를 강력한 힘으로 억압하는 존재로 그려진다. "내가 물비린내를 싫어하는 줄도 모르고" 강변으로 '나'를 이끄는 '신'은 나의 취향을 고려하지 않고 자신의 취향을 강요한다. 신은 자신이 행사한 폭력 때문에 내 "몸에 든 멍"을 '신앙'이라는 명분으로 설명하려 들지만, 아무리 신이 "침착하게 사랑에 대해 이야기"하여도 그것은 자신의 사랑을 '나'에게 강요하는 또 다른 폭력의 양상일 뿐이다.

자신에 대한 '신앙'은 절대적이어야 한다는 생각으로 '나'를 통제하고, 황폐화시킨다는 측면에서 가스라이팅(gaslighting)[67]

이다. 다른 연인의 경우와 비교하며 사랑에 대해 묻는 '나'의 질문은 신에 대한, 이 세계에 대한 '절대적 믿음'을 의심하는 저항이다. '신'은 이를 차단하고 억압하기 위해 또다시 폭력을 행사한다. "강에 어둠이 내려앉은 것을, 강이 무거운 천처럼 바뀌는 것을 본다// 그것을 두르고 맞으면 아프지만 멍들지는 않는다"는 부분은 그래서 더 아프다.

'나'는 '신'에게 종속되어 사랑의 진실을 묻는다. 사랑으로부터 '나'의 존재 의의를 찾으려는 것이다. 그러나 "연인들의 걸음이 멀어지자 그는 손을 빼내어 나를 세게 때린다"에서처럼 타인이 없는 곳에서 반복적으로 자행되는 폭력, 그것을 벗어나기는 쉽지가 않다. 자신을 "침착하게 사랑하기" 위해서 '나'는 무엇을 해야만 하는 것일까? 이 작품은 이 같은 사유를 전개하는 데 영화 시나리오 같은 구조를 사용한다. 전체 내용은 '신'과 '나'가 강변을 걷는 신[scene]이다. 각 연은 강변에서 벌어진 대화 및 행동이며 여러 개의 쇼트(shot)들이 모여서 강변 신[scene]이 된다. '신'과 '나'의 대화와 행동, 이를 지켜보는 다른 연인들의 대화를 마치 여러 각도에서 몇 개의 쇼트로 나누어 촬영한 것 같은 진술로 생생함을 부여한다. 하나의 쇼트를 한 연으로 처리하여 선명한 이미지를 보여주고 있다.

「세잔과 용석」, 「침착하게 사랑하기」가 마지막까지 치열한 경합을 벌였다. 두 작품 모두 시대의 아픔을 개성적인 화법으로 형상화했다. 어떤 작품을 당선작으로 올려도 무방하겠으나, 현

---

67) 1938년 〈가스등〉이란 연극에서 유래한 용어. 타인의 심리나 상황을 조작하여 스스로에 대한 의심을 불러일으킨다. 사람의 판단력을 흐리게 만듦으로써 타인에 대한 지배력을 강화하는 행위. 주로 친밀한 관계에서 이루어진다. 로빈 스턴, 신준영 역, 『가스등 이펙트』, 랜덤하우스코리아, 2008년.

실의 고통을 신과 인간의 문제로 치환해서 독특한 기법으로 묘사한 「침착하게 사랑하기」를 우수작으로 결정한다.

3. 나가며

전술한 바와 같은 여타의 문제점을 지니고 있더라도 신춘문예는 여전히 매력적 등단코스다. 신춘문예는 문예지들과 달리 인맥, 지연, 학연 등이 덜 작용한다. 나이와 성별, 거주지의 제한 없이 누구든지 응모 가능하다. 신춘문예용 스타일을 답습한다고 비판[68]을 받지만, 이러한 사정은 문예지라고 해서 다를 바 없다. 그렇다 하더라도 신춘문예가 지속적인 호응을 얻으며 더 발전해 나가려면 앞에서 제기된 문제점들을 합리적으로 개선하려는 노력이 필요하다.

신춘문예란 제도가 효율적으로 운용되기를 바라면서 몇 가지 제언으로 글을 맺으려 한다.

첫째, 신문사가 배출한 신인을 배려하는 것이다. 신인에게 작품을 발표할 수 있는 지면을 일정 기간 제공하여야 한다. 이는 새로운 신인의 발굴 못지않게 중요한 일이다.

둘째, 한 사람이 고정으로 심사를 본다거나 작품의 우열이 심사자의 입맛에 따라서 좌우되어서는 안 된다. 문학적 성향이 다른 심사위원을 번갈아 배치하고, 세대교체가 즉시 이루어져야 할 것이다.

셋째, 문법을 습득하지 못한 채 이를 파괴하는 난해한 실험

---

[68] "신춘문예의 시를 읽다 보면 거기엔 기성 시인들이 갈기갈기 찢겨 누워있다" 김현, 『행복한 책 읽기』, 문학과지성사, 2015. 참조,

성만을 앞세운 작품을 선정하는 것은 지양하여야 한다. 시를 읽는 재미는 고사하고, 진술의 의도조차 파악하기 힘들기 때문이다. 그런 이유로 독자들이 시를 멀리하는 점을 심각하게 생각해야 한다. 문학에서 새로움을 추구하는 것은 권장되어야 하지만, 소통을 경시한다면 시의 미래는 없을 것이다.

저주받은 시인들의 노래
— 프랑스 상징주의가 한국 현대시단에 남긴 것

1. 개관

상징주의는 19세기 말~20세기 초에 상징파가 전개한 예술
운동을 뜻한다.[69] 프랑스에서 상징주의가 발현된 데는 고답파
의 역할이 컸다. 주관적이고 관념적인 내면세계를 중시한 상징
주의 시인들은 지극히 개인적인 은유와 상징을 사용하여, 존재
의 근원적인 신비를 탐색하려 했다.[70] 『악의 꽃』으로 보들레르
가 상징주의의 문을 열었다면, 랭보는 감각을 자극하는 환상적
인 시어를 구사해서 대중들의 사랑을 받았다. 상징주의는 서정
성과 음악성을 중시한 베를렌, 암시와 정서의 환기를 중요시한
말라르메, 철학적 분위기와 절제된 언어의 발레리, 모더니즘적
실험을 시도한 아폴리네르로 계보가 이어진다. 하지만 상징파가
설명과 묘사를 배제하고, 개인의 내면에 지나치게 천착하게 되

---

69) 고전주의에 대한 반동으로 일어난 낭만주의 사조를 새롭게 발전시키려고 한 점에서 후
기 낭만주의라고 부르기도 한다.

70) 상징주의자들은 상징적인 방법을 이용하여 형이상학적이고 신비적인 내용을 암시적
으로 표현하려했다. '상징(symbol)'은 부호, 기호, 암호 등을 의미하는 그리스어
'symbolon'에서 유래했는데, 이는 매개물과 매개가 암시하는 의미의 이중성과 관련된
다. 상징은 일차적으로 사물로 된 매개체를 의미한다. 이차적으로는 이 매개체가 감각
기관을 통해 암시하거나 환기하는 관념이나 감정에 이르는 운동을 뜻한다. 이처럼 상징
주의는 상징을 통해 이념에 감각적 옷을 입혀 이념을 이미지화한다.

면서 독자들에게 외면당한다.

상징주의는 시 자체의 난해성, 시대 흐름, 퇴폐적인 세기말 사상과 결합함으로써 단명하고 말았지만, 20세기 예술 전반에 많은 영향을 주었을 뿐만 아니라 한국의 시단에 미친 파급력 또한 지대하다. 이런 맥락에서 프랑스 상징주의 시인들의 특징과 그 의의를 살펴보고자 한다.

2. 상징주의 시인들의 삶과 시 세계

(1) 보들레르

상징주의의 비조(鼻祖)인 보들레르의『악의 꽃』은 지금까지도 완전히 해명되지 못한 문제작중 하나로 손꼽힌다. 그는 공감각적인 이미지를 통해 인생에 대한 혐오스러운 감정과 황홀감을 동시에 선보인 최초의 시인이다. 죽음·죄악·고통 같은 퇴폐적인 미를 추구한 보들레르의 시에는 기이하고 병적인 분위기가 가득하다. 산문시집『파리의 우울』에서는 자본주의에 대한 보들레르의 부정적인 시각을 엿볼 수 있다. 근대화의 폭력성이 고스란히 드러나기 때문이다.

19세기 중엽은 산업혁명이 절정에 이르러서, 옛 도시들의 재개발이 활발하던 시기다. 현대예술을 창도했던 보들레르는 새로 정비된 도시에서 삶의 폐허를 보았다. 구체제에서 신체제로의 급격한 변화는 구체제 속에 속한 사람들이 따라가기 힘든 속도였다. 그는 "삶이 살고 삶이 꿈꾸고, 고통을 견디던" 어둡고 뱀처럼 구불구불하던 골목길이 광장으로 바뀐 그 자리에서, 과거의 정신이 송두리째 사라져 버린 것을 실감한다. 밝고 깨끗하고 번쩍거리는 폐허에서 어떤 감동스러운 일도 일어날 수 없다. 변해 버린 고향은 타향보다 더 낯설게 느껴졌을 것이다. 보들레르는 파리사람이었지만 자신이 고향에서 유배되었다고 생각한다. 이 시가 처음 한국에 들어왔을 적엔 우리나라 사람에게 다가가기 힘든 정서였지만, 산업화가 야기한 개발의 문제를 경험한 지금은 절절히 이해되는 감정이 되었다. 이러한 동시성이 문학의 생명력이라 하겠다.

거리는 내 주위에서 귀가 멍멍하게 아우성치고 있었다.
갖춘 상복, 장중한 고통에 쌓여, 후리후리하고 날씬한
여인이 지나갔다. 화사한 한 쪽 손으로
꽃무늬 주름 장식 치맛자락을 살포시 들어 흔들며,

날렵하고 의젓하게, 조각 같은 그 다리로,
나는 마셨다. 얼빠진 사람처럼 경련하며
태풍이 싹트는 창백한 하늘, 그녀의 눈에서,
얼을 빼는 감미로움과 애를 태우는 쾌락을,

한 줄기 번갯불…그리고는 어둠! - 그 눈길로 홀연
나를 되살렸던, 종적 없는 미인이여,
영원에서밖에는 나는 그대를 다시 보지 못 하런가?

저세상에서, 아득히 먼! 너무 늦게! 아마도 영영!
그대 사라진 곳 내 모르고, 내 가는 곳 그대 알지 못하기에,
오 내가 사랑했었을 그대, 오 그것을 알고 있던 그대여!

— 「지나가는 여인에게」, 샤를 보들레르 『악의 꽃』 중에서

　이 시는 보들레르를 언급할 때마다 빠지지 않는다. 복잡한 거리에서 상복 입은 여인과 눈이 마주치고 헤어져 다시는 만날 수 없는 상황이 전개된다. '한 줄기 번갯불' 같은 짧은 시간, 화자는 과거(전생, 과거의 어떤 시간에 틀림없이 사랑했을)-현재-미래(영원)라는 시간을 여인과의 만남으로 압축했다. 자본화된 도시적 삶 속에서 변해버린 파리를 발견한 시인은 '도시적 충격'에 사로잡힌다. 파리의 몰골에 대한 혐오감과 사랑이 동시에 표출하고 있다.

　그런데 보들레르가 말한 도시적 시간은 어떤 시간인가? 그것은 농경사회처럼 물 흐르듯, 천천히 흘러가는 시간이 아니다. 도시의 시간은 점과 같은 순간의 집합체다. '나중'이라는 의미가 없는 시간이다. 현재의 순간 속에 모든 것이 집약된 시간이다. 따라서 "1분, 1초 분할된 시간, 시간 그 자체가 물체화되어 계속해서 쫓아오고 있는 시간이다." 이것이 바로 산업사회의 시간이다.

　이 같은 시간의 압박이 사라지게 되면 인간은 자유로울까? 그렇지 않다. 시간의 압박이 사라지면 인간은 다시 권태 속으로 들어가게 된다. 2연의 시구에 주목해보자. 보들레르는 도시인의 신경질적이고 예민함으로 정의되는 상처를 "얼빠진 사람처럼"으로 표현한다. 그의 도시 시 중 또 다른 한편 「키 작은 노파들」이란 시에서 이야기하는 것들도 같은 맥락에서 이해될 수 있다. 그중 일부만 정리해 본다.

　그렇게 당신들은 나아간다, 의연하게 불평도 없이,

번화로운 도시의 혼돈을 헤치며,

가슴에 피 흘리는 어머니들이여, 창녀 또는 성녀들이여,

지난날 그 이름이 만인의 입에 회자되던 노파들이여.

　　　　　　　—「키 작은 노파들」 일부, 『악의 꽃』 中에서

　　보들레르는 키 작고 폐허가 된 노파들을 통해 도시 속의 위
대함을 발견한다. 꺾이지 않는 노파들의 위엄을 발견하고 신비
에 젖고 은밀한 즐거움을 맛보기까지 하는 것이다. 그는 고대의
위대함을 도시의 지리멸렬한 시간 속에서 재발견한다. 보들레르
의 시는 특히, 시간에 대한 상념이 많다. 왜 그럴까? 문학에서 추
구고자 하는 모더니티, 즉 현대성은 위대한 것들을 현재의 시간
속에서 찾아내려는 노력일 터, 영원한 흐름 속에서 그 시대를 초
월한 불멸의 아름다움을 발견하려는 것이다. 이 시는 바로 그런
것을 보여주고 있다.

　　네 머리칼은 돛대 가득한 꿈 하나를 고이 품고 있어, 네 머리칼은 거대
한 바다를 품고 있어, 그 계절풍이 아름다운 풍토로 나를 실어가지, 그 나
라의 하늘은 한결 푸르고 한결 그윽하고, 그 나라의 대기는 과일과 나뭇
잎으로, 사람들의 살갗으로 향기롭지

　　　　　　　—「머리 타래 속의 지구 반쪽」 일부

　　위의 시에서 열대의 내적 풍경을 만들어내는 것은 여인의 머
리칼 냄새다. 보들레르에게는 여러 명의 여자가 있었지만, 이 육
감적인 이미지에서 연상되는 여자는 잔 뒤발이다. 실제 보들레

르가 그린 그림에서도 듀발은 육감적인 모습으로 표현되었다. 상징주의는 이렇게 어떤 개념과 사상, 다른 세계를 감각적으로 표현한다.

다음 시는 『악의 꽃』 서시(序詩)에 해당하는 「독자에게」의 한 대목이다. "우리 죄는 끈질기나, 뉘우침은 무르다/참회의 값을 톡톡히 받아들고/싸구려 눈물에 때가 싹 가신 기분으로/우쭐대며 되돌아온다." 이 시는 싸구려 참회의 눈물로 면죄부를 주는 인간성에 대한 참혹한 통찰, 역사의 진보에 대한 회의가 가득하다.

> 나로서는 지금 내가 있는 곳이 아닌 저곳에 가면 언제나 편안할 것 같기에, 이 이주의 문제는 내가 끊임없이 내 혼과 토론하는 사안 가운데 하나이다
>
> ─「이 세상 밖이라면 어디라도」 일부

그는 이렇게 독자에게 직접 묻는다. 벤야민은 "보들레르의 텍스트는 동시대의 독자보다는 후세의 독자를 겨냥한 문학"이라 말한 바 있다. 그렇다면, 『악의 꽃』을 읽은 우리는 그 시대의 독자들에 더 가까운가, 아니면 후세의 독자들에 더 가까운가. 『악의 꽃』은 이 기이한 시인의 파탄만이 아닌, 당대 독자들의 불우한 삶, 더 나아가 우리 모두의 노래가 아닐까? 비록 150여 년 세월이 흘렀지만, 보들레르의 절망에서 자유롭다고 답할 수 있는 자가 과연 몇이나 되겠는가. 세계는 여전히 불완전하며 온갖 죄악과 고통으로 점철되어 있다. 그 고통을 벗어날 수 있는 방법 중 하나로 죽음을 꼽았던 보들레르. 현실 도피 성향을 띠는 그의

시는 시사하는 바가 크다. 2020년 청년들이 이렇게 외치고 있지 않은가. 헬조선을 벗어나고 싶다. 내 침대를 바꾸고 싶다, 19세기에 이미 보들레르가 이렇게 말했었다.[71]

(2) 저주받은 시인들, 베를렌과 랭보

보들레르의 감성적 측면을 이어받은 베를렌은 시의 음악성을 중요하게 생각했다. 명확한 언어가 감각을 보여주는 데 적합하다고 판단하고, 과도한 수사법을 버림으로써 상징파의 난해성을 극복하려 했다. 몽상과 현실이 뒤섞인 우수가 깃든 베를렌의 시는 우리 근대시에 많은 영향을 주었다.[72]

그는 당시에 알려지지 않은 위대한 시인들을 소개하기 위해 한 권의 책을 출판한다. 그 책의 제목이 『저주받은 시인들』이다. 그런데 베를렌이야말로 '저주받은 시인'이라는 이름에 가장 걸맞은 삶을 살았다. 베를렌이 랭보를 만나지 않았다면 어떻게 되었을까? 그의 간결하고 선명한 서정적인 시는 독자들의 사랑을 받았다. 성질이 괴팍하고 술주정이 심하긴 했지만, 랭보를 사랑하지 않았다면, 그의 인생은 훨씬 순탄했을 것이다. 베를렌이 출간한 『저주받은 시인들』은 선풍적인 반향을 불러일으켜 랭보를 유명한 시인으로 만들었다. 이제 랭보의 삶은 그 자체가 시이자 문학을 비유하는 이름이 되었다.

---

71) '이 삶은 병원이다' 침대를 바꾸고 싶다, 보들레르의 시, 「창문」 인용.
72) 베를렌의 암울한 비애와 정서는 김억뿐만 아니라 김영랑과 박목월 등 다수의 시인에게서도 엿볼 수 있다.

여름날 푸른 저녁에, 나는 오솔길로 가리라.

밀 이삭에 질리며, 잔풀을 밟으러.

꿈꾸는 나는 그 서늘함을 발에 느끼리라.

바람이 내 맨머리를 씻게 하리라.

나는 말하지 않으리, 아무 생각도 하지 않으리.

그러나 끝없는 사랑이 내 마음속에 차오르리라,

그리고 나는 가리라 멀리, 아주 멀리, 집시처럼,

자연 속을, 여자와 함께인 듯 행복하게.

　　　　　　　　　　　　　　　　　　—「감각」 일부

　이 시는 랭보가 열다섯 살에 쓴 시로 오감을 총동원하여 이미지를 보여준다. 옷을 벗고, 신발과 모자도 벗어 버리고, 모든 구속에서 떠나 온몸으로 느끼는 자유. 독자의 감정을 일깨우는 이 시는 에로스적인 생명력으로 충만하다. 특이한 점은 시의 제목이다. 산책이나 사랑이 아니라 '감각'이라 붙인 이유가 있을 것이다. '감각의 착란'에 의해서 현실의 이면에 있는 세계를 일순간에 보여줄 수 있다고 믿었던 랭보. 말하자면 그에게는 육체를 통해 느끼는 감각이 세계를 인식하는 도구였다. 그는 고전주의로 대표되는 추론, 상징적인 명상이 아닌 감각을 통해서 세계를 이해하려 했다. 하지만 랭보가 감각적인 시만 썼던 것은 아니다. 그는 공상적 사회주의자였다. 현실을 인식하는 시인의 면모가 보이는 시편을 살펴보자.

나는 갔다네, 찢어진 주머니에 목을 자르고,

내 외투도 이젠 명색의 외투,

하늘 밑으로 걸어갔으니, 뮤즈여! 나는 그대의 충성스러운 신하였네.
오! 아서라! 내 얼마나 찬란한 사랑을 꿈꾸었던가!

단벌 바지에는 커다란 구멍이 하나

(중략)

아주 강하게, 그들의 바지가 찢어지고,
그들의 하얀 속옷이 나부끼도록
겨울바람에…

— 「놀란 아이들」 일부

반지하의 빵공장에서 빵 굽는 것을 들여다보는 아이들의 놀라운 표정을 포착했다. 특히 마지막 연은, 랭보의 역량을 잘 보여준다. 빵을 먹은 게 아닌, 단지 빵을 보고 얻은 아이들의 에너지에 대한 묘사는 단연 압권이다. 랭보가 시를 썼던 시기는 불과 이년이 채 안 된다. 시를 쓰지 않은 이후의 삶은 고통의 연속이었다. 그의 천부적인 재능은 축복이었을까, 저주였을까? 모든 에너지와 재능을 다 털어놓은 랭보는 환한 백열등에 불이 꺼지듯 한순간에 터져버렸다.

(3) 사유하는 말라르메와 발레리

말라르메는 일상적인 언어의 뜻이 파괴된 시를 썼다. 그에게 시는 인간이 창조한 말, 즉 언어의 우주를 나타낸다. "별들은 검은 밤하늘에 우주의 시를 쓰고, 인간은 하얀 백지 위에 검은 별을 심는다." 검은 밤하늘에 하얀 별자리와 백지 위에 쓴 검은 글자의 시는 서로 거꾸로 된 대칭을 이룬다. 의미의 암시, 정서의 환기를 통해 영혼의 본질을 드러내려 한 말라르메의 시풍은 박목월에게 많은 영향을 주었다.

아무것도 아닌, 이 거품은, 이 순결한 시는
다만 술자리를 가리킬 뿐,
저 멀리 한 무리의 바다 요정들
수없이 몸을 뒤척이며 바닷물에 뛰어든다.

우리는 항해한다, 나의 다양한 친구들아,
나는 벌써 뒷자리에 자리 잡고
그들은 화려한 뱃머리에서
우레와 찬 겨울의 파도를 뚫고 나아간다.

아름다운 취기에 젖어
배의 요동에 두려워 않고
내 일어서 이 축배의 잔을 들어 인사한다.

고독, 암초, 별
우리 돛이 맞이할
그 모든 백색의 심려를 위해.

　　　　　　　　　　　　　ー「인사」일부, 『시집』 중에서

그는 후기에 쓴 이 시를 자신의 『시집』에 수록한다. 보들레르의 『악의 꽃』 첫머리에 실린 「독자에게」와 마찬가지로, 서시의 성격을 띠게 한 것이다. 동료 시인들과 축배의 인사를 나누려고 쓴 시인데, 시인은 지금 술잔 위에 덮인 '거품'을 바라본다. 샴페인의 거품은 시인의 상상력을 통해 한 무리의 바다 요정들이 물속으로 뛰어드는 거품을 연상하게 한다. 무에서 술잔의 거품으로 다시 바다로 이미지들이 변화, 확대되어 가는 것을 그리고 있다. 그런데 이 거품은 존재는 하지만 곧 소멸해버린다. 존재와 무의 교차점에 있는 이 거품은 '순결한 시'와 동격을 이루면서, 이 시가 시 창작의 출발점과 관련됨을 암시한다. '순결한 시'란 아직 잉크의 흔적이 닿지 않는 하얀 백지의 상태를 뜻한다. 마지막 연의 "백색의 심려"는 모험적인 항해에서 백색의 돛이 받아 안게 될 위험을 말하지만, 또한 시 창작을 위해 백지와 마주하는 시인의 고뇌와 중첩된다. 백색은 말라르메에게 고통의 상징으로 많이 나타난다.

대표작 「목신의 오후」는 모든 장르에서 현대예술의 시발점이다. 양떼와 목동을 수호하는 반인반수의 목신은 음악의 신으로 알려져 있다. 음악과 관능, 지성을 결합한 목신은 즉, 시인의 다른 모습이다. 인상주의 화가 마네가 이 시에 삽화를 곁들이고, 드뷔시는 〈목신의 오후〉 전주곡을 발표한다. 현대 음악의 시발점이 된 음악을 토대로 니진스키는 무용극 〈목신의 오후〉를 발표하여 현대무용의 길을 열었다.

그런데 말라르메의 제자였던 발레리는 지드와 루이스, 드가, 르느와르 등과도 교분이 있었다. 그의 폭넓은 취미는 탁월한 미학과 예술론의 바탕이 되었다. 발레리는 시인에게 필요한 것은 영감이나 정열이 아니라 맑은 의식과 각고면려하는 노력이라 생각했다. 대표작 「해변의 묘지」는 발레리의 재능을 유감없이 드러낸다. 이 외에도 저녁 무렵의 황홀한 정경을 그려낸 「띠」는 그의 엄밀한 지성을 보여준다. 시적인 대상과 자아의 일치를 암시하는데. 석양의 아름다움과 그 뒤에 오는 어둠의 그림자가 강렬한 이미지로 나타난다. 자연과 시적 자아가 마치 하나의 '띠'로 묶여서 정서적 공감대를 형성하는 모습은 경건하면서도 철학적인 분위기를 자아낸다. 형식의 단조로움과 절제된 언어가 의식의 명징성을 유지하고자 하는 발레리의 태도를 엿볼 수 있다. 영혼과 육체가 충돌하며, 현존과 영혼이 대립하는 그의 시는 말라르메의 시혼과 더불어 2차 세계 대전 이후 프랑스 시단에 깊은 영향을 주었다.

(4) 「미라보 다리 아래서」, 아폴리네르

아폴리네르의 첫 시집 『알코올』은 형태와 주제, 음조와 길이가 다른 시편들이 수록되었다. 그는 전통적인 상상력을 계승하면서도 개별 작품들의 배치를 액자화하거나, 구두점을 쓰지 않는 등 20세기 초 시대정신에 걸맞은 모더니즘적인 실험을 계속했다. 아폴리네르의 시는 파격적인 시풍과 유려한 내재율로 유명하다. 그는 이미지의 단순한 묘사나 나열을 탈피하고, 캘리그램 같은 모험적인 창작기법을 사용했다. 형태 파괴적인 시를 쓴 그의 작품 중 "69 666…69…"는 현대인의 분열 심리가 표출된 이상의 시 「오감도」를 떠올리게 한다. 불안감이 잔뜩 도사린 「태양 잘린 목」은 가장 늦게 썼지만, 시집 첫머리에 배치됐다.

마침내 넌 이 낡은 세계가 지겹다…너는 읽는다 높은 소리로 노래하는 광고지 카탈로그 포스터를 이것이 오늘 아침의 시 그리고 산문으로는 신문이 있다… 오전에 세 번의 사이렌이 신음하고… 아홉 시 가스등은 푸르게 잦아들고…(중략) 털 이불도 우리의 꿈도 모두 현실이 아니다…나는 지금 징그럽게 웃는 불쌍한 처녀에게 내 입을 내밀고 만다…안녕히 안녕히

―「태양 잘린 목」일부

프랑스에서 쉬르리얼리즘이라는 용어를 가장 먼저 사용한 사람도 아폴리네르다. 하지만 그의 연시에서는 모더니즘적인 측면 외에도 낭만주의자로서의 면모도 엿볼 수 있다.

"미라보 다리 아래 세느강이 흐르고, 우리들의 사랑도 흘러간다…(중략)…밤이여 오라 종은 울려라 세월은 흐르고 나는 여기 있다"

―「미라보 다리」일부

아폴리네르는 슬픔이나 고통을 시로 쓰게 되면, 그것은 슬픔과 고통을 떠나 삶의 본질이 된다고 생각했다. 그의 시에 흐르는 언어와 언어 사이의 유동성, 거리의 풍경이 그려지는 생생한 이미지는 많은 사랑을 받았다. 교류와 공감의 대가였던 그는 읽히는 시로써 감각적 상상력이 어떤 것인지를 독자들에게 보여주었다.

3. 상징주의가 한국현대시에 미친 영향

상징주의는 20세기 초 과도기에 접어든 한국 시단에 많은 영향을 주었다. 1910~20년은 계몽적인 목적의식에서 탈피한 새로

운 시에 대한 담론이 강하던 시기다. 김억의 『태서문예신보』는 상징파 시인들, 특히 베를렌의 시를 소개하며 선구자 역할을 했다. 그러나 이러한 김억의 노력은 실패한 것으로 평가된다. 그 이유는 번역시의 한계·시대적 상황과 상징주의에 대한 이해 부족 등을 꼽을 수 있다. 하지만 김소월이 베를렌의 시에 감화받고, 그것을 자신의 시에 접맥하여, 민요조의 운율과 애상적 정서로 계승·발전시켜 민족적 정서를 환기했다는 점을 간과해서는 안 될 것이다.

당시 상징주의에 대한 국내 시인들의 경도는 대단한 것이었다. 왜 그랬을까? 프랑스 상징주의는 영원성과 현재성이 순간적으로 결합되어 타오르는 불꽃, 그 불꽃을 들고 '상징의 숲' 너머에서 '정신과 감각의 상응'을 이야기하려 했기 때문이다. 새로운 시대를 열망하던 우리나라 시인들에게 상징파와 초현실주의가 준 충격은 대단하였다. 상징주의자가 추구한 상념과 새로운 실험기법은 당시 국내 시인들에게 '촉기'를 일깨웠다.

상징파는 인간이 실현시킬 수 없는 세계에 대하여 사유했다. 우주적 삶과 정신, 무한에 관한 그들의 시정신은 단순히 명상을 통해서 얻어지는 것이 아니었다. 보들레르와 랭보, 베를렌, 말라르메와 발레리와 아폴리네르. 그들은 온몸으로 시를 살고, 그 무한한 우주를 감각하고 언어로 표현하려 애썼다. 말하자면 이런 식이다. 가을날이 지닌 그 무한함이 어떻게 가슴 속으로 파고드는가, 바다를 바라다볼 적에 내 육체가 어떻게 떨리는가. 그리고 그것은 인간의 정신과 영혼에 어떤 의미를 지니는가, 상징주의 시는 이렇게 정신적인 것을 이야기한다.

그렇다면 시인들에게 시정신이란 무엇인가? 작게는 시인의 개별적인 작품에 내재한 정신을 가리킨다. 크게는 다른 장르와 달리 시를 시가 되게 할 수 있게 하는 시문학의 특성이다. 개별적인 작품에 담긴 시정신이 모여 한 시인의 시세계를 완성하고, 동시대를 살고있는 시인들의 시세계가 그 시대의 정신을 형성한다. 더 나아가 시공을 초월하여 시인들이 추구하는 보편적인 정신이 시문학의 특성을 드러내는 시정신이 되는 것이다.

그런 점에서 한국시단은 우려스럽다. 감동이 점점 사라지고 있기 때문이다. 요즘 유행하는 시들은 독자에게 즐거움과 감동을 주는 것이 아니라 난해한 말장난으로 읽는 괴로움을 준다. 독자가 없는 시는 존재가치가 없는데도 왜 이런 난해시에 경도되는 것일까? 언어를 잘 다루는 기법과 실험성을 앞세우면, 시단에서 주목받기 때문이다. 여기에 시정신의 상실도 덧붙일 수 있다. 이는 우리의 과거 근대시가 상징주의자들의 시를 답습하던 행위와 흡사하다.

이 지점에서 보들레르가 주장한 자기 목적성과 랭보의 시론을 되새겨 볼 필요가 있다. 시인은 언어를 다루는 기술자이기 이전에 정신을 다스리는 수행자, 견자(見者)로서의 고통을 견뎌낼 수 있어야 한다. 의미를 지닌 언어 구조물인 시가 시인의 정신세계와 무관할 수는 없다. 속된 정신이든 고매한 정신이든 작품에는 작가의 정신적인 요소가 배어있기 마련이다. 하물며 언어 예술의 정수라고 할 시는 더 말할 나위가 없지 않은가.

그러한 점에서 한국 현대시에서 다시 청결한 시 정신을 불러일으킬 필요가 있다. 광대무변한 우주적 삶, 그 의미를 느낄 수 있도록 표현해내기 위해 치열하게 노력하는 삶, 그것이 저주받은 우리 시인들의 숙명일 것이다.

제2부

욕망의 변주
― 상처와 치유의 에티카

애도의 공동체

— 김애란 『어디로 가고 싶으신가요』

「어디로 가고 싶으신가요」는 갑작스런 남편의 죽음 때문에 '나'가 겪는 애도가 서사의 중심에 놓인다. 이 작품은 비극적 감상으로 귀결되기 쉬운 소재이지만 스마트폰과 인간관계라는 독특한 설정으로 애도의 문제를 진지하게 성찰하고 있다. 그렇게 함으로써 보편적인 개인의 애도 과정을 미세하게 들여다보며, 그것이 어떤 방식으로 사회적 관계와 접맥하는지를 묘파한다.

서사의 도입부에서 중학교 교사인 남편은 현장학습을 떠나고, '나'는 김치를 담는 도중 한 통의 전화를 받게 된다. 남편이 물에 빠진 제자를 구하려다 사고를 당했다는 소식이 전해진 것이다. 남편의 죽음 이후 '나'는 사촌 언니의 조언을 받아들여 한국을 잠시 떠나게 된다.

그러나 낯선 곳으로의 여행, 음성 인식 프로그램인 '시리'와의 대화 등 어떤 것도 '내' 고통을 덜어주지 못한다. '나'가 사람이 아닌 문명의 이기(利器)인 시리와 대화를 나누는 것과 옛 친구인 현석과 재회하는 대목은 소설이 포착할 수 있는 인간의 복잡한 심리를 나타낸다. 불행에 동요하며 위태롭게 진행되던 주인공의 애도는 마지막에 이르러서야 전환을 맞게 된다. 남편의 죽음 이후 황망함에 휩싸여 있는 '나'에게 전달된 편지 한 통은

이 소설이 정말 이야기하고 싶었던 것이 무엇인지를 뒤늦게 알려준다. 남편이 구하려던 제자의 누나가 간절한 마음을 담아 '나'에게 보낸 편지는 희생이라는 말이 억누르고 있는 삶의 또 다른 진실을 꺼내 보인다.

지용이 누나의 편지가 '나'에게 위로가 될 수 있는 이유는 그것이 고통이 무엇인지를 아는 사람의 말이기 때문이다. 라캉의 표현을 빌리자면1) 애도는 실제적 차원의 구멍을 만든다. 이 소설의 인물들도 마찬가지다. 소중한 대상을 잃은 경험은 그들의 삶에 커다란 공동(空洞)을 형성하였다. '나'가 겪는 애도의 고통은 말로 객관화하기에 어려울 정도로 참담해서, 끝없는 슬픔과 함께 공포와 분노를 일으키기도 한다. 그렇다면 상실을 영원히 간직하고, 고통에 함몰된 채 사는 것만이 진정한 애도일까. 이 의문에 대한 해답을 섣불리 말할 수는 없다. 상실을 부여잡는 것만이 인간의 최소 조건이라는 애도의 윤리가 제시되지만, 이 소설의 한끝에는 또 다른 목소리가 존재한다. 「어디로 가고 싶으신가요」는 '나'가 그러한 의문을 섬세하게 응시하는 과정에서 애도와 치유라는 쉽지 않은 질문을 제기하며 슬픔의 공유 가능성을 타진하고 있다.

---

1) 상실의 체험이 실제적 차원의 구멍이라면 그것을 그대로 간직하게 되면 주체의 포기로 이어지고 그 사람의 삶은 공동(空洞)이 된다. 이는 애도가 "성공하기 위해서는 실패해야, 그것도 '잘' 실패해야 한다."고 데리다가 말한 의미와 동궤이다. 이런 맥락에서 보면, 떠나간 사람을 잊고 새 관계를 형성하는 '정상적인 삶'이 오히려 '비정상적인'것일 수 있다는 관점이다. 다시 말하자면 죽은 사람을 못 잊어 몸부림을 치며, 그 사람을 자기 안에 살아 있게 하는 '비정상적인'삶이 오히려 '정상적'일 수가 있는 것이다. 부재하는 자가 상실을 인정하기를 거부하고, 애도를 거부하는 것만이 진정한 애도일 수 있다는 역설이 여기에서 성립될 수 있을 것이다.

1. 완전한 애도는 가능한가.

　참혹한 상실을 경험한 이후 '내' 일상은 예전과 같을 수 없다. '나'가 남편의 "죽음을 인식하지 못할 적에도 눈물은 진물이 되어 흘러내"린다. 남편이 없는 집에 돌아와 '나'가 느끼는 절망감은 안방 침대에서 "당신이 늘 눕던 자리 쪽으로 몸을 틀"게 하며, "당신 머리 자국이 오목하게 남아 있는 베개를 바라보다 눈을 감"고 마는 것으로 나타난다. 참담한 '내' 마음과 달리 세상은 평화롭기만 하다. '나'가 느끼는 이질감은 '영국으로 가는 비행기 창을 통해 보이는 "청명이 남의 집에서 떼다 붙인 커튼(중략)"과 같고, 미래의 시간이 "뭐가 됐든 내 것 같진 않"다는 문장으로 드러난다. 그리고 이 작품에서 기표이자 기의로 작동하는 '시차'라는 단어는 하나의 상징이다. 이는 영국과 한국 사이의 물리적인 시간 차이만을 의미하지 않는다. 세상과 '나'의 심리적인 거리, '내' 슬픔을 공유할 수 없는 데에서 오는 타자와의 심리적 거리를 뜻한다. 그와 동시에 남편의 죽음 이전에는 '나'가 결코 인식할 수 없었던 세상을 알게 된 뒤늦은 깨달음이다. 시차는 '나'가 부모의 세계를 인식하는 즉물적인 태도에서도 나타난다.

　"환자와 보호자의 침대 높이가 달라 고개 들어 엄마를 올려 본 기억이 있다. 내 몸이 다 자라기 전(중략)... 중학생 때까지 그런 시간이 있었다. 사람 얼굴을 보려면 자연스레 하늘도 같이 봐야 하는. 아이들을 길러내는 세상의 높낮이가 있었다...부모와 자식 사이에 영원히 좁혀질 수 없는 시차를 유년 시절 내내 예습한 기분이었다. 하지만 그때만 해도 그건 나이든 사람들의 이야기인줄만 알았다."

남편의 죽음 이후에 '나'는 일상을 추체험하게 된다. 서로의 입김을 불어넣으며 안방 침대 누워서 쏟아내던 험담과 은밀한 대화, 남편이 다정하게 '나'를 다독이던 말은 수시로 찾아와서 내 입가에 어색하게 맴돈다. 그때마다 '나'는 "유리벽에 대가리를 박고 추락하는 새"와 같은 아픔을 느낀다.

"남편을 잃기 전, 나는 내가 집에서 어떤 소리를 내는지 잘 몰랐다... (중략) 남편이 세상을 뜬 뒤 내가 끄는 발소리, 내가 쓰는 물소리, 내가 닫는 문소리가 크다는 걸 알았다. "물론 가장 큰 건 '말소리', 생각의 소리"이다.

상실감을 견딜 수 없는 '나'는 당신의 체취가 스며있는 '집'을 떠나 스코틀랜드로 거주지를 옮긴다. 다들 휴가라도 떠난 듯 사람이 보이지 않는 황량하기 그지없는 에딘버러의 주택가, 하루에도 몇 번씩 비가 오다 개는 스코틀랜드의 음울한 하늘은 '나'의 심리적 국면이다. 전압과 수압이 낮고 사람의 온기가 느껴지지 않는 '댄과 수연씨가 없는' '댄과 수연씨의 집'에서 '나'는 한국에서보다는 덜 외롭다고 느낀다. "몬스터에게는 몬스터의 본분이 있듯 이민자에게는 이민자의 자리가, 유학생에게는 유학생의 자리가 정해져 있다"고 생각하며 개 한 마리 얼씬대지 않는 적막한 타국에서도 '나'는 다시 고립된다. 그런 '내' 존재를 확인해주는 건 영수증에 찍힌 카드결제 내역밖에 없다.

한편, 이 작품에서 서술되는 애도는 양가적이다. 남편을 잃은 상실감 때문에 무력해진 '나'는 직장마저 그만두고 슬픔에 함몰되어 있다. 그러나 그 이면에는 애도의 고통에 쓸려가지 않게 새로운 위로의 길을 찾는 '나'가 존재한다. 스코틀랜드에 오라는 사촌언니의 조언을 '나'가 받아들이는 건 타인의 불필요한 시선에서 벗어나고픈 마음 때문만은 아니었다. '내' 마음 한구석에는 현석과의 추억이 도사리고 있다. 그 기억이 '나'에게 유예된 욕망을 불러일으키며 "인정하고 싶"진 않지만" '나'가 시간의 물살에 쓸려가지 않게 도와"주며, '나'를 영국으로 떠나게 한다. "옅은 후회와 부끄러움이 밀려들"지만 '나'는 몇 번이나 품을 들여, 소원해진 친구로부터 현석의 연락처를 끝끝내 알아낸다. 남편의 죽음 이후 여행을 다니지 않고, 새로운 친구를 사귀지도 않던 '나'는 샴푸를 두 번이나 하고, "오랜만에 손발톱을 깎"고, 원피스를 차려입고 옛 남자친구를 만나러간다. 약소 장소인 중국식당에는 마네키네코가 팔을 휘적거리고 있다. 행운을 기원하는 일본인형, 국적불명의 마네키네코에게 다정한 웃음을 보이는 '나'. 그와 같이 "맑은 파랑을 등지고 앉"은 현석의 얼굴에서 지나간 세월을 유심히 살피며 안도하고, 배우자와 같이 친밀한 사이에서 나눌 법한 대화를 건네며 '나'는 작은 미소를 보이기도 한다.

현석과 농담도 하며, 오랜만에 기분이 즐거워진 '나'는 지금 "방심"상태에 있다. 남편과 '나' 사이의 사랑 이야기를 잘 알고 있는 현석과 대화하면서 말이다. 그리하여 '나'는 "남편이 서울 어딘가를 걷고 있을 것만 같은 착각"마저 느낀다. 현석과 대화를 나누는 중간 중간에도 '나'는 밑바닥까지 절망에 빠져서 침착함을 잃지 않으려 하고, '나'를 둘러싸고 있는 모든 것들을 울적하게 만들지 않으려고, 무진 애를 쓴다.

그러나 '내' 안간힘은 남편의 죽음을 모르는 현석이 남편의 안부를 묻자, 중국식당의 계통 없는 조잡한 인테리어처럼 맥락 없이 그만 "허물어지고" 만다. 말로 다할 수 없을 만큼 격렬한 감정 상태에 빠지며 아이처럼 엉엉 울며 주저앉아 버리는 것이다.

이 지점에서 인간의 복잡한 내면과 아이러니가 빛을 발한다. 사랑과 죽음, 공허와 추억, 애도와 욕망이 일으키는 이상한 '모순'에서 예기치 않은 사건이 일어난다. '나'를 측은하게 여긴 현석이 손이 '내' 얼굴을 감싸자 '나'는 그의 눈꺼풀에 입술을 맞추는 돌출 행동을 한다. "질문과 동의가 담긴 눈으로 서로를 바라"보다 둘의 호흡이 엉기는 단계까지 이르게 되지만 두 사람의 관계는 더 이상 발전하지 못한다. '내' 몸 한복판에는 남편을 잃은 상처가 야기한 심각한 피부병이 버티고 있기 때문이다.

뒤늦게 피부병을 떠올리며 당황한 '내'가 방안이 이미 어둡다는 것도 모르고, 황급히 "불을 꺼야한다는 생각만으로 황급히 스탠드 줄을 잡아"당기자 주위가 갑자기 밝아진다. 혐오스런 피부병이 드러나게 되는 이 대목은 상처의 온전한 치유 없이 '나'가 일상으로 돌아가지 못한다는 암시에 다름 아니다. 여기에서 주체가 애도의 고통을 벗어날 수 없다면 일상으로 돌아갈 수 없다는 모순이 제시된다. 데리다식으로 말하자면 애도는 '나'가 잃어버린 대상에게 쏟았던 애정을 철회하여, 다른 대상에 부여하여 치유할 수 있는 단순한 과정이 아니다.

이 소설에서 메타포로 작용하는 '장미색비강진'이란 피부병은 '나'가 겪고 있는 고통의 실체이다. 그 깊은 슬픔은 타인과 공유마저도 불가능하다. '내' 몸의 흉측한 상처에 대한 밀착된 묘사가 소설의 중심부를 관통하는 이유가 여기에 있다. 그것은 둥그스름한 분홍색 반점으로 시작하여 나중에는 '나'의 몸뚱어리를 거의 대부분 뒤덮는다. "분홍빛에서 검붉은 색을 지나 연한 갈색으로 변하여 비늘처럼 반질거리는 그 반점들은 허물이 내려 앉고 벗겨지길 반복하며, 나중에는 그 위로 인설이라는 살비듬이 내려앉아 파들거리기"까지 한다. "벌레에 물린 게 아니라 벌레가 된 기분"을 안겨주는 반점들은 '나'가 겪고 있는 상실의 고통이 얼마나 끔찍한 것인지를 감각적으로 보여준다.

그런데 '나'가 겪고 있는 피부병은 겉으로 드러나는 부위에는 이상이 없으며, 남들이 볼 수 없는 "배와 등, 허벅지와 엉덩이"에만 심한 흔적을 남긴다. 게다가 이 상처는 매일 매일 고통스럽게, 구체적으로 '내'가 홀로 감각해야 하는 것이다. 끔찍한 반점의 자리에는 "허물이 새살 처럼 계속 돋아"나고, '나'에겐 그 것이 "마치 '죽음' 위에서는 다른 건 몰라도 '죽음'만은 계속 피어날 수 있다는 말처럼 들린다. 죽음을 표시하는 조화(弔花)와도 같은 내 "몸통 가득 하얗게 허물 덮인 열꽃"은 치명적이며 쉽게 극복할 수도 없는 트라우마를 비유하는 그로테스크한 상징이다. "한국에서부터 몸에 들어붙어, 영국까지 따라와 기어이 같이 귀국"한 반점은 애도가 불가능한 남편과의 사별이 가져다 준 상실을 드러내는 데 모자람이 없다. '나'는 결국 더 깊어진 반점(상처)을 지닌 채 귀국한다. '나'는 몸과 마음을 빈틈없이 채우고 있는 상처와 싸우며 이대로 침전해 갈 수밖에 없을까. 실의에 잠겨 비참과 절망을 아슬아슬하게 경유하던 '내' 발끝은 남편과 '나'가 생일을 조합해서 만든 비밀번호가 있는 '집'을 향한다. 스코틀랜드에서 현석을 만나고, "처음으로 댄과 수연언니가 쓰는 안방 침대를 사용한 걸 깨"닫고, 비릿한 자괴감을 느끼던 '나'였다. 이제 '나'는 한줌의 온기 같은 "당신과 내가 만든" 그 공간의 냄새"를 말으며 태아처럼 깊은 잠에 빠져든다.

2. 애도의 윤리

'내'가 외로움을 견디기 힘들 때마다 찾는 말 상대는 스마트폰 음성인식프로그램인 '시리'이다. '나'는 시리에게서 특별한 자질 "인간들에게서 찾을 수 없던 덕목"을 발견한다. 그것은 '예의'이다. 시리의 '예의'는 일종의 도덕률, 당위적 윤리와도 같다. 기계는 특별한 대가나 결과를 바라지 않고, 무조건적으로 상대방에게 반응한다. 시리에게서 편안함을 느낀다는 문장을 통해 '나'가 사람들에게 느꼈던 불편함이 드러난다. 틀에 박힌 주변 사람의 시선과 위로는 나에게 위선처럼 들렸을 테고, 죄책감과 고통에 마음 편하게 웃을 수도 없었을 것이다.

하지만 '내'가 묻고 시리가 답하는 것이 진정한 대화일 수는 없다. 시리는 자신의 내부에 프로그램화된 규칙대로만 행동한다. "누군가의 상상을 상상하는"(284쪽)의 프로그램에 따라서 반응할 뿐이다. 그런 시리의 예의가 지닌 한계는 분명하다. 시리는 인간인 '나'의 감정을 결코 공감할 수 없으며, 당연히 '내' 슬픔을 나눠가질 수도 없다. '나'는 "진심으로 궁금한" 질문, 즉 "고통이란 무엇인가요?"와 같은 질문을 하지만, 인간의 고통을 느낄 수 없는 시리는 검색결과를 보여줄 뿐이다. '내'가 느끼는 처연한 고통에 공감할 수 없는 기계에게 '나'는 "멍청아!"소리를 지를 수밖에 없다. '나'가 "내 고통에 의미가 있냐?"(304쪽)와 "당신도 영혼이 있나요?"와 같은 난제를 거듭해 던지자 시리는 머뭇거린다. 그런 반응은 "저 먼 데서 '누군가의 상상을 상상하는' 한 인간이 이런 일을 예상하고 희미하게나마 걱정을 담아 넣은 문장"(305쪽)인지도 모른다. 이런 면에서 표정을 알 수 없는 "다정하지만 황폐한" 시리의 얼굴(화면)과위태롭게 서 있는 지은의 투박한 글씨는 확연하게 대비된다. 지은의 편지는 '나'에게 뚜렷하게 감각되는 애도였다. 그래서 "뭐라 드릴 수 있는 말이 없다"는 그녀의 말은 예전에 내가 쉬리에게 물었던 대답과 같지만, 나에게 주는 울림이 다를 수밖에 없다.

'나'에게 지은의 편지는 "사라진 사람들의 언어"와도 같다. 예의바른 시리가 대답하지 못한 말, 남편이 한 '선택'과 '고통'을 '나'는 이해할 수 없었다. 편지를 읽기 전까지 지용의 '손'을 잡은 남편의 온전한 선택은 '나'에게 해독될 수 없는 먼 곳의 언어였다.

지은은 팔에 마비가 와서 편지도 쓸 수 없고, 혼자서 생활하기도 어려운 몸이다. 가족에게 버려지고, 유일한 혈육인 동생마저 잃은 처지다. 이런 상황에 처한 지은이 '나'에게 전하는 애도는 사촌언니의 어색한 위로(276쪽), 현석의 침묵, 쉬리의 예의와는 비교가 되지 못 한다. 혈연관계가 아닌, 타자의 아픔까지도 위로할 수 있는 영혼을 지닌 지은을 통해 상실을 초극할 수 있는 인간의 품격을 가늠하게 된다.

"겁이 많은 지용이가 마지막에 움켜쥔 게 차가운 물이 아니라 권도경 선생님 손이었다는 걸 생각하면 마음이 조금 놓여요. 이런 말씀 드리다니 너무 이기적이지요? 평생 감사드리는 건 당연한 일이고 평생 궁금해하면서 살겠습니다.

시리처럼 슬픔을 공감할 수 없는 관찰자가 바깥에서 건네는 예의바른 위로가 '나'에게 도움이 될 수 있을까? 나'에게 여행을 권하는 사촌언니의 배려, 할 말을 찾지 못하고 침묵하는 현석의 태도는 모두 인간이 일컫는 '예의' 수준의 윤리에서 작동하는 것이다. '나'가 가장 오래 붙든 문제인 "사람이 죽으면 어떻게 되나요?"를 묻자 시리는 "죄송해요, 잘 못 알아들었어요."(304쪽) 세 번이나 연거푸 혼자서 말한다. '나'에게 성실하게 반응"하지만, '내' 깊은 상처에 접근하지는 않는다. 쉬리의 침묵은 상대방의 상처나 난제에 다가가서는 안 된다는 기계의 규칙이다. 쉬리가 지하철 안내방송과 같이 "누군가에게 목적지로 가는 법은 말해줄 수 있어도, 거기까지 함께 가주지는 못할 친구"처럼 느껴진다 해도 이상할 것은 없다.(305쪽)시리는 내 공허를 채워줄 수 없다.

인간의 윤리도 어디까지나 상대방과 나 사이의 거리를 설정한다는 전제 아래서 이루어진다.이 작품에서 '나'가 겪고 있는 상실의 고통은 타인과의 공유가 불가능하다. '내'몸에서 파열의 상처를 읽어내고 "현석의 동공과 입이 서서히 벌어지는 게 보"이고, 그가 결례가 되지 않는 말을 찾으려하지만 세상에 그런 말은 없다. 그러나 말로 다 할 수 없는 인간의 슬픔은 결국 언어로밖에 표현할 길이 없다.(309쪽) 인간에 대해 어떻게 생각"하냐는 '내' 물음에 "뭐라 드릴 말씀이 없"다는 시리의 답과 지은의 말이 두 번 반복되는 것은 의미심장하다. 이 대목은 애도가 언어의 매개 없이는 가능하지 않다는 '말'에 대한 사유와 같다. 언어가 말의 형태로써 공감을 전달하는 수단이고, 애도와 불가분의 관계에 있다는 것을 제기한다.

「어디로 가고 싶으신가요」는 언어의 본질을 환기시킨다. 그와 같은 차원에서 '나'가 엄마의 병실에서 눈높이를 맞추려 노력하며, 기계이지만 "쉬리가 내 말을 쉽게 이해할 수 있도록 '나'가 잘라서 말을 하는 것"이 제시되고 있다.

그런데 나와 타자 사이에 설정된 윤리적 관계로서[2] 언어에 대한 깊은 통찰이 제시되는 이 지점에서 나를 일으켜 세우는 답은 상실한 존재에 대한 지각을 통해서이다. 나는 남편의 죽음 이후에도 실재하는 대상으로서 남편을 기억한다. 그리고 그 흔적을 여전히 느끼지만 그는 '내' 곁에 없다. 아이러니하게도 '나'를 위로하는 것은 '내'가 애써 그 존재를 부정하던 지용이, 바로 남편이 구하려던 지용이의 누나가 쓴 편지다. 얼굴도 알지 못하면서 상대의 고통을 생각하며 손으로 꾹꾹 눌러쓴 지용이 누나의 편지만이 나를 위로한다.

3. 슬픔의 연대 그 '사이'에서

지은의 편지가 '나'에게 위로가 될 수 있었던 이유는 고통이 무엇인지 아는 사람의 말이기 때문이다. 이제 '나'가 감당해야 하는 애도는 새로운 국면을 맞게 되었다. 남편이 구하려 했던 제자의 누나, 지은이 보낸 편지를 읽는 대목에서 '내'가 남편에게 품었던 의문은 새로운 가능성으로 자리를 바꾼다. 지은이 '나'에게 편지를 보낼 수 있었던 것은 '내' 아픔에 공감했기에 가능했을

---

2) "인간의 언어는 자신의 속을 비워내어 화자가 말하기 위해서는 언제나 떠맡아야하는 어떤 형식을 자신 안에 마련한다는 사실에, 다시 말해 화자와 그의 언어 사이에 설정된 윤리적 관계가 있는 것이다." 조르조 아감벤, 정문영 역, 《언어의 성사》, 새물결, 146쪽.

것이다. 지은은 꿈에 나타나서 "누나 키워주고 업어줘서 고마워. 누나 혼자 있다고 밥 거르지 말고 꼭 챙겨 먹어"라고 말한 동생을 보고서야, "권도경 선생님과 사모님이 떠올랐"던 것이다. 그때서야 지은은 "저는 지금도 지용이가 너무 보고 싶어요. 사모님도 선생님이 많이 그리우시죠?"라는 진정한 애도의 말이 담긴 편지를 쓴 것이다.

남편이 구하려던 지용은 부모를 잃고 누나와 단둘이서 살아왔으며, 누나는 몸이 아파 학교까지 관둔 상태였다. 갑자기 마비가 와 오른쪽 몸을 쓸 수 없게 된 누나가 힘들게 써서 보낸 편지를 보며 '나'는 위안을 얻는다. 이는 사랑하는 이를 잃어서 괴로워하는 사람을 발견한 동질감에서 오는 것이다. 지용의 누나는 "요즘은 집이 너무 조용해 제가 제 발소리를 듣다 놀라요"라고 고백한다. 그 경험은 남편을 잃은 '나'가 그대로 겪고 있던 것이다. 타인에게 마음을 닫고 있던 '나'가 지용이 누나에게 공감할 수 있었던 것도 상실에 대한 서로의 아픔이 같았기 때문이다.

지용이 누나가 전하는 "뭐라 드릴 말씀이 없어요."는 '나'가 인간의 정의를 물었을 때 시리가 들려주던 대답이다. 그런 지용이 누나의 위로는 '나'를 배려하는 인간의 예의와 다르며, 제 감정을 드러내는 지은의 태도는 '나'의 그것과도 대비된다. 제 안의 결핍에 시달리는 '나'는 타자에게 다가서지 못한다. 지용이 누나의 진심어린 걱정에 '나'는 흔들린다. 그리고 타인과의 관계에서 자기 책임을 다하지 못했음을 뒤돌아본다.

'사모님 혼자 계시다고 밥 거르지 말고 꼭 챙겨 드세요' 혼자 남은 그 아이야말로 밥은 먹었을까. 얼마나 안 먹었으면 동생이 꿈에까지 나타나

부탁했을까. 그제서야 내가 남편이 누군가를 구하려다 자기 삶을 버린데 화가 난 마음을 알 수 있었다. 잠시라도, 정말이지 아주 잠깐만이라도 우리 생각은 안 했을까. 내 생각은 안 났을까. 떠난 사람 마음을 자르고 저울질했다.

이러한 애도의 과정을 통해 '나'는 자신이 아닌 누군가를 처음으로 걱정하기 시작한다. 홀로 사는 데 무리가 없는 '나'보다 어쩌면 더 힘든 상황과 고통에 빠져있을 "혼자 남은 그 아이야말로 밥은 먹었을까? 얼마나 안 먹었으면 동생이 꿈에서까지 부탁했을까?"라며 지용이 누나를 떠올린다. '나'는 이제 시리가 아닌, 다른 살아 있는 인간과의 관계를 시작하게 된 것이다.

이 지점에서 지용의 누나인 지은과 도경의 아내인 '나'는 좀 더 중요한 핵심적인 의문을 공유한다. 그것은 "그때 권도경 선생님이 우리 지용이의 손을 잡아주신 마음"이 과연 무엇인가란 의문이다. '나'에게 남편이 아이를 구한 일은 "온전히 자기가 하는 선택"에 해당하는 차원이다. 남편에게는 아이를 가질 계획을 품고 자신을 기다리는 '나'가 있었다.

따라서 남편의 죽음을 받아들여야 하는 '나'에게 그가 목숨을 버릴 수도 있는 행동을 한 이유는 반드시 해명되어야만 하는 과제가 된다. 지용의 누나가 보낸 편지를 보고 '나'는 "당신을 보낸 뒤로 줄곧 궁금한 무엇과 만난 기분"을 느끼는데, 그것은 '나'가 지용의 누나가 보낸 편지에서 자신과 같은 의문을 갖고 있음을 깨달았기에 가능한 일이다. 그 편지는 '나'에게 남편의 마지막 '선택'을 이해할 수 있게 해 준다.

지용이 누나의 편지를 읽기 전에 '나'는 지용을 살아 있는 생명으로 충분히 느낄 수가 없었다. 현석과 남편의 과거를 회상하면서 내가 남편을 살아 숨 쉬는 대상으로 느꼈던 것과 달리 사물화된 죽음으로만 존재하던 지용은 '나'가 편지를 읽은 후에 실체로서 감각된다.

지용은 누나의 편지에서 보듯, 남편과의 관계에서만 존재하는 '대상'이 아니라, 다른 인간관계에서도 엄연히 살아 숨쉬는 '삶'이었다. '나'는 처음으로 지용이 자신의 누나를 사랑하고 걱정하는 생생한 인간임을 깨닫게 된다. '나'는 남편의 마지막 행동도 "'삶'이 '죽음'에 뛰어든 게 아니라" 처음으로 '삶'이 '삶'에게 뛰어든 것으로 이해하게 된다.

얼룩진 문장 위로 지용의 얼굴이 겹쳐 보였다. 살려주세요, 소리도 못 지르고 연신 계곡물을 들이키며 세상을 향해 길게 손 내밀었을 그 아이의 눈이 아른댔다. 당신이 떠난 후 줄곧 보지 않으려한 눈이었다. 나는 당신이 누군가의 삶을 구하려 자기 삶을 버린 데 아직 화가 나 있었다. 잠시라도 정말이지 아주 잠깐만이라도 우리 생각은 안 했을까, 내 생각은 안 했을까. 떠난 사람 마음을 자르고 저울질했다. 그런데 거기 내 앞에 놓인 말들과 마자하자니 그날 그 곳에서 처음 제자를 발견했을 당신의 모습이 그려졌다. 놀란 눈으로 하나의 삶이 다른 삶을 바라보는 얼굴이 떠올랐다. 그 순간 남편이 무엇을 할 수 있었을까.......어쩌면 그날, 그 시간, 그 곳에서 '삶'이 '죽음'에게 뛰어든 게 아니라 '삶'이 '삶'에게 뛰어든 것일지도 모른다는 생각이 들었다. 처음 드는 생각이었다.

이 작품의 결말은 '줄곧 보지 않으려 한' 힘겨운 진실을 '나'가 마주한 후에야 떠나간 이에 대한 애도 역시 가능하다는 평범한 사실을 자각하면서 끝을 맺는다. 인간의 존엄을 확보해 줄 수 있는 이 '끝나지 않는 애도'는 작품의 마지막 문장, "허물이 덮였다 벗겨졌다 다시 돋은 반점 위로 도무지 사라질 기미를 보이지 않는 얼룩 위로 투두둑 흘러내렸다. 당신이 못 견디게 보고 싶었다."로 분명하게 확인할 수 있다. 이것은 '나'가 남편과 지용의 누나를 바라보고, 올바르게 이해하는 것이 지난날의 상처로부터 벗어나기 위한, 손쉬운 애도를 위한 중간 과정이 아니었음을 증명하는 것이다. 진정한 애도는 '나'가 상실의 고통을 받아들이는 데에서 출발한다.

데리다의 말을 빌리자면 우리가 어떤 대상을 사랑하고 있을 때, 그에 대한 애도는 이미 시작된 것이라고 한다. 그리고 애도는 끝없이 계속되는 것이고, 그래서 애도에 완성이나 종결은 없는 것이며, 애도는 실패해야 그것도 "잘 실패해야" 성공하는 것이라고 한다. 이는 인간의 존엄을 확보해 줄 슬픔 그 자체에 함몰되기 위해서라기보다는 '타인의 몸 바깥에 선 자신의 무지를 겸손하게 인정'하는 일과 '그 차이를 통렬하게 실감해나가는 과정'을 통해 진정한 애도에 이르기 위한 필수적인 과정이다.[3]

우리는 과연 자신의 고통과 동등한 자리에 타인의 고통을 가져다 놓을 수 있을까. 그 날카로운 물음은 누구도 나만큼 고통스럽지 않다는 억울한 마음의 한 자락을 찢고 들어온다. 이 작품의 한 끝에는 교사인 아들의 죽음만을 안타까워하며 지용의 존재를 인식하지 못하는 어머니의 애도를 비판하는 목소리가 존재한다.

그런 점에서 지용을 구하려던 남편의 '손'은 또 다른 문제를 제기한다. 바로 타인을 향한 연대의 몸짓이다. 가족이 아닌 자신보다 더욱 고통스런 타인을 향해 내밀어진 남편의 '손'과 지은의

---

3) 김애란, 「기우는 봄, 우리가 본 것」, 『눈먼 자들의 국가』, 문학동네, 2014, 18쪽.

손은 연장선에 놓여 있다. 남편의 손이 허우적거리는 지용이의 손을 잡고 삶을 건너갔듯이 이제 차갑던 '내' 시선은 타자에 대한 공감이란 따뜻한 좌표로 이동하게 되었다. 사회적 애도가 선행되지 않는 한 개인의 진정한 애도 또한 불가능할 터, 타자의 아픔을 깊게 바라보고, 슬픔을 공유하는 애도만이 위로가 된다.

「어디로 가고 싶으신 가요」는 말에 대한 사유와 애도의 윤리를 환기시키면서 애도란 망각하기 위한 것이 아니라 영원히 기억하기 위한 작업이란 것을 일깨우는 감동적인 작품이다. 인간의 '말'을 통해 전해지는 사회적 공감과 가치를 환기하면서, 틀에 박힌 위로의 말이 아닌, 온기를 담은 애도의 말로써 타인의 고통을 소통 가능한 지평으로 확장하고 있다.

세계를 바라보는 반역의 룰
— 김금희, 「체스의 모든 것」

김금희는 '체스의 룰'이라는 모티프를 통해서 인간의 숨겨진 욕망과 고통을 드러내고, 체스가 아닌, 좀 더 근원적인 문제를 환기시킨다. 이 작품은 일견, '나'와 대학 시절을 함께한 이들에 대한 후일담, 혹은 인물들의 삼각관계를 연상하게 하지만, 이 소설에서 체스는 하나의 상징이다. 중심인물은 체스의 표준규칙에 집착하는 노아 선배와 그것에 반기를 드는 국화, 그 주변을 맴도는 '나', 세 사람이다.

사건이 중심축은 단지 체스의 룰 때문에 벌어지는 노아 선배와 국화의 충돌만은 아니다. 세 사람은 서로 다른 관점으로 상대를 바라보고, 제 각각의 진실을 이야기한다. 그런 점에서 「체스의 모든 것」의 서사는 다층적이다. 도입부에서는 노아 선배의 수치심에 관한 이야기와 국화의 서사가 펼쳐진다. 그 이후에 노아 선배와 국화의 갈등과 실패를 바라보며 모두가 그렇게 "한심하지는 않았다"고 말하는 화자, '나'의 고백적인 서사도 이 소설의 중심축을 형성한다.

그러나 「체스의 모든 것」이 몇 번의 실패를 통해 그들이 기성세대가 되었다는 통과의례식의 이야기를 하려는 것은 아니다. 이 작품의 묘미는 중심서사를 배경으로 세계사적 진실을 치밀하게 구조화함으로써 한국 사회의 근본문제를 투시해 들어가는 데 있다. 김금희는 이 작품을 통해서 개인과 개인, 집단과 집단, 과거와 현재가 상호작용하는 복잡한 세계의 일관된 흐름과 모순에 주목한다. 작품에 등장하는 세 사람은 국민의 정부시절, 세기 말의 불안과 IMF와 같은 거대자본의 어두운 이면을 체험한 밀레니엄 세대이다. 이런 시대상을 관통하며 김금희가 겨냥하고자 하는 칼끝의 진실을 탐색해보자.

1. 이미지의 배반

「체스의 모든 것」의 첫 문장은 대학시절, '내'가 좋아했던 노아 선배에 대한 서술로 시작된다. '나'는 영미 잡지 읽기 대학 동아리에서 노아 선배를 만난다. 그는 가족이 있는 서울에 살면서도 자취하는 이유를 "가족에 대해서라면 기대가 늘 배반당했다고만 해두자"란 말로 나를 매혹시킨다.

그런데 이 '배반'이란 기표는 「체스의 모든 것」을 이해하는 데 중요한 실마리가 된다. 노아 선배는 '이것은 파이프가 아니다'의 파이프를 퍼피로 잘못 읽고, 자책하며 무척 괴로워한다. (12쪽) 그 뒤에도 노아 선배는 "이건 ○○이 아니다 (중략) 학생의 권리를 위한 것이 아니고 국민의 정부에서 일어날 만한 일이 아니다."란 말을 되풀이하고, 그 부정적 어투는 동아리에서 유행이 된다. 이 소설의 시간적 배경이 된 1999년은 노스트라다무스에 의해서 세계의 멸망이 예언된 해였다.

그 아니다, 라는 말은 부정의 뉘앙스를 띠면서도 권위적이지 않았고

1999년의 세기말 분위기와 잘 어울렸다. 블랙홀처럼 모두를 빨아들여 유사 빅뱅의 상태에서 무언가를 탄생시킬 듯한 밀레니엄에 대한 기대와 불안에 알맞은 것이었다. (12쪽)

　　1999년은 세기말의 불안과 함께 새천년에 대한 기대감도 증폭되던 시기였다. 각계각층에서 21세기에 대한 장밋빛 예측이 쏟아졌기 때문이다. 국민의 정부는 국정 전반의 개혁, 경제난의 극복, 국민 화합 실현, 권위주의 청산을 천명했다. 부푼 희망과 함께 1998년 2월에 국민의 정부가 출범했지만 IMF 사태의 여파를 비켜가지는 못했다. 3300여개의 기업이 도산했고, 대량해고를 낳았다. 1999년 2월 8.7%란 실업률은 당시의 상황을 잘 보여준다. 따라서 「체스의 모든 것」에서 노아 선배의 '이건 ○○이 아니다', 란 되풀이는 기대를 배반한 시대 상황에 대한 부정적 기류를 대변한다. 이는 마그리트의 그림이 이 소설의 전면에 배치되는 것과 무관하지 않다. 노아 선배는 마그리트의 그림을 "미술관의 금테가 넝쿨처럼 장식하는 호화로움의 스퀘어 속에" 갇힌 "반역의 이미지", "이해 불가능의 자기기만"이라고 비판한다.

　　그러나 노아 선배 역시 반역의 이미지를 연기(演技)하는 것에 불과하다. 그는 자신이 연장자임을 내세워 체스의 선(先)을 고집하며 국화와 대립한다. 이런 태도는 관습적 사고를 비판하며 권위적인 선배와 교수들과 자주 싸우던 그의 이미지와 모순된다.

　　그의 과장된 포즈는 상대(국화와 '나')의 고통스러운 절박함에 대해서는 무신경으로 일관하기 때문에 우스꽝스럽다. '우울한 청춘의 이미지'를 연기하면서 그 우울을 못 견디고 자학한다거나 피비케이츠를 닮은 미인과 결혼하는 것도 이를 방증한다. 노아 선배는 "반역의 이미지화"를 연기하다 실패한 것일 뿐이다.

　그렇지만 반역적 이미지와 사랑에서조차 실패한 현실이 노아 선배의 서사만은 아니다. 이제 그들의 이야기는 단편적 진실이 아닌 다면적 진실,「체스의 모든 것」이 아닌, 삶의 본질을 향해 나아간다.

2. 인식의 오류

　「체스의 모든 것」의 시간적 배경은 1999년이다. 당시 밀레니엄버그에 대한 우려는 심각할 만한 수준이었다. 밀레니엄 버그란 컴퓨터가 2000년 이후의 연도를 제대로 인식하지 못해서 생기는 결함을 뜻하는데, 이는 연산 결과를 왜곡시키고 통신 시스템을 마비시키며, 대재난을 발생시킬 것이라 예측된 바 있다. 따라서 세계가 새천년으로 들어서는 동안 사람들은 밀레니엄버그로 비롯된 시스템 붕괴에 촉각을 곤두세우고 있었다.

　그러나 새로운 세기에 진입하자마자 깊은 안도의 한숨 소리가 새어나왔다. 일본에서는 휴대전화 문자 메시지가 삭제되는 오류가 몇 건이 보고되었고, 미국에서는 도박기계가 고장 났다는 신고가 있었지만, 그 외에는 아무 일도 일어나지 않았기 때문이다. 세상은 전날과 다름없이 계속되었다.

　이때 Y2K버그라고 이름 붙여진 이 문제의 코드를 추적해서 네 자리로 수정한 기업들은 어마어마한 비용을 벌어들였고, 거대자본의 부만 축적되는 결과를 낳았다. 체스 게임에서 선을 잡는 사람이 유리한 것처럼 언페어한 자본의 세계에서는 이미지를 포장하는 힘과 기술을 가진 자가 헤게모니를 움켜쥔다. '비운의 문자삐삐'가 퇴출된 것처럼 강자에 의해서 합의된 룰이 여전히 세계를 지배한다. 세계가 뒤집힐 거란 기대는 배반당했다. 「체스의 모든 것」에서 밀레니엄 버그는 소유의 독점과 자본주의의 인간 소외를 드러내기 위한 장치이다. 이렇게 물화된 사회에서 인간은 마치 사물처럼 인식된다. 인간은 생산 활동을 하는 자가 아니라 자신이 통제할 수 없는 소외의 산물로써 노동을 경험하게 된다.

그러나 전락하는 인물들의 상황과 달리 자본의 세계는 빠르게 발전한다. 밀레니엄의 불안을 무사히 빠져나오고, 삐삐 따위와는 비교할 수 없을 정도로 뛰어난 기능의 스마트 폰을 너나없이 들고 다니게 되었다.

> 새천년의 일상은 그 전이나 후나 허무할 정도로 같았고, 우리의 모든 것을 날려 세상의 온갖 '소유'를 삭제할 듯했던 밀레니엄 버그도 작동하지 않았다. 그저 일상의 연속이었고 다만 놀라운 건 휴대전화 가격이 놀랍도록 저렴해져서 누구나 하나씩 갖게 되었다는 점이다.(22쪽)

무선호출기와 문자삐삐가 사라지고 휴대폰을 통해 인간관계가 이어지게 된다. 대부분의 현대인이 이 사물을 통해 관계를 맺고 살아간다. 이 지점에서 간과되는 본질은 스마트폰이란통신체계의 핵심이 바로 '인간'이라는 사실이다. 문제의 핵심은 세계의 질서가 객관화되었더라도 그것이 인간에 의해서 만들어졌다는 것을 스스로가 인식하느냐의 여부이다. 따라서 "대상에 대한 정확한 독해"가 사회의 변화를 완수한다.(26쪽)란 '나'의 말은 의미심장하다. 여기서 말하는 인식의 오류란 전형적으로 인간과 세계 사이의 진정한 관계를 뒤집는 것이다.

하지만 그런 흐름 속에서도 국화는 무선 호출기와 휴대전화 사이에 잠깐 유행한 비운의 상품 문자 삐삐를 계속 사용했다. 전화를 걸어 상담원에게 할 말을 하면 삐삐 화면에 한글로 찍어주는 시스템이었다. 그리고 결과적으로 그 문자 삐삐 탓에 선배와 나 그리고 국화의 이상한 관계는 끝을 맺게 되었다.(22쪽)

그런 사물의 하나인 휴대폰에 대한 국화의 매몰찬 태도는 '나'와 대비된다. 노아 선배의 선물이란 점 때문에 더 환상적인 무지갯빛. 그 종이에 포장된 휴대폰 때문에 '나'가 상실감을 느끼지만 국화는 화를 낸다. 국화의 말마따나 기술의 진보가 모든 사람들에게 진정한 발전이며, 진보였던 것은 아니다.

"그거 참 좋았는데 우리 부모가 문맹이라서 부모 말이 그렇게 한글로 찍히는 게 신기하고. 지금은 없어졌지. 아무도 그런 거 안 쓰지. 그러고 보면 세상이 딱히 더 좋아지는 건 아니야."(29쪽)

「체스의 모든 것」은 세계의 구조적인 모순과 자본의 세계에 함몰된 사람들을 파헤친다. 그 대열의 제 일선에 노아 선배가 서 있다. 이혼하고 우울증이 더 심해진 노아 선배는 한참 후에 '나'를 찾아와 자신의 실패담을 들려준다.

회사를 그만 둔 노아 선배가 하루 종일 사람들을 만나러 다니면서 타인의 명함을 돌렸는데, 아무도 이상한 줄 몰랐다는 이야기는 물화된 사회에서 개인이라는 존재의 무의미함, 또는 무가치함을 드러내는 것이다.(27쪽) 국화의 현실 또한 마찬가지다. 그녀는 세상에 대한 불신과 모욕을 감내할 수 없는 상황에서 자살 충동을 느낀다. 자살 방지를 위한 핫라인에 전화 걸지만 자신의 주민등록 번호를 묻자 분노에 휩싸인다. 그리고 살기 위해 수치심을 삼켜야했을 때 노아 선배의 모욕을 떠올린다.(29쪽) 이런 장면은 물화의 극단적 묘사로써 비인간적 사회 상황을 투영한다.

"노아 선배가 국화와 재회를 이어가지 못할 때 관계가 끝"날 것이란 대목은 '나'가 사람과 사람 사이의 관계에 대해 고민한 흔적을 담고 있다. 어떤 방식으로든 사람과 사람 사이는 연 결되어 있기 마련이다.

따라서 '나'가 오랜 시간이 흘러 국화를 만나는 장소가 '자유' 공원이란 점은 의미심장하다. 노숙자들이 벤치에 누워 있는 그곳은 개인의 자유와 존엄을 실현할 수 없는 소외의 현장이다. 경쟁에서 낙오된 이들이 배치되어 있는 곳에서 '나'는 노아 선배가 워킹홀리데이로 외국농장에서 일하다 겪은 수모와 모욕감에 대해서 알게 된다. '나'는 비로소 국화를 바라보는 노아 선배의 심정에 대해 실감한다.

콩국수를 먹던 날의 기억 또한 이 감정과 연장선에 놓여있다. 단지 콩국수일 뿐이었지만 설탕과 소금을 선택하는 것에 대한 개인의 기호는 무시된다. 그리고 일부 선배들은 노아에게 사과를 종용한다. 소수의 입장에 귀를 기울이지 않고 주류가 비주류의 요구를 무시하고, 부당한 억압을 가하는 게 일반적이다. 그런 상황은 경제적 약자를 도태시키는 것뿐만 아니라 두려움을 증폭시킨다. 그런 배제에 대한 두려움은 다수의 수평적 연대 대신 선택 받은 자(이기는 자의 얼굴)와 선택받을 수 없는 자 사이의(빈민가의 거리) 구분과 갈등을 만든다. (33쪽)

3. 욕망의 삼각형과 실존을 위한 분투

르네 지라르(R. Girard)는 '욕망의 삼각형'에서 낭만적 거짓을 폭로하고 소설적 진실을 드러내는 것이 위대한 소설의 결말이라고 했다.[4] 욕망의 삼각형은 욕망하는 주체와 대상 사이의 관계를 기존의 직선 구조에서 중개자를 추가한 삼각형 도식으로 설명한다. 주체가 스스로 욕망을 발생시킬 수 없을 때, 자신이 모방할 중개자를 필요로 한다. 중개자를 통해서 암시받고 갖게 된 욕망을 욕망의 삼각형이라고 한다.

(a) 오토바이 헬멧을 든 채 형광등을 등지고 나타난 선배는 외계 행성에 막 도착한 지구인처럼 고독하고 쓸쓸해 보였다. 그 행성에서 노아 선배를 제외한 유일한 생명체, 단 하나의 이브가 된 것 같아 긴장되는 순간이었다. (15~16쪽)

(b) 하지만 술자리가 있던 어느 밤 선배는 나와 길을 걸어 집으로 돌아가다 나는 아직도 국화에 관해 지속된 생각을 해, 라고 잔뜩 취해 더 꼬부라진 영어로 말했다. 걔가 자기는 뭐가 되든 앞으로 이기는 사람이 될 거라고 했던 걸 기억해. (중략) 부끄러우면 부끄러운 상태로 그걸 넘어서는 사람, 그렇게 이기는 사람, 정확히 뭘 이기겠다는 것인지는 모르겠지만 국화는 냉정하고 무심하니까 얼마든지 그럴 수 있으리라 생각했는데 노

---

4) 르네 지라르, 김치수·송의경 역, 『낭만적 거짓과 소설적 진실』, 한길사, 2001년.

아 선배는 그 말이 뭐가 그렇게 감동적인지 얼굴을 두 손으로 가리며 뭐 그런 말이 있냐, 했다. 어떻게 그런 말을 다 해. (25쪽)

선배 얘기를 먼저 꺼낸 건 국화였다. 선배는 잘 지내느냐고 물었고 나는 여러 가지 대답을 떠올렸다가 그렇지 않다고 사실대로 말했다. 우리 사이에는 말이 또 끊겼다. 그러다가 국화가 선배에 대해 오랫동안 자주 생각했다고 말을 이었다. 학원 문을 닫고 한동안 지긋지긋하게 빚에 시달리던 시절에.(29쪽)

(a)에서 알 수 있듯 노아 선배는 '나'에게 선망과 모방의 대상이다. 체스를 둘 줄 몰라 국화와 자리를 바꾸면서 '나'는 굉장한 소외감을 느낀다.(16쪽) 노아 선배와 국화의 관계는 겉으로는 체스의 룰 때문에 다투는 듯하다. 그러나 그들의 관계에서 체스의 룰이 다는 아니다. '나'는 노아 선배와 국화의 싸움 이면에 흐르는 익숙한 기류를 감지한다. '나'는 국화의 억지를 선배가 참는다고 느낄 때마다 마음이 서늘하다. "모든 것을 참아내는 것이란 안 그러면 모든 것을 잃는다는 절박함"(22쪽)에서 비롯되고 그런 감정이 사랑임을 직감하기 때문이다. (b)에서처럼 노아 선배와 국화는 헤어진 후에도 서로를 그리워한다.

이처럼 「체스의 모든 것」의 인물 관계는 삼각구도이다. 모든 것을 노아 선배를 중심으로 생각하는 '나'는 국화의 행동을 이해할 수 없다. 반면 '나'는 노아 선배를, 일상적인 일들에 서투르지만 서툴러서 못 한다기보다는 '다르게' 하는 인물로 이해한다. '내'가 노아 선배에게서 발견한 그 '다름'의 징후들은 그를 "쿨한 우울의 청춘"의 표상으로 만들기에 부족함이 없다. 그래서 '나'는 "어딘가 다른 중력에 사는 듯한" 그를 "그냥 '그렇다'고 있는 그대로" 받아들이고, 그 새로운 감각, '반역의 이미지' 때문에 노아 선배를 동경한다.

그러나 노아 선배가 좋아하는 사람은, 그를 배려하는 '내'가 아니다. 최소한의 예의는커녕 막무가내로 체스의 표준 룰을 부정하고, 억지논리를 펼치며 노아 선배를 분노에 휩싸이게 하는 국화다. 그녀의 무심한 성격이 '나'에게는 때론 공격적으로까지 느껴지는데도 말이다.

그런데 노아 선배는 왜 '내' 가 아닌 국화에게 호감을 보이는 것일까. 노아 선배에게는 국화가 바로 '반역의 이미지'이기 때문이다. 노아 선배는 타인의 눈치를 전혀 살피지 않는 국화에게서, 기존의 룰에 전혀 굴복하지 않고 자신이 옳다고 믿는 룰이 승리할 수 있으리란 믿음, 그 가능성의 희망을 본 것이다. 즉 이 세 사람의 시선은 비록 서로 다른 방향을 바라보고는 있지만, 이들이 서로에게 원했던 것은 결국 같은 욕망, 반역의 이미지였다.

욕망의 삼각형을 이 소설에 접목하여 도식화하면, 나 ⋯>노아 선배, 노아 선배 ⋯>국화(⋯>는 모방하고 싶은 중개자)가 된다. 국화에게 사과를 받으러 갈 때마다 동행을 요구하는 노아 선배의 부탁을 '나'는 거절하지 못한다.

그런데 국화의 단순한 동선은 그녀가 노아 선배처럼 자유분방할 수 있는 20대가 아니라는 사실을 말해준다. 국화는 하루도 빠짐없이 억척스럽게 아르바이트를 한다. 점심은 언제나 학생식당에서만 먹고, 짬짬이 학업에도 매진해야 하는 고학생에게 반역의 '이미지'나 연출하고 있는 노아가 "유아적"으로 보일 수밖에 없다.

가난한 부모를 둔 국화에게 세상은 처음부터 공정하지 않았

을 것이다. 「체스의 모든 것」에서 체스란 바로 그러한 자본의
세계를 지배하는 고정된 '룰'과 같다. 체스의 룰은 그녀가 태어
나기도 전부터 정해져 있는, 언페어하지만 따를 수밖에 없는 기
존 질서에 대한 환유이다. 따라서 국화는 노아 선배의 표준 룰을
맹렬하게 거부하는 것이다. 인천까지 가는 교통비가 5만원이라
말하는 국화의 천연덕스러움 또한 불공정한 세상의 게임에서 살
아남기 위한 생존 본능으로 읽힌다.

따라서 「체스의 모든 것」에서 '이기는 사람이 되겠다.'는 국
화의 다짐은 유의미하다. 그녀의 장래희망이 세속적 성공이나
출세를 의미하는 것이 아니라 '부끄러우면 부끄러운 상태로 그
걸 넘어서는 사람'이라는 점 때문이다. 국화의 그런 발언은 이
지점에서 많은 생각을 하게 한다.

"국화는 냉정하고 무심하니까 얼마든지 그럴 수 있으리라"
생각한 '내' 반응과 달리 노아 선배는 얼굴까지 감싸며 무척 감동
한다. 그가 국화가 헤어진 이후에도 그녀를 금방 잊어버린 '나'
와는 달리 오랫동안 국화를 떠올리며, 그녀의 다짐을 기억한 것
은 "이기는 사람에 대한 간절함"과 실감이 '나'와는 달랐기 때문
이다.

외국 농장에서 일하다가 도둑 누명을 쓴 노아 선배가, '다른
한국인들이 피해 보면 안 된다'는 조장의 설득에 농장주에게 용
서를 빈 건 단지 연기였을 뿐이지만, 노아 선배의 모멸감은 상처
로 남게 된다. 그 감정에서 벗어나고 싶을수록 그는 오히려 자신
을 학대하면서, 대신 이겨줄 누군가를 간절히 소망했을 것이다.
국화의 승리가 곧 자신의 승리는 아닐지라도 적어도 그에게 하
나의 가능성은 될 수 있기 때문이다.

"나는 걔가 이기는 사람이 되라고 응원해, 정말 확실히 그렇게 될 수 있을 거라고 생각해. 거기에는 아무런 의심이 없다고 생각해. 하지만 나는 앞으로 걔를 볼 수 없을 거라고 예상해, 그것은 어떤 오류의 가능성 없이 확실해." (25쪽)

영어 문장을 기계적으로 직역한 듯 어색한 저 말투에는 어떤 의도가 담겨 있다. 즉 '생각하다', '예상하다', '확실하다'처럼 감정을 배제한 기계적인 술어는 노아 선배의 절망을 역설적으로 나타낸다. 냉정한 자본주의 세계에서 소외된 채 얼마나 더 수치스럽게 삶을 이어가야 할 것인가, 하는 자각이기 때문이다. 국화와 노아 선배는 겉으로 드러난 쿨하고 핫한 이미지처럼 거창하게 이 세계에 반역을 꾀한 게 아니라 매순간 자신의 실존과 힘겹게 사투를 벌이고 있었던 것이다.

4. 가상의 파괴

「체스의 모든 것」에서는 '가상의 파괴'란 말이 반복되는데 '가상'은 무엇을 의미하는가? 국어사전을 찾아보면 이 문맥에서 가능한 의미는 다음과 같다.[5]

이를 테면 피카소가 대상으로부터 형태를, 마티스가 대상으로부터 색채를 해방시켰듯이, 현대예술은 무엇인가의 기호이기를 거부하고 전혀 다른 것이 된다. 더 이상 무언가의 가상이기를

---

5) 가상(假想): 사실이 아니거나 사실 여부가 분명하지 않은 것을 사실이라고 가정하여 생각하는 것.
가상(假象): 실제 있는 것처럼 보이나 객관적으로는 존재하지 않는 거짓 현상.

그치는 것(가상의 파괴)이다. 이러한 현대예술은 내용이나 주제가 없고, 다만 아름다움, 즉 미적 정보만 있을 뿐이다.[6]

그렇다면 르네 마그리트는 왜 가상을 파괴하려 했을까? 르네 마그리트의 "이것은 파이프가 아니다"는 시니피앙으로서의 파이프와 시니피에로서의 파이프, 그 연결고리를 과감하게 끊는다. 그리고 우리가 당연하다고 여기는 행위와 현상에 대해서 '정말 그런가?'란 의문을 제기한다. 가상을 파괴해서 없애 버리려는 게 아니라 그 가상을 파괴함으로써 새로운 의미 질서를 세우려한 건 아닐까. 그것이 비록 또 하나의 가상이며 누군가에 의해 파괴되어야 할 가상일지라도 말이다. 이 소설에서 '가상의 파괴'는 노아 선배와 국화, 그리고 '나'의 삶에 모두 적용된다.

고정된 이미지를 의심하게 만드는 마그리트의 그림에 대한 상반된 평가처럼 동일한 인물에 대한 서로 다른 관점은 「체스의 모든 것」을 해석하는 데 매우 중요하다. 국화에 대한 '내' 감정과 노아'의 다른 감각에서도 그 차이는 드러난다. '나'는 국화를 '부주의'하게, '천연덕스럽게', '무심한', '공격적인' 등의 부정적 어휘로 수식하지만, 노아 선배는 국화에게 호감을 나타낸다. 노아를 바라보는 '나'와 국화의 시선 역시 상당한 온도차를 보인다. 노아 선배에 대한 '내' 선망은 국화의 냉정한 평가에 의해서 파괴된다.

노아 선배는 15세기에 만들어진 체스의 신사적인 룰에 집착하고, 콩국수에 설탕을 넣느냐, 소금을 넣느냐, 로 선배와 다툼을 벌인다. 노아 선배는 권위적인 것을 비판하지만 그의 행동은 공정한 것과는 거리가 멀다. 국화의 말을 빌자면 이런 식이다.

6) 진중권, 『미학 오딧세이. 2』, 휴머니스트, 2004.

노아 선배는 자기 말만 떠들고, 타인을 박하게 평가하면서 자신에 대한 평가에는 공격적으로 반응한다.

그리고 국화가 가장 못 견뎌한 건 함께 무언가를 먹고 더치페이할 때 잔돈을 돌려주지 않는 선배의 습관이었다. 사실 나도 알고 있었지만 차마 말하지 못하고 있었던 것이었는데―왜냐면 의도라기보다는 실수 같았으니까―국화는 가차 없었다. "선배 그러다 그 돈 모아서 집 사겠어요."라고 해서 선배 얼굴을 달아오르게 만들었다. 그때마다 나는 내 안의 무언가가 파괴되는 것을 느꼈다. 국화가 입을 열 때마다 선배는 힙하고 쿨한 우울한 청춘에서 어딘가 속물적이고 이기적인 흔한 20대로 달라졌다.(21~22쪽)

그녀는 노아 선배의 '언페어'한 태도를 민감하게 감지하고 가차 없이 몰아세운다. "선배는 정말 이해가 안 가요. 아니 감자는 그런 게 아니고요.", "무언가를 간신히 참으면서 휙 나가버"린 국화가 분노했던 이유는, 감자튀김 때문이었을까.(24쪽) 국화가 간신히 참았던 그 무언가는 노아 선배가 가난하고 문맹인 부모를 둔 자신의 처지를 배려하지 않는 점이다. 노아 선배가 혼자서 절반이나 먹어 치운 감자튀김은 국화의 식사일 테고, 노아 선배가 무시했던 국화의 문자 삐삐는 부모와의 소통을 위한 도구였다.

노아 선배는 "가상의 이미지에 가해지는 자본"의 "유통생리를 테크니컬하게 운용할 줄 아는" 예술의 허위를 비판하지만 그 역시 가상의 이미지에서 자유로울 수 없다. '내'가 반한 그의 '반역의 이미지'도 진지한 고뇌에서 나온 것이 아니고 "자본의 유통

시스템에 위협적이지 않을 정도의 찌름으로 희롱할 수 있는 자들만이 누릴 수 있는 감각의 젠체하는"(15쪽) 치기(稚氣)에 불과하다. 그는 불필요하게 '나'와 대화 도중 영어로 말하면서 젠체하거나, "인식의 부정이 인식 자체의 부정이 되지 못하는 한 예술과 철학은 자본을 위한 꽃"이라고, 예속화된 예술의 상품성을 비판하지만 오토바이를 자주 바꾸는 등, 그 역시도 소비에 열을 올린다.

이런 식이면 「체스의 모든 것」에서 가장 공식적인 룰이 어떻든 간에 킹이 체스판을 떠나지 않는다는 것과, '합의'를 통해 승부를 결정한다는 노아 선배의 주장과 국화의 프라이빗한 룰의 싸움이 무슨 의미가 있겠는가.

그런데 이 소설에서 사건만 중층적으로 해석되고 있는 것은 아니다. 「체스의 모든 것」에서는 시간도 인물의 변화를 낳는 중요 변수로 작용한다. 시간의 흐름에 따라서 '내' 생각을 바꿀만한 새로운 진실이 드러나고, 인물의 성향이 변하기도 한다. 노아 선배에 대한 '나'의 감정도 달라진다. 〈나라야마 부시코〉 영화 (인간의 생존과 성욕에 대한 본능을 묘사한 영화)를 함께 보고 나와 "깊숙한 포옹이나 구애의 말을 해야 할 듯한 다급함으로 몸을 떨"던 "감정의 서라운드 같은" '내' 기억조차 희미해진다. 노아 선배와 재회한 후 '나'는 전골을 나눠 먹고 "시시한 얘기나 하다가 헤어져 잊어버리고 싶"어 한다.(31쪽)

그리고 세월은 '나'만을 변하게 한 것은 아니다. 결미에서 노아 선배는 자신이 했던 말을 번복하면서 체스에 관해서도 국화가 옳았고 자신은 다 틀렸던 것 같다고 자조한다. 그들은 이미 기성세대와 다를 바 없다. 30대가 된 노아 선배는 부동산과 차이

나펀드에 차명으로 투자했다가 실패하고, '나' 역시도 투자해보겠다고 따라 외친다.(31쪽~32쪽) 노아 선배는 이제 예전의 주장을 번복한다. 정해진 규칙이 있다는 건 규칙일 뿐 진리는 아니었다는 것이다.

5. 가상의 파괴를 위로하는 사랑의 룰

결말에서 '나'는 체스에 대해 말하면서도 사실 체스는 아무것도 아니었다고 부정한다. 그런 부정이 체스의 공식적인 룰을 거부하던 국화에 대한 '내' 공감일 수 있을까.

노아 선배와 국화는 기존질서에 대해 실제로 반역하고 맞선 자들이 아니다. 그들은 오히려 속물근성을 드러내며 점점 파괴되어가는 가상 세계에 대한 본질이다. 소외당한 사람들은 여전히 사각지대에 놓여 있다. 그렇다면 개인은 체스에서처럼 "게임의 시작과 끝에 대해 아는 것이 없음을 인정하고, 강요된 세계의 합의에 굴복할 수밖에 없는가.

'나'는 '반역의 이미지'가 어떻게 "기대를 배반한 반역"에 머물고 말았는지를 생각하다가 노아 선배의 연기가 반역의 이미지는 고사하고, 사실 살아남기 위한 안간힘이었다는 걸 깨닫는다. 세 사람은 자신들이 열망한 이미지가 "이기는 것에 대한 간절함"이 만든 포즈에 불과했다는 것을 알게 된 기성세대가 되었다.

노아는 어렵사리 다시 국화를 만나 체스를 두지만 그 재회를 오래 이어가지 못한다. 중개자였던 '나' 역시 혼란스럽기는 마찬가지다. '나'는 노아 선배를 만나고 술을 마셔서 우는 것인지 울어서 마시게 된 것인지를 구분할 수 없다. 노아 선배에 대한 가상이 파괴된 이후 '내' 감정은 모두 부정되어야 마땅한가? 이것이 '가상의 파괴'가 가져온 청춘들의 쓸쓸한 결말일까? 아직은 알 수 없다.

'나'의 사랑이 가상의 이미지에서 시작했다면, 그것이 파괴된 순간 그 관계는 파국을 맞아야 마땅할 것이다. 따라서 '내'가 탄 "택시는 도시를, 정해진 루트를, 선배에게서 점점 멀어지는 거리를 열심히 계산하면서"(33쪽) 달린다. '나'는 한때 선배가 국화와의 재회를 계속 이어가지 못했을 때 우리의 관계도 완전히 끝이 났다고 생각했던 적이 있었다. 런던 브리지 폴링다운, 폴링다운……. 부랑자의 노랫소리가 음울하게 환기시키는 것처럼 무너지고 있는 세계에서 여전히 패배하며 서로에게 불안을 전염시킬 뿐일 테니까.

그러나 내가 선배에게 이끌린 건 반역적 이미지 때문만은 아니다. 거기에는 그에 대한 '내' 진심과 연민도 담겨있다. '나'는 그의 불안에 전염되고 싶지 않다는 이기적인 생각을 하면서도 "끊임없이 나를 일깨우며 선배에게 무슨 말을, 아무 말이라도 해야 한다는 충동"에 휩싸인다.(33쪽) 그리하여 '나'는 "아무리 체스에 대해 말한다 해도 결국 아무것도 달라지지는 않으리라 독하게 생각하면서도" 혹한의 밤길을 홀로 걷고 있는 노아 선배에게 전화한다. '나'에게 '미안하다고 사과하는 노아 선배에게 오히려 위로의 말을 건넨다. '나'는 '자기가 다 틀렸던 것 같다고' 말하는 노아 선배에게 구제 불능의 술꾼처럼 그렇지 않다는 말을 되풀이한다. "아니 그렇지는 않았어.", "아니야, 한심했어.", "아니 그렇지는 않았어. 그 정도는 아니었어."(34쪽) 실패를 선언하는 노아 선배와 그것을 부정하는 '나.

노아와 국화의 체스가 사랑의 알레고리란 점을 감안하면 이 대목에서의 '내' 부정은 그의 실패를 위로하는 것에만 그치지 않는다. '나'는 인터넷으로 패배하면서 체스를 다 배운 뒤에도 국화의 연락처를 수소문해 노아 선배에게 가르쳐준다. 그처럼 노아 선배를 사랑한 '나'를 실패자라고 할 수 있을까? 그렇지는 않을 것이다. 사랑에는 목적이 없기 때문이다. 사랑에 성공하는 사람은 상대를 소유하거나 사랑을 돌려받으려는 사람이 아니라 더 많이 사랑하는 사람이다. 그러므로 "아니 그렇지는 않았어."라고 되풀이되는 '나'의 부정은, 노아 선배를 위로하기 위한 빈말이 아니다. 이는 오히려 '내' 진실에 다가서는 말이다.

노아 선배와 국화는 재회한 뒤에 여전히 체스를 뒀다. 체스의 룰에 대한 논쟁에서 국화의 억지가 노아의 논리를 일방적으로 이겼던 것을 떠올리면, 국화를 다시 만난 뒤에도 노아의 "이상한 패배"는 계속되었을 것이다. 노아 선배의 논리가 국화에게 유독 힘을 쓰지 못하는 이유처럼, 더 많이 사랑하는 사람이 질 수밖에 없는, 그것이 세상의 룰과는 다른 사랑의 룰일 것이다.

가상이 파괴되고 드러난 맨 얼굴, 패배한 자들의 고통스런 얼굴에서 끝내 고개를 돌릴 수 없는 마음, 그 한 쪽에는 스스로에 대한 연민만이 아니라 그 어떤 논리로도 설명할 수 없는 구제불능의 사랑이 존재한다. 노아 선배에 대한 '나'의 사랑이 끝났지만, 그의 절망에 온기를 더할 수밖에 없어 같은 말을 반복하는 '내' 사랑 역시 긍정을 위한 부정인 것이다.

체스의 '룰'이 달라지지 않는 것처럼 이 세계가 바뀌지 않으리란 걸 '나'는 알고 있다. 하지만 그들의 분투가 아무것도 아니었다고 '나'는 말할 수 없다. 노아 선배와 '내'가 같은 말을 반복하는 것도 그들이 구제불능의 술꾼이기 때문만은 아니다. "열띠면서도 무시무시하게 공허한" 대화일지라도 그 내용보다는 대화에 대한 욕구, 대화 자체가 삶의 목적인 사람들이 있다. 인간의 존엄이 사라진 물화된 사회에서 '나'가 노아 선배에게 보내는 온기가 인간이 인간에게 보여줄 수 있는 최고의 윤리적 감각[7]일지도 모른다. 이 소설이 디지털 시대를 살아가는 사람들에게 아날로그적 감성을 (문자 삐삐, 롤링 스톤스, 내셔널 지오그래픽, 얼터너티브 록, 키아로스타미 영화 등)을 자극한다는 점 때문에 더욱 그러하다. 그리하여, 이 소설의 결말이 허무한 실패담으로 읽히지는 않는다.

나는 아무리 체스에 대해 말한다 해도 결국 아무것도 달라지지 않으리라 독하게 생각하면서도 말을 멈출 수는 없었다. 그것이 우리의 모든 것이 아니었다는. 차가운 아이스크림을 삼키듯 치밀어 오르는 무언가를 자꾸 밀어 넣고 있는 지금은. (34쪽)

노아 선배가 야구 경기를 본 후에 어쩌다 길을 잘못 드는 바람에 느꼈던 불안이 의미하는 바는 무엇인가. 노아 선배의 말에 '나'가 한기를 느끼며 날카롭게 반응하는 건 개인의 실존이 위태롭다는 걸 알고 있기 때문이 아닐까. 선수의 의지에 의해서가 아니라, 마치 누군가의 충동과 개입에 의해서 게임의 등판이 결정되듯 삶의 공동(쏜同) 또한 마찬가지이기 때문이다. 노아 선배는 9회까지 기다렸지만 끝내 강정호의 등판을 보지 못했다.

---

7) 한병철,『아름다움의 구원』, (문학과지성사, 2016) "감정만이 대화적인 것에, 타자에 다가갈 수 있다."

그러나 IMF시절, 최악의 위기 상황에도 사람들은 어려움을 견디면서 어둠의 터널을 빠져나왔다. 노아 선배가 빈민가의 거리에서 느꼈던 세계에 대한 불안은 현재에도 도처에 있다.

「체스의 모든 것」은 세계에 대한 본질과 인물의 모순적인 이야기들로 소설의 결을 풍성하게 만들며 현대 사회의 구조적 모순을 비판한다. 그리고 그것에 갇힌 사람들, 거대한 자본주의 논리에 설득당하는 사람들과 같이 중심에서 밀려난 비주류 삶의 현장을 유심히 바라보며, 다음과 같은 질문을 제기한다. 우리는 체스의 룰에 대해서 소설의 인물들처럼 개인의 실존을 억누르는 모멸감에 열을 내고 분투할 수 있는가.

대상의 실재를 보지 못하는 '나'의 나약함과 허위는 "미안하지만 난 널 미워하고 미안하지만 난 널 사랑한다는, 이 말 했다 저 말 했다 하는 노래를 따라"(17쪽) 부를 수밖에 없게 한다. 그리고 노아 선배와 국화처럼 '내' 부끄러움에 대해서는 왜 솔직히 이야기하지 못하고, 위안 받지 못했을까. 사람들은 곧잘 자기기만의 욕망으로 우상을 만들어낸다. 「체스의 모든 것」은 싸늘한 세상의 귀퉁이에 내몰린 영혼들에게 룰의 세계에 갇히지 말 것을 염원하며, 가상의 파괴뿐만이 아니라 그 이후까지 생각하게 하는 소설이다. '나'의 마지막 독백에서 무의미함을 알면서도 어떻게든 대처해보려는 간절함이 느껴지기 때문이다. 부끄러움을 의연하게 감내하며, 현실을 뚫고 가보리라는.

왜 공랭식 포르쉐는 로망이 되었는가
— 방현희, 『내 마지막 공랭식 포르쉐』

1. 들어가며

상품을 대량으로 소비할 수 있게 된 이후 '어떤 희귀한 상품을 구입하여 사용하느냐'로 자신을 타인과 구분하고, 사회적 지위를 인정받으려는 속성이 증폭되고 있다. 물질이 미덕처럼 여겨지게 된 자본주의 사회에서는 이러한 소비의 욕망이 횡행한다. 소수의 건강한 예민함을 가진 사람들만이 문제를 느끼고 이를 극복하려 애쓰지만 거의 실패한다. 그렇게 되면 허세와 혐오로 자신을 감싸는 경우가 대부분인데, 광기로써 그것을 끝까지 관철하려는 사람도 있다. 자신의 욕망이 소진될 때까지 그들은 몸부림치며 삶의 극단을 향해 달려갈 것이다.

> 가야할 곳이 있는 것도 아닌데 날씨가 궂은 날, 상태가 좋지 않은 차를 몰고 고속도로를 달리는 사람이 꼭 한둘은 있기 마련이다.(197쪽)

이 소설은 그러한 인간의 광기와 욕망을 희화화하고 있다. 「내 마지막 공랭식 포르쉐」는 '자동차'라는 소재의 소설적 모더니티를 활용하면서, 인간의 집요한 자기도취 혹은 파괴적 속성을 파헤친다. 달리 말하자면 이 서사의 중핵은 이런 것이다. 자신을 타인과 구별 짓거나 과시함으로써 남에게 인정받으려는 욕망, 그 '욕망의 타자성(他者性)'[8]에 사로잡힌 남자들의 감정적인 파국이라 할 수 있다.

물화된 사회에서 자신의 존재가치를 어떻게 실현해야 하는가(아버지와 김 사장의 삶)를 묻고, 결핍을 채우기 위해서 광기만이 유일한 것처럼 행동하는 인물(그, 친구)의 동선을 탐색한다. 이때, 서술자의 눈은 '제한된 전지적 시점'으로 주인공의 내면을 ('그'를 '나'로 바꾸면 1인칭 주인공시점이 된다)탐색하며 인간의 욕망과 혐오를 냉소적으로 묘사한다. 그렇게 함으로써 냉철하게 견디는 자만이 삶을 치열하게 사랑할 수 있다는 것을 은연중에 제시하는 것이다.

죽음에 도달하기까지 이 소설의 주인공은 끝없이 쾌락을 추구하면서 생의 불꽃을 다 태워버릴 것이다. 방현희의 「공랭식 포르쉐」는 도로를 질주하는 '욕망'에 사로잡힌 인물의 행로를 비판하지만, 포르쉐의 붉은 경고등은 지금도 깜빡거리며 사회 곳곳에서 명멸하고 있다. 이렇게 말하면 '공랭식 포르쉐'의 근원은 저 유서 깊은 발자크의 「나귀가죽」에 맞닿아 있다. 이와 같은 클리셰에서 알 수 있듯 과도한 욕망은 오히려 인간의 생을 잠식하게 마련이다. 「내 마지막 공랭식 포르쉐」에서 친구와 그는 결국 낭만적 욕구의 동일항이다. '나귀가죽'에서 라파엘[9]이 그러하였듯이 둘 다 생의 저편으로 사라질 욕망의 화신들이다. 제어장치가 고장 난 주인공의 욕망은 결국 공랭식 포르쉐에 갇혀 소

---

8) 이병창, 『청년이 묻고 철학자가 답하다』, 말, 2015. 351쪽.
9) 발자크 「나귀가죽」에서 욕망 때문에 결국 죽어가는 인물.

멸될 것이다. (202-203쪽)

이 소설의 서사에서 인물의 구체적 이름이 부여되지 않고 '그', '친구', '김 사장' 등으로 지칭되는 건 멈추지 않고서는 식을 줄 모르는, 마지막 공랭식 모델을 고집하는 그와 같은 인물들이 도처에 있기 때문일 것이다.

2. 고장난 욕망

이야기의 얼개는 간단하다. 폐차장을 겸한 공업사에서 먹고 사는 한 남자가 있다. 어느 날, 국내에 몇 대 없는 공랭식 포르쉐가 그의 손에 들어온다. 주인공이 고급 수입차를 갖게 된 건 차의 주인이던 친구가 죽었기 때문이다.

뉴스 화면으로 사고 현장을 지켜보던 화자는 그 대열 속에 자신의 친구가 있을 거란 생각은 못 했다. 20중 추돌 사고가 흔한 일은 아니니까. 눈보라가 거셀 것이란 기상예보가 있던 날, 급한 볼일이 있었던 것도 아닌데 친구는 상태가 좋지 않은 차를 타고 고속도로를 달렸다. 친구는 현장에서 숨을 거두고, 친구의 아내는 울고불고 소리치며, 남자에게 뒤처리를 맡긴다.

그 현장에 남은 건 엔진이 반파된, 폐차 직전의 차였다. 그는 평소에 탐내던 친구의 차를 훔치듯 끌고 와서, 공 들여 차를 정비한다. 포르쉐를 손아귀에 넣은 순간, 그가 잠시 쥐었던 핸들의 감촉. 그것은 매혹 그 이상이었다. 여기에서 집착이 생긴 남자는 그 차를 온전한 자신의 것으로 만들기 위해 몰입한다.

친구가 포르쉐를 몰고 다닌 건 단지 허세만은 아니었다. 친구와 그는 포효하는 맹수처럼 '으르렁 으르렁'거리는 엔진소리에 흥분했다. 그뿐만 아니라 두 사람은 공랭식 포르쉐가 주는 맑은 소리에 자유를 느꼈다. 차에 올라타는 순간, 자신의 누추한 세계를 탈출하는 것이다. 친구의 죽음을 계기로 포르쉐를 손에 넣은 그, 애마를 타고 가는 길 위에서 그는 일상의 모든 걸 잊는다. 폐차장에 정비해야 할 다른 중고차가 넘쳐나도 아랑곳하지 않는다. 우주와 공명하는 포르쉐의 맑은 소리를 듣고, 친구처럼 그 소리의 길을 따라 이동하는 데 골몰할 뿐이다.

사태가 이 지경에 이르자 수입차 수리점을 꿈꾸던 사장이 그를 만류하기 시작한다. 그러나 이제 그는 포르쉐를 고치는 일을 멈출 수 없다. 그가 자신의 허름한 인생에서 벗어나는 방법은 공랭식 포르쉐에 올라타는 길밖에 없으니까.

어쩌면 그도 곧 친구나 아버지의 뒤를 따르게 될지 모른다. 무모한 드리프트로 저 세계로 달아난 아버지와 브레이크가 고장난 포르쉐를 몰고 나간 친구처럼 말이다. 즉, 이 소설의 서사에서 서술자는 자기 파괴적인 욕망이 어떻게 인간을 소진하게 하는지를 뚜렷하게 부각시키고 있다.

3. 왜 포르쉐는 욕망이 되었는가

마치 영화 기법 같은 묘사가 펼쳐지는 「내 마지막 공랭식 포르쉐」는 이런 문장으로 시작된다. "그가 소리를 선별적으로 듣게 된 것은 구형 포르쉐 때문이었다. 그의 강렬한 욕망을 드러내는 빨강색 포르쉐를 사랑하게 된 이후로 그는 다른 어떤 소리에도 귀를 기울이지 않았다."(196쪽) 그런데 남자들은 왜 공랭식 포르쉐를 열망하는가. 자동차는 여러 종류가 있고, 또 특정 자동차도 그 기능과 가격, 디자인과 외형 등에 있어 다양한데, 왜 굳이 1989년식 공랭식 포르쉐, 이 차를 갖고자 하는 것일까?

그들의 이해할 수 없는 행동 또한 인간의 소비행위, 혹은 욕망과 관련 있을 혐의가 짙다. 우선 소비자가 특정 제품을 구입하는 심리를 설명하는 소비자심리학을 살펴보자. 매슬로의 욕구 5단계10) 중에서 '자존감에 대한 욕구'란 것이 있다. 이는 자신이 다른 사람보다 월등하고 뛰어남을 나타내고자 하는 욕망이다. 그러한 욕구는 국내에 몇 안 되는 공랭식11) 포르쉐와 같은 사치성의 소비를 미화하게 마련이다.

공랭식 포르쉐에 빠진 그가 과열된 엔진의 소리가 만들어내는 특별한 그것에 얼마나 집착하고 열광하는지를 "소리는 그에게 애착이었고 강박이었다."(223쪽)와 같은 언술에서 알 수 있다. 소리는 귀를 통해 집속, 증폭되고 신경신호로 변환되어 뇌로 전달되고, 뇌에서 인지과정을 거쳐 심리적인 감흥(감성)을 야기한다.12) "슈퍼카를 타는 건 소리 때문이야. 생김새가 마초적이기도 하고 속도도 엄청나게 빠르고 그런 점도 있지만, 진짜는 소리를 즐기기 위해 타는 거야."(213쪽), "자동차는 산업재이면서 감성 소비재거든. 단순한 물건이 아니라고."(214쪽) 말하는 친

---

10) 매슬로의 욕구 단계는 5단계로 시작하였으나 존중 욕구와 자아실현 욕구 사이에 인지적 욕구와 심미적 욕구를 추가하여 7단계로 수정했다. 그리고 말년에 초월 욕구를 주장하며 이를 자아실현 욕구 위에 놓음으로써 자기 초월을 가장 높은 단계의 동기 혹은 인간 삶의 완성이라고 주장했다.(데이비드 스탯, 정태연 역, 『심리학용어사전』, 끌리오, 1999. 참조)

11) 엔진이 발생한 열을 제거하기 위해 실린더 주위에 공기를 흐르게 하여 냉각시키는 냉각 장치의 형식. 냉각이 불균형하고 소음이 크다는 단점 때문에, 냉각수로 열을 방출하는 수랭식으로 바뀌었다.(자동차용어사전 편찬위원회, 『자동차용어사전』, 일진사, 2012. 참조)

12) 최민주, 「소리의 감성적인 측면과 활용」, 『전자학회 회지 24』, 대한전자공학회, 1997, 1323쪽.

구가 "비싼 차 타는 이유가 여자나 태우고 다니며 온갖 난봉을 다 피우려는 건줄 알았는데, 자신이 모르는 소리의 세계를 살기 위해서라니."(214쪽)

그것이 마치 등줄기의 신경을 팽팽히 잡아당겼다 놓는 신호라도 된 듯 그는 반사적으로 액셀을 밟고 차는 순식간에 튀어나간다. 그 역시 친구처럼 하나의 점을 향해 맹렬히 달리는 발사체가 되어 죽자고 달려갈 뿐이다.(203쪽)

이와 같이 파토스적 욕망은 메울 수 없는 이상과 현실의 간극에서 무의식적으로 형성된다. 욕망은 결핍과 부재의 산물이다. 즉, '결핍으로서의 욕망'13)이 그것이다. 인간이 무엇을 욕망한다는 것은 현실에서 그것이 결핍되어 있기 때문이다. 그 결핍은 물질적인 성공만을 생각하며 살아온 친구가 성공 후에 느끼는 생의 권태와 허무일 수 있고, 여자도 돈도 집도 없는 그의 보잘것없는 삶일 수도 있다. 그래서 포르쉐를 소유함으로써 "나는 이 자동차를 사랑한다고. 내가 이날까지 뭘 사랑해 본 적이 없잖아?"(222쪽)와 같이 유일하게 꿈 꿀 수 있는 로망, 욕망의 통로를 향해 가는 것이다. 그의 독백은 왜 남자들이 공랭식 포르쉐에 열광하는지를 명징하게 드러낸다.

---

13) 라캉은 대상세계를 상상계(사유의 주체), 상징계(욕망하는 주체), 실제계(완성되어 가는 주체)로 나눈다. 상징계에서는 주체가 타자에 의해 인식되므로 자신에게는 '결핍'상태가 되고 그 결핍을 채우기 위해 대상에 다가선다. 이것이 욕망이라는 형태로 표출되는 것이다. 실제계는 대상이 현실화 되지 않았으므로 대상에 도달할 수 없고 대상은 허구로 남는다. 대상이 허구이다 보니 욕망을 충족시키지 못했으므로 또 다른 대상을 찾아 나서게 되어, 욕망은 그 결핍을 메우리라 생각되는 대상으로 무한히 치환된다. (자크 라캉, 『욕망이론』, 문예출판사, 1994. 참조)

자동차는 단순한 산업재가 아니라고. 자동차 엔진은 펄펄 끓는 심장
이라고. 찐득찐득한 심장을 손아귀에 쥐어보면 사람이 달라지는 거야.
더구나 공랭식 포르쉐는 남자들의 로망이라는 거지. 이걸 타기 전에는
자동차를 탔다고 할 수 없어. 무엇보다 소리에 눈을 뜨게 되거든. 심장이
뛸 때는 소리가 나. 소리는 살아 있다는 증거잖아. 이 자동차는 영혼을
품은 강철이라고. (223~224쪽)

4. 욕망의 층위와 충돌

이 작품의 서사를 관통하는 테마 중 하나는 타자의 욕망이
다. 인물들은 제각기 다른 세계에서 살아가지만 일련의 공통된
기표가 존재한다. 부재와 결핍, 욕망과 광기이다. 이를 인물 유
형별로 살펴보면 다음과 같다.

(1) 친구의 욕망

친구는 가난해서 국내 제일의 미술대학을 합격하고도 학교
를 그만두어야 했다. 그리고 물질적인 성공을 위해서 살았다. 중
노동을 하고 자산을 불림으로써 자신의 목표를 이뤄간다. 친구
는 건물주의 딸과 결혼을 하고 안정을 찾는 듯했지만, 마흔이 넘
어서면서부터 자신의 삶이 불행하다고 생각하며 허무를 느낀
다.(201쪽) 물질의 소유를 위해 생의 에너지를 모두 소진해 버린
결과이다. 친구는 늘 새로운 것을 찾고, 공랭식 포르쉐 964 마지
막 모델이 주는 소리와 속도에 탐닉한다. 그런 친구의 자세는 확
고한 자기애로부터 발현되는 것이 아니라, 존재의 결핍에서 오

는 허위(虛威), 혹은 자기 과시인 셈이다.

어딘지 열에 들떠 "비닐봉지처럼 허청거리던" 친구였다. 그는 바깥 세계의 바람으로 과열된 엔진을 식혀주어야 하는 공랭식 포르쉐의 그것, 그 과열된 위무를 탐하고, 끝없는 쾌락을 추구한다. 또한 "친구는 차를 바꿀 때마다 그를 태워준답시고 불러"(199쪽)내고, 자신이 버린 여자를 친구를 불러 뒷수습하게 함으로써 친구에게 자신의 위치를 과시했다. 이런 양태는 현실에서도 흔히 볼 수 있다. 루이비통이나 샤넬 같은 명품 가방에 여자들이 몇 개월의 월급을 치르는 행위 또한 같은 맥락이다. 이는 타인에게 자신의 존재를 인정받고자 하는 욕망 때문이다.

(2) 그의 욕망-지배하는 몸과 지배받는 몸

"그는 자신의 몸이 느끼는 즉각적인 반응에 홀렸다. 강력한 출발은 작은 차라는 것을 잊을 정도로 짜릿한 쾌감을 안겨주었다. 어디든 갈 수 있다는 것은 그에게 이제야 마치 힘센 동물로 다시 태어난 듯한 느낌을 주었다."(202쪽) 그에게 고통과 쾌락은 한 몸으로 서로를 탐하면서 길항한다. 친구의 차, 친구의 여자가 그러하였듯이. 결국 포르쉐는 욕망과 쾌락이이 존재하는 그의 '몸'이 된다. 자동차에 올라탄 그는 '다시 태어난 것 같다'고 말하지만, 그의 욕망은 창조와 생성이 아니라 파괴와 죽음으로 이어질 것이다. 이제 그의 몸은 브레이크 없는 신체 기관에 다름 아니다. 자동차를 몸으로 타고 다니다 보니 청각이 예민해졌다."(216쪽)에서처럼 그는 포르쉐와 자신의 몸을 동일시한다.

"인생을 못 고치니까 차를 고친다."라고 말하던 그는 집도 여자도 돈도 없다. 그가 오로지 포르쉐만을 집착하고 사랑하며 지배하고 있다고 생각하는 순간, "-내가 왜 사장님 말을 들어요. 나는 포르쉐 말을 듣고 있다니까요.(221쪽)"에서와 같이 주객이 전도된다. 이제 포르쉐(몸)가 그를 지배한다. 지배하는 몸은 지배당하는 몸에 절대 권력으로 존재한다.[14] 즉, 그는 자동차에 이상 징후가 있으면 월급을 거의 쏟아부어 정비했고, 자신의 인생은 점점 더 망가져도 포르쉐만큼은 더욱더 완벽한 상태를 유지하려고 한다.

쇼바를 바꾸자 찌그럭거리는 소리가 사라졌다. 좌우로 미세하게 흔들리는 느낌도 없었다. 그는 자동차를 안을 수만 있었다면 담쑥 끌어안고 뺨을 비볐을 것이다. 너를 안다는 것은 너를 장악하는 것이고, 장악한다는 것은 이렇게 뿌듯한 것이지.(217쪽)

그는 자동차를 자신이 지배한다고 느끼며 포르쉐에 자신의 욕망을 투사했지만, 결국 자신의 차에 지배당하는 몸으로 전락한다.

(3) 욕망의 충돌

즉흥적으로 제 감정을 좇을 뿐인 부박한 친구가 '돈'으로 충만한 목소리를 가졌다는 걸 알면서도 그는 친구의 자장에서 벗

---

14) 푸코의 말처럼 권력은 육신을 조작하고 형태를 재조정하며 단련시키고 결국 복종하게 하는 특성이 있다.(미셸 푸코, 『감시와 처벌-감옥의 역사』, 나남출판, 2003. 참조)

어나지 못한다. 이때 주인공이 마주 보아야만 하는 부끄러움의 맞은편에는 일종의 자기기만이 있다. 그들이 나눴던 감정은 우정이 아니다. 그가 친구에게 느꼈던 감정은 혐오에 가깝다.

친구에게 들리는 그 소리가 그에게는 들리지 않았다. 자신이 모르는 소리의 세계를 살게 하기 위해서라니, 얼굴 가죽이 조여들고 가슴이 답답해지고 목구멍 아래에서 무언가가 울컥울컥하고 치밀어 오르기만 했다. 그냥 돈 많은 거 자랑하고 여자 많이 따르는 거 자랑하는 편이 훨씬 녀석답지 않나 말이다. 개같이 벌었으면 개같이 쓰라고. (214쪽)

부자 친구에게는 자동차 정비소 기능공의 삶은 그저 차를 타고 스쳐 지나가는 길가의 풍경이나 다름없다. 이토록 다른 두 세계는 공랭식 포르쉐로 일시에 섞이는데, 그 불꽃은 아마도 그에게 필연적으로 파국을 가져올 것이다. 어느 날 그는 브레이크 이상으로 사고를 일으킨다. 하지만 그 사고를 겪은 후에도 주인공은 차를 버리지 못한다.

오래 손을 탄 순한 말 같던 자동차가 아무리 브레이크를 밟아도 듣지 않았다. (중략) 여자는 다친 데가 없고, 다만 차가 달려들어서 놀랐을 뿐이라며 그 자리를 떠났다. 그는 한동안 여자의 뒷모습을 보며 망연해 있다가 오싹한 소름을 느끼고 차를 돌아보았다.(206~207쪽)

한편, 오랜 친구의 죽음에 대한 그의 애도는 소설에서 서술되지 않는다. "친구가 죽어서 얻게 된 행운이라니, 여간 꺼림칙한 게 아니었다."(201쪽)에서처럼 그는 친구의 차를 남몰래 이

적하는 과정에서 다만 부끄러움과 두려움을 느낄 뿐이다. "그가 친구의 죽음에 그 어떤 영향도 끼친 바가 없으니 폐차 직전의 차를 가져오는 것에 조금이라도 도의적 책임을 느낄 필요는 없을 터였다. 그러나 왠지 부끄러웠고, 남들이 알까 두려웠고, 그래서인지 더욱 움켜쥐려는 마음이 되었다."(198쪽)

하지만 그런 불안과 죄책감마저 이내 사라지고 만다. 서술자의 눈은 그가 공업사 사장을 어떻게 하면 설득시킬까, 그가 폐차를 인수하는 방법에만 골몰하고 있는 것을 보여 준다.(201쪽) 그는 친구 대신 자신이 구질구질한 해결사 역할 했던 것을 떠올리면서 "반파된 자동차는 껌값이지 뭐."하고 중얼거린다. 그렇게 함으로써 그는 불안을 회피할 방어기제를 발견한다. 친구에게 진 마음의 빚을 깨끗이 청산했다며 자위한다. 이제 그의 욕망은 부끄러움과 애도를 또 다른 쾌락으로써 덮어버린다.

어디든 갈 수 있다는 것은... (중략) 그에게 그것이 무엇이든 앞에서 알짱거리는 모조리 쓸어버릴 수 있을 것 같았다.(202쪽)
그런 욕망의 코스는 그에게 '달릴 만한 길'의 기준이 되었다. 마침내 그는 소리가 열어주는 길을 타고 달릴 뿐이다. 그 길이 친구가 죽음을 향해 달려갔던 길이었음에도.(216쪽)

(4) 아버지의 욕망과 김 사장의 욕망

낡은 트럭에 과일을 싣고 팔러 다니는 그의 아버지는 자상했다. 그런 아버지가 이루고자 한 것은 자본주의 사회에서 떳떳하게 살기 위한 최소한의 자존감이었다. 이를 위해 밤늦게까지 공부하면서도 아버지는 아들을 세심하게 보살폈다. "어린 아들이 운전대 잡고 놀곤 한다는 것을 아는 아버지는 바퀴 앞뒤로 커다란 돌덩이를 받쳐 놓는 것을 잊지 않았다."(203~204쪽) 그의 유년 시절, 아버지는 아들이 더위에 지치지 않도록 수박도 잘라주고 참외도 깎아주"(204쪽)면서 늘 함께했다. 아버지의 존재가 빛을 발하던 순간은 "과일이 얼마나 싱싱한지 얼마나 달고 맛있는지 설명할 때였고, 아버지의 목소리가 밝고 힘찼다."(204쪽)에서 알 수 있듯이 자기 삶의 현장에 충실하던 시간이었다.

아이러니하게도 "아버지가 돌아가신 건 그가 공부를 한답시고 아버지를 따라다니지 않게 되었기 때문이다."(205쪽) 그렇다면 이러한 서술이 겨냥하는 바는 무엇인가. 아들의 부재는 결국 아버지에게 삶의 방기(放棄)를 몰고 온다. 이제 그 칼끝은 아버지를 부끄러워한 그의 죄책감을 겨눈다. 그가 "문제집을 소리 내어 읽어주는 것도 잊었고 곤한 잠을 부르던 책장 넘기는 소리도 잊었을 적에"(205쪽) 아버지는 자신을 방치하고 안전을 소홀히 하였다.

"너도 잘 알아둬. 남자는 말이야, 번듯한 자격증 하나는 있어야 기회를 탈 수 있어. 그래야 괜찮은 여자도 만날 수 있고 대접도 받을 수 있는 거야."(205쪽)에서처럼 한밤중에 불을 밝히며 자격증을 따기 위해 공부하던 아버지의 시간은, 불안한 유랑으로부터 정착하기 위한 몸부림이었다.

반면에 김 사장의 욕망은 자기 과시적인 욕망이다. "그래, 네가 수입 차 기술자가 되면 나도 좋지.(중략) 김 사장은 수입 자동차 완벽 수리라는 새 간판을 달 생각만 했다."(203쪽) 그러나 상대적으로 강박이나 애착이 덜한 이 과시적인 욕망은 절제의 순간을 알고 있다는 데에서 그와 친구의 욕망과는 구별된다. 수입차 수리점을 하겠다는 꿈을 접은 김 사장의 다음과 같은 언술은 이를 방증한다.

> 네 인생이나 좀 브레이크를 밟아. 사람은 브레이크를 밟아야 할 때를 알아야 하는 거야. 사람들이 말이야. 망해 먹을 때는 꼭 저러더라니까. 죽을 줄 알면서도 끊지를 못해.(223쪽)

5. 권력의 층위, 혹은 구별 짓기

친구와 그의 관계는 수평적이지 않다. 친구는 70층짜리 레지던스 호텔에 한 달씩이나 거리낌 없이 머물 정도로 부유하다. 반면에 그는 공업사 한 켠에 딸린 방에 온갖 살림이 뒤엉킨 채로 살고 있다. 친구의 아파트형 호텔 주방은 마치 집처럼 큰 반면에 그는 부엌이랄 게 따로 없는 방에서 취사를 해결한다. 이러한 주거 공간은 인간의 물질적 지위이며, 자본적 권력관계로 작용한다. "남자들이란 (중략) 사는 것이 심하게 차이가 지면 마음 편히 만날 수 없는 것이다. 그렇지만 친구는 여전히 그를 불렀고 뒤치다꺼리를 맡겼고, 술을 사고 생활비를 주었다."(200쪽) 따라서 이들에게 우정은 무시되고 거래만 남는다.

친구는 자신의 돈으로 차도 여자도 마음대로 바꾸면서 인생을 탕진한다. 친구가 도박이나 여자 문제 따위를 떠맡겨도 그는 달려가서 해결해야 한다. 그런 친구에게 그가 갖는 태도는 양가적이다. 그는 친구가 혐오스럽지만 한편으론 부럽다.

묻기는 나한테 물어놓고 가기는 딜러한테 갔단 말이야. 내 기분은 생각하지도 않고 말이지.(중략) 자동차에 관해서는 내가 전문가인데... (중략) 자기 손으로 완벽한 차를 만들었다고 생각하니 그는 비로소 친구 녀석에게 단단히 설욕을 하는 기분이 들었다. 녀석에게 보여줄 수 없는 게 단 하나의 아쉬움이라면 아쉬움일까.(215쪽)

그는 친구에게 받은 모멸감을 복수하고자 한다. 자신을 비웃는 여자를 엿 먹이고, 친구를 엿 먹이는 심정으로 친구가 남기고 간 여자를 취하지만 수치심에 휩싸이고 만다.

일이 끝나자 그는 서둘러 여자에게서 몸을 뗐다. '친구가 남기고 간 여자'는 일을 치르고 보니 '친구가 버린 여자'였다. 급하게 바지를 꿰는데 발이 엇갈려 넘어질 뻔했다.(211~212쪽)

친구가 버린 여자를 취하는 것이 결국 자신을 욕보이는 것과 마찬가지였음을 뒤늦게 깨달은 것이다. 친구는 귀찮은 여자를 떼어내듯 그를 길바닥에 내팽개치고 가버린다. 그런 그를 비웃기라도 하듯이 얼마 후에 다시 친구가 포르쉐를 이끌고 나타난다. 친구가 거들먹거릴 적에도 그는 "야, 역시 엄청난 사운드를 자랑하는구나."(213쪽)라고 맞장구를 쳤다. 이는 두 사람에게서 나타나는 자기방어를 위한 감정 지출의 회피 양식인 셈이다. 이 허위에 대한 이해를 경유할 때, 남자의 의식은 제 아버지와 친구의 죽음까지 제대로 인식하지 못하는 허무한 인간의 이야기로 변주된다. 두 남자의 욕망은 상호 교섭하고 있으며, 주인공으로 하여금 분리되지 않는 과거와 현재를 관통하면서, 반복될 비극적 결말을 잉태하게 만든다.

그의 의식은 미성숙한 아이의 것과 같다. 그의 의식이 발현되는 시간은 친구와의 관계에서가 아니라 아버지와의 관계에서 더 구체화된다.

아버지를 부끄러워하던 주인공은 아버지의 인생행로보다 더 나은 삶을 이어가지 못한다. 그는 다양한 자격증을 획득하지만 아버지가 획득했던 공인 중개사는 매번 낙방한다. 전술한 서사에서 알 수 있듯이 아버지는 떠돌이 여자를 거들떠보지도 않았지만 그는 친구가 버린 여자를 쉽게 탐하고 열패감에 사로잡히고 만다.

> 떠돌이 장사로는 여자가 붙어 있지도 못하고, 붙어봤자 똑같은 떠돌이 여자라며 주변의 여자는 거들떠보지도 않았다. 정비공 기능필 중, 고압가스 보안교육 이수증, 전기설치기사 자격증, 가전제품 고장수리 자격증, 부동산 공인 중개사 자격증" 등을 따고도 정착에 성공하지 못한 아버지는 끝내 공무원 시험에는 붙지 못했다.(205쪽)

그가 부끄러워했던 것은 "그 모든 자격증들과 수십 년 동안 지불했던 온갖 영수증들이 커다란 상자 하나에 가득 차 있었다."(205쪽)에서 알 수 있듯이 아버지의 성실한 삶이 아니라 그것을 굳이 외면하고자 하는, 허위로 가득 찬 자신의 내면이었을 것이다. 따라서 "그는 아버지가 남긴 종이쪼가리들을 움켜쥐고는" 가슴이 메어 숨을 쉬지 못한다.

거칠게 말해서 문학적인 확장이 허락된다면, 이 서사를 하마르티아(hamartia)[15]와 같이 스스로의 몰락만이 예정된 현대적 비극의 한 판본으로 읽을 수도 있다. 아버지의 죽음 이후 한층 더 불안해진 그는 (친구의) 욕망을 훔쳐보면서, 남(친구) 몰래 탐하고, 그것을 우연한 기회에 손에 넣는다.

한편 모든 것을 소유하고 남김없이 소모하려는 친구의 병리학적 시선은 텅 비어버린 허무의식을 낳는다. 물질을 소유하려는 강박은 결코 치료할 수 없고, 소유욕 자체가 행복한 삶에 대한 해답도 되지 못하기 때문이다. 친구는 그 착오와 환상의 오류 때문에 죽는다. 보바리 부인과 안나 카레니나, 라파엘 같은 인물들이 강렬한 욕망에 휩싸여 파멸하였듯이. 그 불길을 선택한 것이 그들의 과오이다.

「내 마지막 공랭식 포르쉐」의 주인공 역시 파멸을 향해 한 점이 되어 달려가고 있다. 아버지가 살았던 세계에서 벗어날 수 없을지 모른다는 불안. 절망의 심연에서 벗어나기 위해 브레이크를 제어하지 못한 채 '고물이 된 포르쉐'에 탐닉하는 것이다. 김 사장의 말에서 짐작할 수 있듯이 지나친 탐닉과 집착이 대상의 본질마저 훼손해 버리는 것을 볼 수 있다.

　-자동차를 고치라고 했지, 자동차하고 싸우라고 했어?
　-이 사람아, 눈 좀 똑바로 뜨고 차를 봐. 자네가 어떻게 만들어놨는지. 얼마나 뜯어고쳤는지 포르쉐가 아니라 생판 다른 차가 됐잖아. 사람이

---

15) 아리스토텔레스가 쓴 『시학(Poetics)』에서 처음 사용되었다. 비극의 주인공이 악의 때문이 아니라 '판단 착오'(hamartia) 때문에 파국을 맞게 된다. 문제는 주인공이 지니는 결함의 크기가, 그 때문에 겪게 되는 고통과 불행의 크기에 비해 지나치다는 점이다. 그래서 대부분 작품들에서는 최종적인 파국을 이끌어내기 위해서 주인공의 결함 이외에도 우연, 운명, 그 밖의 외적인 조건들을 같이 묶어서 필연성을 지니게 하려 한다. 이런 점은 오셀로(Othello)의 질투, 햄릿(Hamlet)의 우유부단함을 해석하는 한 준거가 된다.(한국문학평론가협회, 『문학비평용어사전』, 국학자료원, 2006. 참조)

말이야, 도무지 말을 안 들어.

6. 나오면서

「내 마지막 공랭식 포르쉐」는 폭주하는 인간의 욕망과 죽음에 대한 알레고리다. 즉, 슈퍼카에 '돈', '섹스', '시간' 과 같은 인간의 욕망을 담고자 한 소설로도 읽힌다. 이런 방식으로 읽으면 이 소설의 서사는 우리 시대 자본주의 문명과 그 굴레에서 살아가는 인간들의 삶에 대한 유비가 된다.

그와 친구의 욕망은 정착하지 않고 늘 다른 곳을 향해 떠돈다는 점에서 노마드[nomad]적 상상력이다. 그들의 상상력은 경험적 현실의 한계까지 뛰어넘는다. 이런 점에서 이 소설의 욕망은 낭만주의적 상상력(친구)과 만나고, 자본주의 시대의 상업적 상상력(정비소 사장)과도 조우한다.

요컨대 소설은 세계의 모순을 그대로 복사하는 장치가 아니라, 문제적 자아가 속한 왜곡된 사회의 양태를 깊은 통찰력으로 형상화하는 것이다. 이렇게 볼 때 이 소설은 거대자본에 의해서 상실되어가는 인간성, 물화된 사회에 길들여가는 삶. 혹은 타자의 욕망을 욕망하는 뻔뻔함, 피상적인 삶 저쪽에 감춰져 있는 욕망의 깊이 등에 대한 고통스러운 탐구일 것이다. 방현희는 그 여로를 따라서 현실적 삶의 모순, 혹은 살아가야 할 삶의 지표를 재구성해보려 했던 것이 아닐까. 결국 「내 마지막 공랭식 포르쉐」는 현대 물질사회를 새로운 눈으로 바라보게 하는 창이자 기표에 다름 아니다.

그러한 작가의 전언에 덧붙이자면 「내 마지막 공랭식 포르쉐」를 이렇게 말할 수도 있지 않을까? 현대는' 어둠의 표적을 빗나간 화살들이 날아가는 무위한 공간'이라고. 우리는 과연 표적을 향해 제대로 화살을 쏘아올리고 있을까. 아니, 화살을 겨눈 채 쏘아보는 저 표적은 진정 내가 원하는 바로 그것인가. 그도 아니라면 내가 겨냥하는 저 표적이 과연 실제로 존재하기는 하는 걸까? 오래전에 사라진 몇 백 광년 밖의 별처럼 존재하지 않는 허상을 꿈꾸고 갈망하는 것은 아닐까.

현대사회의 소통 부재와 인간 소외
― 권여선, 『모르는 영역』

1. 근원적 존재와 인간관계

예술의 여러 장르 중에서 인간의 내면 심리를 소설만큼이나 정밀하면서도 적나라하게 파헤치는 갈래는 없다. 권여선이 추구하는 서사의 방식 또한 그러하다. 「모르는 영역」의 서사 구조에서는 구체적인 사건의 발생이나 전개는 크게 두드러지지 않는다. 일상의 작은 파편에서 비롯된 파문이 인물의 내면에 물결을 형성하고, 그것에 관해 이야기하는 데 서술자의 초점이 맞춰져 있다.

물론 이 소설의 서사에서 소소하게 인물의 마음을 흔든 일이 아예 일어나지 않는 것은 아니다. 주인공의 무력하고 불안한 심리는 "희미한 낮달"과 같은 몇 가지 이미지로 대체되며 서서히 윤곽을 드러낸다.

봄날의 나른한 기운, 나뭇가지를 흔들고 날아간 새, 명덕의 꿈에 나타난 검은 목마, 창밖을 맴도는 말벌 등과 같은 사물들이 한 발 한 발 인물의 의식에 진입하며 감각의 촉수를 건드린다. 독자가 이런 이미지나 상징에 대해 의문이나 궁금증을 느꼈다면 작가가 지뢰처럼 숨겨둔 「모르는 영역」의 특별한 기표 안으로 독자는 이미 발을 내디딘 셈이 된다.

이 소설의 서사에서 우리는 사람들의 '이해와 오해'에 관한 몇 가지 삽화를 보게 된다. 더 나아가 '근원적 존재와 인간관계'의 영역에 얽힌 인간사의 오랜 이야기 속으로 서사가 관통하는 것을 느낄 수 있다. 본고에서는 그러한 서사 구조를 중심으로 인물의 심리를 분석하고, 그 과정을 통해서 발현된 주제 의식을 밝혀보고자 한다.

2. 「모르는 영역」에 발 담그기

이야기는 간단하다. 낮잠에서 깨어난 후 명덕은 소원해진 부녀 관계를 풀어보고자 여주행을 결심한다. 그가 도착한 여주의 식당에서는 신발 한 짝을 두고 작은 소동이 벌어진다. 게다가 밥값 실랑이까지 더해지면서 부녀 사이의 간극은 더 깊어지고 만다.

그러나, 1박2일의 여행 이후에 많은 것이 변한다. 여전히 서로를 잘 이해하지 못하지만 '와장창' 깨어난 짧은 봄날이 내재된 갈등을 깨뜨리는 형국이다.

애초에 인간에게 타자에 대한 온전한 이해란 불가능하다. 완벽한 소통은 불가능[16]하기에 우리는 절대로 타자를 전적으로 이해할 수 없고, 내 기준에 타자를 맞출 수도 없다. 타자는 절대적으로 나와는 다른 존재이기 때문이다. 이는 혈연관계라 할지라도 마찬가지이다. 레비나스의 말처럼 타자(他者)는 나보다 언제나 크고 높고 나보다 우선하다. 인간은 타자와의 관계에서, 또

---

16) 엠마누엘 레비나스, 강영안 역, 『시간과 타자』, 문예출판사, 1996, 99쪽.

는 타자가 만들어낸 외부세계의 억압적 상황에 의해서 상처받게 마련이다. 그리고 타자와의 관계를 통해 한 번 각인된 상처는 쉽게 사라지지 않는다.

그렇다면 인간이 폐쇄적이고 단자적인 모습만으로 살아야 할까. 타인에게 상처를 줄 수도 있는 날카로운 모서리, 그 뾰족한 단면을 둥글게 쓰다듬는 사포질 정도는 해야 가족답지 않을까. 더불어 맞닥뜨린 삶의 덧없음 속에서 타인과 융화되고 화합하는 관계론적 존재로서의 접점을 찾을 수 있다면 더 좋지 않겠는가. 이 소설은 그런 시도를 하는 아버지와 딸에 대한 서사이다.

첫 문장은 "다영은 여주에 있다."로 시작된다. 행을 바꿔 이어지는 두 번째 문장은 "여주라면 명덕이 공을 친 클럽에서 고속도로로 10분 남짓 걸리는 곳이었다."이다. 명덕은 누군가가 가져온 보드카를 마시고, 또 누군가에게 이상한 혐오가 일어 혼자 클럽을 빠져나와 선잠에 빠져든다.(58쪽) 명덕이 딸이 있는 여주의 한 식당으로 가기 전까지 부녀의 관계는 '모르는 영역'으로 남아 있다. 서술자의 시선이 바라보는 궁극적인 그 지점은 어디인가. 그것에 주목하며 서사 구조를 정리해 보면 다음과 같다.

① 다영이 여주에 있다는 정보의 제시
② 새벽에 라운딩을 마치고 명덕은 일행과 늦은 점심을 먹음
③ 보드카를 마시고 누군가에게 이상한 혐오감에 사로잡혀 혼자 클럽을 빠져나옴
④ 술이 깨기를 기다리다 다영에게 아무 이유 없이 전화를 걸었음

⑤ 선잠에서 깬 후 초승달 모양의 '낮달'을 바라보다 여주를 가기로 결심함

⑥ 여주의 식당에 도착해서 흰 개를 혼내고 있는 식당 주인과 마주침

⑦ 다영 일행에게 한 짝만 남은 신발 이야기를 하고 웃음거리가 됨

⑧ 음식 값 때문에 주인과 실랑이하는 다영을 만류하다가 갈등이 생김

⑨ 가족(명덕과 전처, 너덧 살 때의 다영)이 마지막으로 함께 갔던 부산 용두산 공원과

그곳 하늘에 찍힌 '모르는 영역'(낮달? UFO?)을 회상함

⑩ '한 번'은 그냥 넘어가도 되냐며 화를 내는 딸 때문에 기분이 상함

⑪ 사별한 아내에게 항상 실수만 하던 자신을 떠올림

⑫ 물가가 있는 숲에서 뭔가를 본 것 같다는 다영의 말에 따라 저수지로 산책을 나감

⑬ 나뭇가지에 착지했던 새가 떠난 후 흔들리다 멈추는 나뭇가지를 보며 상념에 잠김

⑭ 다영이 비난했던 것은 식당 여자가 아니라 자신이었다고 깨달음

⑮ 밭에서 일하는 노파를 바라보고 여윈 청년의 등이 초승달과 같다고 생각함

⑯ 동수에게 친밀감을 느낌. 만약 그에게 있었다면 아들은 자신을 이해했을까 생각함

⑰ 펜션에서 묵고 아침에 출발하라는 동수의 권유를 받아들임

⑱ 숙소에서 딸을 기다리다 자신에게만 매정한 다영에게 화가 남

⑲ 유리창 틀을 맴돌며 방 안으로 들어오려 애쓰는 말벌을 한참 쳐다봄

⑳ 먼저 자겠다는 문자를 다영에게 보냈지만 냉정한 답장을 받고 소외감을 느낌

㉑ 자신이 검은 목마의 렌즈가 되어 있는 꿈을 꾸고 깨어난 후에 불면에 시달림

㉒ 아침에 식당 유리에 머리를 부딪쳐 죽은 듯한 참새를 발견함.

㉓ 배웅 나온 다영과 대화를 나누지만 언쟁을 벌이며 소통에 어려움을 느낌

㉔ 서로의 오해를 풀며 허공에 동그란 그물무늬가 아른거리는 것을 느낌.

㉕ 어제보다 살이 오른 초승달(낮달)을 보며 펜션을 빠져 나옴

이 소설의 서사 구조에서 주인공이 낮달을 바라보며 느끼는 감정이 모두 14차례 나온다. 나머지는 보름달과 초승달에 대한 서술이 네 번, 뒤이어 아내를 회상하는 장면이 세 번 서술된다. 이 가운데 명덕의 꿈에 대한 이야기가 두 번 진술된다. 과거 회상을 제외하면 서술의 대부분은 그의 심리에 관한 것이다. 즉, 초점 화자의 눈이 명덕의 내면에 맞춰져 있음을 확인할 수 있다.

(1) 소외와 소통 부재 -낮달, 개, 새의 상징

낮술 때문에 불콰해진 명덕은 딸 다영과의 통화에서 부녀 사이의 거리감을 느끼면서 멍한 눈으로 하늘을 바라본다. 그가 속한 세계는 모호하고 나른하다. 선잠에 빠져드는 그에겐 '낮달'이 '죄다 뜯긴 솜'처럼 보인다.

담배연기는 하늘로 올라갔고 연푸른 하늘을 배경으로 초승달 모양의 낮달이 크림 빛깔로 떠 있었다. 낮달의 바깥 호는 얇고 선명한 데 비해 안의 호는 세상에서 가장 부드러운 톱니무늬로 하늘빛에 묽게 섞여 들고 있었다. 운동 후의 식사, 낮술의 취기, 봄날의 나른함이 겹쳐 그는 선잠에 빠지면서도 이게 어쩐지 저 은은한 낮달 때문이지 싶었고, 이게 죄다 저 뜯긴 솜 같은 낮달 때문입니다…… 낮달 때문입니다…… 하다 잠이 들었다.(60쪽)

명덕은 '조금 열린 재떨이 뚜껑'안으로 꽃씨가 들어갈까 봐 마음을 쓸 정도로 예민한 사람이다. 딸에게 전화를 걸지만 다영은 시큰둥하다. "도자비엔날레 때문입니다."란 딱딱한 말투가 귓전을 맴돌며 그를 선잠에서 깨어나게 한다. 그런 그가 바라보는 것은 낮달이다. 달은 자신의 동일성을 고집하지 않으며 오히려 명료한 순환에 따라 자신의 형태를 고통스럽게 수정하는 존재이다.[17] 둥글다는 것은 완벽함의 상징성을 지니고 있다. 동그라미를 그리면 출발점으로 되돌아와서 멈추게 되는 자기 완결적인 형태가 달이기 때문이다. 그런데 이 작품 속의 달은 낮달이며 초승달이다. 보름달의 속성인 완벽함이나 완결성과는 거리가 먼, 부재와 결핍의 상징물이 초승달이다. 더구나 밤이 아닌 낮에

---

17) 이승훈 편저, 『문학상징사전』, 고려원, 1995, 111쪽.

뜨는 달은 그 존재가치가 확연하게 줄어든다. 명덕의 상황과 심리상태를 고려할 때, 낮달은 딸로부터 의미를 상실한 아버지로서의 왜소한 모습, 즉 자기 소외의 상징물인 셈이다. 그래서 명덕은 아버지라는 자신의 가치를 획득하려 여주에 가겠다는 결심을 하게 된다.

> 깨어났을 때는 한 시간쯤 지나 있었다. 그는 얼음이 녹은 밍밍한 콜라를 마시고 하늘을 보았는데 낮달의 위치가 생각보다 서쪽으로 많이 기울어 있었다. 낮달을 오래 보고 있자니 최면에 걸린 듯했고 문득 자신의 페인팅에서도 색과 기운을 조금씩 뺄 필요가 있다는 생각이 들었다. 더는 세지지 말자 그런 생각, 조금 연해도 된다고, 묽어도 된다고, 빛나지 않아도, 선연하지 않아도, 쨍하지 않아도, 지워질 듯 아슬해도 괜찮다고, 겨우 간신해도……. 그런 생각 끝에 그는 마치 그 생각의 자연스런 결론이라도 하듯 여주에 가기로 마음먹었다. (60쪽)

교수이자 화가인 명덕에게 페인팅의 색채와 기운은 자기 그림의 정체성이며 다른 그림과 자신의 것을 변별하게 해주는 요소이다. 그런데 그런 것들을 조금씩 뺄 필요가 있다고 느끼는 것은, 자신의 자존심을 굽히면서라도 딸의 「모르는 영역」에 대해 가까이 가보려는 다짐인 셈이다. 그래서 명덕은 딸이 있는 여주에 갈 결심을 하게 된다.

> 농가 펜션 주차장 한복판에 크고 흰 개가 로드킬 당한 것처럼 다리를 쭉 뻗고 옆으로 길게 누워 있었다. 죽은 것 같지는 않고 햇볕에 데워진 시멘트 바닥이 따뜻해 땅과의 접촉면을 최대한 넓히고 누워 자는 것 같았다. (61쪽)

땅과 최대한 접촉해서 누워 자고 있는 크고 흰 개는 딸과의 접촉면을 최대한 넓혀 보려는 명덕의 심리를 나타낸 객관적 상관물로 읽혀진다. 그리고 주차장에서 사분사분 명덕을 향해 뛰어오던 작은 개가 의자에서 일어나는 명덕을 보고 깜짝 놀라 도망치는 장면을 보면 누가 보면 해코지라도 한 줄 알겠다면서 변명하듯 중얼거리는 명덕의 독백은 부녀 사이의 오해와 소통 부재를 암시한다. 발을 다쳐 깁스용 신발을 신느라 원래 빨간 운동화가 한 짝밖에 없는데 개가 물어갔다고 애먼 개를 혼내는 장면, 식당 주인여자와 다영의 서로 다른 고기 값 계산도 이와 일맥상통한다. "한번은, 한번은…… 해도 됩니까?"라는 딸의 말은 바가지 씌운 식당 여자가 아니라 실은 자신에게 쏘는 화살임(전처와의 결별)을 직감적으로 알아챈 명덕은 마음의 상처를 입고 저수지에 간다.

멍하니 서서 새가 몰고 온 작은 파문과 고요의 회복을 지켜보던 그는 지금 무언가 자신의 내부에서 엄청난 것이 살짝 벌어졌다 다물렸다는 걸 깨달았다.(중략) 그게 무엇인지 알 수 없지만 그에게 왔던 것은 이미 사라져버렸고 다시 반복되지 않을 것이고 영영 지울 수도 없으리라고 그는 침울하게 생각했다. 단 한 번이라니……. 단 한 번이었다니……. 다영도 이곳에서 이런 무섭도록 강렬한 한 번을 경험한 것일까.(75~76쪽)

이 여행에서 명덕이 무엇과 조우했는가를 주시해야 한다. 어둠이 깃드는 저수지에서 나뭇가지를 박차고 날아간 새. 그 정중동의 순간에 인물의 침잠된 의식이 와장창 깨어난다. 그러니까 무섭도록 강렬한 그 한 번들. 즉, 한 번은 모든 사물들을 연쇄적으로 변화시키는 것이며 그것이 어찌 보면 세계의 전부가 될 수도 있는 일인 것이다. 그러한 한 번들이 무심하게 모이고 모인 것이 결국 인생이라는 걸 명덕은 깨닫게 된다. 그리고 언제 일어날지 모를 그 한 번은 우리에게 끝내 '모르는 영역'으로 남을 뿐이다. 인간의 삶은 「모르는 영역」을 극복하려는 인물들의 서사에 다름 아니다.

(2) 타자화된 나 –말벌과 검은 목마의 상징

식당 앞에서 명덕은 가슴이 쿵 내려앉는다. 이마를 문지르다 스르르 손을 내리는 딸의 버릇 때문이다. 어쩌자고 어미의 그런 버릇까지 닮아 버렸단 말인가.(64쪽). 그렇다면 아들이라면 달랐을까…….로 이어지는 불안한 회피는 병리적18) 소인이 농후하다. 그런 점에 유의하면서 진행되는 서사를 따라가 보자.

아버님, 아버님 소리를 듣고 있자니 동수가 아들 같기도 하고 사위 같기도 했다. 떡두꺼비 같은 아들, 그런 말이 왜 생겼는지 알 것 같기도 했다. 그에게 아들이 있었다면, 이런 생각은 한 번도 해본 적이 없는데 만약 그랬다면. 아들은 그를 이해했을까. 한 번이니까 괜찮다. 그렇게 이해해 줬을까. (68쪽)

가족 관계의 핵이 무너졌을 때 명덕은 양가적 태도를 보인다. 명덕은 "너는 왜 꼭."이라며 딸을 힐난한다. 그는 어긋난 관계의 책임을 타자에게 두고, 자학에 가까운 심리로 대응한다. 이

---

18) 슬라보예 지젝, 김소연·유재희 옮김, 『삐딱하게 보기』, 시각과 언어, 1995, 54쪽.

는 권여선의 소설에서 자주 보이는 무력한 인물의 유형이다. 자신을 객관적으로 바라보지 못하는 대타자의 영역에서 존재란 없다. 주체적인 삶을 살고 있지 않기에 삶의 허무 또한 피해 갈 수 없다.

　명덕은 사소하고 내밀하나 떨치기 힘든 혐오스런 감정에 자주 사로잡힌다. 일상을 부정하는 그의 충동. 그것은 내 안의 타자성을 확인시키고, 고통을 더욱 심화시킬 뿐이다.(86쪽) 그는 관계에서 입은 상처를 견뎌내지 못하는 히스테리로 일관한다. 이런 태도는 소통을 어렵게 만들고, 타인과의 관계는 이로 인해 더욱더 단절된다. 가족마저 소원해지는 것, 가장 근원적인 인간관계의 단절은 때로는 죽음보다 더 두렵다. 명덕의 파토스적 심리가 그 확증이다.(82쪽) 나는 낯선 곳에서 의지할 사람 하나 없이 홀로 버려졌다는 생각에 명덕은 이제 한밤중에 눈물까지 흘린다.

　　요즘 그는 시도 때도 없이 눈물이 났다. 생은 그를 여기까지 데려와 놓고 그가 이제 어떻게든 살아보려니까 힘을 설설 빼며, 이제 그만, 그만 살 준비를 해, 그러는 것 같았다. 희망이 없어. 그는 흐느끼듯 중얼거렸다. 차라리 단칼에 끊어내고 싶다, 증발하고 싶다, 사라지고 싶다, 지금, 이 순간, 이대로……. (81~82쪽)

　타자로서 바라본 명덕의 외부는 견고한 성채이다. 그러니까 날아든 파편 하나가 어떻게 일시에 그 성(城)을 깨트릴 수 있겠는가. 자신을 낯선 방에 내팽겨 두고 가면서 편히 쉬라는 딸에게 부아가 치민다. 중심을 잃은 명덕의 자아는 창가를 서성인다. 그는 내면의 나와 타자 사이에서 갈등한다. 창밖에서는 크고 사납게 생긴 말벌이 유리창 틀을 맴돌고 있다.

> 그는 한참 동안 창가에 서서 말벌을 지켜보고 있었다. 크고 사납게 생긴 말벌은 유리창 틀을 맴돌며 어떻게든 방으로 들어올 길을 찾고 있는 듯 했다. 밖은 도회의 밤과 달리 칠흑처럼 캄캄했다. 그는 말벌이 들어올까봐 창문도 못 열고 담배를 피웠다.(81쪽)

창밖의 말벌은 어떻게든 유리창을 통과해서 방 안으로 들어오려고 애쓰고 있다. 창은 내부 세계와 외부 세계를 연결시켜주기도 하고 단절시켜주기도 하는 이율배반적인 사물이다. 투명한 유리를 통해 내면이 비쳐지기에 말벌은 방안으로 들어오려고 애를 쓰지만, 닫힌 유리창은 본질적으로 벽과 기능이 다를 바 없다. 말벌은 다영의 마음속에 들어가서 소통하려고 하지만 그 노력이 계속 좌절되는 명덕의 심리를 투사한 객관적 상관물이다.

안과 밖에서 헤매는 인물의 자아가 어긋나는 것은 이뿐만이 아니다. 삶의 근원적 문제에 직면해 엄청난 고뇌에 빠진 병리적 인물은 "사는 게 공포"라고 되뇐다. 이와 같이 "자기 생각의 궤도만"을 도는 일방적 캐릭터의 인물이 펼치는 극단의 징후는 마침내 비문증이란 병으로 발현된다. 명덕은 딸의 매정한 문자에 차라리 죽고 싶다는 충동을 느끼며 꿈을 꾼다.

> 실신하듯 그는 잠깐 잠이 들었고 꿈속에서 어디 자꾸 어두운 길로 가고 있었다. 멀리서 누군가 복잡한 기구를 들고 그를 향해 천천히 다가왔다. 그는 그게 카메라라고 확신했다. 나를 찍는 거냐고 묻자 상대방은 고

개를 저어 부인하는 몸짓을 하면서도 여전히 그를 찍는 자세로 뚜벅뚜벅 다가왔다. 그는 혈관이 터지도록 주먹을 꽉 쥐었다. 적당한 거리에 들어오기만 하면 저걸 한주먹에 박살내고 말리라 다짐했지만 검은 목마는 더이상 다가오지도 멀어지지도 않았다. 그는 주먹을 쥔 채 덜덜 떨며 서 있었는데, 어느 순간 덜덜 떨리는 주먹만 남고 그는 온데간데없이 사라졌다. 아니, 그 자신이 검은 목마의 렌즈가 되어 있었다. 그는 렌즈가 되어 어두운 허공에서 경련하는 자신의 주먹을 미동 없이 내려다 보고 있었다. (82쪽)

꿈속에서 카메라라고 확신한 검은 목마는 나와 타자와의 관계를 암시하는 상징이다. 나와 타자(꿈에서는 딸이 그의 직업인 카메라로 나타난다.) 나와 타자는 분리된 존재로 결코 하나가 될 수 없다. 이는 내가 타자의 모습으로 변환된 경우(내가 검은 목마의 렌즈가 된 경우)에도 마찬가지로 타자화된 나는 나라는 주체가 될 수 없고 이해할 수도 없다. 하나가 될 수 없고 이해할 수도 없는 존재에 대한 인간의 대응방식은 분노와 적개심이다. 혈관이 터지도록 주먹을 꽉 쥐는 그의 모습이 이를 명징하게 보여준다. 카메라는 나라는 존재를 이해하고 소통하려는 시도이겠지만 타인의 그러한 시도조차도 자신에게는 기분 나쁜 행동으로 비춰지는 것이다. "그는 렌즈가 되어 어두운 허공에서 경련하는 자신의 주먹을 미동 없이 내려다 보고 있"는 부분은 레비나스가 말하는 '내 안의 타자성(他者性), 즉 내 안에 이미 들어와 있는 낯선 나, 즉 타자라고도 볼 수 있는데, 자기 안의 타자성이 과연 가능한가 하는 문제는 모르는 영역으로 놓아두고자 한다.

그렇다면 부녀 사이의 이러한 병리적 원인은 무엇인가. 논의를 다시 출발시켜 보자. 명덕은 8년 전에 아내와 사별하였다. 소설의 흐름과 딸 다영의 나이를 추론해보면 부부로서의 실질적인 관계가 단절된 것은 아마도 더 오래전일 것이다.(52쪽) '전처'라는 기표로 명덕은 아내를 회상한다. 전처와 이혼을 한 것인지 사별했는지조차 언급이 없으며 이를 암시하는 단서조차 제공하고 있지 않다. 이는 명덕과 전처 사이의 완전한 결별과 단절을 보여주는 기의에 다름 아니다.

딸인 다영보다 오히려 자신을 더 살갑게 대하는 다영 일행에 대한 명덕의 반응을 보라. "그는 봐주고 있다고 생각했다. 저 양다리 아가씨가 이 늙은이를 봐주고 있어. 그렇다고 기분이 나쁜 건 아니었다. 그는… 어려운 퍼즐을 맞춘 듯 만족감을 느꼈다."(83쪽)

3. 관계의 해체와 불화하는 세계

(1) 아비를 욕보이는 풍경

식당 앞에서 주인에게 죄 없이 야단을 맞고 있는 개는 무엇을 의미하는가. 잘못이 없는 개를 추궁하고, 야단치는 풍경은 인간의 무지와 편견에 정확히 조응한다. 이는 '모르는 영역'을 둘러싸고 일어나는 세계의 평범한 소극을 압축하고 있다. 흰 개의 등장으로 딸과의 다정한 해후를 머릿속에 그렸던 그는 웃음거리가 된다. 게다가 부녀의 간극은 식당 여자의 바가지 때문에 깊어진다. 음식 값을 놓고 식당 주인과 설전을 벌이는 다영을 바라보는 아버지의 심리는 불안하다. 그깟 밥값 좀 더 냈다고, 아비를 몰아붙이는 딸을 이해할 수 없다. 둘 사이에는 보다 근본적인 문제가 개입되어 있을 개연성이 짙다. 아니나 다를까 딸은 그 문제를 잊지 않고 있다가 아비를 추궁한다. 다시 따져 묻는다. "왜 해도 됩니까, 한 번은?" 이 두 번째 반문 뒤의 상황을 서술자는 이렇게 묘사한다.

흰 개들을 데리고 순식간에 사라지는 딸의 뒷모습을 보면서 그는 도무지 얼떨떨했다. 계산이 안 맞으면 기분이야 안 좋을 수야 했지만 그래도 그렇지 이만한 일에 저 애는 왜 저토록이나 화가 나서 꽝꽝 얼고 절절 끓고 하는가, 저런 건 참 안 닮았구나 싶었다. 전처는 감정의 오르내림이 거의 없는 사람이었다. 아니, 감정은 어땠는지 몰라도 표현은 언제나 온건했다. (74쪽)

"이 사람들 상습적으로 바가지 씌우고 그런 사람들 아니야. 또 한 번인데 어때? 한 번은 그냥 넘어가." "한 번이니까 괜찮다……" 다영은 팔짱을 꼈다. "한 번이니까 괜찮다, 그냥 넘어가자…… 아버지는 그렇게 생각하시는 거네요? 그렇게 넘어가면 마음이 좋으세요? 한 번은… 한 번은 해도 됩니까?"(74쪽) 어디서 나타났는지 큰 개가 따라 뛰었고 덩달아 작은 개도 따라 뛰었다.(74쪽)

명덕은 일행과 술 약속을 해 놓고도 다영의 냉담한 태도 때문에 그 약속을 지키지 않는다. 그런 이후에 명덕은 딸에게 문자를 보낸다. 휴대폰으로 주고받는 부녀의 대화는 싸늘하기만 하다. (81쪽) 얼마 후에 딸의 칼끝은 정확히 아버지를 조준한다. "한 번은 그냥 넘어가"자는 명덕에게 딸은 느닷없이 깩 소리를 지르더니, 아비를 버려둔 채로 흙 마당을 가로질러 뛰쳐나간다.

결혼생활의 실패 때문에 다영이 상처를 받았을 것이란 추정이 가능한 것은 이 때문이다.

(2) 개인적 삶과 관계의 해체

인간관계 중에서도 가장 근원적인 것이 '부모-자식'의 관계이다. 그러나 인류 구원의 모티프였던 '부모-자식'의 관계가 해체되고 있다. 그나마 다른 구성원보다는 갈등이 적었던 가족이 평화롭지 못하다는 것은 불길한 징조이다. 이는 소설에만 등장하는 병리현상은 아니다. 광범위한 사회적 현상이다. 자식에게 존경받는 아버지는 과거 이야기에서만 존재할 뿐이다. 게다가 이 서사의 부녀에게는 어머니로 대변되는 모성이란 완충지대마저 없다.

갑자기 쏟아진 비를 피해 명덕은 커피 전문점에 들어간다. 그곳의 창을 통해 바라본 세상은 정상이 아니다. 휴대폰에 집중하고 있는 젊은이들. 거리에서 누군가와 통화를 하며 손을 뻗었다 넣었다 하며 혼자 떠들고 있는 학생, 귀에 이어폰을 꽂고 몸을 움찔거리는 사람들, 명덕의 눈에는 모두 제정신으로 보이지 않는다. 명덕의 눈에는 정신질환을 앓는 듯 보인다.(63쪽) 핸드폰은 젊은 세대에게 서로의 존재를 확인하게 친밀한 소통 수단이다. 그러나 그것은 너무나 사적인 도구이다. 아이러니하게도 소통을 위해 만들어진 그 사물은 정작 자신의 곁에 있는 사람을 자신으로부터 차단한다. 명덕은 핸드폰에 열중해서 제각각 떠들어대는 손님들 때문에 '에소프레소'를 두 번이나 큰소리로 외쳐야 했다. 그가 들어간 커피 전문점에는 단절된 개인들이 '섬'처

럼 둥둥 떠다닐 뿐이다. 그들은 모두 자신만의 이야기를 하고 있
다.

우울해진 명덕이 커피를 마시고 나오는데 갑자기 세찬 비가
퍼붓기 시작한다. 그는 텅 빈 길모퉁이를 바라다보고, 저런 길모
퉁이가 헤어지기엔 알맞은 장소라고 되뇐다.(63~64쪽) 모퉁이
에 서 있는 행인들 역시 소통을 잃은 자들이다.

그렇다면 권여선이 유독 실패한 관계에 주목하는 이유는 무
엇일까. 소통에 실패한 이후 발현되기 마련인 인간과 세계에 대
한, 보다 성숙한 시선과 성찰을 위한 전략일 것이다. 문제는 내
면의 어떤 요인이 실패한 소통을 도출하는가이다. 미리 언급하
자면 두 가지 이유를 들 수 있다. 해답을 찾기 위해 권여선 전작
을 살펴보자.

「내 정원의 붉은 열매」에서는 엇갈리거나 불가능한 사랑의
서사와 만난다. 작가의 작품세계에서 사랑의 대상은 기억 속에
서나 겨우 존재한다. 연애가 제공하기 마련인 "달고 격한 느낌
은"은 꿈속에서나 혹은 잘 기억도 나지 않는 흐릿한 의식에서나
겨우 느낄 뿐이다. 진실한 감정은 결국 짧은 봄날의 달콤한 향기
와 온기가 죄다 뜯긴 뒤에나 찾아온다.

4. 다시, 아무도 모르는 여로 속으로

아버지와 딸은 묘한 관계이다. 어머니를 매개로 해서 맺어지
는 관계이면서 어머니라는 완충장치, 혹은 중간지대를 극복해야
하는 관계이기도 하다. 아버지는 딸에게 묘한 거북함과 서운함,
약간의 소외감과 연민을 느끼고 있었다. 그리고 딸이 아버지에

게 느끼는 근원적인 거리감과 공포, 혹은 증오와 동경은 또 어떠한가. 그들은 1박 2일의 동행 끝에도 언쟁을 멈추지 않는다. 서로 퉁명스럽게 자기 상황을 이야기하고 울컥 복받친 감정으로 버럭 소리를 지르기도 한다. 그러면서 부녀는 조금씩 화합되는 관계로 변화할 듯하다.

흐릿하게 보이던 낮달 대신 연유 빛으로 부예진 허공에 동글동글한 그물무늬가 아른거리는 것이기 때문이다. 그러한 그물은 씨줄과 날줄이 서로 겹쳐지면서 화합의 가능성을 보이는 부녀 관계의 형성을 상징한다.

또한 이 소설은 우리에게 낭만적 신화가 사라졌을 때 무엇을 지켜보고, 어떻게 삶을 견뎌야 하는가를 보여 준다. 「모르는 영역」은 그렇게 짧은 봄날에 찾아들었다 사라져가는, 다시는 반복되지 않을 '한 번'의 시간을 채집하려는 불가능한 시도다. 구린 퇴비 냄새와 다디단 꽃향기가 뒤섞인 봄날의 아침은 하룻밤 사이에 "와장창" 도착해 있지만 사람들은 여전히 서로 낯설고, 어색한 채 서로를 모르는 가운데 또 하루를 시작해야 한다.

이 소설의 서사에는 그러한 삶을 위한 어떤 안간힘이 인물 모두에게 공평하게 주어져 있다. 밭에 비료를 뿌리는 반백의 두 남자와, 텅 빈 들판에서 밭일을 하는 노파에서처럼 말이다.

이제 부녀는 서로의 모르는 영역에 대한 이해와 다가섬을 위한 노력 앞에 서 있다. 낯선 곳에서 불면에 시달리며 딸을 기다리는 아버지와, 그런 아버지를 위해서 캄캄한 밤에 버스를 타고 읍내에 나가 아버지의 안주로 치즈와 과일을 사오는 딸. 아비를 떠날 수는 없는, 퉁명스럽지만 이렇게 착한 딸의 세계는 어떤 여로로 펼쳐질까. 앞선 논의된 바와 같이 사람들이 헤어지고 갈라지는 길모퉁이를 명덕이 주목하는 이유가 여기에 있다. 이제 우리는 다음과 같은 이 소설의 마지막 문장, 그 좌표를 서성여야 한다.

그는 차문을 닫고 시동을 걸었다. 출발하려다 차장 너머로 초승달을 보았다. 어제보다 살이 더 오른 걸로 보아 바야흐로 차는 중인 것 같다. 그리고 보니 어제부터 오늘까지 그는 누군가의 인생을 일별하듯 아침, 오후, 저녁의 낮달을 모두 보았다. 왜 아침달 낮달 저녁달이 아니고 모두 낮달인가 생각하다, 해 뜨고 뜬 달은 죄다 낮달인 게지, 생각했다. 해는 늘 낮달만 만나고, 그러니 해 입장에서 밤에 뜨는 달은 영영 모르는 거지, 그런 생각을 하다 그는 농가 펜션의 주차장을 빠져나왔다. (89쪽)

명덕은 지금 선명한 두 개의 눈으로 어제보다 살이 더 차오른 초승달을 보고 있다. 부재와 소외의 초승달이 그 빈 곳을 스스로 채워나가고 있는 자연의 섭리를 보고 있는 것이다. 해의 입장에서는 낮달만 만나므로 밤에 뜨는 달은 영영 모르는 영역이겠지만, 같은 시간에 뜨는 낮달을 이해하고 소통하려는 시도는 얼마나 아름다운가.

따라서 사람들의 관계뿐만 아니라 자연과 인간, 존재와 존재 사이에 필연적으로 파생되는 타자성의 벽을 허무는 시도는 계속되어야 할 것이다. 파편화된 개인만이 살아가는 현대사회의 비극적 세계를 모나지 않게 쓰다듬고 그 틈을 메우려는 노력, 그것이 우울한 우리네 생을 지탱하는 힘이 되리라는 믿음 때문이다.

이청준 문학세계의 이해
― 초기 단편소설을 중심으로

1. 들어가며

이 글은 이청준의 단편소설을 중심으로 작가의 원체험을 매개로 한 서사의 형상화방식을 살펴보고, 작품에 투영된 작가의 세계관과 주제 의식을 밝히고자 한다.

1965년 ≪사상계≫에 단편 「퇴원」으로 등단한 이청준은 한국문학사에서 지적이고 관념적인 대표작가로 자리매김한다. 작품마다 자신이 쓸 수 있는 것의 최대치를 보여주었다고 밝힌 바 있는 이청준은 개인의 불안한 내면을 독특한 형식으로 탐색하였다. 이청준의 소설에서 개인은 미지의 상황에 반성적 태도를 보이면서 삶의 진실을 여러 방향으로 모색한다. 그 과정에서 작중인물은 미결정의 상태에 적응하거나 변화·발전해 간다. 그리고 불안과 분열을 느끼던 개인은 차츰 사회적 자아를 획득하게 된다. 이제 정체성을 확보한 자아는 공동체의 선이란 문제에 깊숙이 관여하게 된다. 이처럼 이청준 문학의 핵심은 주체가 자신의 삶을 반성적으로 인식하게 되면서, 모순된 현실을 타개하려는 최선의 방식을 사회적 차원에서 도모하는 것이라 할 수 있다.

이를 위해 이청준은 중층의 서사로써 분열된 자아와 예술가의 정신, 유토피아의 가능성, 용서, 개인의 구원 등 다양한 문제를 제기한다. 이 과정에서 이청준이 탐정소설 같은 기법을 차용하는 것은 소설의 긴장을 유지하고, 탐색적 주제에 적합한 방법을 모색한 결과라 할 것이다. 따라서 이청준 소설의 주제의식을 논의하려면 서사기법을 반드시 살펴볼 필요가 있다. 이에 본 연구는 이청준 단편소설에 나타난 주제의식과 함께 서사의 형식도 고찰할 것이다. 그렇게 함으로써 이청준 소설의 주제의식과 형식의 내적 상관성을 밝힐 수 있으리라 기대한다.

주지하다시피 이청준의 문학세계를 논하는 데에 서사구조는 무척 중요하다. 그가 자주 활용하는 중층의 서사구조가 이청준의 세계관을 드러내는 서사전략으로 기능하고 있기 때문이다. 이에 많은 평자들이 이청준 소설의 이야기 구조에 주목해서 주제형성방식을 도출한다. 그리고 지금까지 이루어진 논의를 살펴보자면 이청준 문학을 평가하는 데 크게 두 가지 측면이 언급된다. 바로 내용과 형식적 특징이 그것이다. 전자는 작품론을 포함한 작가론이 주류를 이루고 있고, 후자는 서사기법에 관한 언급이 많다.

형식적 측면에서 많은 연구자들이 이청준 소설의 특징으로 격자구조와 중층성에 주목한다. 이청준이 반복해서 사용하는 서사구조가 액자구조의 변형에 해당하는 격자구조이다. 이 같은 구조가 이청준 소설의 주제와 관련이 있다는 데 대부분의 논자들이 동의한다. 이재선은 이청준 소설의 특징을 "독립된 하나하나의 이야기들을 전체 액자적 이야기 속에 삽입된 방법"[19]이라 평한다. 김현은 "그의 기술 양식의 기본 패턴은 격자소설적 방

19) 이재선, 「액자소설의 본질과 그 계승」, 『한국단편소설 연구』, 일조각, 1975.

법"이라 지적하였다. 그리고 소설의 "인물이 자신의 의지에 의해서 삶을 살아나가는 것이 아니라, 항상 타인들에게 관찰당하고, 그 관찰의 결과가 종합됨으로써 존재"한다고 언급하고 있다.[20]

여기에서 분석 대상으로 삼는 것은 격자소설의 주제론적 구조의 특징이 가장 잘 드러난 단편소설이다. 주제의식을 논의하려면 중층의 서사구조를 반복해서 사용하는 작가의 의도를 먼저 파악해야 할 것이다. 이에 이청준의 원체험과 그가 처해 있던 시대적 특성을 살펴볼 필요가 있다. 왜냐하면 소설에서 그려지는 세계는 단순한 시·공간적 배경이 아니라 작가의 원체험과 밀접한 연관이 있기 때문이다. 그리고 그것은 작품의 형식과 주제에 영향을 미치게 된다.

이런 맥락에서 이청준의 글쓰기의 근원을 작품과 함께 언급하고자 한다. 우선 그의 글쓰기에 관련된 원체험은 '허기'와 '전짓불', '웅얼거림' 같은 단어로 분류할 수 있다.

이청준의 원체험은 「눈길」에서 보듯 원형 그대로 재현되기도 하고, 때로는 『소문의 벽』에서처럼 은폐·변형된 상황으로 제시된다. 김현이 지적한 바에 의하면[21] 한 작가의 세계관은 유년기의 정신적 외상에서 기인한다. 이는 작가가 외부 세계에서 심리적 영향을 받으면서도 동시에 그런 외상에서 벗어나려는 과정에서 자기인식이 형성된다는 의미다. 마찬가지로 이청준에게도 원체험은 그의 글쓰기의 출발점이며 서사전략으로 작용한다. 알려진 바와 같이 이청준 글쓰기의 기원은 가난 때문에 생긴 부

---

20) 김현, 「장인의 고뇌」, 『현대한국문학의 이론』, 민음사, 1972.
21) 김현, 『한국문학의 위상』, 문학과지성사, 1977.

끄러움과 원죄의식에서 비롯된 것이다. '허기'와 '원죄의식'은 같은 개인적 차원의 원체험이 그의 초기 작품에서 고향 또는 고향 사람으로 변형되어 나타난다. 개인의 경험적 수준인 '모성성', '부끄러움' 같은 원죄의식이 공동체의 가치로 확장된 작품이 「눈길」이다. 이후 고향 공동체의 양상은 좀 더 확산되어 「키 작은 자유인」(1990)으로 재현되었다.

그의 초기 단편에는 고향과 모성을 매개로 한 원체험과 관련된 모티프가 많다. 이청준이 극심한 가난과 고향의 기억 등을 소재로 창작한 단편 「눈길」을 기점으로 「귀향연습」, 「새가 운들」, 『가위 음화와 양화』, 『축제』에 이르기까지 모성과 고향을 소재로 한 작품들은 대체로 연작 형태를 띤다. 그리고 전쟁과 이데올로기를 바탕으로 어두운 기억을 환기하는 현실적 재제도 상당하다. 그가 전쟁 체험을 소재로 삼아 자신의 고통을 소설화한 작품에서 이데올로기 또한 중요한 의미를 지닌다. 전쟁 체험에서 겪은 개인의 아픔이 현재적 삶에 미치는 영향이 크기 때문이다. 그런 양상이 「개백정」, 「병신과 머저리」, 『소문의 벽』, 『가수』등에서 잘 드러난다. 이처럼 전쟁과 고향의 원체험은 그의 작품에서 비슷한 주제로 중첩되고 변주되어 제시된다.

그런데 '복수의 글쓰기'란 이청준의 말에서 알 수 있듯이 고향과 어머니는 작품에서 주로 대립과 화해의 치유양상으로 제시된다. 그 과정에서 드러나는 '나'의 고뇌는 현재 삶에 끝없이 출몰하는 과거의 아픈 기억에서 연유한다. 그것을 치유하는 방법으로써 이청준은 자기 내면을 탐색하는 소설 쓰기란 양식에 천착한다.

다시 말하자면 이청준에게 글쓰기는 자기 구원의 방법이고,

내면을 탐색하는 소설 쓰기란 패배한 자가 그 패배한 현실에 복수하는 행위였다. 이청준은 작중인물이 현실과 대립하고 갈등하는 과정을 작품에서 제시한다. 그럼으로써 주인공이 그 상황을 극복하고 새로운 질서체계를 완성하려는 분투 과정을 보여준다. 즉 이청준에게 소설 쓰기란 특수한 개인의 경험이 어떻게 보편성으로 확대되는지를 되묻고 독자에게 끝없이 질문을 던지는 과정이라 할 것이다. 그렇게 함으로써 그는 문학으로 이념화한 복수심이 공동의 가치를 추구하는 인간성으로 승화되기를 꿈꾼다. 따라서 이청준 소설의 주제는 내면 탐색으로 개인의 불안을 형상화하는 것에서 점차적으로 사회적 현상들로 나아간다. 이런 과정을 거치면서 내면 탐색은 자기 구제의 목적 이외에 공동체의 가치실현이란 차원으로 확장되었다. 이청준의 글쓰기는 자기 원죄의식을 매개항으로 전개되었지만 점차적으로 독자와 사회에 대한 책임 문제로까지 연결된다. 그러한 공동체적 전개가 펼쳐지는 단편이 「가해자의 얼굴」, 『흰옷』 등이다. 이처럼 패배자가 승자에게 도전하는 행위인 개인적 차원의 글쓰기가 공동체로 확대되는 양상이 초기에서 중기까지의 이청준 문학의 핵심이다.

한편, 메타픽션으로 분류되는 여러 작품에서 알 수 있듯이 이청준은 글쓰기 방법을 실험하며 자신의 논리를 모색한 작가다. 이는 「지배와 해방」을 비롯하여 『언어학 서설』, 『비화밀교』 등의 작품에서 증명된다. 그는 「지배와 해방」에서 강연 기록의 형식을 빌려 '왜 쓰는가'의 의미를 논리적으로 풀어간다. 이 작품은 이정훈이라는 젊은 소설가를 등장시켜 그의 강연 녹음을 지욱이라는 화자가 풀어가는 과정을 보여주고 있다. 주로 인물의 담화로 서술이 진행되는데 이 같은 논리적 대화를 살펴보면 이청준의 문학적 태도가 잘 드러난다. 또한 「언어학 서설」에서는 인간이 언어를 잘못 부리게 되자 언어가 인간을 배신하고, 현실이 개인을 억압하는 상황이 제시된다. 이런 유형의 소설에서 인간은 주로 자신을 억압하는 상황과 대결해야 하는 처지에 놓이고, 이청준은 '복수심' '지배욕' '자유' '해방' 등의 핵심어를 적절하게 관계지어가며 그의 문학론을 개진한다.[22]

한편 군사독재 상황에서 써야 할 것을 쓰지 못 하는 불행과 억압된 지배구조에 맞서 실종된 주체를 탐색하는 작품인 『소문의 벽』, 「시간의 문」, 「황홀한 실종」 등도 문제작으로 평가된다. 이런 일련의 작품에서 이청준 소설의 중층성과 담화의 복잡성이 잘 드러난다.

가령, 『자유의 문』과 『당신들의 천국』, 『흰옷』, 「가해자의 얼굴」, 「시간의 문」, 『가수』 등에서 서술되는 인물간의 논리적 대화는 무척 의미심장하다. 작중인물의 담화와 화자의 대화적 관계에서 주제가 제시되기 때문이다. 이를 위해 이청준은 인물 담화가 재해석되는 양상을 서사의 전면에 배치한다. 다소 길게 이어지는 논리적 대화로써 이청준은 자신의 이념과 존재 방식을 작품에 게시한다. 그렇게 함으로써 그는 현실세계의 문제를 유기적으로 조망하고자 한다.

그런데 이청준의 소설에서 단정적인 상황은 거의 제시되지 않는다. 불확실한 상황에서 화자가 미지의 것을 찾아가야 할 이유만이 도입부에 나타난다. 그렇다고 해서 그가 찾으려고 하는 진정한 의미가 소설의 결말에서 완전히 드러나는 것도 아니다.

---

22) 우찬제, 「자유의 질서, 말의 꿈, 반성적 탐색」, 『이청준 깊이 읽기』, 문학과지성사, 1999.

탐정소설처럼 그런 상황이 가능하게 한 여러 조건이 이야기 전개에 따라 차츰 밝혀지고 있을 뿐이다. 말하자면, 이청준의 소설은 의문 상황을 가능하게 한 조건들만을 서두에서 제시하고, 사건의 의미를 탐색주체가 스스로 추적해 가는 열린 구조다. 이 같은 탐정소설의 기법을 차용하는 이유는 이청준이 고정된 의미를 작품에 부여하려고 하지 않기 때문이다. 하나의 의미를 부여함으로써 상황 자체를 닫힌 상황으로 만드는 결과를 이청준이 의도적으로 피하는 것으로 보인다. 그의 소설에서 주인공은 대개 문제를 해결하지 못한 채 의문을 품은 유예 상태로 세계를 끝없이 떠돌고 있다. 이에 독자의 호기심은 증폭되며, 탐색자의 욕망을 추적하는 독자의 능동적 사유가 극대화된다.

따라서 이청준의 소설에서는 탐색을 진행하는 문제적 인물과 그 사건을 재탐색하는 화자의 대화적 관계가 제시된다. 이런 과정을 통해 이청준은 독서를 창조적인 행위가 되도록 유도할 뿐만 아니라 주동인물이 해답을 찾아가는 여정에 독자들을 동참시킨다. 더 나아가 '나'라는 화자와 독자가 같이 문제를 풀어가는 듯한 착각을 불러일으킨다. 이 같은 탐색 형식이 그의 소설에 제시된 여러 조건과 상황의 관계를 스스로 생각하게 하는 데 기여하고 있다.

한편, 이청준 문학에서 중요한 의미를 지니는 초기작품에 나타난 중층구조는 점차 변모양상을 보인다. 서로 다른 독립된 이야기를 결합하는 상호텍스트성으로 서사가 확장되고, 보편성을 확보하는 양상이다. 예를 들면 단편소설인 「눈길」의 서사는 장편소설인 『축제』와 상호 결합하면서 주석의 역할을 담당한다.

더 나아가 일련의 귀향소설과 신화성에서 보이던 대립 관계는 집필 초기를 벗어나면서 화해·회귀의 양상으로 변모된다. 창작 후기에 접어들면서는 겹의 이야기 구조도 좀 더 복잡한 다층적인 서사들을 보인다. 이에 구조의 형식뿐만 아니라 주제의식의 변모 양상과도 연계하여 좀 더 분석할 필요가 있다. 이청준 소설의 주제에 관한 논의는 평자의 시각에 따라 달라질 것이다. 어떤 시각과 범주에서 설정하느냐에 따라서 주제형성방식 또한 다르게 도출될 것이다. 그동안 작가의 의도, 인물의 특징, 독자와 작가의 관계 등 다양한 측면에서 이청준 소설의 열린 결말과 주제를 살펴보려는 평자들의 분석이 진행되었다. 앞서 언급한 독자의 참여를 유도하는 방법상의 전술이라 파악되는 구조에 관한 논의23)도 여기에 해당한다.

이처럼 이청준의 소설에 나타난 중층구조와 주제형성방식에 따른 논의는 심도 있게 다루어져 왔다. 여기에서는 대표적인 초기 작품만이 아니라 창작 후기까지 발표된 단편과 중편소설을 살피겠다. 방법론으로 주제론적 구조의 분석에 유용하므로 이청준의 단편소설을 네 가지로 계열화하여 분석하려 한다.

2. 이청준 소설의 주제론적 구조

이청준 소설에 나타난 주제의식을 밝히는데 분석의 대상은 이청준 소설의 미학성이 가장 잘 드러난 단편과 중편소설이다. 이청준은 꾸준한 집필 활동으로 185여 편의 작품을 발표하였는데, 개별 작품의 분석에서 전제가 되는 것은 먼저 작품의 유기적 통일성이다. 그리고 구조를 살피기 위해서 작가의 자기의식이나

---

23) 김치수, 「소설에 대한 두 질문」, 『이청준』, 은애, 1979.

의도를 살펴볼 이유는 없겠으나 텍스트와 텍스트가 연계되고 상호 결합되는 이청준의 작품을 다룰 적에는 이야기가 달라진다. 흔히 대상 작품을 분석할 적에 가장 중요한 것은 작품 간의 유사함과 인과적 변화를 보이는 유기성이다. 그 중심에 작가의 자리가 놓여 있으므로 이청준처럼 오랜 세월 작품을 발표한 경우에는 구조의 변화와 주제의식의 변모 양상을 살피지 않을 수 없다.

그런데 이청준 소설의 주제의식과 의미론적 구조를 이야기하기에 앞서 작품에서 중요한 역할을 하는 '화자'를 먼저 살펴볼 필요가 있다. 대개 이청준의 소설에 출현하는 화자는 자의식이 충만하다. 이 글에서는 이청준 소설에 나타나는 화자를 '자의식적 화자'라고 칭하기로 한다. 여기서 언급하는 화자는 일반적인 문학작품에서 소설을 쓰거나 말하거나 '반영'하고 있다는 것을 전혀 의식하지 않고 있는 극화된 화자와 다르다. 즉 작품 내부에서 자신을 작가로서 의식하는[24] 자기의식적 화자다. 자기의식은 "감각적 세계와 지각된 세계 존재의 반성으로써 본질적으로 타자로부터의 복귀"[25]를 통해 생겨난다. 말하자면 자기의식은 대상에 대한 감각과 지각에 머문 상태에서 타자의 시선으로 자신을 바라봄으로써 생긴다. 자신을 내적으로 관찰하고 이해하는 주체에서 관찰되고, 이해되는 객체로 여길 수 있을 때, 소설에서는 독자의 시선을 의식하는 작가가 된다.

주지하다시피 웨인 부스가 의도한 '자의식적 화자'는 허구적 화자와 내포 작가 혹은 텍스트 안의 작가의 일치를 말한다. 그렇지만 이 글에서는 텍스트 안의 작가와 텍스트 밖의 실제 작가의

---

24) 웨인 C. 부스, 『소설의 수사학』, 최상규 옮김, 새문사, 1994, 198쪽.
25) 위의 책, 같은 쪽.

관계로까지 확장해 사용하기로 한다. 왜냐하면 정도의 차이는 있지만 이청준 소설의 1인칭 화자는 이청준과 일치되기를 지향하는 경향을 보이기 때문이다. 서사학적으로는 내포작가와 실제 작가의 일치는 환상에 불과할 수도 있다. 그러나 이청준은 허구적 화자 뒤에 숨지 않고 작품 혹은 작품들 간의 관계에서 타인의 시선에 자신을 노출시킨다. 타인의 시선은 인격의 통일성에 기여한다. 인간은 자신을 보는 타인의 시선을 의식하는 자신을 통해 인간의 본성과 상식과 현실에 비추어 이해할 수 있는 인격을 구성할 수 있다. 소설로써 구성되는 이청준의 실재성은 여기에 근거를 둔다.

말하자면 소설가로서 독자에게 자신을 노출시키는 '소설가 소설'의 화자가 이청준의 소설가적 의식을 그대로 지니게 한다. 그런가하면, 원체험이 여러 작품에서 반복되면서 이청준은 내포 화자의 역할을 한다. 동일한 화자의 '반복'은 독자에게 소설 내용의 사실성을 입증해 주고, 자아 정체성의 요건인 분산과 모순이 없는 통일된 인격을 구성한다. 「눈길」은 이청준의 고향 방문을 다룬 수필과 내용이 일치하는 대목이 많다. 대담 및 수필과 소설의 내용적 일치는 자의식적 화자를 확인하기에 적절하다. 예를 들면 『축제』와 「꽃 지고 강물 흘러」는 「눈길」 모티프의 반복과 변형으로 이청준의 일관된 자의식적 화자를 발견할 수 있다.

대개 자기를 사실적으로 반영한 글에서 '나'는 실제 작가와 동일하다. 이청준이 남긴 수필의 내용이 그의 소설과 거의 유사하다는 점을 상기하면 이해가 될 것이다.

형식면에서도 이 같은 자의식은 나타난다. 소설 속 화자들을 이청준이 일관되게 반영된 화자로 봤을 때 소설 속 자기의식과 타자의 시선은 이제 소설 밖 이청준과 독자의 관계가 된다. 소설 속이라면 「매잡이」에서처럼 "나는 지금 작가로서 소설을 쓰려 한다"고 썼을 때 작가와 독자의 관계가 내용에 드러나지만, 소설 밖에서라면 위 발언은 격자구조와 추리탐색 기법 등과 같이 독자의 시선을 의식한 형태로 나타난다.

그러나 실제 경험이라 할지라도 그 배치의 문제에서 허구성을 획득한다는 점을 감안하면 실제 작가는 문학 연구자에게 타자(他者)이고, 이를 독자 중심의 수용미학적 관점에서 보면 작가의 의도나 의식은 중요하지 않을 수 있다. 이를 극단화해서 롤랑바르트는 저자의 죽음을 선언하고, 독자의 탄생을 선언하기도 했다.26) 정념과 인식의 주재자이자 최종적인 기의의 담지자로, 언술 행위가 인간을 배제하고 이루어질 수 있다는 믿음 하에 텍스트 상의 주어로 저자가 전락한 것이다. 이 같은 해체철학의 관점에서 보면 자의식적 화자는 인식론과 존재론의 차원에 정의될 수 있다. 즉 '자기 동일성의 의미를 지니는, 본질과 진리라는 근원적 가치를 가진 주체의 위상은 무너진다. 이런 맥락에서 진실과 의미의 출처로 설정한 자의식적 화자는 하나의 허구이거나 강조할 만한 특질을 부여하여 구성한 '개념적 인물'27)일 수 있

---

26) 롤랑바르트, 『텍스트의 즐거움』(1973), 김화영 옮김, 동문선, 1977, 23~35쪽. 롤랑바르트가 어머니의 죽음 뒤에 쓴 『사랑의 단상』에서 슬픔을 숨기고 개인적인 진실에 독자를 개입시키려는 '몰개성적' 서술을 발견할 수 있다. 그러나 그는 애도의 주체가 자신임을 숨기지 않는다. 이 모순은 '저자'의 죽음을 말할 때 독자와 저자로서의 입장이 다를 수 있다는 점을 보여준다. 구조주의에 대한 신념으로 '저자의 죽음'이 나왔겠지만, 이후 이 관점이 유지되지 않았다고 해석할 수 있겠다.

27) 질 들뢰즈·펠릭스 가타리, 『철학이란 무엇인가』(1991) 이정임 외 옮김, 현대미학사, 1995, p.95. 철학은 개념들을 형성하고 창안하고 만드는 기술이라는 관점 하에 개념의 내적 일관성, 다른 개념과의 참조 관계, 고유 구성 요소들을 축적, 웅집, 일치시키며 생성되는 '강조적 특질'(pp.33-35)이 인물에 반영될 때 개념적 인물은 탄생한다. 플라톤의

다.

그런데 자기 동일성에 대한 회의는 곧 주체의 해체가 아니라 차이와 타자를 인정하며 '주체의 구성적 상호 관련성'[28](데리다)이나 다중 주체를 인정하는 것에 가깝다. 이런 맥락을 이청준의 자의식과 연계하여 설명하면 다음과 같다. 그에게 무엇보다 중요한 것은 화자가 다중 주체와 복수태의 텍스트 속에서도 일관되고 단일한 주체로 서려는 의지이다. 예를 들면 이청준은 『조율사』나 에서 '나'가 겪는 위궤양이 작가인 자신이 실제로 겪은 병이라는 사실을 밝히면서[29] 독자가 그 사실을 알아주길 바란다. 여기서 의식의 상호 매개 관계를 통해 주체를 일관되게 유지하려는 의지를 발견할 수 있다.

이처럼 동시대성과 독자와의 관계를 통해 '형성 중인 주체'로서 화자가 소설가임을 표방하는 작품에서 이청준과 화자가 일관되게 일치함을 주장할 때, 작품의 무의식적 구심점인 이청준을 제쳐놓을 수 없게 된다. 이런 차원에서 이청준의 소설 연구에서 작품론과 작가론은 상호침투할 수밖에 없다. 많은 연구자들이 이청준의 작품 외적 발언이나 글로 작품을 해석하고, 작품의 내용으로 이청준의 작가론을 구성하는 이유이기도 하다.

이와 같이 이청준의 소설에서 제시되는 특수한 화자의 자의식은 개별성을 넘어 공동적 자의식으로 발전한다. 이런 전제하

소크라테스, 니체의 디오니소스가 그 예이다. 이청준 역시 작품의 일관성, 상호텍스트성, 강조적 특질로 독자가 만들어낸 개념적 인물일 수 있다. 그런데 문학이 철학과 다른 점은 개념보다 감동과 지각을 특질로 하는 경험에서 출발하고 경험은 실재 대응물을 표방한다는 점이다. 특히 이청준은 자기 문학의 실재 대응물이 자신의 경험이라고 끊임없이 밝힌다.

28) 윤효녕 외, 『주체 개념의 비판』, 서울대출판부, 1999, 52쪽.
29) 이청준, 「작가의 말」, 『조율사』, 1977.

에서 본 연구는 의식의 지향성, 대화적 관계로서의 서사 과정을 살피려고 한다. 즉 이청준의 소설이 개체 상태의 소외나 분열을 극복하고, 타자와의 상호 인정과 소통으로써 화해와 통합을 향해가는 의미를 밝힐 것이다.

만일 자의식적 화자를 전제하지 않고 작품들과의 관계에서만 독해한다면, 첫 작품집 『별을 보여드립니다』에 등장하는 인물들의 불행한 가족 관계와 "유년시절에 대해 별로 좋지 않은 느낌"을 「개백정」과 「소문의 벽」에 비추어 "이데올로기 싸움" 때문으로 결론 내리게 된다.[30] 이럴 경우 이청준의 전기적 사실에 입각해, 친족의 이른 죽음을 소설로 우회적으로 노출하면서 자신을 치유하는 과정을 볼 수 있다는 점을 놓치게 된다. 따라서 이청준 작품의 주제와 구조의 지향점을 연구하자면 자의식적 화자를 주목해서 분석할 필요가 있다.

(1) 중층적인 서사구조

이청준이 반복해서 창작에 반영하는 서사의 틀은 대개 탐색구조다. 따라서 중층성을 띠는 이야기 구조와 주제의식을 연계하여 살펴보려한다. 두 가지의 방법으로 논의하는 것이 이청준 문학의 미학을 포괄적으로 밝히는 데 유효할 것이다. 논의하려는 작품은 「눈길」, 「귀향연습」, 「개백정」, 「퇴원」, 「병신과 머저리」, 『소문의 벽』, 『가수』, 「황홀한 실종」, 「매잡이」, 「줄광대

---

30) 김현, 「장인의 고뇌」 (1971), 『별을 보여드립니다』, 책세상, 2007, 631쪽. 김현은 이 당시에 이청준의 개인사를 몰랐던 것 같다. 그래서 "작가는 너무 많은 것을 숨기고 있다." 라고 토로한다. 이후

」,「불 먹은 항아리」,「과녁」,『이어도』,「석화촌」,「침몰선」,「시간의 문」,『비화밀교』이다. 기준으로 삼는 텍스트는 2015년 문학과지성사에서 출간한 개정판인데 장편소설은 제외하였다. 이청준 소설의 미학이 단편과 중편소설에 가장 잘 드러난다고 판단됨에 따라서 위에 언급한 작품들을 위주로 연구를 진행할 것이다.

이 글에서 분석하는 것은 크게 두 가지이다. 이청준 소설의 주제의식을 살펴보고, 서사기법과 구조의 특성을 논의하려 한다. 이를 위해 먼저 작품을 주제별 유형에 따라 네 가지로 나눌 것이다. 이청준의 소설에서 드러나는 세계를 원체험, 억압과 지배구조, 수직적 예(禮)의 초월 양상, 신화와 유토피아의 허상 등으로 유형화하여 그 특성을 논의하고자 한다.

주지하다시피 이청준은 자신의 소설에서 반복적인 서사구조를 사용한다. 이 같은 주제론적 구조는 그의 소설에서 전략적으로 기능한다. 따라서 서사의 전달방식을 살펴보는 것은 주제의식을 밝히려는 이 연구에 무척 유효하다.

이청준의 작품에서 독자에게 사건의 정보가 전해지는 것은 누군가의 진술에 의해서다. 사건은 주로 타자의 서술을 통해 간접화된 형태로써 제시된다. 그의 소설에서 사건의 주체는 대개 실종되었거나 진술을 할 수 없는 상태이기 때문이다. 결말을 알 수 없는 미완의 구조에서 대부분의 이야기는 '나'가 되었든 '그'가 되었든 서술하는 사람의 의식을 통과하는 방식으로 전달된다. 이는 일정한 거리를 두고 대상을 바라보는 작가의 관점이라 할 수 있다. 따라서 이청준의 소설에서 이야기를 전달하는 방법과 화자는 무척 중요하다.

「가수」에서 화자가 진실을 쫓는 과정에는 여러 명의 서술자가 등장하는데 그들은 모두 제각각의 진실만을 이야기한다. 그리고 작품에서 사건의 의미가 언급되는 순간, 다시 반대 개념을 담은 타자의 담론에 의해서 그 사건의 의미는 전이(轉移)된다. 그런 상황에서 사건은 하나의 의미에 고정되지 않고, 그것에 대해 판단이 내려지는 순간 그와 반대되는 해석으로 다시 자리를 바꾼다. 이처럼 이청준은 주체가 사라진 상황을 설정하고 독자에게 끊임없이 질문을 던지지만 해답을 보여 주지 않는다.

또한 『이어도』의 경우에서 보듯 이청준의 소설에서 인물간의 구도는 이원적 대립관계로 고정되어 있지 않다. 인물의 구도는 작중인물들의 담론, 혹은 사건의 진실을 탐색·추적함으로써 점차 변환된다. 서사 초반에 양주호를 불신하던 선우중위의 심리는 서사가 진행됨에 따라 점차 변화한다. 말하자면 사건의 의미는 상황의 변화, 화자의 탐색욕망, 작중인물들의 담론을 통해서 유동적이고 해체적인 것이 된다. 이 같은 양상을 이해하려면 서사를 진행하는 화자의 역할과 담론의 관계를 언급할 필요가 있다. 『서사담론』을 저술한 제라르 주네트의 말을 빌리자면 서사는 이야기를 전달하는 화자가 스토리를 말하는 서술 행위와 담론의 관계다. 이를 살펴보면 이야기를 담론화하는 서술자의 전략이 드러나고, 서사에서 서술자가 갖는 특성이 자연스럽게 파악된다. 특히 사건을 '어떻게' 서술하느냐의 형식에 의해서 그 '무엇'은 현실 세계와는 전혀 다른 의미망을 갖게 된다. 그러므로 '무엇'을 '어떻게' 이야기하느냐에 따라서 새로운 담론이 형성된다.

그런 맥락에서 이청준의 소설 분석은 화자의 반성적 서술 태도와 주제론적 구조가 밀접한 연관이 있다는 것을 고려해야 한다. 왜냐하면 서술행위가 어떻게 배열되는지와 그 전달방식을 유형별로 알아보는 것이 형식과 주제의식을 파악하는 데 효과적이기 때문이다. 따라서 이 글은 이청준 소설의 주제의식을 각 유형별로 분석하면서 서술양상과 서사가 간접화되는 방식을 살펴보려 한다.

『가수』처럼 서사의 서술 상황이 변화하는 한 예로써 「이어도」나 「석화촌」을 들여다보자. 이 작품들이 보여주는 현실세계는 다소 모호하고 추상적이다. 그런 현실세계는 사건을 탐색하는 화자가 이전에 미처 경험하지 못한 세계이거나, 때로 그 어떤 곳은 「이어도」에서처럼 작중인물이 도저히 도달할 수 없는 공간이기도 하다. 이렇게 불확실한 상황에서 의문의 추적을 진행하는 인물은 사라진 주체와 별 연관이 없는 데도 탐색하는 과정에서 스스로 욕망의 주체로 변환된다. 이 같이 이청준의 단편소설은 탐색 주체가 스스로 해답을 찾아가는 형식을 취하는 작품이 많은데, 의문의 상황은 「매잡이」, 『가수』, 『소문의 벽』, 『시간의 문』에서처럼 도입 단계에서부터 제시된다. 서두에서부터 미리 독자의 궁금증을 유발하는 것이다.

그리고 불확실한 상황을 화자가 추측하게 함으로써 독자의 호기심을 점점 더 불러일으킨다. 작품에 최소한의 실마리만을 제공하면서, 다른 한편으로는 호기심을 무한 증폭시키는 것이다. 화자는 언제나 그럴만한 이유가 있을 것으로 추측하면서도 그것을 지금 당장은 확실히 알 수가 없다. 이처럼 몇 가지 추측을 가능하게 하려면 그 추측의 전제 조건에 해당하는 정보들을 화자가 제공할 수밖에 없다. 그런 점에서 이청준의 소설은 화자가 독자보다 다소 많은 정보를 알고 있는 형식을 취한다. 이에 독자는 화자가 서두에서 제시하는 정보가 화자 자신의 추측인지와 그리고 그것이 사실인지 아닌지, 만약 사실이라면 그 사건과 무슨 관계가 있는지를 유추하면서 탐색에 동참하게 된다.

이 같은 구도에서 사건은 앞에서 언급한 『가수』에서처럼 제3자의 기억으로 재현된다. 사건의 의미가 탐색되는 과정에서 그 사건은 이미 간접화되며, 진실 또한 여러 명의 타자에 의해서 서술된다. 물론 여기에는 그런 서술 상황의 의미를 뒷받침해주는 기술적 방법이 따른다. 즉 이청준의 격자구조 소설에는 언제나 주체를 쫓는 관찰자의 시선이 따른다. 이때 관찰자는 소설 밖에 있지 않고 주로 소설 안에 존재한다. 그러므로 작중인물의 내면 심리는 관찰하는 인물의 의식에서 대부분 추체험된다. 이와 같이 작중인물의 내면에 들어가 있으면서 동시에 밖에 있다는 서술의 이중성이 이청준 소설의 특징을 형성한다. 이는 인간과 세계를 적절한 거리를 두고서 바라보려 하는 작가의 태도에서 연유한다. 이청준의 작품에서 화자는 맹목적 논리나 울분에 쉽게 휘말려 들지 않는다. 오히려 그것을 극복하려는 의식만이 투영되어 있다. 작중인물의 끝없는 회의와 반성적 상황을 보여줌으로써 냉정한 시선을 유지하고자 한다.

또한 외화와 내화의 이중구조로 이루어진 『가수』에서 화자는 대상을 인식하는 방법으로써 다면적 태도를 취한다. 실종된 인물의 알 수 없는 행로를 쫓는 의혹의 시선, 다원적 서술의 양상은 이런 관점과 연계되어 있다. 이는 작품에서 탐색 주체가 끊임없이 회의와 모색을 하는 반성적 태도로써 방증된다. 그리고 간접화된 사건에서 화자는 사건의 이면을 다층적 시선으로 파헤쳐 들어갈 수 있다. 실제로 이청준의 반성적 소설은 외형적으로 눈에 보이는 현실을 추구하는 것이 아니라 눈에 보이지 않는, 감추어진 세계를 찾아가고 있다. 회의와 반성적 태도로써 유사한 주제를 탐구한다거나, 혹은 해답 없는 추리만을 남겨놓는다[31]는 평가에서 알 수 있듯이 이청준의 소설은 다원적 시선이 교차하는 열린 구조이다. 즉 하나의 이야기에 다른 이야기가 삽입되는 중첩 구조[32] 등을 언급한 평자들의 논의[33]에서 알 수 있듯 이같은 구조는 이청준의 인식과 관련이 있다. 이청준은 자신이 즐겨 쓰는 열린 결말이 독자를 강력하게 참여시키려는 전략으로 기능한다고 밝힌 바 있다.

요컨대 이청준이 자주 사용하는 탐색구조, 텍스트와 텍스트의 상호 연관성 등은 독자의 독서에 영향을 미친다. 그의 소설에서 제시되는 열린 구조와 의미의 불확실성은 독자의 상상력을 좀 더 확장시킬 수 있다. 그런 까닭에 이청준 소설에서 환기되는 역동적 상상력은 독자와 화자 모두가 소설에 참여하는 주체의 역할을 가능하게 한다. 즉 암시되는 상황과 부비트랩처럼 놓인 알레고리적 텍스트에 숨어 있는 빈 곳을 독자 스스로가 채워가는 것이다. 따라서 이청준 소설을 바흐친의 대화주의와 연계하여 분석할 필요가 있다. 앞에서 언급된 이청준의 다층적 서사구조와 열린 텍스트는 독자와 능동적 대화를 시도한다. 그렇게 함

---

31) 오생근, 「갇혀 있는 자의 시선」, 『이청준』, 운야, 1979. 124쪽.
32) 이재선, 「병적 징후의 환기력」, 『한국문학의 지평』, 새문사, 1981.
　정명환, 「소설의 세 가지 차원」, 『이청준』, 은애, 1979.
　신동욱, 「진실을 탐색하는 이야기꾼」, 『현대작가론』, 개문사, 1982.
　조남현, 「문제적 인물에 대한 끊임없는 탐구」, 《문학사상》, 1984. 8
　천이두, 「이원적 구조의 미학」, 『한국문학과 한』, 이후출판사, 1985.
　성민엽, 「겹의 삶, 겹의 문학」, 《문학과 사회》, 1990. 여름호

으로써 작품의 불확실한 의미가 다양하게 수용될 수 있는 가능성을 찾고 있다.

방대한 양의 소설을 발표한 이청준의 경우 편의상 작품 경향을 구분할 필요성이 제기된다. 물론 초기-중기-후기 작가의 문학경향을 시기적으로 나누는 것이 적합한가에 대해서는 의문이 있을 수도 있다. 그러나 오랜 세월 동안 많은 양의 작품을 창작한 이청준의 경우에는 범주나 개념 없는 연구는 인식에 오류가 있을 수 있다. 창작 시기에 따라서 주제별 경향을 분류해서 분석하는 것이 타당하다고 본다. 이에 격자구조의 초기 작품들을 위주로 텍스트를 선정하였다. 첫 창작집 『별을 보여드립니다』와 이청준의 소설적 분신으로서 세계관과 예술관의 변모를 반영하는 장인과 예술가가 등장하는 작품, 고향과 귀향을 모티프로 원체험, 신화성과 관련된 작품이 연구의 범위에 포함된다.

그의 등단작 「퇴원」을 필두로 내면 탐구, 자유, 권력과 억압, 소설가의 정체성 확립, 도시 생활의 냉소적 시선 등이 창작 초기의 주된 경향이었다. 자기지시적인 내면탐색에서 벗어나서 공간적으로는 고향, 시간적으로 역사, 소설가로서는 지배에서 공동의 해방으로 영역이 확장되고 내면의 상처와 고통의 보편화 사회적 자아로서 세계관찰이 이루어진 1976년에서 1999년까지를 '중기'로 본다. 『인문주의자 무소작씨의 종생기』(2000)부터 이청준의 마지막 작품인 『신화의 시대』(2008)까지는 사회적 자아의 모험과 세계관찰이 마무리되고 고향의 세계로 돌아온 시기로 '후기'에 해당한다.

관념성이 농후한 이청준의 작품을 일반 독자가 이해하기는 쉽지 않다. 그런데도 그의 소설이 대중성을 확보하고 있는 것은 추리소설 기법을 차용하였기 때문이다. 그 같은 구조에서 화자가 다른 인물보다 더 많이 알고 있는 정보란 진실을 찾아가는 데 필요한 전제 조건일 뿐이다. 즉 이청준의 소설에서 화자가 독자보다 더 많이 아는 것이 있다면, 그것은 사건을 서술하는 데 필요한 장치일 뿐이다. 그리고 화자가 정말 알고 싶어 하는 진실은 독자 또한 궁금한 것이기도 하다. 호기심이 점차적으로 증폭되는 기술적 전략으로 이청준의 소설이 대중성을 확보했으리라 본다.

그렇다 하더라도 이청준의 소설 형식은 완전한 추리소설의 방식과는 다르다. 그 점은 바로 결말의 부재, 열린 결말이다. 이 같은 추리소설 기법의 비틀기로써 이청준은 독특한 소설의 양식을 만들어냈다. 중층 구조의 시원(始原)이 되고, 주제에 기여하는 열린 결말은 단일한 의미 체계에서 벗어나려는 전략이다. 즉 이청준의 열린 텍스트는 바흐친의 대화주의[34]와 동궤라 할 수 있다. 바흐친의 말을 빌리자면 소설에는 다양한 발화, 언어들의 관계 등이 내포되어 있다. 물론 이러한 바흐친의 대화주의가 이청준의 작품에만 해당하는 것은 아니다. 그에 의하면 텍스트에서 독자의 상상력을 확장시키는 원동력, 즉 대화주의는 특정한 텍스트에서 다른 텍스트, 이질적인 텍스트를 읽어내는 작업이자

---

34) 바흐친에게 언어나 텍스트는 언제나 특정한 상황의 결과이다. 따라서 구체적 상황에서 언제나 다른 언어, 다른 텍스트들과 접촉하고 결합되면서 끊임없이 새로운 텍스트로 생성된다. 그리고 이렇게 생성되는 텍스트들은 기존의 다른 텍스트를 내포하면서 상호텍스트성의 조건이 되는 것이다. 말하자면 상호 텍스트성은 텍스트 속의 다른 텍스트들, 이질적 텍스트 간의 상호영향관계, 즉 바흐친이 말하는 대화적 관계의 다른 표현이다. 만약 이질적 요소들이 단일한 원리로 통합되고 수렴된다면 그 텍스트는 단일한 시각만을 보여주는 독백적 텍스트이며 삶과 의미의 다양한 가능성을 포기하는 것이다. (대화주의: 텍스트와 텍스트의 대화 ↔ 독백주의: 상대성과 다양성을 거부하는 권위적인 언어, 모든 것을 단일한 원리나 체계로 수렴시킨다.)

타자를 읽어내는 글쓰기이다. 결국 바흐친의 대화주의는 의미의 불확정성, 주체 개념에서 타자의 중요성, 단일한 원리의 거부로 폐쇄된 구조에서 벗어나기 위한 것이다. 이와 같은 대화주의적 양상이 중층의 구조인 「매잡이」와 「가수」에서 잘 드러난다.

1) 「매잡이」, 「줄광대」의 추적자 유형

먼저 「매잡이」를 살펴보도록 하자. 이 작품에서는 화자가 직접 세 편의 매잡이 텍스트가 공존하고 있음을 고백한다. 기존에 발표했던 나의 소설 '매잡이', 민형이 쓴 '매잡이', 그리고 그 둘을 차용하여 지금 현재 새로 쓰고 있는 소설 '매잡이'가 바로 그것이다. 이런 텍스트의 주체들이 서로 관계를 바꾸어 가면서 대화를 시도한다. 텍스트 내의 담론 또한 그 대화성에 초점을 맞추어 나간다. 또 나와 민형을 중심으로 한 액자 밖 외부이야기와 매잡이 곽돌을 중심으로 한 내부이야기가 시종일관 대화적 관계를 형성하고 있는 것으로 보인다.[35]

「가수(假睡)」는 자살한 주영훈의 죽음에 대해 철도 기관사, 잡지사 동료, 주영훈의 아내 등 증언이 이어진다. 여러 증언들이 상호 소통하면서 잘못된 내용은 바로 잡거나 조정되어 사건의 진실에 접근해간다는 측면에서 이 작품은 대화적 관계를 보인다. 물론 사건의 한 측면밖에 볼 수 없는 여러 인물들의 해석은 벽에 부딪치게 된다. 결국 기자 유상균은 주영훈 사건에서 자신이 모르는 부분은 '상상력'으로 복원하여 기사를 작성하는데, 허순은 이런 허점을 지적한다. 진실이라고 믿는 이야기, 그리고 상

---

35) 김병로, 「한국 현대소설의 다성 담화기법 연구」(한남대 대학원 박사학위 논문, 1994).

상력이 첨가된 이야기는 일정한 담화 속에서 상대방에게 수용되거나 부정된다. 그러면서 좀 더 근거 있고 설득력 있는 사건의 진실을 향해 발전해 나간다. 「가수」는 담화주체들 간의 끝없는 교류와 소통으로, 이야기를 성급하게 결론짓거나 완성하지 않는다. 이렇게 언제나 열려 있는 역동적 대화의 관계를 보인다는 측면에서 대화주의 양상을 보여준다.

그리고 이청준 소설의 특징은 화자의 관점과 대화 논리에서도 나타난다. 인물과 인물, 인물과 화자, 화자와 화자의 대화성, 특히 인물 담화와 화자 담화의 대화성은 굳이 「매잡이」가 아니더라도 이청준의 소설에서 전반적으로 확인할 수 있는 양상이다.

이청준 소설에서 대부분의 화자는 전지전능한 위치에 있는 것이 아니라 오히려 작중인물 가운데 한 사람일뿐이다. 그리고 작가는 작중인물 중 한 사람의 관점을 빌리고 있다. 예를 들면 이청준 소설에는 광인이나 예술가·장인이 좌절하고 몰락하는 과정을 관찰하는 다른 작중인물이 존재한다. 이때 관찰자의 시선이 바로 작가의 관점이란 것을 짐작할 수 있다. 이런 대표적 작품이 단편 「매잡이」, 「줄광대」, 「소문의 벽」, 「과녁」 등과 같은 예술가소설이다.

그런데 사건을 탐색하는 과정에서 자신도 모르게 사건에 입사되는 탐색의 주체는 자신의 삶과 별 연관이 없는 데도 사건을 심층적으로 파헤치게 된다. 그 여정에서 불안한 개인의 특수한 경험이 보편성을 획득하게 된다. 따라서 이청준의 소설이 지향하려는 바가 '내 안의 타자'를 발견하고 진정한 '나'를 찾아가는 과정이라 할 수 있다. 말하자면 이청준의 탐색구조는 사회와 '나'

와의 관계 맺기·공동체적 가치를 실현하려는 작가의 전략에 다름 아니다.

한편 이청준은 소설에서 자신의 소설론을 펴는 작가로도 알려져 있다. 그는 「지배와 해방」에서 작중인물의 입을 빌려 자신의 글쓰기를 패배한 현실에 대한 복수 행위라 언급한 바 있다. "문학 욕망은 애초 우리가 살고 있는 현실질서와의 싸움에서 패배한 자가 그 패배의 상처로부터 자신을 구해내기 위한 위로와 그를 패배시킨 현실을 자기 이념의 질서로 거꾸로 지배해 나가려는 강한 복수심에서 비롯된다."(「지배와 해방」, 1977) 복수 행위란 은밀한 싸움이므로 자신의 모습을 숨기고 있어야 상대방을 속이면서 복수를 완성할 수 있다.

그러므로 복수하려는 주체는 얼굴을 숨기게 마련이다. 이청준의 복수의 글쓰기 역시 글 쓰는 이의 시선이 숨겨져 있다. 의혹을 제기하여 독자의 호기심을 환기하고 충족시켜 가다가 해답 없는 결말로 귀결된다. 이 같은 구조는 화자의 관점이 마치 소설을 읽는 독자의 관점인 것처럼 느끼게 한다. 그렇게 함으로써 이청준의 서사구조는 작가와 화자, 독자가 동일한 문제에 부딪혀 해결해 나가는 양상을 보여주고, 복수의 글쓰기에 독자의 동참을 이끌어낸다. 이와 같은 주제론적 구조와 의미의 양상을 바흐친의 다성성과 대화주의를 바탕으로 살펴보려 한다.

이청준에게 고향은 자기 존재의 모태가 되고, 부끄러움과 원죄 의식으로 작용한다. 따라서 그의 귀향 소설에서 주인공은 남편과 사별한 어머니 곁에서 끝없이 탈향과 귀향을 반복한다. 이런 유형의 소설에서 어머니는 자식을 위해 인고하는 어머니로 형상화된다. 아버지와 형의 죽음은 주체에게 가장의 역할을 강요한다. 고학으로 대학까지 마친 주체에게 그런 책임감은 고향을 부정적으로 인식하게 만든다. (「눈길」)

그러나 고향을 멀리하려고 할수록 주체는 원죄의식을 느끼게 되는데 이러한 죄책감은 고향을 떠올릴 때마다 앓게 되는 '배앓이' 증상(「귀향연습」)처럼 은유적으로 나타난다. 고향은 홀어머니가 죽음을 기다리는 공간이다.(「새가 운들」) 이 공간을 도피하고자 하는 심리로 유년의 기억에 존재하는 고향, 즉 환상적 공간으로서의 고향이 굴절되어 작품에 나타난다.

그렇더라도 생존 공간인 도시의 삶이 힘들수록 고향은 주체에게 이상향의 의미를 지닌다. 일반적으로 고향은 인간적인 삶이 있는 곳이며, 고단한 현실을 견디게 하는 정신적 지주 역할을 한다. 마찬가지로 이청준 소설에 나타난 고향 역시 생명력이 소멸한 도시에서 찾아볼 수 없는 근원적 생명의 표상이며 생명을 잉태하는 곳이다. 주체는 결국 죄의식과 부끄러움을 고백하고, 맺혀 있던 감정의 앙금들을 풀어내면서 고향의 긍정적 의미를 발견한다.

이청준의 소설에서 원체험의 장소인 고향은 애증의 공간으로서 자신의 삶을 되돌아보게 만드는 반성의 매개체가 된다. 고향은 가난으로 찌든 부끄러움의 공간이지만 다시 돌아가야 할 삶의 근원이자 뿌리이기 때문이다. 따라서 고향의 서사는 탈향과 귀환, 즉 반드시 되돌아감을 전제로 하는 신화의 양상을 보이기도 한다.

주체가 고향 체험을 하는 과정에서 자기 정체성을 회복하며 불화하는 현실을 극복하는 양상을 순차적으로 서술된다. 더 나아가 정신적 구원의 길에 이르고, 결국 고향을 긍정적 공간으로 회복하는 과정을 보여주고 있다. 그렇게 함으로써 탈향과 귀향이라는 회귀구조에서 소외받고 억압당하는 주체가 타자를 용서하고 화해하며 상처를 치유하게 된다.

2) 전짓불 모티프의 작품

이청준의 소설에서 전짓불이라는 모티프가 직접 언급된 소설은 「퇴원」, 「씌어지지 않은 자서전」, 「소문의 벽」, 「잔인한 도시」, 「전짓불 앞의 방백(傍白)」 다섯 편이다.

전짓불 체험은 그의 작품세계를 관통하는 작가의 원체험(原體驗)으로 이청준 작품 분석에 중요한 실마리를 제공하는 모티프다. 유년시절부터 갖게 된 트라우마의 기저는 아버지의 폭력적인 전짓불(「퇴원」), 6.25 전쟁으로 인한 전짓불(「씌어지지 않은 자서전」, 「소문의 벽」, 「전짓불 앞의 방백」), 1970년대 산업화로 인한 비정한 도시의 전짓불(「잔인한 도시」)이 있다. 공통적으로 이 전짓불들은 주인공을 억압하고 감시한다.

여기에서 분석 대상으로 삼는 것은 전쟁 체험으로 겪게 된 전짓불이다. 작품을 분석을 하면서 주체가 느끼는 두려움의 양상을 살펴보려 한다. 이청준이 자주 사용하는 '전짓불의 두려움'은 자신의 원체험을 비유적으로 표현한 것이다. 한밤중에 정체를 알 수 없는 전짓불이 나타나 주체에게 어느 쪽 편인지 대답을 강요한다. 주체는 전짓불 너머의 정체가 경찰인지 공비인지 알 수가 없다. 상대가 누군지를 모르기 때문에 주체는 진술하는 것에 공포감을 느낀다. 오직 상대방과 같은 편이냐, 아니냐에 의해서 생사가 결정되기 때문이다. 잘못된 선택이 초래할 결과에 두러움을 느끼는 주체는 결국 진술을 거부한다.

「소문의 벽」에서 작중인물의 정신적 외상은 결국 진술을 거부하는 병적 징후로 나타난다. 표현의 자유를 박탈당하고, 진술을 거부하는 박준은 진실의 언어가 거부되고 거짓이 판치는 시대상황을 비유하는 인물이다.

이청준의 대표작품 중 하나인 「병신과 머저리」는 전쟁 체험 세대인 형과 미체험 세대인 동생, 두 인물의 아픔을 형상화한 작품이다. 6·25를 직접 체험한 형은 자신이 수술한 소녀가 죽게 되자 병원 문을 닫고 소설을 쓰기 시작한다. 화가인 나는 형의 소설쓰기에 민감하게 반응한다. 그리고 형의 소설이 끝나지 않으면 자신도 그림을 그릴 수 없다는 초조함 때문에 형의 소설을 찾아 읽는다. 형의 소설은 서로에게 반성적 계기가 되고, 그 아픔을 바탕으로 새로운 삶을 시작할 수 있는 힘으로 작용한다.

「침몰선」은 침몰한 배를 매개로 세계에 눈 뜨는 소년의 의식변화를 보여주는 소설이다. 전지적 작가시점이지만, 특정인물의 내면심리를 중점적으로 나타내기 위해 선택적 작가시점을 취하고 있다. 어린 시절 주인공은 주변 어른들이 '침몰선'을 보며 말하는 것을 듣고 환상을 만들어간다. 이 작품은 세계를 주체적으로 바라보지 못하는 소년의 미성숙을 보여준다. 그 후 환상이 사라지고 전쟁과 죽음에 대한 아픔을 인식하는 청년으로 성장하게 된다.

3) 예술가 소설

한편으로, 이청준 소설의 주류를 이루는 것이 수직적 예의 세계를 추구하는 장인의 초월적 세계관이다. 이에 전업 예술가에 관한 소설의 논의를 살펴볼 필요가 있다. 독일의 마르쿠제(H. Marcuse)[36]는 근대가 시작되는 상황에서 예술가소설의 역사철학적 위치를 예지력 있게 파악하였다. 그의 논의는 이후의 예술가소설의 개념을 가늠하는 데 충분한 근거를 마련해주었다. 마르쿠제는 루카치[37]가 말한 파편화된 총체성의 시대에 예술과 생활이 분리되었고, 이 부조화와 불일치 때문에 독일의 예술가소설이 탄생했다고 설명했다.[38] 결국 예술가는 결국 이상과 현실, 예술과 생활, 주관과 객관이 대립된 채 분리되는 문화의 저주를 경험한다. 그래서 예술가는 생활형식과 제한으로 어떤 것도 충족하지 못하고, 동화되지도 못한 채 현실에 고독하게 맞선다. 여기에서 예술가소설이 탄생한다. 이런 현실에 동화하지 못하는 예술가의 세계는 이청준의 문제의식과 맥이 닿아있다. 이같은 소재는 그의 주제의식과도 긴밀하여 이청준의 작품 세계를 살펴보기에 적합한 텍스트이다.

「매잡이」는 이 작품은 사라져가는 전통인 매잡이를 고집하

---

36) H. 마르쿠제, 김문환 편역,「독일 예술가소설의 의의」,『마르쿠제 미학사상』, 문예출판사, 1994.

37) G. 루카치, 반성완 역,『소설의 이론』, 심설당, 1998.

38) 다음 인용 구절은 마르쿠제가 루카치와 동일한 지반 위에서 예술가소설의 특징을 설명하고 있음을 명확하게 보여준다. "예술가가 하나의 고유한 생활형식을 대표하게 될 때, 전체의 생활형식들이 그의 존재에 더 이상 들어맞지 않게 될 때, 즉 예술이 더이상 생활에 내재적이지도 않고 전체의 완성된 생활에 대한 필연적인 표현도 아니게 될 때, 예술가소설은 비로소 가능해진다. 그것은 이상과 현실이 아직도 하나로 형성되어 있고 이상이 아직도 생활 속에서 자신을 구체화하며, 따라서 생활형식이 이상에 의해 관철되고「예술적」이 되는 유일한 경우이다. 그러나 통일 속에서 존재할 때에만 예술가는 또한 전체의 한 부분으로서의 자신을 충족시킬 수 있고, 전체의 생활형식과 동화될 수 있다. 환경 자체가 이상과 형태(Gestalt), 정신과 감성, 본질과 현상의 완전한 통일을 표현하는 곳에서만, 예술가는 그에게 필연적으로 적합한 형식을 주어진 것으로서 만나게 된다."(H. 마르쿠제, 앞의 책, 8~9쪽.)

다가 죽어가는 곽돌의 삶을 형상화하고 있다. 액자 속 매잡이 곽돌의 삶과 액자 밖 민태준은 삶의 양식이 유사하다. 이는 작가의 의도로써 독자는 둘의 삶을 하나의 끈으로 이어진 유기적 관계로 읽게 된다. 민태준이 소설가이면서도 소설을 쓰지 못하는 것처럼 곽돌도 매잡이이면서 사냥을 하지 못한다. 그들은 시류에 영합해서 살아가는 편한 길을 외면하고 진정한 장인의 세계를 고집하며 살아가지만 현실은 그들의 정신세계를 실현시켜주지 못하고 그들을 죽음으로 내몰고 만다. 두 사람은 풍속의 미학을 추구하고 타락한 현실에 저항하며 새로운 진실을 찾고자 한다.

이처럼 이청준 소설에 나타난 장인과 예술가들은 일상에서 불화를 극복하지 못한 문제적 인물로 등장한다. 그들은 예술가의 가치를 지키려고 노력하는 인물들이지만 시대 변화에 적응하지 못한다. 그리고 세계와의 대립에서 극단적인 이원성을 보여주며 결국 패배하게 된다. 작품에 등장하는 매잡이, 줄광대, 트럼펫 사내, 사진작가, 소설가, 화가, 궁수 등은 자신의 예술혼을 끈질기게 추구하지만 현대적 삶으로부터 소외되고 좌절한다.

때로 장인, 예술가들이 변화되어 가는 시류에 어느 정도 영합하는 것처럼 보이기도 하지만 오히려 이들의 선택은 현실의 삶과 더 동떨어진 실종이나 죽음으로 귀결된다. 즉 그의 소설에서 예술혼은 예술가가 죽거나 실종됨으로써 완성된다. 줄광대는 줄에서 떨어져 승천하고(「줄광대」), 매잡이 곽돌은 굶어 죽고 민형도 스스로 목숨을 끊음으로써(「매잡이」) 자신의 삶을 완성한다이 같은 결말은 결국 시대의 흐름을 장인들이 거부함으로써 그들의 예술적 자존을 지키려는 몸부림이라고 볼 수 있다.

이렇게 이청준 소설에서 예술가들은 거의 예외 없이 실종되거나 죽는 방식으로 '자기의 욕망'을 충족하거나 실현한다.[39] 그와 같은 양상을 「시간의 문」을 중심으로 살펴보자. 이 작품에는 나르시시즘적 미학이 담겨있다. 동시대와 동시대인에 대한 사랑이 없이 풍경에서 절대적 예술성을 추구하는 사진작가 유종열에게 사진은 현재를 찍는 행위가 아닌 미래의 인화로써만 존재한다. 인화라는 미래의 해석 행위를 통해 현재가 존재할 수 있다는 믿음은 현재에서 도피하는 일로 현재와 미래에 좁힐 수 없는 간극을 만든다. 절망한 그는 월남의 남민선으로 옮겨 타고, 해무 속에서 뒷모습만 사진에 찍힌 채 실종된다. 이 작품에서 인화란 미래의 해석을 버린 그는 고향을 잃고 고통에 처한 난민들 속에서 동시대의 공동 고통을 느끼며 영원한 현재에 살게 된다. 결국 유종열은 사진을 남기고 실종됨으로써 자기실종의 욕망을 실현한다.(「시간의 문」)

그런데 이 작품은 「과녁」에서 소년이 죽는 결말로써 장인의 예술혼이 자신의 공간에서 소외당하는 것과 다른 정치적 양상이 숨어 있다. 이 작품의 배경이 되는 동남아 해상에는 피난민들의 배가 죽음의 항로를 헤매고 있다. 유종열의 꿈은 살아있는 사진을 찍어 시간의 문을 여는 것이었는데 유종열은 난민선으로 건너간 이후에 실종되고, 그의 유작전이 5년 후 한국에서 열린다. 유중열이 찍은 사진을 그의 부인에게 전해준 것은 일본인 선장이다. 그의 역할과 말은 의미심장한데 그 같은 결말을 분석하면서 작품의 의미를 파악하겠다.

앞서 언급한 마르쿠제[40]의 논의를 생각해보면, 낭만적 유형

---

39) 황경, 「이청준 소설에 나타난 예술적 주체의 죽음과 소설론의 상관성 연구」, 『한국현대문학 이론연구』, 2011, 365쪽.

의 장인들이 현실에서 더 이상 예술을 충족할 가능성이 없을 때, 예술가들은 현실과는 거리가 먼 이상의 세계에서 욕망을 실현하려 한다. 말하자면 이청준의 소설에서 드러나는 예술가의 죽음은 자기 실종의 욕망을 충족시키기 위한 실현수단이다. 그와 동시에 예술혼을 완성시킴으로써 시화된 세계(Petisierte Welt)로 도달하고자 하는 의지인 셈이다.

그와 같은 과정이 「줄광대」에서도 제시된다. 이 작품은 2대에 걸친 줄광대의 삶을 중심으로 한 내부 이야기, 신문기자인 '나'를 중심으로 한 외부 이야기로 짜여 있다. 여기에서 '나'는 단순한 이야기의 전달자가 아니다. 줄광대와 대조적인 삶을 보여주는 인물로 등장함으로써 내부 이야기의 주제를 더 선명하게 부각시킨다. 이 작품에서 주요 인물은 허노인과, 운, '나'이다. 이 소설은 인생을 줄타기에 바친 허 노인, 아버지의 뒤를 이어 장인의 경지에 이르지만 결국 스스로 죽음을 택하는 아들 운, 그리고 이에 반해 자신의 일에 그다지 큰 의미를 느끼지 못하고 무기력하게 살아가는 '나'의 태도를 대조한다. 그렇게 함으로써 이 작품은 현대인이 잃어버린 소중한 정신이 무엇인지를 심층적으로 모색하고 있다.

「줄광대」에서 허 노인과 그의 아들 허운, 이들 부자는 줄을 더 탈 수 없는 상황에 이르자 죽음을 택한다. 그들을 죽게 한 것은 자신들의 엄격함이다. 이런 엄격함이 장인 정신의 정수라 할 수 있다. 둘의 죽음은 자신의 영토를 상실하고 지상에서는 더 이상 삶의 의미를 찾을 수 없는 사람이 선택할 수밖에 없는 필연적인 운명이었다. 이처럼 기꺼이 줄에서 떨어져 죽음으로써 승천

---

40) 허버트 마르쿠제, 김문환 역, 『마르쿠제 미학사상』, 문예출판사, 17쪽.

을 이룩한 장인정신의 의미와 예술적 삶의 가치를 살펴보기로 한다. 죽음의 전이와 재생의 의미를 논의하려 한다. 「불 먹은 항아리」 대상으로 수직적 예의 추구와 초월적 세계관을 「과녁」을 중심으로 살펴보려 한다. 이 작품은 검사인 석주호와 북호정 노인의 대립을 다루고 있다. 이야기는 석주호 검사가 공원을 산책하다가 북호정에서 활쏘기를 배우려는 것으로 시작된다. 궁도를 추구하는 노인과 달리 석주호는 욕망에 사로잡혀 과녁 맞히기에만 급급하다. 그는 예술로써 삶의 총체성을 회복하려는 예술가의 의지를 꺾는 인물이다. 석주호 때문에 파괴되는 북호정은 현대문명을 거부한 탈속적인 공간인 동시에 활 쏘는 노인과 고아 남매가 장인정신을 추구하며 살아가는 곳이다. 석주호가 화살을 줍고 과녁을 안내하는 소년을 쏴버리는 것으로 예술의 세계는 파괴된다.

4) 신화의 세계

마지막 주제 유형은 신화의 세계와 낭만적 유토피아의 허상이다. 신화성은 한 집단의 관습적 행위와 집단적 경험을 의미화하는 틀이다. 통상적으로 신화의 세계관에서는 인간의 본질과 인생의 목적이 정해져 있다.

이청준은 창작 후기에 『신화를 삼킨 섬』(2003), 『신화의 시대』(2008) 등과 같은 신화성이 짙은 작품들을 계속 출간했다. 이청준이 마지막으로 남긴 작품이 『신화의 시대』란 점을 감안하면 그의 문학이 최종적으로 도달하고자 하는 신화의 세계를 지향하고 있음을 추정할 수 있다. 이청준 사후에 출간된 장편소설인 『신화의 시대』는 그의 40여 년 문학 인생을 총결산하는 작품이다. 작품의 구성과 내용, 그리고 미완성 유작임을 감안하면 작가는 아마도 방대한 분량의 작품을 구상하고 있었음이 추정된다. 대하소설로 구성하려 했음직한 의도를 생각해보자면 이청준 문학의 귀착점이 바로 신화의 세계였음을 유추해 볼 수 있다. 이 작품은 갈등을 극복하고 화합을 기원하면서 새 희망을 추구하는 양상을 보인다.

그런데 이청준의 작품에 드러난 신화의 세계는 일반적으로 알려진 신화와는 다르다. 예를 들자면 이청준의 후기작인 『신화를 삼킨 섬』에서 김통정, 김방경 전설은 아기장수 이야기의 다른 변이양상을 드러낸다. 이런 영웅 모티프는 섬 공동체의 저항과 현실적 인식을 보여준다. 작가는 무속인을 주요 인물로 창조하고 민속학자 고종민의 시선으로 역사적 상처의 치유를 모색한다. 이청준은 이 작품에서 역사의 상처를 치유하는 데에 굿이라는 종교의례를 제시하며, 한국의 특수한 문화사적 현상을 담론화했다. 이런 점에 주목하여 민중이 자발적으로 참여하는 제의로써 역사적 상처를 치유하는 과정을 살펴보겠다. 씻김 제의적 양상에서 씻김굿은 죽은 자의 넋을 천도하는 무속제의이다. 이러한 연행은 죽은 아버지의 역사를 현재적 의미에서 해석하려 한다. 즉 용서와 화해라는 차원에서 제의가 진행된다. 따라서 씻김 제의적 양상은 그의 문학이 최종적으로 지향하는 것이 무엇인지를 암시한다.

한편 이청준의 문학세계에서 신화적 공간은 용서와 화해로써 조화를 이룬 삶의 공간이다. 그 공간에서 통과제의의 형식은 새로운 탄생, 즉 재생의 의미를 지닌다. 이는 역사와 사회를 중심으로 하는 상상력의 확대선상에서 이청준의 신화의 세계가 놓여있음을 뜻한다. 그리고 일종의 무속적 색채가 짙은 이청준의 신화에서 죽음으로 표상되는 시련은 본질적인 탐색의 과정이다. 주인공은 이 과정에서 깨달음을 얻고 다른 사회로 나아갈 수 있다. 이와 같은 양상을 지라르의 희생양 메커니즘과 바타이유의 희생제의 이론 중심으로 살펴보겠다.

일반적으로 희생제의에서 공동체를 구원하고 소모되는 희생양은 신성시되는데, 이청준의 소설에서는 글을 쓰지 못하는 글쟁이들은 소외된다. 또한 다른 세계로 탈주를 꿈꾸는 인물들은 희생양 징후를 보이거나 희생양으로 지목되어 제의적 죽음을 맞는다.

이런 맥락에서 통과 제의, 희생제의, 씻김 제의가 그의 이를 위해 객관 세계에 대한 주관의 인식에서, 신화가 갖는 의미를 개인의 진실과 사회의 진실의 실현 과정을 보여준 작품이 「과녁」이다.

또한 주체의 욕망과 신화 공간의 양가성, 구원의미를 제시한 「이어도」 또한 이청준 문학세계에서 큰 의미를 갖는다. 바로 인간 구원과 근대적 주체의 자아의 성찰이라는 점 때문이다. 이 작품에서 나타난 신화의 세계는 그의 후기 작품세계가 변화하는데 영향을 미쳤다고 할 수 있다. 「이어도」에서 탐색 주체인 선우현 중위는 사실과 언어의 투명성만을 믿는 근대적 주체이다. 그는 천남석의 죽음-실종 때문에 제주-몸의 세계로 발을 내딛는다. 이 탐색의 여정에서 미학적이고 심리적인 힘을 불어넣는 것이 '이어도'란 섬의 신화적 모티프와 여성 인물들이 조성하는 무속 모티프이다. 오랫동안 제주도민들에게 전설로 내려온 섬인 이어도는 죽음을 경유해야 도달할 수 있는 천상적 유토피아다. 그래서 이어도는 인간 존재의 유한성을 극복하는 구원의 기능을 한다. 이어도는 현실의 억압에 순종하면서 그 현실을 감내하게 만드는 양가적 종교기제로 작용한다. 또한 이 양가성은 천남석의 실종이 자의적 선택이라고 암시되는 소설의 결말부에서도 드러난다. 말하자면 이어도란 섬은 역설적 삶의 현실 공간이면서도 구원이 되는 신화의 세계로 기능하는 것이다.

이와 비슷한 공간의 양상을 보이는 작품은 「석화촌」이다. 이 작품은 미신을 신봉하는 서해의 외딴 섬 마을에서 벌어지는 사건을 다루고 있다. 석화 따는 일을 오로지 생계수단으로 삼는 마을 사람들은 미신을 믿는다. 그것은 바닷가에서 한 사람이 죽으면 그 사람의 혼령은 다른 사람이 또다시 빠져 죽기 전까지는 저승길에 오르지 못한다는 것이다.

한편, 용서와 화해의 의미로 연행되는 씻김 제의적 양상을 나타내는 텍스트는 「비화밀교」이다. 영웅 신화의 신이한 탄생담에서처럼 천관산은 이 작품에서 신화적 공간으로써 매개체의 역할을 한다. 이 작품에서 마을 사람들이 천관산에 올라 횃불을 들고 소망을 비는데 이는 일종의 제의적 걷기(Ritual Walking)에 해당한다.

전술한 바와 같이 이청준은 타인과 사회 질서를 통칭하는 세계와 분열하는 의식을 갖고 문학을 시작했지만 점차 세계의 공동적이고 구체적인 형태이자 정신인 역사를 인식해 갔다. 더 나아가 역사의 상처를 넘어서기 위해 신화의 세계관에 도달한 것은 자신의 경험과 역사에 대한 부단한 성찰의 결과였다.[41] 말하

---

41) 『이청준 소설 연구, -의식의 분열에서 신화적 통합으로-』 중앙대 박사학위 논문, 2013.

자면 이청준은 시대와의 조응을 잃지 않고, 문학은 그 주제가 보편에 이르더라도 그것은 특수한 개인의 보편의지에 따른 것임을 자신의 소설에서 구현하고자 하였다. 21세기 한국문학의 개별화된 정신과 '새로움'에 비하면 고전적이기까지 한 이청준의 문학을 살펴보는 것은 유의미한 작업이 될 것이다.

(2) 원체험 소설의 주제별 유형

이 장에서는 이청준 소설의 중편과 단편 대표작들을 주제에 따라 다음 네 가지 유형으로 나누어 논의한다. 원체험과 모성 탐구 차원에서 고향 체험이 주체에게 어떤 의미를 지니는지 「눈길」, 「귀향연습」을 중심으로 살펴볼 것이다. 또 작가의 원체험(原體驗)으로 이청준의 작품 분석에 중요한 실마리를 제공하는 전짓불 체험을 「소문의 벽」으로 논의하고자 한다.

지배와 억압의 구조에서는 현실세계의 폭력성과 억압의 메커니즘(「병신과 머저리」),타자의 시선과 패놉티콘(Panopticon)적 상황(「가수」), 환부의 발견과 치유의 글쓰기(「퇴원」), 환상의 상실과 죽음의 인식(「황홀한 실종」)을 차례로 살펴볼 것이다.

숭고한 예의 추구와 장인(匠人)의 수직적 초월 양상을 살펴본다. 예술과 현실의 이원적 대립(「매잡이」), 장인의 실종 욕망과 숭고미(「시간의 문」), 죽음의 전이와 재생의 의미(「불 먹은 항아리」) 양상을 수직적 예의 추구와 초월적 세계관(「과녁」)이란 차원에서 논의할 것이다.

신화의 세계와 낭만적 유토피아의 허상에 관한 논의다. 주체의 욕망과 신화 공간의 양가성(「이어도」), 원형의 회귀 양상과

통과제의적 구조(「석화촌」), 죽음의 초월과 씻김 제의적 양상(「줄광대」), 희생제의와 공동체적 가치 실현 추구(「비화밀교」)를 연구하려 한다.

주지하다시피 이청준의 소설은 서사방식이 주제와 밀접한 관련이 있으므로 주제별 유형을 논의하면서 서사구조도 함께 살피고자 한다. 그리고 이청준이 상호텍스트성, 의미의 불확실성 같은 열린 구조로 독자와 능동적 대화를 시도한다는 점에서 바흐친의 대화주의와 다성성을 바탕으로 텍스트를 분석하겠다.

소설을 쓰는 이유는 어떤 의미로든 욕망과 결부되어 있다. 소설에는 소설가, 주인공, 독자의 욕망, 이렇게 세 가지의 욕망이 각각 존재한다.[42] 그중에서 소설가의 욕망은 세계를 변형시키고자 하는 것인데, 이에 따라 작가는 세계를 자기 식으로 변모하려고 애쓴다는 것이다. 이와 같은 김현의 말은 이청준이 왜 소설을 쓰는지와 정확히 일치한다.

'왜 소설을 쓰는가' 하는 문제에 이청준만큼 집요하게 매달린 작가도 드물다. 이청준은 자신이 소설을 쓰는 이유가 '삶의 현실에 대한 복수심' 때문이라고 했다. 1981년 한 대담에서 직접 진술[43]했듯이 자신이 패배하고 굴복해야 했던 현실의 질서를 소설에서 자기 식의 새로운 질서로 변형한다는 것이다. 즉 세계

---

42) 김현 편, 『장르의 이론』, 문학과지성사, 1987, 196~197쪽 참조.

43) "저는 소설을 쓰는 강렬한 충동이라든가 하는 것을 복수심 같은 데에서 많이 찾습니다. 물론 점잖게 얘기하면 지배욕이라든가 자유에 대한 욕망이라든가 이렇게 얘기할 수 있겠지만, 원색적으로 이야기하자면 복수심이지요. 그런데 복수를 잘하는 방법은 자기의 복수심을 얼마나 음흉하게 잘 숨기느냐에 따라서 그 성패가 결정된다고 생각돼요. 소설이 이렇게 어떤 복수 행위로 써진다면, 그 소설이 얼마나 복수심을 은밀하게 잘 숨기고 있는가에 따라서 성과도 좌우된다. 그렇게 극단적으로 얘기할 수 있는 면도 있다는 말이지요." 이청준/김치수 대담, 『신동아』 1981년 10월, 김치수 『박경리와 이청준』 민음사 1982에 재수록, 221쪽.

를 자기가 원하는 방식으로 변화하려는 욕망 때문에 이청준은 소설을 쓰는 셈이다.

그런데 소설이 이렇게 '복수 행위'로 써진다면, 그 소설은 얼마나 복수심을 은밀하게 잘 숨기느냐에 따라 성패가 좌우된다. 그렇다면 그가 현실 질서와의 싸움에서 패배하였다는 것은 무슨 의미이며, 복수심을 은밀하게 잘 숨기기 위해 동원하는 전략이란 무엇인가 하는 것이 이청준 소설을 분석할 때 매우 중요한 단서가 된다.

먼저 그가 현실 질서와의 싸움에서 패배하였다는 것이 무엇인지 알아보자. 복수심의 뿌리가 되는 '현실 질서와의 싸움에서의 패배'를 오생근[44]은 정신적 외상으로 진단한다. 이를 더 자세히 이야기하면, 첫째는 가난의 원죄의식이며 둘째는 6.25 때 겪은 '전짓불'로 인한 공포의 체험이다.

이청준이 직접 진술[45]했듯이 원죄의식은 촌놈이라는 남루한 삶, 바로 가난이다. 가난은 그가 낯선 도시에서 살아가면서 더욱 뼈저리게 느껴야 했고 그것이 부끄러움을 잉태했으며, 그 부끄러움을 극복하고 도시에서의 패배한 삶에 복수하기 위해 소설을 쓰게 되었다.

두 번째는 전짓불 앞에서의 공포다. 이는 이청준의 소설이

---

44) 오생근, 「갇혀 있는 자의 시선-이청준의 작품세계」 권오룡 엮음, 『이청준 깊이 읽기』, 문학과지성사, 1999, 127쪽.

45) "내가 문학을 하게 된 동기랄까 하는 것을 꼽으라면 한 세 가지 정도를 꼽을 수 있을 것 같아요. 그 중에서도 다른 것을 다 포괄할 수 있는 한 가지만 꼽으면, 내가 촌놈이어서 시골에서 태어나 살다보니 도회지로 옮겨오면서 갖게 된 어떤 절망과 동경 같은 것이 문학을 하게 된 동기가 된 게 아닌가 싶어요. (중략) 뭐랄까. 원죄의식이라고 말할 수 있을 것 같아요. 말하자면 삶의 출발이 남루해서였다고 하겠지요. 아마도 삶이 고난스러워서 그런 것이겠지만 어머니나, 혹은 시골 사람들은 모두가 허물을 자기 탓으로 돌리는 정서가 있는데, 그걸 요즘 식으로 말하면 원죄의식이라고 할 수 있겠지요." 이청준/ 권오룡 대담, 앞의 책, 25~26쪽.

단순한 개인적 복수의 차원을 넘어서는 것임을 드러낸다. 이청준이 겪은 현실에서의 패배는 동시대인 모두의 체험을 반영하고 있기 때문이다. 즉 가난의 원죄의식이나 전짓불의 공포는 정도의 차이가 있을 뿐, 6.25를 체험하고 1960~1970년대를 살아온 세대가 공통적으로 겪어야 했던 통과의례와 같은 체험이다.

이와 같은 이청준 소설의 사회학적 의미는 작가의 진술[46]에서 분명해진다. 이청준은 도시화, 산업화라는 근대화 과정에서 우리 사회가 '쫓는 자'와 '쫓기는 자'라는 두 가지 계층으로 명확하게 분리되었음을 이야기한다. 이는 지배와 피지배, 가진 자와 못 가진 자의 계층 분화를 이청준 식으로 표현한 것이다. 대부분의 민중들이 그랬듯이 작가 역시 쫓기는 자가 되어 서구적 근대화의 거센 물결에서 배제되고 소외된 존재일 수밖에 없었다.

이청준 문학의 원동력이 되는 복수심은 현실에서의 패배를 바탕으로 하는데, 이 패배의식은 위와 같은 두 가지 원체험으로 개인적 상황 뿐 아니라 시대적 상황이 반영된 것이다.

그렇다면 복수심을 은밀하게 잘 숨기기 위해 그가 동원하는 전략이란 무엇인가 하는 의문에 접하게 된다. 이청준이 구사하는 대표적인 전략인 중층구조(작가 자신은 격자소설이라고 칭한다.)는 대부분의 경우 탐색구조를 띠는 경우가 많다. 중층구조의 의도와 역할에 대한 다음 설명을 유심히 살펴보자.

---

46) "질문 중에 있던 전짓불 공포증도 마찬가지입니다. 폭력이라는 게 결국 인간의 자아실현의 마당을 빼앗아 버리는 것이거든요. 60년대 초 이래 우리네 정치제도를 보면서 우리 사회는 쫓는 자와 쫓기는 자라는 두 가지 계층으로 이뤄진 것이 아닌가 생각했습니다. 이때 난 늘 쫓기는 자였지요. 쫓기는 자는 늘 감시받게 마련이지요. 쫓기는 자는 감시가 두려워서 빛 속에서 성취해야 될 자아실현에의 희망과 그 마당까지 포기해 버리고, 공포와 감시의 눈길이 미치지 않는 곳으로 도피할 수밖에 없는데, 그것이 나아가 삶의 파멸을 가져오고…… 뭐, 늘 그런 느낌을 가지고 있습니다." 이청준·권성우·우찬제 대담, 「영혼의 비상학을 위한 자유주의자의 소설 탐색」, 『문학정신』 제42호, 1990.

이때 안쪽에 담겨진 이야기는 대개 평면적 스토리의 전개로 한 인간의 경험과 삶의 태도에 관한 유형을 보여준다. 그리고 그 이야기를 바라보고 그것과의 교유와 관찰 속에서 우리의 삶에 대한 종합적인 반성과 평가의 역할을 수행해나가는 시선을 또 하나 바깥에 마련한다. 바깥에 마련된 관찰자의 시선은 그러니까 그 안쪽에 진술된 일회적이고 평면적인 경험의 유형을 최종적 진술로 확정지으려는 목적에서가 아니라 그것을 의심하고 시험하며 반성하는 역할의 수행자로서 마련되어지고 있는 것이다.[47)

이렇게 안쪽에서 진술하는 일회적이고 평면적인 경험을, 의심하고 시험하며 반성하는 바깥쪽 관찰자의 시선으로 최종판단을 유보하는 전략이 이청준 소설의 상투적 수법이다. 결국 이청준 소설의 중층구조, 혹은 격자소설 양식은 작자가 자신의 복수심을 은밀하게 잘 숨기기 위해 동원한 전략인 셈이다. 이 전략은 안쪽 진술자의 경험을 끝없이 의심하고 시험하며 반성하는 바깥쪽 관찰자의 시선으로 양파의 껍질을 벗기듯 한 꺼풀씩 독자의 호기심을 충족시키는 탐색구조를 차용하는 경우가 많다. 그리고 이러한 서사구조는 화자와 청자, 독자가 동시에 참여하는 의사소통이라는 측면에서, 또 다양한 목소리들이 상호보완적 관계로 공존한다는 측면에서 바흐친의 대화주의와 직결된다.

이런 점을 염두에 두고 가난에 대한 원죄의식이 잘 드러난 작품(「눈길」, 「귀향연습」)과 '전짓불'로 인한 공포의 체험을 다룬 작품(「소문의 벽」)을 분석하도록 하겠다.

---

47) 이청준, 「책 속에 길이 없다」, 『작가의 작은 손』, 열화당, 1978, 187쪽.

1) 원죄의식의 극복과 갈등의 치유 양상—「눈길」

이청준을 1960년대 작가라고 명명하는 이유 중 하나는 그가 1950년대와 구별되는 4.19와 5.16의 역사적 소용돌이 속에서 1960년대의 특징을 잘 보여주는 작가이기 때문이다. 1960년대는 도시화, 산업화로 농촌 인구가 대거 도시로 이주하면서 본격적으로 타향과 대비되는 존재로서의 고향이 부각되었다. 물론 일제강점기에도 북간도, 연해주 등으로 탈향한 체험을 그린 작품들도 많았고 1950년대에도 취업을 위한 고향 이탈은 있었지만, 도시화에 의한 이농현상은 1960년대 이후에 특히 두드러졌다. 정부는 근대화, 도시화로 절대빈곤을 해결하고자 했지만 인구 과다집중, 환경문제, 노동쟁의문제, 빈부 격차의 심화, 인간 소외 등 문제점도 드러났다.

1960년대에 등단한 4.19세대는 어떤 방식으로든 이 문제들과 대결해야만 했다. 김현의 논의[48]에 따르면 그 싸움은 조세희처럼 노동자 세계를 파고들거나, 박태순처럼 도시 변두리, 그의 표현을 빌리면 외촌동에 사는 사람들을 분석하거나, 이청준·이문구처럼 귀향·고향 찾기의 심리적 근거를 밝히는 작업으로 문학화 되었다.

이 글에서 다루는 이청준의 고향 체험 소설은 1970~80년대에 발표되었지만, 1960년대의 작가 개인적 체험을 바탕으로 시작된다. 이청준은 「눈길」, 「귀향연습」, 「살아있는 늪」 등에 나오는 k시를 광주라고 표기하기도 했는데, 이는 6.25 무렵 고향

48) 김현, 『분석과 해석』, 문학과지성사, 1992, 246쪽.

에서 유년기를 보내고 중·고등학교에 입학하기 위해 k시로 이주한 체험과 맞물려 있다.

일반적으로 고향은 경험했지만 회귀할 수 없는 선험적 공간이므로 대부분 사람들에게 이상적, 모성적으로 인식된다. 타향이라는 상반된 공간으로 떠났을 때 그 존재가치를 발휘하는 고향은, 타향에서의 삶이 힘들고 각박할수록 그리움과 동경의 대상이 된다.

그러나 이청준의 고향 모티프 소설들은 이런 일반적 인식과 궤를 달리한다. 왜냐하면 주체가 고향으로 회귀하려 하면서도 고향을 불편해함으로써 오래 머무르지 못하고 떠나는, 탈향/귀향의 서사구조이기 때문이다. 그래서 고향은 자아탐색의 가능성을 담지한 채 모성적 가치가 비축(備蓄)된 공간[49]으로 나타나기도 한다. 이 공간은 다른 생명을 감싸고 생명을 길러내는 창조의 모성 공간이 된다. 이처럼 이청준 소설에서 고향은 모성 은유의 상상력으로 나타난다. 이 고향은 단순한 그리움의 대상이거나 도시에서 상처 입은 삶을 치유해주는 존재에 머무르지 않고, 부끄러움, 원망, 원죄의식을 함께 느끼게 하는 대상이다.

이러한 의미의 고향 체험과 원죄의식이 「눈길」에 잘 나타난다. 이 작품은 '나'가 독백주의에서 대화주의로 변화하는 모습을 형상화하고 있다.

고등학교와 대학교와 군영 3년을 치러내는 동안 노인은 내게 아무 것도 낳아 기르는 사람의 몫을 못 했고, 나는 또 나대로 그 고등학교와 대학

---

49) 김현숙, 「한국 여성 소설문학과 모성」, 『여성학 논집』, 한국여성 연구원, 제14.15합집, 1998, 29쪽.

과 군영의 의무를 치르고 나와서도 자식 놈의 도리는 엄두를 못 냈다. 노인이 내게 베푼 바가 없어서가 아니라 그럴 처지가 못 되었기 때문이다. 나는 나대로 형이 내게 떠맡기고 간 장남의 책임을 감당하기를 사양치 않을 수가 없었기 때문이었다.

노인과 나는 결국 그런 식으로 서로 주고받을 것이 없는 처지였다. 노인은 누구보다 그것을 잘 알고 있었다. 그렇기 때문에 내게 대해선 소망도 원망도 있을 수 없었다.

그런 노인이었다. 한데 이번에는 웬일인지 노인의 눈치가 이상했다. 글쎄 그 가치나 수술마저 한사코 사양을 해 온 노인이, 나이 여든에서 겨우 두 해가 모자란 늘그막에 와서야 새삼스레 다시 딴 세상 희망이 생긴 것일까.

노인은 아무래도 엉뚱한 꿈을 꾸고 있는 것 같았다. 그것은 너무나 엄청난 꿈이었다.

지붕 개량 사업이 애초의 허물이었다.

"집집마다 모두 도단 아니면 기와들을 얹는단다."

노인은 처음 남의 말을 하듯이 집 이야기를 꺼냈었다.[50]

죽은 형을 대신해서 장남의 책임을 감당해야 하는 나는 한창 학비가 들어갈 시기에 경제적으로 부모의 도리를 전혀 못해준 어머니를 원망한다. 어머니와의 불편함은 어머니를 '노인'으로 부르는 호칭으로 나타나고, 고향 집에 대한 불편함은 '생긴 게 습지에 돋아 오른 여름 버섯 형상'(13쪽)이라고 고향 집을 묘사하는 부분에서 잘 드러난다. 그리고 노인이 기르는 사람의 몫을 못해줬으므로 노인과 내가 서로 주고받을 것이 없다고 생각한다. 이는 "그렇기 때문에 내게 대해선 소망도 원망도 있을 수 없

---

50) 이청준, 『눈길』, 열림원, 2000, 15쪽, 이하 쪽수만 표시함.

었다.”라는 대목에서 명징하게 드러난다. 나는 어머니를 어머니로 인정하지 않음으로써 자식으로서의 기본적인 도리마저 외면하며 어머니의 소망을 '딴 세상 희망', '엉뚱한 꿈', '너무나 엄청난 꿈'이라고 폄하하고 있다.

어머니도 역시 새마을 운동의 일환으로 국가에서 추진하는 지붕 개량 사업을 남의 말을 하듯이 우회적으로 내비칠 뿐 자식에게 해준 것이 없다는 자책감으로 체념하고 있다. 초가지붕을 벗기고 기와나 도단을 얹겠다는 것이지만, 초가집 흙벽으로 기와의 하중을 견딜 수는 없다. 결국 기둥을 몇 개쯤 성한 것으로 갈아 넣어야 하니 결국 집을 아예 처음부터 새로 지어야 하는 큰 공사였다.

따라서 이 대목은 '나'가 자아를 의식적으로 봉쇄하고 있음을 드러낸다. '나'의 의식은 대화적 관계가 아닌 독백적 상태에 머물러 있다. 즉 '나'가 어머니를 바라보는 관점은 단절적이고 폐쇄적인 바흐친이 말하는 독백주의적 성향과 맞닿아 있다. '나'의 일방적인 시선과 독백은 다음에도 계속된다.

노인의 장죽 끝에는 이제 불기가 꺼져 식어 있었다.
노인은 연신 그 불이 꺼진 장죽을 빨아 대면서, 한사코 그 보조금 5만 원과 이웃의 도움이 아까워서라도 일을 단념하기가 아쉬웠다는 투였다.
하지만 노인은 그러면서도 끝끝내 내게 대한 주장이나 원망의 빛을 보이진 않았다. 이야기의 형식은 어디까지나 과거의 일로서 그런 생각을 해봤을 뿐이고, 그럴 뻔했다는 말일 뿐이었다. 그리고 그런 식으로 나에 대해선 어떤 형식으로도 직접적인 부담감을 느끼게 하지 않으려는 식이었다. 말하는 목소리도 끝끝내 그 체념기가 짙은 특유의 침착성을 잃지 않은 채였다.

"하지만 다 소용없는 일이다. 세상일이 그렇게 같이만 된다면야 나이 먹고 늙은 걸 설워 안 할 사람이 있을라더냐. 나이를 먹으면 애기가 된다 더니 이게 다 나이 먹고 늙어 가는 노망기 한 가지제."

종당에는 그 당신의 은밀스런 소망조차도 당신 자신의 실없는 노망기 탓으로 돌리고 있었다.

하지만 나는 이제 노인의 내심을 못 알아볼 리 없었다. 한마디 말참견 도 없이 눈을 감고 잠이 든 체 잠잠히 누워만 있던 아내까지도 그것을 분 명히 눈치 채고 있었다.

"당신, 어젯밤 어머니 말씀에 그렇게밖에 응대해 드릴 방법이 없었어 요?"(중략)

노인에 대해 빚이 없다는 사실만이 내게는 중요했다. 염치가 없어져 서건 노망을 해서건 노인에 대해 내가 갚아야 할 빚만 없으면 그만인 것 이다.

- 빚이 있을 리 없지. 절대로! 글쎄 노인도 그걸 알고 있으니까 정면으 로는 말을 꺼내지 못하질 않던가 말이다.

어디선가 계속 무딥고 게으른 매미 울음소리가 들려왔다.

비좁은 오두막 초가집 단칸방을 벗어나서 방 한두 칸이 더 있는 기와집을 짓고 싶은 노인의 바람은 오랜 세월 내면에 키워 온 자식에 대한 죄책감 때문에 늘 변죽만 울리고 마는 식이다. 노인은 어디까지나 과거에 그런 생각을 해봤을 뿐이고, 그럴 뻔 했다는 말로 얼버무릴 뿐이다. 이는 노인이 내게 물질적으로 해 준 것이 없다는 죄책감 때문에 '나'가 어떤 형식으로든 부담감을 느끼지 않게 하려는 것이다. 이렇게 간절한 속내를 우회적으로 만 내비치는 어머니의 바람을 마치 탐정처럼 유도신문(誘導訊

間)하고 인내심 있게 추격해가는 인물이 바로 나의 아내다. 아내는 어머니에게 매정스러운 태도를 보이는 '나'를 경멸조로 나무란다. 그녀가 곧 '나'와 노인의 갈등을 해소하는 중재자 역할을 하게 될 것임을 암시하는 대목이다. 나와 달리 아내는 노인에게 연민의 정을 느낀다. 따라서 지난 일을 캐묻고 어머니의 진심을 말하게 하면서 '나'와 노인의 관계가 회복되기를 바란다. 즉 '나'의 폐쇄적 독백주의를 소통적 대화주의로 변화시키는 데 결정적 역할을 하는 인물이 아내다.

'나'는 노인에게 갚아야 할 빚이 절대로 있을 리 없다고, 노인도 그걸 알고 있으니까 정면으로는 말을 꺼내지 못한다고 독백조로 중얼거린다. '나'가 이렇게 다짐하지만, '나'의 내부에서 또 하나의 '나'가 '묵은 빚 문서가 있다'라고 외친다. 절대로 빚이 있을 리 없다고 생각하면서도 불안해하는 것은, 역설적으로 빚 문서가 존재한다는 사실을 나 역시 잘 알고 있다는 의미도 된다. 이 불안감은 "어디선가 계속 무덥고 게으른 매미 울음소리가 들려왔다."는 부분에 잘 드러나 있다. 여기서 '무덥고 게으른 매미 울음소리'는 '나'의 답답하고도 복잡한 내면상태를 잘 드러내준다.

이번에도 또 그 집에 관한 이야기였다. 노인을 어떻게 위로한다는 것일까. 아니면 아내는 노인의 소망을 더 이상 어떻게 외면할 수가 없도록 노골화시켜 버리고 싶은 것일까.

답답하게 눈치만 보고 도는 그 나에 대한 아내의 원망은 그토록 뿌리가 깊고 지혜로왔더란 말인가. 노인의 이야기는 아내가 거기까지 유도해내고 있었던 게 분명했다. 노인은 이제 그 아내 앞에 당신의 집에 대한 소

망을 분명한 목소리로 털어놓고 있었다. (중략)

노인과 아내는 잠시 그렇게 위론지 넋두린지 분간이 가지 않는 소리
들을 주고받고 있었다. 한동안 그렇게 오가는 이야기를 듣다 보니, 나는
그 아내의 동기가 다시 조금씩 의심스러워지고 있었다. 아내의 말투는
그저 노인을 위로하기 위해서가 아니었다. 노인을 위로해 드리기는커녕
심기만 점점 더 불편스럽게 하고 있었다. 노인에게 옛집을 상기시켜 드
리는 것은 당신의 불편스런 심기를 주저앉히기보다 오늘을 더욱더 비참
스럽게 느끼게 만들고 있었다. 집을 고쳐 짓고 싶은 그 은밀스런 소망을
자꾸만 밖으로 후벼 대고 있었다. 아내의 목적은 차라리 그쪽에 있었던
것 같았다.

아내에 대한 나의 판단은 과연 크게 빗나가지 않았다.

"방이 이렇게 비좁은데 그럼 어머니, 이 옷장이라도 어디 다른 데로 좀
내놓을 수 없으세요? 이 옷장을 들여놓으니까 좁은 방이 더 비좁지 않아
요."

아내는 마침내 내가 가장 거북스럽게 시선을 피해 오던 곳으로 화제
를 끌어들이고 있었다.

아내는 노인의 이야기를 자신이 요구하는 지점까지 이끌어
간다. 느닷없이 화제를 바꾸거나 노인의 과거 이야기를 끈질기
게 물고 드는 품새가 마치 노련한 형사와 같다. 그런 아내에게
노인은 이제 자신의 속내를 분명한 목소리로 말하게 된다. 노인
이 기와집을 짓고 싶은 것은 자신이 죽고 난 후의 일을 걱정하는
까닭이다. 즉 노인에게 집을 고치는 것은 개인적인 차원의 소망
이 아니다. 당신의 그것은 단칸방에서 자신의 초상을 치를 것을
우려하는 데서 시작되었다. 날씨가 선선한 봄이나 가을, 하다못
해 마당에 차일이라도 치는 여름만 되도 걱정이 덜하겠지만, 한

겨울에 죽으면 단칸방 아랫목에 시신 하나 가득 늘여 놓고 손님 받을 공간도 없다는 것이다.

따라서 어머니에게 '지붕개량사업'은, 자신이 죽고 난 후 살아남은 가족과 동네 사람들을 배려하는 것이지 결코 자신의 편안함만을 위한 일이 아니다. 즉 당신의 꿈은 자신을 위한 욕심보다는 사후의 가족들과 마을 사람들을 위한 공동체적 차원으로서의 의미를 지닌다. 이 같은 어머니의 소망은, 개인적 차원을 벗어난다. 이런 맥락에서 어머니의 의식은 이웃들과 소통함으로써 집단의 상생과 공존을 지향하는 바흐친의 대화주의와 연결된다.

반면 자식인 '나'는 '지붕개량사업'을 개인적인 차원에서만 바라본다. 어머니의 소망이 빚 없는 '나'에게 마치 아들의 의무를 강요하는 것처럼 느껴져서 불편할 뿐이다. '나'는 여전히 개별적 영역인 독백주의에 머물러 있다.

그러나 아내의 유도신문에 빚이 있을 리 없다던 '나'의 바람과 달리 노인의 이야기는 마침내 올 데까지 오고 만다. 두 사람의 대화는 '나'가 거북스러워서 시선을 피하던 옷궤이야기로 이어진다.

그날 밤 노인은 옛날과 똑같이 저녁을 지어 내왔고, 거기서 하룻밤을 함께 지냈다. 그리고 이튿날 새벽 일찍 K시로 나를 다시 되돌려 보냈다. 나중에야 안 일이지만 노인은 거기서 마지막으로 내게 저녁밥 한 끼를 지어 먹이고 당신과 하룻밤을 재워 보내고 싶어, 새 주인의 양해를 얻어 그렇게 혼자서 나를 기다리고 있었다는 것이었다. 언젠가 내가 다녀갈 때까지는 내게 하룻밤만이라도 옛집의 모습과 옛날의 분위기 속에 자고 가게 해 주고 싶어서였는지 모른다. 하지만 문간을 들어설 때부터 집안 분위기는 이사를 나간 빈집이 분명했었다.

한데도 노인은 그때까지 매일같이 그 빈집을 드나들며 먼지를 털고 걸레질을 해 온 것이었다. 그리고 그때 노인은 아직 집을 지켜 온 흔적으로 안방 한쪽에다 이불 한 채와 옷궤 하나를 예대로 그냥 남겨 두고 있었다.

이튿날 새벽 K시로 다시 길을 나설 때서야 비로소 집이 팔린 사실을 시인해 온 노인의 심정으로는 그날 밤 그 옷궤 한 가지나마 옛집 살림살이의 흔적으로 남겨서 나의 괴로운 잠자리를 위로하고 싶었음이 분명했던 것이다. 그러한 내력이 숨겨져 온 옷궤였다.

떠돌이 살림에 다른 가재도구가 없어서도 그랬겠지만, 이 20년 가까이를 노인이 한사코 함께 간직해 온 옷궤였다. 그만큼 또 나를 언제나 불편스럽게 만들어 온 물건이었다. 노인에게 빚이 없음을 몇 번씩 스스로 다짐하고 있다가도 그 옷궤만 보면 무슨 액면가 없는 빚 문서를 만난 듯 기분이 새삼 꺼림칙스러워지곤 하던 물건이었다.

17, 8년 전, 타지에서 고등학교를 다니던 '나'는 형의 주벽 때문에 가산이 탕진되어 집마저 남의 소유가 되었다는 소식을 듣게 된다. K시에서 겨울 방학을 보내던 '나'는 걱정이 돼서 고향을 찾아 간다. 고향집 골목을 들어서니 소문 그대로 집은 텅텅 비어 있다. 그러나 팔린 것이 분명한 그 빈 집에서 어머니가 자신을 기다리고 있다. 집에 들어서니 이불 한 채와 어머니가 시집올 적에 혼수로 가져왔다는 옷궤도 보인다. 팔린 집에서 하룻밤을 자고 가야 하는 내 괴로운 심정을 위로하려는 어머니의 배려가 느껴지는 대목이다. 그리고 어머니가 남겨둔 옷궤는 현재까지도 당신의 마지막 자존심처럼 지녀온 유일한 물건이다.

따라서 이 작품에서 옷궤는 무척 중요한 역할을 한다. 옷궤는 단순한 살림살이가 아니라 어머니와 '나'의 관계를 상징하는 기표이자 기의다. 어머니에게 '옷궤'는, 옛집을 연상시킨다. 즉, 집이 몰락하기 전의 좋았던 시절과 아들을 추억하게 하는 물건이다. 그러나 '나'에게 '옷궤'는, 집안의 몰락을 떠올리게 할 뿐만 아니라 자식의 도리를 떠올리게 하는 꺼림칙한 물건이다.

'나'는 옷궤가 있는 방에서 하룻밤을 잔다. 이튿날 새벽, 어머니는 눈이 쌓인 험한 길을 동행하여 차부역까지 '나'를 데려다 준다. '나'가 기억하는 것은 여기까지이다. '나'는 어머니가 홀로 눈길을 걸으면서 느꼈을 아픔은 알지 못한다.

나는 다시 정신이 번쩍 들고 말았다. 어찌 된 일인지 노인이 마침내 그날 밤 이야기를 아내에게 가닥가닥 털어놓고 있는 중이었다.

"처지가 떳떳했으면 날이라도 좀 밝은 다음에 길을 나설 수 있었으련만, 그땐 어찌 그리 처지가 부끄럽고 저주스럽기만 했던지… 그래 할 수 없이 새벽 눈길을 둘어서 나섰지만, 사오 리나 되는 장처 차부까지 산길이 멀기는 또 얼마나 멀더냐."

기억을 차근차근 더듬어 나가고 있는 노인의 몽롱한 목소리는 마치 어린 손주 아이에게 옛 얘기라도 들려주고 있는 할머니의 그것처럼 이늑한 느낌마저 깃들고 있었다.

아내가 결국엔 노인을 거기까지 유도해 냈음이 분명했다.

-이야기를 한들 네가 어찌 다 알아들을 수가 있겠냐….

낮결에 노인이 말꼬리를 한 가닥 깔고 넘은 기미를 아내가 무심히 들어 넘겼을 리 없었다.

그날 밤-아니 그날 새벽-아내에겐 한 번도 들려준 일이 없는 그날 새벽의 서글픈 동행을, 나 자신도 한사코 기억의 피안으로 사라져 가 주기를 바라 오던 그 새벽의 눈길의 기억을 노인은 이제 받아 낼 길이 없는 묵은 빚 문서를 들추듯 허무한 목소리로 되씹고 있었다.

어머니가 준 막걸리를 마시고 잠들었던 나는 어머니와 아내의 대화를 듣게 된다. 잠결에 어머니가 아내에게 들려주는 이야기를 엿듣는 설정은 「귀향연습」에서도 나타난다. 잠결에 듣는 어머니의 몽롱한 목소리는 「귀향연습」에서처럼 현실과 꿈의 대립이 없이 아늑한 고향의 기억을 불러들인다. 이 꿈결 같은 이야기는, 유년기 '전짓불 앞에서의 공포' 같은 역사적 불행이나 집안의 몰락, 큰형의 죽음으로 이어지는 가족사의 아픔까지를 어머니가 사랑으로 감싸 안는다는 점에서 대화주의와 연장선상에 있다.

'나'가 잠결에 듣는 「눈길」의 서사는 자식을 떠나보내고, 어머니 홀로 간직했던 서글픈 사연인데, 결국 아내가 그 이야기를 유도해 내고 있다. 그럼으로써 '나'가 애써 부인하던 빚이 있음을 깨닫게 된다. 그것은 바로 자식이 잘되라고 끝없이 염원하며, 눈 덮인 산길에서 '나'의 발자국을 따라 어머니의 사랑이었다. 그 같은 인내의 시간을 견뎌온 어머니에게 '나'는 지금까지도 많은 빚을 지고 있던 것이다.

이처럼 「눈길」의 서사는 '나'와 어머니의 관계를 의문과 긴장된 상황으로 제시하면서 그 비밀을 한 꺼풀씩 벗겨나가는 방식이다. 이 작품은 독자에게 호기심을 불러일으키는 상황을 던져 놓고, 점차적으로 사건의 실체에 접근하는 과정을 보여주고 있다. 속내를 감추면서 변죽만 울리던 어머니가 며느리에게 자신의 사연을 이야기하는 과정이 전형적인 탐색구조다. 탐색적 이야기 구조는 화자의 서술이 진행될 때마다 새로운 단계로 이

행하고, 이것이 반복되는 가운데 사건의 실체에 가까이 다가간다. 「눈길」의 구조도 마찬가지다. 처음에는 지붕 개량 사업에 별로 관심이 없는 것처럼 슬쩍 이야기를 꺼낸 것을 시작으로, 노인은 서서히 속마음을 드러낸다. 노인의 비밀이 아내의 채근에 의해서 하나씩 벗겨지면서 사건의 실체에 접근해 가고, 그 과정에서 독자의 긴장감을 한껏 유발시킨다. 서사가 한 단계씩 진행될 때마다 그 대화는 새로운 단계로 발전해가고 반복되는 가운데 사건의 진상에 접근해 가는 것이다. 집안을 지키지 못했다는 자책과 자식에게 면목 없음을 쉽게 털어놓지 못할 만큼 노인의 한은 깊고 오래된 것이다.

그러나 노인은 자식을 떠나보낸 후 혼자 눈길을 밟고 오던 속마음을 옛이야기나 들려주듯이 아늑하게 말하고 있다. 그 반면 '나'에게 '눈길'은, 집안의 몰락으로 타인들의 눈을 피해 어머니와 함께 걷던 길이므로 부끄러워 잊고 싶은 기억이다. 그러므로 '나'가 어머니의 사랑을 깨닫기 전의 눈길은 개인적 차원에 머물러 있으므로 독백주의적 측면이 강하다. 하지만 아들을 돌려보내고 돌아오는 길에 되짚어 걸어오던 어머니의 '눈길'은 보다 다면적인 차원이다. 어머니의 '눈길'은, 망해버린 집안을 부끄러워한다거나, 자기 삶의 막막함에만 머물러 있지 않다. 그 길은 아들의 행복을 간절하게 소망하던, 잊지 못할 기억이므로 대화적이고 소통적 관계의 눈길이다. 깜깜한 새벽길에 급히 상경하는 자식이 안쓰러워 자식과 동행한 눈길은 몰락한 집안의 '어머니'가 감당해야 했던 인고의 시간을 감싸 안는 포괄적 의미가 된다.

"눈길을 혼자 돌아가다 보니 그 길엔 아직도 우리 둘 말고는 아무도 지나간 사람이 없지 않았겠냐. 눈발이 그친 신작로에 눈 위에 저하고 나하고 둘이 걸어온 발자국만 나란히 이어져 있구나."

"그래서 어머님은 그 발자국 때문에 아들 생각이 더 간절하셨겠네요."

"간절하다 뿐이었겠냐. 신작로를 지나고 산길을 들어서도 굽이굽이 돌아온 그 몹쓸 발자국들에 아직도 도란도란 저 아그의 목소리나 따뜻한 온기가 남아 있는 듯만 싶었제. 산비둘기만 푸르륵 날아올라도 저 아그 넋이 새가 되어 다시 되돌아오는 듯 놀라지고, 나무들이 눈을 쓰고 서 있는 것만 보아도 뒤에서 금세 저 아그 모습이 뛰어나올 것만 싶었지야. 하다 보니 나는 굽이굽이 외지기만 한 그 산길을 저 아그 발자국만 따라 밟고 왔더니라. 내 자석아, 내 자석아, 너하고 둘이 온 길을 이제는 이 몹쓸 늙은 것 혼자서 너를 보내고 돌아가고 있구나!"

"어머님 그때 우시지 않았어요?"

"울기만 했겄냐. 오목오목 디뎌 논 그 아그 발자국마다 한도 없는 눈물을 뿌리며 돌아왔제. 내 자석아, 내 자석아 ,부디 몸이나 성히 지내거라. 부디부디 너라도 좋은 운 타서 복 받고 살거라… 눈앞이 가리도록 눈물을 떨구면서 눈물로 저 아그 앞길만 빌고 왔제…."

아내라는 매개 인물을 접점으로 하여 '나'와 어머니는 심리적 거리감이 점점 좁혀진다. 즉 상호배타적 관계에서 벗어나 상호 포용적 관계인 대화적 관계가 된다. 이야기를 듣기 전에 '나'는 어머니와 고향을 애써 외면하려 했다. 지붕개량사업 같은 돈 문제뿐만 아니라, 어머니와 관련된 과거의 기억들까지 모두 외면하고 싶었던 것이다. 이를 정당화한 논리가 '나에게는 빚이 없다'는 것이다. 그러나 노인의 이야기는 '웃궤'에까지 이어지고, 새벽 눈길에 '나'를 읍내 차부까지 배웅해준 것으로 이어진다.

여기까지는 '나'도 체험을 공유한 것이기에 알고 있다. 그러나 그 뒤 이야기에서 어머니가 간직한 한이 마침내 드러나고, '나'는 뜨거운 눈물을 흘리게 된다. 심정적인 일치가 이루어지는 것이다. 어머니가 '나'를 떠나보내고 혼자 돌아가는 눈길에는 두 사람의 발자국이 선명하게 찍혀 있었다. 이 순백의 눈길은 자식을 향한 어머니의 원초적 모성을 상징적으로 보여준다. 아들의 발자국만을 따라 밟으며 돌아가는 눈길은, 자식만은 좋은 복 타서 잘되기를 바라는 눈물의 길이다. 어머니는 눈길을 걸으며 '몹쓸 발자국들', '산비둘기', '나무들'에서도 아들의 목소리나 온기를 느낀다.

아들을 향한 그리움, 옛 집을 잃은 서러움과 안타까움, 자식에게 제대로 된 집안 모습을 보여주지 못한 부끄러움, 이런 감정이 복합적으로 뒤엉켜 고갯마루에서 동네로 들어서지도 못하고 망연히 내려다보았다. 어머니가 마을로 돌아오는 도중에 선명한 모자의 나란한 발자국을 보면서 눈물 흘리는 장면을 서술하는 대목에서 '나'는 당신의 마음을 알지만 부끄러움에 그만 눈을 뜰 수가 없다. '나'가 어머니를 노인이라고 부르고, 부모에게 빚이 없다고 자위하는 동안, 어머니는 자신이 생을 마감하기 전에 가족과 이웃을 위해 예전처럼 '옷궤'를 들여놓을 번듯한 집을 소망하고 있었다.

(a) 나는 아직도 눈을 뜰 수가 없었다. 불빛 아래 눈을 뜨고 일어날 수가 없었다. 사지가 마비된 듯 가라앉아 있는 때문만이 아니었다. 졸음기가 아직 아쉬워서도 아니었다. 눈꺼풀 밑으로 뜨겁게 차오르는 것을 아내와 노인 앞에 보일 수가 없었다. 그것이 너무도 부끄러웠기 때문이었

다. 아내는 이번에도 그러는 나를 알고 있었던 것 같았다.

"여보, 이젠 좀 일어나 보세요. 일어나서 당신도 말을 좀 해보세요."

그녀가 느닷없이 나를 세차게 흔들어 깨웠다. 그녀의 음성은 이제 거의 울부짖음에 가까웠다. 그래도 나는 일어날 수가 없었다. 뜨거운 것을 숨기기 위해 눈꺼풀을 꾹꾹 눌러 참으면서 내처 잠이 든 척 버틸 수밖에 없었다.

음성이 아직 흐트러지지 않고 있는 건 오히려 그 노인뿐이었다.

"가만 두거라. 아침 길 나서기도 피곤할 것인디 곤하게 자고 있는 사람 뭣하러 그러냐."

(b) 노인은 일단 아내의 행동을 말려 두고 나서 아직도 그 옛 얘기를 하는 듯한 아득하고 차분한 음성으로 당신의 남은 이야기를 끝맺어 가고 있었다.

"그런디 이것만은 네가 잘못 안 것 같구나. 그 때 내가 뒷산 잿등에서 동네를 바로 들어가지 못하고 있었던 일 말이다. 그건 내가 갈 데가 없어 그랬던 건 아니란다. 산 사람 목숨인데 설마 그때라고 누구네 문간방 한 칸이라도 산 몸뚱이 깃들일 데 마련이 안 됐겠냐. 갈 데가 없어서가 아니라 아침 햇살이 활짝 퍼져 들어 있는디, 눈에 덮인 그 우리 집 지붕까지도 햇살 때문에 볼 수가 없더구나. 더구나 동네에선 아침 짓는 연기가 한참인디 그렇게 시린 눈을 해 갖고는 그 햇살이 부끄러워 차마 어떻게 동네 골목을 들어설 수가 있더냐. 그놈의 말간 햇살이 부끄러워서 그럴 엄두가 안 생겨나더구나. 시린 눈이라도 좀 가라앉히고자 그래 그러고 앉아 있었더니라…."

아내는 내가 겪었던 가족사를 대부분 알고 있으면서도 계속 어머니로 하여금 그것과 관련한 이야기를 해달라고 조르고 있는데, 이것은 두 가지 의미가 있다. 하나는 어머니로 하여금 마음

속 깊은 곳에 쌓아두었던 한을 풀어버리라는 것인데, 이는 어머니를 위한 개인적 차원이다. 다른 하나는 어머니의 이야기를 듣게 함으로써 내가 어머니를 좀 더 이해해주길 바라는 것인데, 이는 상호 소통이라는 대화적 차원이다. 결국 아내가 끈질기게 유도해낸 '눈길' 이야기는 나로 하여금 어머니에 대한 사랑을 깨닫고 자신의 행동을 깊이 반성하게 한다. 그럼으로써 어머니와 나, 그리고 아내까지 상호 포용하는 대화주의로 변화하는 데 결정적 계기가 된다.

이 작품의 결말에 나타나는 '빛'의 대조적 의미를 주목할 필요가 있다. (a)에서의 '전등 불빛'은 어머니의 사랑을 외면하고 살아왔던 내 자신이 부끄러워 차마 눈을 뜨지 못하게 하는 것이다. 한편 (b)에서의 '아침 햇빛'은 아들이 떠난 뒤 피눈물을 흘리며 눈길을 걸어온 어머니가 시린 눈으로 차마 보지 못했던 말간 햇살이다. 이 두 가지 빛이 묘한 대조를 이루면서 주제를 형상화하는 데 기여하고 있다.

여기에서 주목할 것은 노인과 아내, '나'의 구도이다. 노인과 아내는 과거와 현재의 삶, 고향(농촌)과 타향(서울)의 삶을 대변하는 존재이며, '나'는 노인과 아내의 삶 모두를 공유하는 존재이다. 인물 간의 구도로 보면 노인과 아내의 갈등을 중간적 존재인 '나'가 해소하는 매개체가 되어야 할 것 같지만, 정작 이 역할을 하는 것은 아내이다. 「눈길」에서의 아내는 어머니의 기억 속에 갇혀 있는 과거 고향의 공간을 현재로 불러들여 '나'와 함께 이해하고 공감하게 만든다. 이렇게 열려 있는 외부 지향적 대화로 인해 고향은 부끄러움의 공간이 아닌, 따뜻한 모성의 공간이 되어 현재의 일부로 살아 숨 쉬게 된다.

「눈길」은 아내가 주도하는 발화 맥락에 따라 '나'의 독백주의가 어떻게 대화주의로 변화하는지를 흥미롭게 형상화한 작품이다. 대립적인 인물들이 화해하고 공존하는 방식을 대화적 관계로 그려낸 「눈길」은 타자인 어머니의 담론이 결국 '나'의 것이 되는 서사다. '나'가 존재하는 데 어머니의 노고가 있음을 부정하던 아들에게 객관적 인식을 유도하는 방식이다. 이는 바흐친이 카니발에서 찾아낸 관점과 유사한데 '나'가 타인(어머니)에게 투영된 자기 모습을 바라봄으로써 '내'안의 타자를 발견하고, 자신의 실체를 정확하게 인식할 수 있다는 점이다. 「눈길」은 인간이 자기 자신과 세계를 이해하는 하나의 방식을 보여준다.

2) 탈향과 귀향의 서사―「귀향연습」

「귀향연습」은 주인공인 '나'(지섭)의 고향뿐 아니라 친구인 기태, 기태의 과수원집에서 사는 정은영 선생과 훈이에게 고향이 어떤 의미인지를 탐색한다. 이 작품에는 다양한 목소리가 독립적으로 발화한다는 점에서 바흐친의 다성성을 적용해 논의할 필요가 있다. 기본 틀은 1인칭 주인공 시점이지만, 기태, 정 선생, 훈이의 서로 다른 생각을 진술하는 부분에서는 다중적 시점을 취한다. 이러한 점 역시 대화적인 다성적 소설의 특성을 보여주고 있다.

「귀향연습」은 서울에 살던 주인공이 기태가 있는 마을로 찾아가는 여로형 서사구조다. 화산마을은 고향인 동백골로 가는 길목에 있는데, 고향 가까이에 오자 '나'(지섭)는 습관적인 배앓이를 하게 된다. 고향을 생각할 때마다 나타나는 이 증상은 시골에서 겪은 가난과 도시 생활에 적응하지 못한 이질감이 그 원인이다. 이청준에게 고향체험은 도망쳐버리고 싶은 탈향과 다시 돌아가고 싶은 귀향 욕망이라는 양면성을 지닌다. 따라서 소설에서도 작중인물이 고향을 떠났다가 되돌아가는 구조가 반복되어 나타난다.

> 열네 살이던가. k시에 있는 상급학교 진학을 위해 고향 마을을 떠난 후로, 나는 참으로 헤아릴 수도 없이 많은 질병을 앓아내고 있었다. 고향을 떠나고부터 숙명처럼 나에게 마련되어진 그 절망의 목록은 끝이 없었다.

시골 출신인 '나'는 각종 병을 앓고 있다. 지섭이 헤아릴 수도 없이 앓아야 했던 질병들(늑막염, 폐결핵, 기관지염, 인후염, 대장염, 방광염, 전립선염, 피부염, 결막염, 각막염)의 목록은 고향을 떠나면서부터 생겨난 것이었다. 이 증상들은 실향의 고통을 신체적으로 은유한 것으로 볼 수 있는데, '나'는 고향을 방문하면 병이 나을 수 있다고 생각한다.

그러나 '나'가 찾은 곳은 고향인 동백골이 아니라 그곳으로부터 30리 떨어진, 친구의 과수원집일 뿐이다. 이곳은 지섭의 실제 고향이 아니라는 점에서 고향이 없는 정 선생, 훈이에게처럼 의사(擬似) 고향에 불과하다. 기태의 집, 화산 마을은 동백골이 아니라는 점에서 작품의 제목과 연관된다. 즉 지섭의 고향인 동백골이 아니기 때문에 귀향이 될 수 없고, 고향과 유사한 곳으로써 「귀향연습」이 되는 것이다. 그렇다면 '나'가 화산 마을에서 귀향연습을 하는 이유는 무엇인지, 그 내적 동기를 살펴보는 것이 중요하다.

"알고 있어. 내 자네가 거길 찾아가기 싫어한다는 말 진작부터 듣고 있었지. 그래 내 집에라도 좀 와 있었으면 싶다고 한 게 아닌가."

더 이상 설명하지 않아도 모두 이해를 하고 있다는 투였다.

"그야 나로선 내 집부터 찾아준 게 고마울 뿐이지. 하지만 오늘 차에서 내리면서는 마음이 좀 편하지 않았겠어. 요즘 예까지 버스가 들어오는 걸 모르고 농장 저쪽 켠에서 차를 내렸다니 말야."

버스가 여객선 연락을 위해 이 화산 마을까지 들어 다니게 되었다는 것은 마을을 들어서고야 알게 된 사실이었다.

"그래 또 한 차례 배앓이가 났지 뭔가."

"배앓이……?"

"그래…… 버스가 신월리 쪽으로 들어가는 걸 보고 서 있으려니까 배앓이가 시작되더군. 동백골은 신월리에서 차를 내려 들어가야지 않나?"

이 소설은 '나'(지섭)가 버스에서 내리자마자 배앓이를 하면서 인적 드문 곳을 골라 허리띠를 푸는 장면으로 시작한다. '나'는 고향 생각을 할 때마다 배앓이를 앓는다. 이는 어린 시절에 학교 납부금을 내지 못하게 되자 학교에 가지 않으려고 꾀병을 부린 것에서부터 시작되었다. 처음에는 꾀병이었지만 납부금을 내지 못하는 상황이 반복되자 실제로 배가 아파오기 시작한다. 말하자면 내 배앓이의 근본적 원인은 가난이다. 그 후 배앓이 증세는 원하지 않는 상황에서도 나타나게 되고, 이것은 서울생활을 고통스럽게 만든다. 배앓이는 고향 근처로 돌아가는 상황에서도 반복된다. 이는 '나'가 고향으로 돌아가지 못하는 핑계로 작용한다. '나'는 고향 대신에 동백골 근처의 화산마을에 머무르게 된다.

그 모두가 고향을 떠나 얻은 증상이었다. 그래서 나는 한때 힘겹고 지저분한 도회생활을 청산하고 그만 고향으로나 돌아갈까 생각한 일이 있었다. 그러나 나는 그럴 수도 없게 되어 있었다. 병고와 생활에 씻긴 나의 흉한 몰골, 누렇게 바랜 머리털과 그나마 무더기로 탈모가 되어 천박스럽게 벗겨진 이마와 귀해 보이는 데라고는 눈곱만큼도 없는 손발과 팔꿈치와 가슴과 팔다리와…… 그런 몰골을 하고는 도저히 고향마을을 찾아 들어갈 엄두가 나지 않았다.

도시에서 얻은 병 때문에 점점 흉한 몰골로 변해가는 '나'는 고향에 돌아갈 수 없다. "흉한 몰골"은 앞에서 거론한 이청준의 진술을 감안하면 '도시에서의 부끄러움과 패배'를 은유적으로 신체화한 것이다. 고향 친구인 기태의 편지를 받고도 고향인 동백골로 가지 못하고 고향이 멀리 보이는 화산 마을로 가는 행보는 패배자로서 고향을 대면하는 게 두려웠기 때문이다.

「귀향연습」은 '나'와 비슷한 고향 상실감을 지닌 인물들(정은영 선생과 훈이)이 친구 기태의 집에서 머무르는 설정으로 되어있다. 정 선생은 환상적인 바다에 빠져 무기력한 생활을 하고 있고, 훈이는 골절사고에 시달리는 소년이다. '바다의 수평선과 파도소리'라는 추상적 이미지에서 고향을 찾으려는 정 선생이나, 도시에서 태어나 고향의 정감을 못 느끼는 훈이 역시 고향을 상실한 실향병 환자들이다. '나'를 포함한 세 사람에게 고향은 어떤 물리적 장소가 아니라 하나의 증상으로 자리 잡은 환부와 같다. 고향에 도달할 수 없기 때문에 아프고, 또 그렇기 때문에 고향에 돌아갈 수 없다.

이 소설은 '나'와 훈이, '나'와 기태 사이의 대화로써 주체들의 사회적 상호작용을 꾀한다는 점에서 대화주의의 면모를 보인다. 또 등장인물들이 각자의 목소리로 내적 갈등을 드러내고 이들이 상호 접촉함으로써 사건을 엮어 나간다. 같은 사건을 두고 제각기 다른 관점을 보이는 측면에서는 다성성을 표출한다.

"아저씬 고향을 가지고 계세요?"
나는 어리둥절해 질 수밖에 없었다.
"고향이라니?"
다시 한 번 물어보았다.
"네, 고향 말이에요, 고향. 사람이라면 누구나 거기서 괴로운 삶을 위로받고 살기 마련이라는 고향이라는 것 말입니다. 전 고향을 가지고 있지 않거든요. 그래서 지금 아저씨에게 그걸 묻고 있는 거예요."(중략)
고향이란 게 자기가 나고 어린 시절을 보낸 곳이라는 사전적인 의미를 넘어서 그곳을 지키고 살거나 떠났거나 간에, 어떤 사람의 생활 속에서 늘 위로 받으며 젖줄처럼 의식의 끈을 대고 있는 우리들의 어떤 정신의 요람으로까지 그 뜻이 깊어진다면 지금의 서울 사람들에겐 진짜 고향이란 게 있을 턱이 없었다.

이 작품은 '나'가 훈이와 대화함으로써 고향의 기억을 재구성하고, 그것이 환상에 불과한 것임을 인지하는 과정을 중심으로 서사가 전개된다. 훈이는 습관성 골절(뼈가 분질러지는 병)로 삼촌인 기태의 집에 요양하러 와 있다. 훈이는 정 선생으로부터 이 희귀병의 원인이 고향을 갖지 못했기 때문이라는 조언을 듣고 '나'에게 고향이야기를 들려달라고 부탁한다. 대부분의 동물이 죽으면 살(타향)이 썩고 뼈(고향)만 화석으로 남듯이 훈이의 뼈가 분질러지는 병은 고향을 못 가진 아이의 상징이다. 그러므로 도시에서 태어나 고향을 한 번도 경험하지 못한 훈이는 고향을 어떻게 해서라도 상징화, 기호화하려 한다. '나'는 훈이의 요청에 따라 고향을 떠올린다. 그중에서 고향의 좋은 이미지만을 선별한 후에 그것을 토대로 이야기를 재구성한다.

녀석에게 고향을 배워주겠다고 약속해놓고도 막상 그것을 생각해보려 하니 막연하기만 했다. 생각의 실마리가 쉽게 잡히지 않았다. 어머니가 돌아가신 후로 20년 가까운 세월 동안 한 번도 발걸음을 한 일이 없는 동백골이었다. 하나같이 기억이 희미했다. 제법 감동 같은 걸 싣고 떠오르는 일이 없었다. 생각난 것은 내 배앓이의 시초가 됐던 학교 잡부금과 꾀배에 관한 것뿐이었다. 그러나 그것은 다시 기억을 더듬어낼 필요가 없는 것이었다. 그것은 간밤에 이미 확인이 끝난 일이었다. 다른 것을 찾아내야 했다. 훈이 녀석을 위해서도 좀 더 행복스런 고향을 찾아내야 했다.

지섭은 고향이란 이래야 한다는 이미지를 미리 설정해 두고, 그에 부합한 내용으로 고향을 '만들어' 내고 있다. 이는 훈이를 위한다는 생각에서다. 좀 더 행복한 고향의 이미지를 심어주어야 한다는 의식 때문에 '나'는 불쾌한 기억들을 왜곡하고 은폐한다. 예를 들면 '나'가 가난 때문에 잡부금을 내지 못하는 학교에 가기 싫어서 꾀배를 앓았던 기억은 은폐된다. 뜨거운 여름 햇볕 아래에서 인분을 짓이기고 배고파 울다 지쳐 잠든 이야기, 무덤가에서 하루종일 어머니를 기다리던 이야기 등 기분 나쁘고 무서운 기억들은 행복했던 추억으로 왜곡되어 진술된다. 그리고 '나'도 고향 이야기가 과장되고 왜곡되었음을 인지하지만, 훈이의 중세를 씻어줄 그런 고향을 위해서라면 어쩔 수 없다고 자기 합리화에 빠진다.

'나'가 기억을 은폐하고 왜곡하면서까지 고향을 이상적 공간으로 조작하는 까닭은, 도시에서의 삶이 힘겹고 각박하기 때문이다. 실제가 아니더라도 이야기에서나마 고향을 이상적 공간으로 재구성하려는 무의식이라고 볼 수 있다.

나는 계속해서 내 동백골 고향 마을의 이야기를 찾았다. 그리고 그걸 훈이 놈에게 열심히 이야기했다. 볕발 고운 초가지붕의 빨간 가을 고추에 대해 이야기했고, 여름날 해질녘의 저녁연기와 가을 귀뚜라미 울음소리에 대해서 이야기했다. 한밤중의 개 짖는 소리, 새벽녘의 닭 울음소리, 솔개에 쫓기는 참새 떼 소리, 자운영 꽃 만발한 무논가의 황소 울음소리도 이야기했다. 무엇보다 가을 논두렁에서 벌어진 개구리고기 잔치와 동백나무 숲에서 뱀을 구워먹던 일은 이야기에 더욱 신이 났다. 동백골 아이들은 개구리나 뱀을 보면 사족을 못 쓰고 덤벼들어 불에 구워 먹었고, 특히 동백나무 숲속에는 뱀이 많아 뱀 불고기 잔치가 끊일 줄을 몰랐던 때문이다. 나는 그것들을 아름답고 즐겁게 이야기했고, 그러면서 자신을 위해서도 그것들을 하나하나 아름답게 간직해나갔다.

'나'가 생각만 해도 배앓이를 유발하게 만드는 고향은 은폐되고 왜곡되면서 아름다운 공간으로 재탄생한다. 이는 프로이드가 말한 '은폐기억[screen memory, 隱蔽記憶]'으로 설명할 필요가 있다. 인간은 불안을 해소하려고 현실에서 어떤 상징적 질서와 동일화를 꾀한다. 그런데 이 노력이 실패했을 때 '행복했던 과거'를 먼저 떠올린다는 점이다. 이 은폐기억은 인간이 실패에 따른 고통과 대면하는 것을 회피하게 한다. 또 현재에서는 찾을 수 없는 동일화의 기억을 과거에서 찾게 하여 자신을 둘러싼 사회 구조를 온전하게 유지할 수 있게 만든다.[51] 이런 맥락에서 '나'가 아름다운 고향을 떠올리는 이유는 도시의 삶에서 실패했기 때문이며, 그 현실의 고통을 잊으려는 무의식적 전위 행위이다.

흥미로운 대목은 이 같은 무의식이 플라시보 효과(Placebo effect)를 나타내는 점이다. 고향의 기억을 소급해서 재구성하는 동안 실제로 지섭의 배앓이 증세가 완화되고, 훈이 역시 고향을 배우게 되면서 증세가 눈에 띄게 호전된다. 허구에 불과한 이야기지만 듣는 상대방이 그것을 믿게 하려면 이야기하는 사람도 이야기가 실체에 가깝다는 자기 암시가 있어야 한다. 허구에 불과한 이야기인데도 일정한 힘, 효력을 발휘하는 양상이 『이어도』에서 잘 나타난다. 이어도는 현실에서는 존재하지 않는 섬이다. 따라서 사실을 중시하는 선우현 중위는 이어도가 허상임을 밝히려 한다. 그러나 양주호와 천남석 기자는 이어도가 허구라할지라도 제주 사람들의 믿음에 때문에 존재값을 갖게 된 섬이고, 제주 사람들의 삶과 죽음이 투사된 섬이므로 단순히 거짓으로 취급할 수는 없다는 결론을 내린다.[52]

---

51) 이한우 역, 『일상생활의 정신병리학』, 열린책들, 2004, 4장 참조.
52) 이 내용은 다음과 같은 진술에서 잘 드러난다. "이번 경우는 그 사실이라는 것을 단념하십시오. 사람들은 때로 사실에서보다는 허구 쪽에서 진실을 만나게 될 때가 있지요. 그런 때 사람들은 그 허구의 진실을 사기 위해 쉽사리 사실을 포기하는 수가 있습니다. 꿈이라고 해도 아마 상관없겠지요. 천남석이 이어도를 만난 것도 그 사실이라는 것을 포기했을 때 비로소 가능했을 것입니다. 그가 주변의 가시적 현실을 모두 포기해 버렸을 때 그에게 섬이 보이기 시작했단 말입니다." 이청준 『이어도』 열림원, 1998, 121쪽.

이윽고 한 가지 행복스런 정경이 멀리서부터 천천히 뇌리 속으로 비쳐 들어왔다. 그것은 참으로 행복스런 추억이었다.

바다가 있었다. 여름의 밭은 유난히 넓고 푸르게 반짝거린다. 바다에다 발뿌리를 내리고 있는 산줄기는 어디라 할 것 없이 울창한 녹음으로 푸르게만 뒤덮여 있다. 바다로 뻗어버린 산비탈은 대부분이 밭갈이가 되어있고, 고구마나 수수나 콩이나 목화 같은 것을 심고 있는 그 여름 밭갈이 가운데는 다섯 마지기 남짓한 우리 집 밭뙈기도 끼여 있었다. 나의 어머니는 여름 한철을 대개 그 다섯 마지기의 여름 밭갈이로 보냈다. 아침만 되면 어머니는 김매기를 나가면서 그 밭머리로 나를 데려다 놓았다. 우리 집 밭머리에는 푸나무꾼들이 산을 오르내리며 쉬어가는 지겟터가 마련되어 있었다. 그리고 그곳에는 옛날부터 주인도 없는 무덤이 하나 누워 있었다. 나는 언제나 인적에 씻겨 윤이 돋을 만큼 반들거리는 무덤 가의 지겟터에서 어머니를 기다리며 지냈다. 그러나 나는 하루종일 그 어머니를 지키고 앉아 어머니를 기다리고 있는 것이 아니었다. 바다도 있고 산도 있었다. 바다는 지루하지 않았다. 하지만 나는 산에서도 지루한 줄 몰랐다. 산에서는 언제나 멀고 유장한 노랫가락이 들려왔다. 그것은 참으로 행복스런 시절이었다.

한편 지섭은 고향 체험에서 바다, 어머니, 노래를 떠올린다. 그의 의식에서 '행복'은 바다, 어머니, 노래가 함께 존재하던 유년의 시간과 공간이다. "이청준은 고향을 바다, 어머니, 노래로 형상화한다."라는 김현의 지적[53]대로 귀향 소설의 상당수에서 고향은 산과 바다, 그리고 어머니의 이미지이다. 여기에 이청준은 노래를 오버랩하는데, 이때의 노래는 어머니의 음성과 동일

---

53) 김현, 「고향 탐색의 문학적 의미」, 『책 읽기의 괴로움』, 민음사, 1984, 143쪽.

시되거나 어머니 목소리의 변주로 이해된다. 즉 「귀향연습」, 「눈길」 등에서 잠결에 들려오는 어머니의 아른한 음성처럼 어머니의 '멀고 유장한 노랫가락'은 '나'에게 안락과 휴식, 편안함으로 다가온다. 그것은 어머니의 음성을 듣고 눈물을 흘릴 때, 즉 슬픔, 아픔, 후회스러움의 감정과 결부되어 있을 때조차 따스한 모성의 고향으로 인식된다. 그래서 '나'는 산과 바다, 어머니와 노랫가락이 있던 유년을 "그것은 참으로 행복스런 시절이었다."라고 회상하는 것이다. 이러한 '나'의 상상은, "사고는 다른 사람들과 상상적인 대화를 나누는 과정"이라는 바흐친의 말을 떠올리게 한다.

그런데 훈이는 '나'가 하는 이야기를 귀 기울여 들으면서도 이해가 안 되는 부분에 지속적으로 의문을 제기한다. 이 점에서 그는 대화에서 능동적이고 적극적인 청자에 해당한다. 아니, 어쩌면 오히려 훈은 '나'에게 고향 이야기의 허구성을 자각하게 만드는 대화 상대이기도 하다. 예를 들면 무덤가에 하루 종일 어머니를 기다리던 기억을 즐겁게 이야기하거나, 라디오를 들으면서도 음악방송을 꺼려하는 태도를 이해가 안 된다고 그는 말한다. '나'가 고향 이야기를 고분고분하게 듣지 못하는 훈을 '저주 받을 악동'으로 여기는 이유는 훈이가 고향 이야기의 허구, 그 불편한 진실을 자꾸 들춰내기 때문이다.

> "지금까지 이야기……아저씨가 지금까지 제게 들려주신 이야기 말이어요. 그게 다 정말이어요?"
> 어딘지 힐난기가 어린 듯한 눈빛으로 녀석이 넌지시 추궁을 해왔다. (중략) 자신이 없었다. 생각지도 않았던 일에 불쑥 녀석의 추궁을 당하고

보니 나는 갑자기 자신이 없어지고 말았다. 녀석의 한 마디가 내 머릿속을 온통 뒤집어버린 듯 그 많은 동백골의 기억들이 물거품처럼 사라져가 버리고 없었다. (중략)

"좋아요. 그 이야기가 다 진짜래도 좋아요. 하지만 아저씬 그럼 어째서 그렇게 좋은 고향 동네를 한 번도 찾아갈 생각을 하지 않으세요? 여기까지 와 계시면서 고향 동네가 멀지도 않으시다면서 말예요."

이번에도 나는 녀석의 추궁에 스스로 납득할 만한 대답을 마련할 수 없었다. 나는 두려움이 앞서고 있었다. 훈이 놈이 두려웠다. 나의 고향 마을 동백골이 두려웠다. 그리고 내 모든 이야기가, 그런 이야기들을 끝없이 지껄여온 나 자신이, 그리고 그 모든 것을 이제 다시 새삼스럽게 생각하기가 두려웠다.

'나'는 이야기가 막힐 때마다 훈이를 생각하며 새로운 고향 이야기를 찾아내야 한다. 아라비안나이트 속 '천일야화'의 세헤라자데처럼 나는 훈이에게 아릿하고 신비로운 이야기를 매일 만들어서 들려줘야 한다. '나'와 훈이는 이런 점에서 상호보완적인 대화적 관계다. 이는 이야기꾼(소설가)과 청자(독자)의 관계로도 읽혀진다.

그리고 둘의 이야기 상황은 그림자놀이로도 생각할 수 있다. 즉 훈이가 꿈꾸는 고향의 영상을 '나'는 손을 움직여 흰 막 위의 그림자로 보여주고, 훈이는 이 그림자를 보며 만족스러운 웃음을 짓는다. 그런데 실상 이 그림자놀이에 만족하는 사람이 훈이만은 아니다. 허상의 그림자를 만들어내는 '나' 역시 이 그림자놀이에 빠져 그림자가 실제 형상이기를 바라는 모습을 보이고 있기 때문이다. 그래서 그림자놀이로 아름다운 고향을 만들어낼 때마다 이야기하는 나 역시 행복하다.

그러나 이 그림자는 '나'가 꾸며낸 이야기이므로 실체 없는 그림자에 불과하다. 고향을 상징이나 암시로 이해하던 훈이도 시간이 지나자 그 그림자만을 보던 시선을 거두고 그림자를 만드는 '나'의 손가락을 주시하게 된다. "어째서 그렇게 좋은 고향 동네를 한 번도 찾아갈 생각을 하지 않으셔요?"라는 훈이의 말은 '나'의 고향 이야기가 그림자놀이에 불과할 수도 있음을 꿰뚫어본 것이다. 훈이에게 두려움을 느끼는 것은 손가락을 들킨 것, 그리고 손가락이 만들어낸 허상을 훈이가 진작 알고 있었으면서도 계속 이야기를 들었을지 모른다는 부끄러움 때문이다.

그래서 '나'는 훈의 추궁으로 이상적 고향이 물거품처럼 사라져 버리는 두려움을 느낀다. 훈이가 언행의 모순을 지적하지만, 사실 이 소설의 논리적 모순은 서두에서부터 나타난다.

> "그래 또 한 차례 배앓이가 났지 뭔가."
> "배앓이⋯⋯?"
> "그래⋯⋯ 버스가 신월리 쪽으로 들어가는 걸 보고 서 있으려니까 배앓이가 시작되더군. 동백골은 신월리에서 차를 내려 들어가야지 않나?"

이 대목은 '나'가 기태와 처음 만나 이야기하는 장면이다. '나'의 고향인 동백골은 신월리에서 차를 내려 걸어 들어가야 하는 곳이다. 그런데 버스가 신월리 쪽으로 가는 걸 보면서부터 배앓이가 시작된다는 설정을 생각해보자. 이는 신월리가 고향을 떠오르게 했고, 고향 생각이 배앓이를 야기했다는 의미가 된다. 배앓이를 치료하기 위해 고향 근처로 귀향 연습한 '나'가 고향을 떠올리자 배앓이가 시작된다는 것은 상당한 심리적 모순이다.

또 '나'의 배앓이를 비롯한 병들은 열네 살 때 고향을 떠나면서 생겼다는 진술은, 초등학교 시절 잡부금을 못 낼 상황에서 시작된 '꾀배'가 배앓이의 근원이었다는 진술과 정면으로 배치된다. 결국 이청준에게 고향은 배앓이를 유발하기도 하고 배앓이를 치유하게도 만드는, 이항대립[Binary opposition]적 성질의 공간이라고 생각해볼 수 있다.

그렇다면 고향이 어떻게 이렇게 모순된 기능을 동시에 지닐 수 있는지가 고향의 실체를 파악하는 데 유용할 것이다. 정 선생이 환상 속 바다를 찾으려 하듯이, 또 훈이가 추상적이고 허망한 고향의 상징만 건지려 하듯이 '나'가 들려주는 고향 이야기도 실제 동백골과 일치하지 않는다. 배앓이를 치유하기 위한 고향은 이야기에서만 존재하는 이상적 고향이므로 존재하지도 않고 귀향할 수도 없다.

이렇게 훈이에게 들려주는 고향 이야기가 '가짜'라고 한다면, 잡부금도 낼 수 없었던 가난한 고향 이야기는 '진짜'일까? 가난으로 표상되는 고향 이미지 역시 고향이라는 실체의 근본적인 속성이 아니라 '나'의 개인적인 체험에서 파생된 이미지, 혹은 주관적 시선이 반영된 투사물에 불과할 수도 있다. 그러나 누구에게든 이러한 체험이나 시선이 반영되지 않은 진짜 고향이 있을 수 없다는 점에서 고향은 그 자체로 가치중립적인 것이다. 또 의미론적으로 고향은 그 자체로 의미 없이 '텅 빈 기표'이며 그 빈 그릇에 의미를 채우는 일은 각자의 몫이 된다.

그렇다면 훈이에게 고향은 어떤 의미일까?

말하자면 녀석의 세계에는 구체적인 사실의 경험은 없고 추상적이고 허망스런 상징들만 가득했다. 그래 녀석은 그가 만난 어떤 새로운 일에 대해서도 여전히 암시와 상징만을 요구하며, 그것만을 이해하고 그것만을 익숙하게 자기 속으로 받아들여, 종당엔 그 자신이 하나의 상징이 되어가는 꼴이었다.

　도시에서 태어나 고향을 애초에 갖지 못한 훈은 고향 이야기를 암시와 상징이라는 추상으로 받아들이고 있다. 그런데 이것은 훈이의 탓만이 아니다. 왜냐하면 어차피 직접 체험 없이 이야기로만 듣고 상상해 보는 고향의 이미지는 결국 공허한 추상적 기호이기 때문이다. 여기에서 이야기의 한계가 나타나고, 동일한 이야기의 시간과 공간이지만 두 사람이 상상하는 내용이 달라진다. 즉, '나'와 훈이는 피상적으로 대화적 관계를 보여주는 것 같지만, 상호 소통이나 조정의 역동적인 관계가 아니라 각자의 고립된 개별성의 영역에서 자신만의 독백주의에 빠져 있는 양상을 보여준다.

　이렇게 둘의 생각 차이는 행동 양식에서의 차이로도 나타난다. 훈이는 라디오의 기계적인 음악소리를 들어야만 잠을 잘 수 있는 도시 아이의 성향을 지녔다. '나'는 사람의 육성인 말소리를 들어야 잠이 든다. 어머니와 이웃집 할머니가 별이 총총한 여름밤과 등잔불 아득한 겨울밤에 들려주던 이야기는 '나'에게 고향의 따스한 전설 같은 느낌으로 다가오는 것이다.

　그러면 정 선생에게 고향은 어떤 의미일까?

　그러면 정 선생 자신은 어떤가. 그녀도 원래는 고향을 가지지 못했지만, 이 시골 마을로 와서 맑은 공기와 바람과 바다와 파도소리와 순박한 인심에서 다시 고향을 얻게 되었노라 자신만만하다 했다. 정말일지 모른다. 적어도, 그녀 자신은 그렇게 믿고 있을지 모른다. 하지만 그렇게 간단할까. 한 사람이 고향을 배우고 그것을 갖게 된다는 것이 그렇게 간단할 수 있을까. 과장이 낀 것 같았다. 거기 비하면 훈이 녀석은 오히려 정직한 편이었다. 그는 다만 자신의 병을 잊기 위해 고향을 배우고 싶다고 했다. 병을 여읠 수만 있다면 고향을 갖게 되든 안 갖게 되든 그것은 문제가 아니랬다.

고향을 가질 수 없는 k시에서 태어난 정 선생은, 화산마을로 와서 시골의 자연과 순박한 인심에서 고향을 얻게 되었다고 믿는다. '나'는 고향을 배우고 갖게 되었다는 그녀의 말을 과장인 것 같다고 생각한다. 이 판단은 정 선생이 자주 보여주는 '현장 부재의 눈빛'과 관련된다. "상대방을 보면서도 시선은 오히려 그 상대의 후방으로 멀리 흘러가 버리는 그런 눈빛. 눈앞의 상대보다 그 너머의 잡히지 않는 무엇을 보고" 있는 듯한 눈빛은 그녀가 망상에 사로잡혀 있음을 추측케 한다.

정은영 선생이 바다에 병적인 환상을 지니게 된 이유는, 그녀가 남해에서 유학 온 소년과 사귀게 된 중학생 시절로 거슬러 올라간다. 바다를 한 번도 본 적 없는 은영에게 소년이 들려주는 아름다운 바다 이야기는 매력으로 다가온다. 은영은 소년에게 그 바다를 구경시켜 달라고 계속 조른다. 하지만 소년은 바다를 보여주지 않고, 간호사와 결핵 청년의 사랑 이야기를 다룬 소설책을 보낸 후 은영을 떠나버린다.

소년이 소녀에게 바다 이야기를 해줌으로써 소녀가 바다를 환상적으로 생각하는 부분은 「침몰선」과 상호텍스트의 관계에

있다. 그런데 바다에 대한 인식의 유지라는 차원에서는 차이가
있다. 「침몰선」에서는 주인공 수진이 소녀에게 고향 바다의 실
체를 보여주면서 그녀의 환상이 깨진다. 반면, 「귀향연습」에서
는 끝까지 바다를 보여주지 않음으로써 은영의 환상이 유지된
다. 이처럼 바다의 환상을 좇아 정은영은 바다가 보이는 화산마
을로 오게 된 것이다.

이렇게 이청준의 텍스트는 다른 텍스트와 접촉하고 결합하
면서 새로운 텍스트로 생성된다. 그리고 새로 생성되는 텍스트
들은 기존의 텍스트를 내포하면서 상호 텍스트성의 조건이 된
다. 이 상호 텍스트성은 서로 다른 텍스트들이 주고받는 상호 영
향관계, 즉 바흐친이 말하는 대화적 관계에 다름 아니다.

그 여자가 멀쩡하게 바다 앞에 서서도 그 바다를 다른 식으로 생각하
고 싶어 하는 건 남들이 심어준 환상에 그녀가 속고 있는 것이거든. 그 여
잔 이런 소리까지 했어. 자기는 아직도 바다를 모른다. 옛날의 그 사내
녀석들처럼. 그리고 그 소설을 쓴 작자처럼 순결한 영혼의 눈으로 그 바
다와 친해지고 그것을 접해간다면 아마도 진짜로 감동스런 바다의 모습
을 만나게 될 수도 있을 것이라고 말야. 혹시나 그렇게 해서 그 환상의 바
다를 만나질까 해서지.

은영에게 고향은 바로 '바다'라는 기표로 자리매김한다. 그
녀는 "진짜로 감동스런 바다의 모습", "환상의 바다"를 찾고자 하
면서도 "자기는 아직도 바다를 모른다."는 식으로 바다 앞에서
일정한 거리를 두는 정체성의 혼란을 겪고 있다. 그녀 스스로가
어쩌면 바다에 너무 가까이 접근하기를 꺼려하는 것 같다. 그것

은 "환상의 바다"란 애초에 존재하지 않는다는 진실을 알게 되었을 때 갖게 될 실망감을 두려워하는 것인지도 모른다. 이는 고향인 동백골에 가지 않음으로써 고향에 대한 환상을 어느 정도 유지하려는 '나'의 심리와도 일맥상통하는 측면이 있다. 동경의 대상이나 낭만적인 향수는 일정한 거리 유지가 필요하기 때문이다.

그러나 은영의 환상적 바다는 기태의 폭행으로 무너진다. 위의 인용에서처럼 기태는 은영이 "남들이 심어준 환상"에 속고 있다고 생각하며 은영을 강간한다. 이 때문에 은영은 자기 삶의 이유를 상실하고 황폐화된 바다를 고통스럽게 바라보다 학교를 사직한 후 마을을 떠난다.

그러면 정 선생에게서 환상적 고향을 빼앗아버린 기태에게 고향은 무슨 의미일까?

자신들도 모른 채 도회지 같은 데서 품고 온 그 병적인 환상이나 현학 취미 같은 것으로 공연히 바다를 병들게 하고 오염시킬 뿐이지. 바다는 그냥 여기 있어. 자 보게. 저렇게 의젓하게 저기 있지 않나. 그 바다가 도대체 어쨌다는 건가. 과장을 해서는 안 돼. 그 여잔 병이 들었어. 순박한 인심이니 맑은 공기니 버릇처럼 되어 있는 그 여자의 말도 모두 그런 식이야. 그녀가 알 턱이 잇어? 진짜 순박한 시골 인심을 말야. 진짜로 맑은 공기, 시원한 바람을 말야. 어림도 없는 자기 과장이지. 병을 고쳐줘야 한단 말야. 내 말은.

은영이 병적인 환상을 지니고 있다는 것은 지섭 역시 동의한다. 그렇다 하더라도 은영의 의사에 반하여 기태가 그녀의 환상을 황폐화시킬 권한을 가진 존재는 아니다. 과수원 집 주인에 불과한 기태가 이런 태도를 지닌다는 것 자체가 저급하다. 그 방법이 겁탈인 것을 생각하면 그가 얼마나 비열한지를 알 수 있다. 애초부터 기태는 자신의 과수원집에 실향병을 지닌 사람들(나, 훈, 은영)을 모아놓고 그들 모두를 환자 취급하면서 자신만은 환자에 속하지 않음을 은밀히 즐기는 인물에 불과하다. 은영을 환자로 취급할수록 자신은 의사가 된 듯한 착각에 빠져 우월함을 느끼며, 자신이 은영의 병을 고쳐줘야 한다는 잘못된 사명감에 빠져든다.

기태는 병적인 환상이나 현학 취미로 바다(고향)를 보거나 과장해서 보는 것을 혐오한다. 결국 기태가 생각하는 고향은 과장이나 왜곡, 윤색(潤色)이 없이 그냥 여기 있는 그대로의 고향인 것이다. 그러나 자신이 생각하는 '있는 그대로의 바다(고향)'가 아닌, 타인의 환상은 거짓에 불과하므로 폐기되어야 한다는 주장은 오만방자하다. 누구도 타인의 생각을 강요할 수는 없기 때문이다. 더욱이 부정한 방법으로 타인의 고향을 황폐화시키는 행동은 그 역시 고정된 고향 이미지에 집착하는 환자에 불과함을 스스로 입증할 뿐이다.

이런 모든 모습을 지켜보는 '나'에게 고향은 다음처럼 진술된다.

그렇다면 이번엔 나는 어떤가. 굳이 그 고향이라는 것과 상관해 말한다면 그건 나도 물론 마찬가지였다. 무엇보다 내 모든 질병과 증세들은 그 고향을 떠나가 얻은 것들이었다. 실없는 소리가 될지 모르지만, 정 선생과 훈이 녀석이 고향을 가질 수 없는 곳에 태어나 그들의 도시에서 병을 얻은 사람들이라면, 나는 고향을 가지고 태어난 도시로 가서 그 도시에서 고향을 잃어가며 병을 얻은 사람이었다. 그것은 물론 고향을 가지고 태어나 그 고향에서만 살면서 고향을 잊어버렸기 때문에 그 나름의 병을 얻고 만 기태의 경우와는 또 다른 것이었다. 그리고 나는 실제로 나의 증세들을 그 고향과 관련해 생각한 일이 많은 것도 사실이었다. 고향으로 돌아가면, 그리고 언젠가 잊어버린 고향을 내게서 다시 찾아내고 나면 나는 고향을 잃음으로 하여 얻게 된 내 모든 증세들을 씻어낼 수 있지 않을까, 공상을 한 일이 많았다.

나(지섭)에게 진정한 고향은 무엇일까? 그것은 훈이에게 들려주는 고향 이야기에서 잘 나타난다. 즉 아름다운 부분만 선별하여 과장하고 없는 부분은 만들어내며 왜곡하는 고향 이야기에 '나'가 바라는 고향은 담겨 있다. 이야기 속 고향은 '나'가 서울살이를 견뎌낼 수 있게 만드는 그리움의 공간이다. 그래서 '나'는 고향을 방문하면 그 환상이 깨질 수 있기 때문에 고향 근처에서 서성이며 고향을 그리워한다. 역설적이지만 결핍된 고향에서 고향이 더욱 간절해지고 나의 내면에서 아름답게 재탄생하는 것이다.

정리하자면, 고향 없는 정 선생과 훈이는 고향을 '나'와 다르게 생각한다. 훈이에게 고향은 위로와 휴식의 공간이며 현실에서의 괴로움을 견디게 해주는 이상향이다. 정 선생이 생각하는 고향은 낭만적이고 환상적인 공간이다. 그래서 그들은 도시 생활에서 얻은 병을 기태의 과수원집에서 치유할 수 있다고 믿는다. 기태 또한 고향으로 인한 병을 앓고 있는데, 이는 처음부터 고향에서 살아왔기 때문에 오히려 고향을 못 가진 사람이 앓는 병이다. 고향은 고향을 떠남으로써 비로소 탄생한다는 역설적인 인식이 기태의 경우에 해당된다.

바다에 취한 정 선생은 학창시절에 남학생에게서 바다 이야기를 듣고 바다를 낭만적 꿈이 담긴 공간으로 인식하는 인물이다. 그녀의 머릿속 바다는 현실을 벗어난 환상의 공간으로서 존재하므로 바다는 자신이 갖지 못한 고향의 대체재(代替財)가 된다. 기태도 허전한 자신을 달래기 위해 실향병 환자들을 모아놓고 자신만은 고향에서 살아간다는 우월감을 은밀하게 즐긴다. 기태 역시 실향병 환자들과 접촉함으로써 고향의 의미를 생성하려는 존재에 해당한다.

이렇게 봤을 때 이들이 모여 있는 과수원집이라는 공간은 정 선생과 훈이는 물론 지섭과 기태에게도 고향을 찾기 위한 공간일 뿐 고향 자체는 아니다. 다만 유사 고향이라는 이미지로 마음의 위안을 찾고 정신적 구원을 얻으며 각자의 병을 고치고자 한다. 따라서 과수원집이라는 공간은 구체적 고향은 아닐지라도 인물들에게 향수를 듬뿍 느끼게 해주고 정신적인 안락함을 주는 긍정적 힘의 원천으로 작용하기도 한다.

물론 지섭, 훈이, 은영 모두 실향이라는 병이 일시적으로 치유되는 것처럼 보이지만 결국은 완치되지 못한다. 따라서 그들의 귀향연습은 실패한다. 은영은 기태의 폭행으로 과수원을 떠나고, 훈이는 '나'가 들려주는 고향 이야기의 약효가 떨어져 이야기를 더이상 듣고 싶어하지 않는다.

그렇다면 실패로 끝난 인물들의 고향 이야기로 이청준은 무엇을 복원하려고 했던 것일까? 그것은 일차적으로 고향을 잃어버린 사람들의 여러 양상을 탐색하여 고향의 의미에 천착하려는 것이다. 그리고 고향 탐색 과정을 보여줌으로써 결국 고향으로 상상되거나 상징되는 자신의 실체, 즉 본질적 자아를 찾으려는 의도로 읽힌다.

위에서 살펴본 것처럼 「귀향연습」에서 대화는 개인과 개인의 소통에서만 나타나는 것이 아니다. 그것은 과거와 현재, 주체와 객체, 현실과 이상 사이에서도 나타난다. 또 내가 기태, 훈이, 정 선생과 접촉하는 것은 또 다시 '나'로 돌아오기 위한 것이다. 이렇게 타인과 접촉함으로써 변화된 '나'로 탈바꿈했을 때 비로소 진정한 대화적 의미가 생성된다는 것을 「귀향연습」은 여실히 보여준다.

3) 전쟁체험과 '전짓불'의 공포―「소문의 벽」

「소문의 벽」에서 잡지사 편집장인 '나'는 내부 액자의 주인공인 소설가 박준의 병적 증상을 그의 미발표 소설로 추적해간다. 이 작품은 '나'가 박준을 탐색하는 양상을 보이지만 더 바깥쪽에는 분석가로서의 이청준이 있으며, 맨 바깥에는 '독자'라는 분석가의 시선이 존재한다. 이는 자신의 소설을 분석가의 시선으로 독해하기를 바라는 작가 이청준의 의도가 반영된 구도로 보인다. 「소문의 벽」은 한 사람의 작가나 작중 화자가 아니라 화자와 청자, 독자까지 동시에 참여하는 의사소통이라는 점에서 대화주의에 뿌리를 둔다. 또 전짓불 너머 타자의 시선이 개인의 의식 형성에 필수적 요소가 된다는 점에서도 대화주의와 연관된다.

「소문의 벽」에서 소설가 박준은 유년기 6.25 전쟁 중에 밤마다 찾아와 '전짓불'을 들이대며 "국군 편이냐, 인민군 편이냐?" 대답을 강요당했던 기억 때문에 전짓불의 공포로 진술거부 증세를 앓게 된다. 자신을 미친 사람이라고 믿는 박준은 스스로 정신병원에 찾아가 치료받지만, 끝내 그 정신병원을 탈출하여 종적을 감춘다. 잡지사 편집장인 '나'는 그가 남긴 미발표 소설을 토대로 그가 겪었던 '심리적 현실'을 추적해 나간다.

이청준은 6.25 때 겪었던 전짓불 체험의 공포를 작가의 분신인 박준의 말을 빌려 진술하고 있다.

6.25가 터지고 나서 우리 고향에는, 한동안 우리 경찰대와 지방공비가 뒤죽박죽으로 마을을 찾아드는 일이 있었는데, 어느 날 밤 경찰인지 공비인지 알 수 없는 사람들이 또 마을을 찾아들어 왔다. 그리고 그 사람들 중의 한 사람이 우리 집까지 찾아 들어와 어머니하고 내가 잠들고 있는 방문을 열어젖혔다. 눈이 부시도록 밝은 전짓불을 얼굴에다 내리비추며 어머니더러 당신은 누구의 편이냐는 것이었다. 하지만 어머니는 그때 얼른 대답을 할 수가 없었다. 대답을 잘못했다가는 지독한 복수를 당할 것이 뻔한 사실이었다. 하지만 어머니는 상대방이 어느 쪽인지 정체를 모른 채 답을 해야 할 사정이었다. 어머니의 입장은 절망적이었다. 나는 지금까지도 그 절망적인 순간의 기억을, 그리고 사람의 얼굴을 가려버린 전짓불에 대한 공포를 생생하게 기억하고 있다.[54]

사실이었다. 하지만 어머니는 상대방이 어느 쪽인지 정체를 모른 채 답을 해야 할 사정이었다. 어머니의 입장은 절망적이었다. 나는 지금까지도 그 절망적인 순간의 기억을, 그리고 사람의 얼굴을 가려버린 전짓불에 대한 공포를 생생하게 기억하고 있다.[55]

54) 이청준, 『소문의 벽』, 열림원, 1998, 116쪽.
55) 이청준, 『소문의 벽』, 열림원, 1998, 116쪽.

눈부신 전짓불에 의해 보이지 않는 상대가 경찰인지 공비인지 알 수 없는 상황에서 선택을 강요당하고 그 한순간의 선택이 생사를 결정짓는 공포의 경험은 한평생을 지배할 만큼 강렬한 기억이라 할 수 있다. 이에 대해 류보선은 "이청준은 삶의 최대한의 풍경이라고 일컬어지는 바로 그 유년기에, 한 개인의 진정성은 물론 생존권마저 불가능하게 하는 광기의 질서 혹은 광기의 이성을 목격한 셈이거니와, 이청준은 이 마성적인 경험을 통해 인간을 기호화, 수단화할 가능성이 농후한 모든 질서와 이성들에 대한 부정 의지를 배우게 되었다."[56]고 분석한다.

이 유년기의 트라우마는 반복성과 강박성을 띤다. '반복성'은 고통의 기억이 반복적으로 발생하여 기억하고 싶지 않은 과거의 사건을 계속 소환해서 기억하게 한다. 또 '강박성'은 주체가 내적인 심리의 강제에 의해서 어쩔 수 없이 하게 되는, 무의식적으로 생각하고 행동하는 경향을 말한다. 박준이 불을 켜놓고 잠드는 것, 진술을 거부하는 것, 정신병원에 스스로 입원하고도 탈출하려고 하는 것 등은 이런 반복성과 강박성의 징후를 보여주는 사례가 된다.

잠이 들고 나서 채 한 시간도 지나기 전에 다시 눈이 떠지고 말았다. 그러나 사내는 잠이 들어 있었다. 시간이 오래지 않은 것으로 보아 그는 내가 잠이 드는 것을 보고 곧 몸을 눕힌 모양이었다. 하지만 그게 이상한 것은 아니었다. 사내는 아직도 옷을 벗지 않은 채 이불자락 끝에서 옹색스런 새우잠을 자고 있었는데, 그것도 그리 이상할 것은 없었다. 이상스런 것을 전짓불이었다. 그는 잠이 들면서도 전짓불을 그냥 켜놔 두고 있

---

56) 류보선, 「새로운 방향의 모색과 운명의 힘」, 권오룡 엮음, 300~301쪽.

었다. 물론 나 역시도 처음에는 그 전깃불에 대해 별스런 생각을 가질 수가 없었다. 사내가 미처 생각을 하지 못했던 것뿐이려니, 무심스럽게 넘겨 버렸다. 한데 어느 때쯤 해선가 내가 다시 눈을 떠보니 어찌된 일인지 아까 분명히 내 손으로 꺼놓고 잔 형광등이 다시 환하게 밝혀져 있었다. 내가 잠을 깨게 된 것도 바로 그 밝은 불빛 때문이었다. 이상스런 느낌이 들기 시작했다. 사내의 짓임이 틀림없었다. (중략)

하지만 이날 밤 그렇게 두 사람이 서로 전등불을 껐다 켰다 하는 숨바꼭질은 그 한번만으로 끝난 일도 아니었다. 이날 밤 나는 분명히 꺼놓은 전등불이 다시 밝혀져 있곤 하는 요술을 그 후로도 두 차례나 더 당해내야 했던 것이다. 그리고 마지막으로 내가 그 요술에 걸려 눈을 떴을 때는 뜻밖에도 그 밝은 불빛만 방안에 가득할 뿐 한 번도 눈을 뜨지 않은 체하고 있던 사내의 새우잠마저 이미 나의 곁에선 자취를 감추고 없었던 것이다. 사내는 그렇게 새벽같이 나의 방을 도망쳐 나가 버린 것이었다.

그러자 나는 갑자기 사내가 정말 머리를 상해 버린 미치광인지도 모른다는 생각이 들기 시작했다.

박준은 성인이 된 후에도 전깃불의 공포, 유년기의 그 절망적인 순간을 생생하게 기억하고 있다. 박준의 기억을, 두 층위로 분리되는 기억의 성질과 의미화 과정으로 살펴보자. 프로이드는 '늑대인간'의 꿈을 해석하며 '원초적 기억'은 그대로 저장되거나 보존되는 것이 아니라, 사후의 사건에 의미를 부여받음으로써 재구성되는 것이라고 설명했다. 이는 기억과 망각의 메커니즘 역시 사후성의 원리에 의해 지배된다는 의미이다. 과거는 그것을 기억하는 현재 상황과 내적 욕구에 따라 수정된 채 재구성되며, 따라서 기억하는 행위 자체가 사후적 사건이 될 수 있다[57]는

---

57) 프로이트, 김명희 역, 『늑대인간』, 열린책들, 1996, 194~195쪽 참조.

것이다.

제시문은 누군가에게 쫓기고 있다고 하면서 우선 어디든 좀 숨겨 달라고 애원하는 박준을 내 하숙방으로 데려와 재워주는 대목이다. 박준은 잠잘 때도 불을 그냥 켜둔 채 잠든다. 그런데 어느 때쯤 '나'가 다시 눈을 떠보니 분명 직접 꺼놓고 잔 형광등이 다시 환하게 밝혀 있다. 이날 밤 이런 상황을 '나'는 두 차례나 더 경험했다. 그리고 '나'가 마지막 눈을 떴을 때 박준은 전등불을 켜놓은 채 새벽같이 방에서 도망쳐 나가 버렸다. 유년기 캄캄한 밤에 눈부시게 밝은 전짓불을 얼굴에 내리비추며 '당신은 누구 편이냐?'고 묻던 공포의 기억은, 박준에게 어둠을 더욱 두렵게 만든 것이다. 이렇게 박준이 고통스러워하는 과거의 기억은 현재의 상황에 따라 수정된 채 재구성되고, 기억하는 행위 자체가 사후적 사건이 된다는 측면에서 프로이드가 말한 '원초적 기억'이다. 이 원초적 기억은 이청준이 대학시절 집을 구하지 못해 학교 건물 강의실 안에서 들키지 않고 잠자야 했던 상황을 떠올리게 한다. 강의실 안을 순찰 나온 수위가 이리 저리 휘두르는 전짓불의 경험은 다시 전짓불의 공포로 수정된 채 재구성된다.

대학 시절의 이야길 하지요. 입학식을 하고 나서 나는 집을 정하지 못하고 있었어요. 천상 가정교사를 구해 들어가야 할 형편이었는데 그게 곧 구해지지 않았거든요. 그래서 저녁이 되면 전 일찍 국수를 하나 사먹고 수위가 문을 채우기 전에 강의실로 숨어들어 갔어요. 그리고는 날이 어서 어두워지기를 기다리는 것이었습니다. 밤이 되면 저는 책상을 몇 개 모아서 자리를 만들고, 그 위에 누워서 기다리는 것이었습니다. 저는 아직 잠이 들어 버려서는 안 되었으니까요. 교사 안을 순찰하러 나온 수

위에게 들키면 두말없이 쫓겨나게 되거든요. 저는 그러고 기다리고 있다가 수위가 다가오는 기색이 있으면 재빨리 그 수위가 다가오는 쪽 창턱 밑으로 가서 납작 엎드린 채 그가 지나가기를 기다렸습니다. 그러면 수위는 그 때 전짓불로 교실 안을 휙휙 둘러보는 것이었어요. 그 수위의 불빛이 얼마나 무서운 것이었는지 모릅니다. 사람은 보이지 않고 불빛만 번쩍거리는 그 전짓불이 말입니다. 그 불빛이 기다랗고 곧은 장대처럼 되어 교실 안의 어둠을 이리저리 들추고 다닐 때 저는 뱃속에서 들려 나오는 꼬르륵 소리조차 조마조마해졌어요. 물론 그런 때는 어렸을 적의 전짓불과 공포까지 함께 살아났지요. 그러나 이젠 그 전짓불 앞에 어느 쪽을 선택해서 말할 여지도 없었습니다. 물론 애원으로 용서를 받을 수도 없었구요. 전 이젠 어린애가 아니었거든요. 전짓불은 이제 그 자체가 저에게는 참을 수 없는 공포였어요…….

집을 구하지 못한 '나'는 교사 안을 순찰 나온 수위에게 들키면 두말없이 쫓겨나고 잠 잘 곳이 없어진다. 그래서 '나'는 수위가 오는 것 같으면 재빨리 수위가 다가오는 쪽 창턱 밑으로 가서 납작 엎드린 채 그가 지나가기를 기다린다. 이때 '나'는 어렸을 때 겪었던 전짓불의 공포까지 함께 살아났다고 고백한다. 그러나 이젠 그 전짓불 앞에서 어느 편인지를 선택해서 말할 여지도 없다. 애원해도 용서받을 수 없는 상황으로 변한 것이다. '나'는 이젠 어린애가 아니라고 말하지만, 전짓불 자체가 아직도 주체에게 참을 수 없는 공포로 남아 있다는 측면에서 원초적 기억이다. 이러한 전짓불의 기억은 「퇴원」에서 어두운 광 속으로 전짓불을 비추는 아버지, 「소문의 벽」에서 G를 신문하는 어둠 속 신문관의 이미지로도 확장된다.

원초적 기억과 사후 정리된 기억에 대해 랑거는 '심층기억'

과 '통용기억'으로 구분해 설명했다. 심층 기억은 '그때 무슨 일이 일어났는가?'를 묻는 것이고, 통용기억은 '그때 그 일을 어떻게 기억하고 있는가?'를 묻는 것이다. 통용기억은 현재의 필요에 의해서 어떤 부분이 강조되거나 억압될 수 있고 또 어떤 기억은 만들어질 수도 있다[58]고 한다. 이는 「소문의 벽」에 나타나는 기억 차원의 이중성과도 관련이 있다.

이러한 전짓불 앞에서의 공포는 박준을 정신병자로도, 소설가로도 만든다. 「소문의 벽」은 '나'를 매개로 크게 두 가지 이야기가 전개된다. 하나는 환자 박준 이야기이고, 다른 하나는 소설가 박준 이야기이다. 환자 박준 이야기는 김 박사가 진술공포증 환자인 박준에게 진술을 강요하면서 두 인물이 대립한다. 반면에 소설가 박준 이야기는 소설로 자기진술을 하려는 박준과 그 소설을 출판하지 않으려는 편집자 안 형의 대립이 나타난다. 이 두 유형은 갈등의 양상과 대상이 다르지만 사실 동일한 맥락이다. 왜냐하면 두 유형 모두 박준의 자기 진술이 자의에 의해서든 타의에 의해서든 거부당하고 있기 때문이다.

(a) 정 뭣하면 마지막 비상수단을 사용해서라도 박준의 진술을 기어코 얻어낼 자신이 있다는 것이었다. 그 마지막 비상수단이 어떤 것이냐는 물음에는 그저 빙긋이 미소만 짓고 있었지만, 하여튼 김 박사는 여유가 만만했다. 박준의 소설도 참고가 될 수는 있을지언정 그것이 치료의 원칙이 될 수는 없다고 했다. '인터뷰'를 중단하는 것은 환자의 치료를 포기하는 것이나 마찬가지다. 그는 신념과 사명감으로 가득한 사내였다. 그 신념은 꺾이어진 일도, 꺾을 수 없는 것인 듯했다.

---

58) 권귀숙, 『기억의 정치』, 문학과지성사, 2006, 34~38쪽.

(b) 아니, 보는 사람에 따라서 하나의 이야기가 둘이 될 수도 있고 셋이 될 수도 있는 것은 어쩌면 당연한 노릇인지도 모른다. 내가 박준의 소설에서 어떤 인간성의 비밀과 만나고 놀랐다면, 안 형은 또 안 형대로 그 이야기를 어떤 생존의 방정식 위에서 당위론적으로 해석해 볼 수도 있었을 것이다. 그것은 어쩔 수 없는 일이다. 그런데 안 형은 어떻게 그토록 오랫동안 자신의 해석만을 지켜올 수 있었단 말인가. 어떻게 그토록 남의 방법은 용납할 수가 없었단 말인가. 놀라운 것은 바로 그 점이었다.

(a)는 환자 박준을 치료하려는 김 박사, (b)는 소설가 박준을 보는 안 형의 생각을 '나'의 진술로 나타낸 것이다. (a)에서 김 박사는 의학적 원칙과 법칙들만 신봉해온 의사이며, (b)에서의 안 형 역시 자신의 해석만을 오랫동안 지켜오면서 남의 방법은 용납하지 않았던 인물이다. 이런 의미에서 둘은 박준이 진술을 거부하게 만들거나(김 박사), 자신만의 해석을 고집함으로써 박준의 진술을 거부해 버리는(안 형) 존재들이다. 두 사람 모두 박준에게는 '또 하나의 전짓불'에 해당한다.

그리고 김 박사와 안 형은 타자를 의식의 대상으로만 인식한다는 점에서 독백주의에 빠진 인물들이다. 대립적인 것들이 공존하려면 타인과의 대화가 필요한데, 이렇게 일방적이고 독백적인 관계는 결국 파멸로 끝날 수밖에 없다.

(a) 나는 요즘 나의 소설 작업 중에도 가끔 비슷한 느낌을 경험하곤 한다. 내가 소설을 쓰고 있는 것이 마치 그 얼굴이 보이지 않는 전짓불 앞에서 일방적으로 나의 진술만을 하고 있는 것 같다는 말이다. 문학행위란 어떻게 보면 한 작가의 가장 성실한 자기진술이라고 할 수 있다. 그런데 나는 지금 어떤 전짓불 아래서 나의 진술을 행하고 있는지 때때로 엄청난

공포감을 느낄 때가 많다.

(b) 박준은 소설을 쓰는 사람인만큼 무엇보다 자기 소설 작업을 그 자신의 진술행위로 이해하고 있었음이 틀림없었다. 그러므로 G는 박준 그 자신일 수 있으며, G로 하여금 정직한 진술을 방해하고 있는 장애요인들은 바로 박준 자신이 소설을 쓰면서 당하고 있는 모든 방해요인들을 상징하고 있을 수 있었다. 박준은 정직하려고 하면 할수록 오히려 실패만 거듭하게 될 수밖에 없는 한 작가의 슬픈 파멸을 G의 이야기를 통해 말하고 싶어 한 셈이었다.

(a)는 박준이 주간지 인터뷰에서 한 말이고, (b)는 작중 화자가 박준의 세 번째 소설을 본 뒤 정신병원에 수감된 박준을 생각하며 말한 것이다. (a)는 전짓불 아래에서 진술해야 하는 공포, (b)는 정직한 진술의 실패를 이야기한다. 정직한 진술이 실패했다는 것은 소설을 발표할 수 없는 상황을 말한다. 박준이 쓴 세 편 소설은 모두 미발표작이며 모두 피감시자와 감시자의 관계로 인물이 설정되어 있다. (첫 작품에서는 나-아내의 관계, 두 번째 작품에서는 운전수-사장의 관계, 세 번째 작품에서는 G-심문관의 관계로 동일한 구조를 지닌다.) 감시자는 피감시자를 억압하면서 정직한 행위를 할 수 없게끔 상황을 만들고 있다.

그럼에도 「소문의 벽」에서 박준은 진술을 포기할 수 없다.

침묵을 지킬 수는 더욱 없다. 작가는 누가 뭐래도 진술을 끊임없이 계속하지 않고는 살아갈 수가 없는 족속이니까. 괴로운 일이지만 작가는, 결국 그 정체가 보이지 않는 전짓불의 공포를 견디면서, 죽든 살든 자기의 진술을 계속해 나갈 수밖에, 다른 도리가 없는 사람들이다. 만약 그럴

수마저 없게 된다면, 그는, 아마 영영 해소될 수 없는 내부의 진술욕과, 그것을 무참히 좌절시켜 버리고 있는 외부의 압력 사이에서, 미치광이가 되어 버리지 않고는 배겨날 수 없을 것이다.[59]

작가는 끊임없이 진술을 계속하지 않고는 살아갈 수 없으며 그렇게 하지 못하면 미치광이가 될 수밖에 없는 족속이다. 제시문에서처럼 내부의 진술욕구와 외부의 압력 사이에서 화해를 찾지 못한 박준은 결국 미쳐버리고 만다. 아니 진짜로 미친 것이 아니라 어쩌면 다음에서 보듯이 광기를 가장하고 있는 것인지도 모른다.

사람은 미친 사람 취급을 받을 때가 가장 편한 것 아닙니까. 미친 사람은 어떤 세상일로부터도 온통 자유로울 수가 있거든요. 책임을 추궁당할 일도 없고 협박을 당하며 쫓겨 다닐 일도 없지요. 정신병원보다 안전한 곳이 없는 것처럼 보였어요.[60]

미친 사람 취급받을 때가 가장 편하다는 박준의 말은 개인의 진실을 일방적으로 압살할 만큼 견고한 소문의 벽이 존재함을 방증한다. 차라리 미친 사람으로 인식되기를 바란다는 진술은, 그 벽에 연약한 개인이 패배를 선언하는 것이다. 그러므로 '미친 사람은 모든 세상 일에서 자유로울 수 있다'라는 말은 거대한 현실의 벽에 자기의 진실한 세계가 억압되고 유폐당하는 사실과 관련된다. 이런 상황은 '개인의 사고는 전혀 개인적인 것이 아니다'는 바흐친의 역설적인 말을 떠올리게 한다. 개인의 생각조차

59) 이청준, 『소문의 벽』, 열림원, 1998, 142~143쪽.
60) 이청준, 앞의 책, 137쪽.

도 자아와 타자의 상호 영향 관계에서 형성되므로 박준의 사고는 '자아와 타자 사이의 경계선상에 존재한다.'고 보는 것이 옳다. 결국 박준의 정신병은 외부적 상황에 기인한다.

이청준 소설에서 정신병을 앓는 인물을 다룬 작품은 「소문의 벽」 말고도 「황홀한 실종」, 「조만득 씨」를 들 수 있는데, 이 작품들은 다음과 같이 몇 가지 공통점을 보인다.

첫째, 정신과 의사와 환자를 축으로 서사가 진행된다. 「소문의 벽」은 김 박사와 박준, 「황홀한 실종」은 손영묵과 윤일섭, 「조만득 씨」는 민창호와 조만득이 그 인물들이다.

둘째, 세 작품 모두 정신병은 주인공의 무의식적 욕망을 드러내기 위한 장치이며, 이는 결국 소설의 주제 형성과 밀접한 관련이 있다. 「소문의 벽」에서 박준의 정신병은 전짓불 앞에서의 진술이라는, 목숨을 담보로 한 강압적 현실에 대한 상징이다. 「황홀한 실종」의 가학성 유희욕망, 대인 기피증 증상은 밀실 속의 삶을 소망하는 주인공의 심리를 보여주는 데에 기여한다. 그리고 「조만득 씨」의 과대망상, 정신분열증은 현실에 자신이 타협하기 위한 방어기제다.

셋째, 세 작품 모두 의사들은 자신들의 방심이나 현대의학의 한계 때문에 환자를 치료하는 데에 실패한다. 김박사는 박준의 병이 단순한 노이로제라고 생각하다 결국 자신의 진단이 틀렸음을 인정한다.(「소문의 벽」), 윤일섭의 의식 전도 증상과 실종 욕구가 치료되었다고 믿은 손영묵 박사는 윤일섭의 불안을 자극할 수 있는 철책이 널려 있는 창경원 산책을 권유한다. 그러나 윤일섭이 사자 우리 안으로 들어감으로써 치료에 실패한다.(「황홀한 실종」) 조만득 씨의 망상이 치료되었다고 믿은 민창호는 조만득 씨를 집으로 돌려보내지만, 조만득 씨는 고통스런 현실에서 자신을 보호해주던 망상이라는 보호막이 사라짐으로써 결국 자기 노모와 동생을 목 졸라 죽이고 만다.(「조만득 씨」)

　　박준을 괴롭히고 있는 전짓불은 비단 박준 그 한 사람만 지니고 있는 것이 아니었다. 진술이라는 것을 경험해 본 사람들은 그것이 비록 자발적이든 누구의 강요에 의해서든, 또는 일부러든 무의식 중에든 조금씩은 그 전짓불빛 비슷한 것을 눈앞에 받아보지 않은 사람이 없다. 누구나 자기의 전짓불은 가지고 있게 마련이다. 한데 그 전짓불이란 이쪽에서 정직해지려고 하면 할수록, 그리고 진술이 무거우면 무거울수록 더욱더 두렵고 공포스럽게 빛을 쏘아대게 마련일 수밖에 없었다. 원고들이 잘 걷혀들 리 없었다. 쉽사리 거둬들일 수 있는 글이란 그 전짓불빛을 견디려 하지 않은 것들뿐이었다. 그런 글들이 신통할 리 없었다.[61]

　　작가는 추리소설 같은 기법으로 독자의 호기심을 유발하고 하나씩 대상을 추격해가면서 그 호기심을 충족시켜준다. 박준의 전짓불 체험은 '사람은 누구나 자신의 전짓불을 가지고 있게 마련'이라는 공동체적 인식으로 확산된다. 그리고 '나'는 공포의 전짓불빛을 견디려 하지 않는 글들이 신통할 리 없다고 말하면서 작가의 시대적 소명을 시사해준다

　　지금까지 전짓불빛을 견뎌야 하는 자에 대해서 논의했다면, 그 존재가 타자에게 어떻게 인식되는지 살펴보는 것이 전짓불의 실체를 규명하는 데에 더 다가서는 일이 될 것이다.

　　그는 그 음모 사건에 관해 심문관의 취조를 받기 시작한다.(중략) 심

61) 이청준, 앞의 책, 144~145쪽.

문관은 G의 그런 진술로부터 그가 어떤 식으로 그 음모 사건과 관련되어 있으며, 그것이 어떤 가공할 범죄인지를 가려낼 참이라는 것이다. G 역시 그 요구를 수락한다. 그는 자신이 어떤 음모를 꾸미고 있었는지 전혀 기억이 없다. 심문관 앞에 서고 보니 잠깐 그런 기분이 들고 있었던 것은 사실이었다. 하지만 그건 막연한 기분뿐이다. 그리고 그런 기분마저도 아주 옛날에나 그런 일이 있었던 것처럼 까마득하다. 분명히 음모를 꾸민 사실이 없었다. 그렇다면 심문관의 요구를 기피할 이유가 없다. 진술한 진술이 자신의 혐의 유무를 가장 정확하게 가려내 줄 수 있다면 이야말로 자기 쪽에서 먼저 바라고 나서야 할 바였다.

그러나 G는 망설이지 않을 수 없다. 심문관의 정체를 알 수가 없다. 심문관은 한 번도 G가 본 일이 없는 제복을 입고 있다. 모자의 모양도 이상스럽고 제복에 달린 부착물이나 장신구의 풍속도 모두 눈에 선 것들뿐이다. 사내의 정체를 알 수 없다는 것이 공연히 이쪽을 불안하게 한다. 공연히라기보다도 이 정체를 알 수 없는 사내에겐 어떤 식의 진술이 자신의 결백을 증명하는 데 가장 효과적일지를 알 수 없다. 정체를 알 수 없는 사람 앞에서 가장 정직한 자기 이야기를 해야 한다는 사실부터가 바로 불안한 일이었다.

「소문의 벽」의 유명한 심문관 장면은 작가 박준의 소설로 소개된다. 주인공 G는 귀가하던 중 느닷없이 어떤 음모의 피의자로 체포당하는 환각에 빠진다. 질문하는 심문관의 정체가 무엇이든 G는 분명히 음모를 꾸민 사실이 없었으므로 심문관을 두려워할 이유가 없다. 그러나 심문관의 정체를 알 수 없기 때문에 G는 망설이게 된다. 정체 모를 상대는 G를 불안하게 한다. 어찌 보면 누군지 모르는 상대 앞에서 자기 이야기를 가장 정직하게 해야 한다는 사실부터가 바로 불안한 일이다.

이렇게 '나'가 타자와 분리된 존재임을 의식하는 순간, '나'는 타자의 시선에 어떻게 비춰질지 알 수 없다는 불안감에 시달리게 된다.[62] 이런 불안감은 심문관 앞에 선 G의 경우처럼 '나'가 언어로 자신의 의사를 타자에게 전달하려 할 때에도 나타나는데, 이 불안 역시 타자인 심문관이 '나'의 말을 어떻게 받아들일지 알 수 없다는 불안감에서 비롯된다.

이때의 타자는 '나를 바라보는 자(시선)', 또는 '나의 말을 듣는 자(언어)'인데 이러한 타자성 논의는 사르트르에 의해 본격화되었다. 그에 따르면 '나'는 본질적으로 타자를 향한 존재(대타존재)이다. 즉 '나'가 존재한 후에 '나'를 타자가 바라보는 것이 아니다. 다른 누군가가 나를 바라보고 있다는 사실을 인지한 후에 '나'가 존재함을 스스로 깨닫게 된다는 것이다.[63] 언어를 수반한 타자가 출연함에 따라 '나'는 나를 바라보고 나의 말을 듣는 타자와 대면하게 된다. 이때 타자가 나를 어떻게 바라보고 내 말을 들을지 알 수 없다는 불확실성 때문에 '나'는 불안에서 벗어날 수 없다.

하지만 문제가 생긴 것은 그러는 심문관에게서가 아니었다. 그러는 심문관을 보게 된 G 자신에게서였다. G는 심문관의 태도에 갑자기 다시 공포감이 일기 시작한다. 아닌 게 아니라 G 자신도 왜 하필 그런 이야기가 맨 첫 번째 기억으로 간직되고 있었는지 스스로 의문스러워진다. 이

---

62) '나'가 타자로부터 독립적인 것이라고 해서 반드시 자율적인 것은 아니다.(A. 르노, 장정아 옮김, 『개인 : 주체 철학에 관한 고찰』, 동문선, 2002, 48~51쪽.

63) 이를 사르트르는 자물쇠 구멍을 통해 뭔가를 엿보는 나를 예로 들어 설명한다. 뭔가 들여다보고 있을 때의 '나'는 자신을 의식하지 못한 상태다. '나'가 자신을 의식하게 되는 것은, 타자가 그런 '나'를 바라보고 있음을 알아차린 이후부터다. 이것은 내가 먼저 있는 것이 아니다. 오히려 반대로 타자의 시선에 의해 '나'가 포착된 후에 '나'의 의식이 나를 지향하게 된다. (j.p. 사르트르, 손우성 옮김, 『존재와 무 I 』, 삼성출판사, 1976, 443쪽.)

번엔 좀 다른 이야기를 생각해 내보려고 한다. 그러나 어찌 된 셈인지 금세 다른 이야기가 떠올라 주질 않는다. 이번에도 또 그 전짓불에 관한 이야기가 떠오른다. 그는 안타깝고 초조해진다. 자꾸만 심문관의 눈치가 보아진다.

　─이 자의 정체는 도대체 무엇인가. 나의 결백은 결국 이 자에 의해 증명되게 되어 있는데, 작자의 마음에 들 수 있는 이야기란 도대체 어떤 것이어야 하는가.

　우선 그것부터 좀 알고 싶어진다. 하지만 그러면 그럴수록 머릿속엔 도무지 전짓불뿐이다. (중략)

　하지만 두 번째 진술이 끝나고 나자 심문관은 드디어 짜증을 내버리고 만다. G의 이야기가 모두 그 전짓불 한 가지로 일관하고 있는 것은 분명히 정직한 진술이 될 수 없으며, 그것은 곧 G를 의심하기에 충분한 근거가 될 수 있다고 한다. G는 더욱 겁을 먹는다. 심문관의 마음에 들도록 좀더 정직한 진술거리를 기억해 내려고 머리를 쥐어짠다. 하지만 아직도 그는 심문관의 정체를 알고 있지 못하다는 불안 때문에 도저히 그 이상 정직한 진술거리를 생각해 낼 수 없다.

　심문관의 정체가 무엇이든 상관없이 정직한 진술로 대답하면 간단할 것 같지만, G는 이를 끝내 받아들일 수 없다. 모든 발화는 어떤 의미나 내용을 단지 말하는 것만이 아니고, 그것을 상대에게 전달하려는 의도, 그리고 상대의 반응에 대한 기대감까지 포함하고 있기 때문이다. 자신이 무죄임을 입증하려는 G도 자신의 발화가 심문관에게 인정되기를 바란다는 측면에서 단순한 진술의 차원을 넘어선다. 이런 상황에서 G는 불안에 휩싸인다. 이 불안은 자신의 고백이 거짓이기 때문이 아니라, 심문관이 정직한 진술이 아니라고 판단할 가능성 때문에 발생한다. G가

정직한 진술을 하더라도 심문관에게 인정받지 못하는 순간 정직한 진술이라고 믿었던 진술의 진정성 자체마저 의심스러워진다. 진술 공포증이라는 증상은, 이렇게 타자가 누구인지 모르기 때문에, 그가 무엇을 원하는지 알 수 없어서 나타난다.

자신의 정체를 감춘 채 일방적으로 "너는 누구 편이냐?"고 생사를 판가름할 대답을 강요하는 '전짓불'은 대타자, 혹은 큰 타자의 시선이다. 그 시선을 의식하면서 '진술한다'는 것은 인간 주체에게 엄청난 '불안'을 야기한다. 박준이 쓴 세 편의 소설 중 〈벌거벗은 임금님〉의 주인공도 이에 해당한다. 그는 사장의 비밀을 알고 있지만, 절대 권력을 지닌 사장의 시선을 의식하면서 불안해한다. 결국 그는 자신이 직접 본 장면을 진술할 수 없다. 타자의 시선은 사회 권력이나 정치적 억압이라는 상징으로 읽을 수 있다.

그리고 프로이드, 라캉의 정신분석 측면으로도 생각해 볼 수 있다. 라캉의 정신분석에 따르면, 전짓불의 은유는 큰 타자의 시선인데, '큰 타자'란 주체가 말할 때 주체의 뒤에 출현하여 수신자인 큰 타자의 욕망, 그 진실을 발신자인 주체에게 되돌려 주는 존재이다. 주체는 큰 타자에게 말을 거는 순간, 그의 욕망을 알 수 없어서 불안하고 두려워한다. 이는 결국 언어로 규정될 수 없는 무의식 속 욕망을 알지 못하여 불안해한다는 것이다.

3. 나가며

지금까지 이청준의 주제론적 의미구조를 고향 체험, 전쟁 체험, 장인들의 수직직 예의 추구와 초월, 신화의 세계와 유토피아의 허상 등 네 가지로 유형화하여 분석하였다. 그의 소설의 공통적인 특징은 주체와 큰 타자의 관계는 언어(말)의 문제로 귀결된다는 점이다. 즉, 진술하기와 글쓰기의 문제가 가장 큰 화두라 할 수 있다. 그가 언어 문제에 천착한 이유는 대화론적인 사유를 통해 지배적인 사회 구조의 단면을 보여주고자 한 것으로 읽힌다. 전술한 바와 같이 「소문의 벽」 같은 '전짓불'로 상징되는 소설 유형에서 화자의 의식구조는 전쟁의 폭력성이나 사회적 억압 문제를 다룬 원론적인 소설의 차원을 뛰어넘는다. 그렇게 함으로써 언어와 욕망 문제를 둘러싸고 존재의 불안의식과 함께 인간의 가치를 되묻고자 한 것이다.

이청준의 소설은 서사형식과 주제의식이 밀접한 관련이 있다. 주제별 유형을 논의하면서 전략적 서사구조도 함께 살핀 것은 이러한 이유 때문이다. 이청준의 소설은 아무런 해결책도 제시하지 않는 '열린 구조'로 독자와 능동적 대화를 시도한다. 이는 숨겨진 세계의 이면을 드러내고, 현실을 인식하게 만드는 소설의 중심 기능에 닿아 있다. 이야기 속의 이야기, 증언 같은 이질적인 내용의 삽입, 작품 간의 매개텍스트를 통해 사건이 담론에 의해 전도되는 것이다. 먼저 사건과 담론이 대립하다가 매개텍스트가 삽입된다. 그리고 사건 주체의 경험이 이질적 매개 서사를 통해서 서술자에게 체험되면서, 이야기는 공유되고 서사는 통합된다. 즉 이청준의 소설에서 이야기의 간접화를 통해서 파생되는 담론과 사건의 충돌은 하나의 수사적 장치로 기능하고 있음을 알 수 있다. 이야기의 간접화 전략이 이청준 소설에서 서술의 방식을 다양하게 만들고, 그렇게 함으로써 주제를 형상화하는 역할을 하는 것이다.

| 고요아침 叢書 31 |

존재의 푸른빛

초판 1쇄 인쇄일 · 2021년 09월 25일
초판 1쇄 발행일 · 2021년 10월 05일

지은이 | 김수형
펴낸이 | 노정자
펴낸곳 | 도서출판 고요아침
편   집 | 김남규

출판 등록 2002년 8월 1일 제 1-3094호
03678 서울시 서대문구 증가로 29길 12-27 102호
전화 | 302-3194~5
팩스 | 302-3198
E-mail | goyoachim@hanmail.net
홈페이지 | www.goyoachim.net

ISBN 979-11-6724-060-6(04810)

* 책 가격은 뒤표지에 표시되어 있습니다.
* 지은이와 협의에 의해 인지는 생략합니다.
* 잘못된 책은 교환해 드립니다.

ⓒ 김수형, 2021